John Banville

# *Doktor Kopernikus*

Roman

Aus dem Englischen von
Bernhard Robben



Fischer
Taschenbuch
Verlag

Deutsche Erstausgabe
Veröffentlicht im Fischer Taschenbuch Verlag GmbH,
Frankfurt am Main, September 1999

Die Originalausgabe erschien
unter dem Titel ›Doctor Copernicus‹
bei Secker & Warburg Ltd., London 1976

Gesamtherstellung: Clausen & Bosse, Leck
Printed in Germany
ISBN 3-596-13598-2

*In memoriam*
Douglas Synnott

Man muß wieder zum Unwissenden werden
Und die Sonne sehn mit unwissendem Auge
Sie klar in der Idee ihrer selbst sehn.

*Wallace Stevens*
*»Notes Toward a Supreme Fiction«*

# 1
# *Orbitas Lumenque*

Anfangs hatte es keinen Namen. Es war das Ding an sich, das lebhafte Ding, und es war sein Freund. An stürmischen Tagen tanzte es, verrückt, wild mit den Armen fuchtelnd; in der Stille des Abends döste und träumte es, schwankte am blauen, am güldenen Himmel. Selbst nachts ging es nicht fort. Eingemummelt im Rollbett konnte er es düster im Dunkeln rumoren hören, die lange Nacht lang. Es gab andere, die näher und noch lebhafter waren, sie kamen und gingen, redeten, aber sie waren gänzlich vertraut, fast ein Teil seiner selbst, doch dies da gehörte fern und unabänderlich zum mysteriösen Draußen, zum Wind, zum Wetter und zum güldenen, blauen Himmel. Es war Teil der Welt, und dennoch war es sein Freund.

*Schau, Nikolas, schau! Sieh doch den großen Baum!*

Baum. So lautete sein Name. Und auch: die Linde. Das waren schöne Worte. Er hatte sie gekannt, lange bevor er wußte, was sie bedeuteten. Sie bedeuteten nicht sich selbst, für sich genommen waren sie nichts; sie bedeuteten das tanzende, singende Ding da draußen. Im Wind, in der Stille, bei Nacht, vorm sich ändernden Himmel änderte es sich und war doch unveränderlich der Baum, der Lindenbaum. Das war seltsam.

Alles hatte einen Namen, doch obwohl ein jeder Name nichts ohne das benannte Ding war, scherte sich das Ding nicht um seinen Namen, brauchte es seinen Namen nicht und war nur es selbst. Und dann waren da die Namen, die kein greifbares Ding benannten, so wie Linde und Baum jenen dunklen Tänzer benannten. Seine Mutter fragte ihn, wen er am liebsten habe. Liebe tanzte nicht, klopfte auch nicht wie rasend mit den Fingern ans Fenster, Liebe schüttelte keine blättrigen Arme, doch wenn sie den Namen aussprach, der nichts benannte, antwortete ein ungreifbares, doch reales Ding in ihm wie auf einen Ruf, als hätte es seinen Namen gehört. Das war sehr seltsam.

Bald vergaß er diese rätselhaften Angelegenheiten und lernte, so wie andere zu reden, voller Überzeugung, fraglos.

Der Himmel ist blau, die Sonne golden, der Lindenbaum ist grün. Der Tag ist hell, er geht zu Ende, die Nacht bricht an, und dann ist es dunkel. Du schläfst, und morgens wachst du wieder auf. Doch es wird ein Tag kommen, an dem du nicht wieder aufwachst. Das ist der Tod. Der Tod ist traurig. Trauer ist, was Glück nicht ist. Und so weiter. Wie einfach das doch alles war! Man mußte nicht mal darüber nachdenken. Er brauchte nur dazusein, und das Leben würde den Rest besorgen, würde ihm einen Tag um den anderen Tag schicken, bis keine Tage mehr für ihn übrig waren, und dann kam er in den Himmel und wurde ein Engel. Die Hölle war unterm Boden.

> Matthäus, Markus, Johannes und Lukas
> Segnet das Bett, wenn ich die Augen zumach
> Sterb ich, bevor ich sie wieder aufschlag
> Empfehlt meine Seele Gottes Gnad'.

Er lugte hinter vorgehaltener Hand hervor auf seine Mutter, die neben ihm im Kerzenlicht kniete. Unter der glänzenden Haube aufgesteckten Haars schien ihr Gesicht blaß und friedlich wie das Gesicht der Madonna auf dem Bild. Ihre Augen waren geschlossen, und ihre Lippen bewegten sich, sprachen stumm die frommen Zeilen mit, die er laut vorsprach. Wenn er bei den schwierigen Worten ins Stottern geriet, half sie ihm sanft mit wunderbar weicher Stimme weiter. Sie habe er am meisten lieb, sagte er. Sie wiegte ihn in den Armen und sang ein Lied.

> Eia popeia, was raschelt im Stroh?
> Die Gänslein gehen barfuß
> Und haben keine Schuh.

Er lag gern wach im Bett, lauschte auf die verstohlenen Geräusche der Nacht um ihn her, ein Knirschen und Ächzen und abrupt ersticktes Knarren, die Stimme des Hauses, so glaubte er, das stöhnte und, bis zum Zerreißen unter dem enormen Gewicht der Dunkelheit gespannt, heimlich den schmerzenden Rücken dehnte und streckte. Der Wind sang im Kamin, der Regen trommelte aufs

Dach, der Lindenbaum klopfte und klopfte, klopf, klopf, klopf. Ihm war warm. Im Zimmer unter seinem Zimmer redeten Vater und Mutter, erzählten sich von ihrem heutigen Treiben dort draußen in der Welt. Wie konnten sie so gelassen bleiben und so leise miteinander sprechen, wo sie doch gewiß solch fabelhafte Geschichten zu berichten hatten? Ihre Stimmen schienen die Stimme des Schlafes zu sein, sie riefen ihn fort. Da waren noch andere Stimmen, die Stimmen der Kirchenglocken, die gewichtig die Stunden schlugen, der Hunde, die in der Ferne bellten, und auch die Stimme des Flusses, die doch eigentlich keine Stimme, sondern ein mächtiges, dunkles, flüssiges, ein wenig furchterregendes Rauschen in der Dunkelheit war, das man eher fühlte als hörte. Alle riefen sie ihn, forderten ihn auf zu schlafen. Und er schlief.

Doch manchmal gab Andreas im Bett in der Ecke merkwürdige Laute von sich und weckte ihn wieder auf. Andreas war sein älterer Bruder: Er hatte schlimme Träume.

Die Kinder spielten zusammen. Sie spielten Verstecken, Sacklaufen, Zeckspiel, Strickfangen und andere Spiele, die keinen Namen hatten. Katharina, die älter als Andreas war, lernte bald, solch kindische Leichtfertigkeiten zu verachten. Auch Andreas wurde die Spiele leid. Er lebte in seiner eigenen, stummen, qualvollen Welt, aus der er nur selten auftauchte, und wenn er es tat, dann bloß, um über sie herzufallen, sie zu prügeln und zu piesakken oder ihnen lächelnd und mit glitzernden Augen den Arm zu verdrehen, um sich dann so rasch wieder zu verziehen, wie er gekommen war. Nur Barbara, auch wenn sie die älteste der vier war, freute sich über jeden Vorwand, ihre schlaksige Höhe verlassen und den kleinen Bruder auf allen vieren über den Boden und unter den Tischen jagen zu können, grinsend und knurrend wie ein glücklicher Hund, ganz Maul und Tatzen und struppiges Fell. Eigentlich hatte er Barbara am meisten lieb, doch das sagte er keinem, nicht mal ihr selbst. Sie würde Nonne werden. Sie erzählte ihm von Gott, der ihr selbst seltsam ähnlich war, eine liebenswerte, liebevolle, traurige Gestalt mit der Neigung, Dinge zu verlieren und fallen zu lassen. Und er war es auch, der sich mühte, so viel emporzuhalten, ihre Mutter aber tolpatschig aus seiner zärtlichen Umarmung fallen ließ.

Das war ein entsetzlicher Tag. Das Haus schien voll alter Frauen zu sein und hallte wider von trübseligem Weinen. Das Gesicht seines Vaters, meist so streng und gefaßt, war entsetzlich nackt, rosig, grau und glänzend. Selbst Katharina und Andreas verhielten sich höflich zueinander. Sie liefen gemessenen Schrittes in den Zimmern auf und ab, imitierten die Erwachsenen, senkten die Köpfe, wrangen die Hände und sprachen mit leiser, steifer, förmlicher Stimme. All das war äußerst erschreckend. Seine Mutter wurde auf ihrem Bett aufgebahrt, das Kinn mit einem weißen Tuch hochgebunden. Sie war vollkommen und einzigartig still und schien in dieser einzigartigen, vollkommenen Stille endlich zu der wahren und endgültigen Bestimmung dessen gefunden zu haben, was sie selbst, das lebhafte Selbst ihrer selbst war. Alles um sie her, gar die lebenden Wesen, die kamen und gingen, wirkten ungenau und unfertig angesichts ihrer steifen Anwesenheit. Und doch war sie tot, war sie nicht mehr seine Mutter, war sie im Himmel, so hatte man es ihm erklärt. Wenn sie aber dort war, was war dann dieses übriggebliebene Ding?

Sie brachten es fort und vergruben es, und mit der Zeit vergaß er, was ihn verwundert hatte.

⋆

Nun nahm sein Vater breiten Raum in seinem Leben ein. Der Tod seiner Frau hatte ihn verändert, oder vielmehr ließ ihn die Veränderung, die ihr Dahinscheiden im Leben der Familie bewirkt hatte, hilflos in der alten, hinfälligen Welt zurück, so daß er mit unbeholfenen Schritten im neuartigen Treiben der Familie wie ein etwas komischer, etwas finsterer und irgendwie aufgebrachter Geist umherstapfte. Die Kinder gingen ihm aus dem Weg. Nur Nikolas suchte auch weiterhin willig seine Gesellschaft und folgte bis zur Quelle dem dunklen Faden des Schweigens, den sein Vater auf unsteten Wanderungen durchs Haus spann. Gemeinsam verbrachten sie lange Stunden, sagten nichts, schienen die Gegenwart des anderen kaum zur Kenntnis zu nehmen und schwelgten doch im Balsam geteilter Einsamkeit. Nur in diesen Teichen der Stille waren sie unbefangen miteinander, ließ sich aber anderenorts eine Begegnung nicht vermeiden, waren sie wie Fremde.

Trotz der Hilflosigkeit und der Qual ihrer öffentlichen Begegnungen klammerte sich der Vater beharrlich an den Traum von einem männlichen, markigen Umgang mit seinem Sohn, wie ihn die Stadt Thorn anerkennen und begrüßen würde. Er erklärte ihm die Bedeutung des Geldes. Geld war mehr als Münzen, o ja, viel mehr. Münzen, verstehst du, Münzen sind nur für arme Leute, für einfache Leute und für kleine Jungen. Sie sind nur ein Abbild des Eigentlichen, doch das Ding an sich kannst du nicht sehen oder dir in die Tasche stecken, es klimpert auch nicht. Wenn ich Geschäfte mit anderen Kaufleuten mache, dann brauche ich diese dummen Metallscheibchen nicht, und es macht keinen Unterschied, ob meine Börse voll oder leer ist. Ich gebe mein Wort, und das ist genug, denn mein Wort ist Geld. Verstehst du? Er verstand es nicht, und in der nachfolgenden Stille schauten sie einander hilflos, verwirrt und auf unerklärliche Weise verlegen an.

Trotzdem brachen sie einmal in der Woche vom großen Haus in der St.-Annen-Straße auf, um der Stadt das ewige, uneinnehmbare Monument zu zeigen, das da heißt der Kaufmann und sein Erbe. Der Junge spielte seine Rolle, so gut er es vermochte, und schritt mit ernster Miene, die Hände hinterm Rücken verschränkt, durch die engen Straßen, obwohl er sich innerlich in Qualen der Scham und Schüchternheit wand. Sein Vater, mit schwarzem Hut und Säbel, den verzierten Stock schwingend, glich der grotesken Karikatur des energischen, derben Kaufmannes, für den er sich hielt. Die geschwätzigen Begrüßungen – »Grüß Gott, mein Herr! Schöner Tag heute! Wie läuft das Geschäft?« –, die er Freunden wie Fremden gleichermaßen mit schallender Marktplatzstimme zurief, hallten taktlos durch die Gassen, ein schrecklich hohles Gedröhn. Blieb er stehen, um mit einem Bekannten zu reden, trieben seine salbungsvolle Art und unangenehme Jovialität den Jungen dazu, an seinen Zähnen zu saugen und eine seiner Hacken langsam, langsam in den Boden zu schrauben.

»Und dies ist Nikolas, mein Jüngster, aber er hat schon eine Nase fürs Geschäft, nicht wahr, was sagst du junger Spund, he?«

Er sagte nichts, lächelte nur verlegen und wandte sich ab, suchte den Trost der Pappeln und der mächtigen Bündel stählernen Lichts über dem Fluß, der messingfarbenen Wolken am hohen blauen Himmel.

Sie gingen dann am Kai entlang, wo Nikolas' furchtsame Seele sich aus ihrem Versteck wagte, vom Lärm der Männer und Schiffe hervorgelockt, der so anders als das schwachsinnige Gebrabbel dort hinten in den Gassen klang. Dies hier war keine Welt der bloßen Worte, sondern die Welt des glorreichen Wirrwarrs und Tumultes, der riesigen schwarzen, rumpelnden und pumpernden Fässer, der surrenden Winschseile, der barfüßigen Packer, die singend und fluchend unter ihren Lasten hin und her über die schwingende Gangway taumelten. Der Junge war wie verzaubert, gefangen von Schrecken und schrecklichem Vergnügen, erahnte er doch in all der Hast und Ungeheuerlichkeit einen verwirrenden, unwiderstehlichen Untergang.

Seinen Vater machten der Fluß und die übervölkerten Kais ebenfalls unruhig, und so hasteten sie nun schweigend dahin, den Kopf Schutz suchend zwischen die Schultern gezogen. Das Haus Koppernigk & Söhne stand zurückgesetzt am Kai und beobachtete mit offensichtlicher Genugtuung das hektische Gewerbetreiben vor den Fenstern; selbst die ungebärdige Weichsel wurde unter seinem steinigen Blick lammfromm und eilte davon. In den staubigen Büros, den kühlen, halbdunklen Höhlen des Lagerhauses sah der Junge fasziniert und angewidert zu, wie sein Vater wiederum die grinsende Maske eines Mannes von Bedeutung anlegte, und ein vertrautes, brennendes Gemisch aus Verachtung und Scham begann sich erneut in ihm zu regen.

Doch insgeheim genoß er diese Ausgänge. Ein unbestimmter Hunger fand in dieser engen kleinen Welt Nahrung. Und so wanderte Nikolas träumend durch das Labyrinth winziger Büros, atmete den krümligen Geruch von Staub und Tinte und erhaschte Blicke auf tintenbekleckste, staubgraue, alte Männer, die sich mit Federkielen über riesige Hauptbücher beugten. Breite, zitternde Klingen Sonnenlicht zerhieben die Luft, der Lärm von den Kais stürmte gegen die Fenster, doch nichts konnte die stämmigen Doppelsäulen von Soll und Haben erschüttern, auf denen das Haus ruhte. Hier herrschte Harmonie. Im pelzigen, honigbraunen Zwielicht der Lagerhäuser schwindelten ihm die Sinne, attackiert von Gerüchen, Farben und Texturen, von Kognak und Wodka, in Fässern schlummernd, von Wachs und Pech und dicht gepackten Tonnen Heringen, von Holz und Korn und einem Orient an Gewürzen. Glänzende Kupferplatten glühten mit weicher dunkler Flamme unter zerfetzten Hüllen aus Sackleinen und alten Strikken, und Glück schien ein kupferfarbenes Wort zu sein.

Vom Namen dieses Metalls leitete sich der Familienname ab, erzählte sein Vater, und nicht, wie manch einer gehässig andeutete, vom polnischen Wort *coper* für *Meerrettich*. Meerrettich, also ehrlich! Vergiß nie, daß wir vornehmer Abstammung sind, eine Familie von Kaufleuten, Beamten und Dienern der Heiligen Kirche – allesamt Patrizier! Ja, Papa.

*

Die Koppernigks stammten aus Oberschlesien, von wo 1396 ein gewisser Niklas Koppernigk, Steinmetz von Beruf, nach Krakau gezogen war, um dort das Bürgerrecht anzunehmen. Sein Sohn Johannes war der Gründer jenes Handelshauses, das der Vater des jungen Nikolas Ende der fünfziger Jahre des fünfzehnten Jahrhunderts nach Thorn ins königliche Preußen verlegen sollte. Unter den alten deutschen Siedlerfamilien arbeiteten die Koppernigks lang und sorgsam daran, sich von Polen und allem Polnischen zu befreien, doch gänzlich sollte ihnen dies nie gelingen. Das Deutsch der Kinder war immer noch irgendwie südlich eingefärbt, gleichsam gezeichnet von einem undeutlichen Nachglimmen gekochten Kohls, was ihrer Mutter in ihrem kurzen, unglückseligen Leben sehr zu schaffen gemacht hatte. Sie war eine Watzenrode. Die Watzenrodes waren zwar ebenso Schlesier wie die Koppernigks, leitete sich ihr Name doch vom Dorf Weizenrodau bei Schweidnitz ab, doch sah man davon einmal ab, unterschieden sie sich beträchtlich von den Koppernigks: In ihrer Familie gab es keine Steinmetze, ganz gewiß nicht. Im dreizehnten Jahrhundert fanden sich Watzenrodes unter den Ratsherren und Schöffen von Münsterburg und später auch von Breslau. Gegen Ende des letzten Jahrhunderts waren sie in Thorn eingetroffen, wo sie bald recht einflußreich wurden und zu den Statthaltern der Altstadt zählten. Nikolas' Großvater mütterlicherseits war ein wohlhabender Mann gewesen, dem Besitztum in der Stadt und eine Reihe großer Güter bei Kulm gehört hatten. Außerdem waren die Watzenrodes durch Heirat mit den Peckaus von Magdeburg und den von Allens aus Thorn verwandt. Gewiß, sie hatten auch in die kürzlich aus Krakau hergezogene Familie der Koppernigks eingeheiratet, doch war dies wohl kaum eine Verbindung, der sie sich rühmen konnten, wie Nikolas' Tante Christina Watzenrode, eine sehr vornehme und eindrucksvolle Dame, oft genug betonte.

»Vergiß nie«, hatte seine Mutter ihm gesagt, »daß du ebensosehr ein Watzenroder wie ein Koppernigker bist. Und dein Onkel wird eines Tages Bischof. Vergiß das nicht!«

★

Vater und Sohn kehrten müde und verstimmt von ihren Ausgängen zurück und gingen rasch und mit abgewandten Gesichtern auseinander, der Vater, um seine Enttäuschung und das unerklärliche Gefühl von Scham in Einsamkeit zu hegen, der Sohn, um die Marter der Hänseleien seines Bruders Andreas zu erdulden.

»Und wie liefen die Geschäfte heute, Bruder, he?«

Als ältester Sohn war Andreas der rechtmäßige Erbe, doch allein der Gedanke entlockte seinem Vater ein seltenes, kläffendes Gelächter. »Dieser Tunichtgut? Bloß nicht. Soll er es in der Kirche versuchen, wo Onkel Lukas ihm eine fette Pfründe besorgen kann.« Und Andreas biß sich auf die Fingerknöchel und stahl sich davon.

Andreas haßte seinen Bruder. Sein Haß war eine Art Schmerz, und Nikolas bildete sich manchmal ein, ihn hören zu können, ein hohes, gequältes Winseln.

»Die Türken kommen, kleiner Bruder, sie sind im Süden einmarschiert.« Nikolas wurde blaß, und Andreas grinste. »Tja, es stimmt, glaub mir. Hast du Angst? Nichts hält die Türken auf. Man sagt, sie pfählen ihre Gefangenen. Einen großen, spitzen Pfahl direkt in den Hintern – genau *so*! Ha!«

Sie gingen gemeinsam zur Schule und auch zusammen wieder heim. Andreas zog es vor, mit betont gleichgültiger Miene Nikolas' unterwürfige Anwesenheit an seiner Seite zu übersehen, pfiff durch die Zähne, starrte in den Himmel und verlangsamte abrupt seinen Schritt, um irgendein faszinierendes, in der Gosse treibendes Ding zu untersuchen, oder beschleunigte ihn, um höhnisch hinter einem nichtsahnenden Krüppel herzuhumpeln, so daß Nikolas, obwohl er sich redlich mühte, dieses plötzliche Hasten oder Halten vorauszuahnen, und auf seinem Gesicht das dümmliche Grinsen eines Welpen erstarrte, an der unsichtbaren Leine eines kapriziösen Herrn zu tanzen schien. Doch wurde Andreas' Hohn nur um so beißender, je mehr er versuchte, sich nichts anmerken zu lassen.

»Du Kriechtier – kriech nicht immer hinter mir her!«

Andreas war von attraktiver Gestalt, groß und schlank, dunkelhaarig, anspruchsvoll und gefühllos. Er rannte und lief mit lässiger, achtloser Anmut, doch wirkte er in ruhender Pose am anziehendsten, wenn er etwa am Fenster stand, verloren in melancholischer Träumerei, das fahle, schmale Gesicht wie eine vollkommene Vase zum Licht emporgereckt, wie eine Muschel aus dem Meer, ein exquisites, zerbrechliches Ding. Wurde er unmittelbar angesprochen, besaß er die Angewohnheit, rasch die Stirn zu runzeln und den Kopf abzuwenden, und in dieser Pose schien seine Schönheit von einem unauslöschbaren Kummer gezeichnet zu sein. In den miefigen Klassenzimmern und auf den Fluren der Schule St. Johann wirkte er fehl am Platz, ein verletzliches, ätherisches Geschöpf, gestrandet in fremdem Element, und die Lehrer brüllten ihm ins Gesicht und schlugen ihn, da sich ihre stumpfen Seelen gegen dieses Rätsel aufbäumten, das nichts lernte und heimschlenderte, um stumm und mit abgewandtem Gesicht die Schmäh eines enttäuschten Vaters zu ertragen.

Frohsinn überkam ihn wie eine Fallsucht und trieb ihn wie verrückt wiehernd mit wild fuchtelnden, langen Gliedern durchs Haus. Diese rasenden Anfälle von Heiterkeit waren nur kurz und selten und endeten meist abrupt mit dem Geräusch von etwas Zerbrechendem, einem Spielzeug, einer Fliese, einer Fensterscheibe. Die anderen Kinder duckten sich, wenn die Stille auf sie niederflatterte.

Zu Freunden wählte er sich unter den Jungen die rauhesten Rohlinge, die St. Johann aufzubieten hatte. Jeden Nachmittag sammelten sie sich vor den Schultoren zu Prügeleien, Furzwettkämpfen und anderen Vergnügungen. Nikolas fürchtete diese gelangweilte, böswillige Meute. Nepomuk Müller schnappte sich seine Mütze, sprang davon und schwang triumphierend seine Beute.

»Hier, Nepomuk, wirf sie her!«

»Zu mir, Müller, zu mir!«

Die dunkle Scheibe segelte hierhin und dorthin im gnadenlosen Sonnenlicht und schien allein vom rundum aufsteigenden, wilden Geschrei in der Luft gehalten zu werden. Ein vertrauter Trübsinn durchdrang Nikolas' Gemüt. Wenn er doch bloß wütend sein könnte! Roter Zorn hätte ihn in dieses Spiel katapultiert, in dem selbst noch die Rolle des Opfers verächtlicher Distanz vorzuziehen war. Griesgrämig und stumm wartete er außerhalb des Kreises kreischender Jungen und malte mit der Schuhspitze Figuren in den Sand.

Die Mütze flog zu Andreas, und der griff zu und pflückte sie aus der Luft, doch statt sie gleich wieder auf ihren Weg zu schicken, hielt er inne und suchte wie immer nach einer Möglichkeit, dem Spiel einen Hauch von Anmut zu verleihen. Die übrigen Jungen stöhnten.

»Ach, komm schon, Andreas, wirf sie her!«

Andreas wandte sich zu Nikolas um, lächelte sein Lächeln und begann, Maß für die Entfernung zwischen ihnen zu nehmen, täuschte wie ein Ringspieler Würfe vor und zielte sorgsam.

»Paßt auf, sie landet direkt auf seinem Zinken.«

Doch als er Nikolas' Blick auffing, zögerte er erneut, runzelte die Stirn, trat mit einem düsteren, trotzigen Blick über die Schulter vor und reichte seinem Bruder die Mütze. »Hier«, brummte er, »nimm sie.« Doch Nikolas schaute zur Seite. Mit Grausamkeit wußte er umzugehen, die war vorhersehbar. Andreas lief dunkelrot an. »Nimm deine verdammte Mütze, du Rotznase.«

In pochendes Schweigen gehüllt zottelten sie nach Hause. Nikolas seufzte, schwitzte und bäumte sich innerlich in grimmiger Machtlosigkeit gegen Andreas auf, der in vielerlei Hinsicht so überaus erwachsen schien und manchmal doch so kindisch sein konnte. Das mit der Mütze war einfach dumm gewesen. *Du kannst von mir nicht verlangen, daß ich dich verstehe, selbst wenn ich es tue!* Er wußte nicht recht, was das zu bedeuten hatte, doch nahm er an, es könnte damit gemeint sein, daß die Sache mit der Mütze letztlich doch gar nicht so dumm gewesen war. Ach, es schien hoffnungslos! Es gab Augenblicke wie diesen, da gewann das Durcheinander seiner Gefühle für Andreas ein bedrohliches Ausmaß an Haß.

Sie waren nicht mehr auf dem Heimweg. Nikolas blieb stehen.

»Wo gehen wir hin?«

»Nirgendwohin.«

Doch er wußte sehr wohl, wohin sie gingen. Ihr Vater hatte ihnen verboten, ohne Begleitung die Stadtmauern zu verlassen. Da draußen lag die Neustadt, ein Gewirr von Hütten und dampfenden Gassen, aus denen der dicke grüne Gestank der Menschheit emporquoll. Dies war die Welt der Armen, der Leprakranken, der Überläufer und der Juden. Nikolas hatte Angst vor dieser Welt. Ihn fröstelte bei dem Gedanken daran. Wenn er von Andreas, der sich am niederen Leben ergötzte, dorthin mitgeschleift wurde, rollten die Abscheulichkeiten in schleimigen, erstickenden Wellen über ihn hinweg, und er schien zu ertrinken. »Wohin gehen wir? Wir dürfen da nicht hin! Du weißt doch, daß wir da nicht hingehen dürfen! Andreas!«

Doch Andreas gab keine Antwort und ging pfeifend den Hügel hinab, ging zum Tor und zur Zugbrücke und wurde in der Ferne allmählich zu einem krabbelnden, krabbenhaften Ding. Allein gelassen begann Nikolas verstohlen zu weinen.

⋆

Das Zimmer schien erstarrt, merkwürdig still. Eine Fliege summte und prallte blechern gegen die Butzenscheiben. Ein Buch auf dem Boden schloß sich langsam und immer wieder, Seite um Seite. Das glänzende, gierige Auge eines Spiegels im vergoldenden, plötzlichen Sonnenschimmer zeigte miniaturhaft ein zweites Zimmer und einen weiteren Flur, in dem ein kleines, blasses, verschrecktes Gesicht schwebte und verwundert auf das Bild dieser schreckenerfüllten Kreatur stierte, die wie ein ausgefallenes Augenbrauenhaar auf dem Rand des Spiegels schwamm. Sieh doch! Auf Zehenspitzen hing sie schaukelnd am Fenster, von unsichtbaren Streben gehalten, eine unglaublich große, tiefschwarze Puppe, deren

Klauen sich in seine Brust schlugen, so daß sein geschwollenes Gesicht sich vor schrecklichem Schmerz verzerrte.

Und hier kommt der Hacker
Und hackt ab seinen
Kopf

Er fiel, schlaffer Knochensack, und mit ihm schien das ganze Zimmer in sich zusammenzustürzen.

*»Kinder, euer Vater ist tot, am Herzen gestorben.«*

★

Der Nachhall dieses Einsturzes dauerte an, gedämpft, doch wahrnehmbar, und das Haus, vom vielen Weinen angeschlagen und aufgerauht, schien vor Schmerz zu pulsieren. Trauer besaß die Gestalt einer fetten grauen Ratte, die sich im Herzen verkrochen hatte.

Je heftiger sich diese Trauerratte regte, um so klarer wurden Nikolas' Gedanken, als kletterte sein Verstand vor Entsetzen über das sich windende Ding da unten weiter und weiter hinauf zu stets kargeren Höhen in der kalten, klaren Luft. Der Tod seiner Mutter hatte ihn verwirrt, doch war er ihm wie ein Unfall vorgekommen, in den Dimensionen gänzlich unverhältnismäßig zu jenem kleinen Makel in der Maschinerie, der ihn verursacht hatte. Dieser Tod war anders. Die Maschine schien diesmal einen Totalschaden zu haben. Er begriff, daß das Leben schrecklich schiefgelaufen war, und kein Wort von dem, was man ihm erzählte, konnte dies erklären, keiner der Namen, die man ihn gelehrt hatte, konnte den Grund dafür benennen. Selbst Barbaras Gott zog sich vor Entsetzen stumm zurück.

★

Onkel Lukas, der Kanonikus Watzenrode, reiste Hals über Kopf aus dem ermländischen Frauenburg herbei, sobald ihn die Nachricht vom Tod seines Schwagers erreicht hatte. Die Angelegenheiten des Domkapitels in der Kathedrale zu Frauenburg befanden sich wie gewöhnlich in einiger Unordnung, und für einen Mann, der sein Augenmerk auf den Bischofssitz gerichtet hatte, war es kein guter Zeitpunkt für eine längere Abwesenheit. Kanonikus Lukas war daher überaus verärgert – doch glich sein Leben sowieso einem immerwährenden Zustand außerordentlicher und tiefgründiger Verärgerung. Die von einem nie enden wollenden Krieg zwischen seinem Wollen und einer widerspenstigen Welt verursachten Verheerungen waren als Nervenstränge in die graue Karte seines Gesichtes eingetragen, und seine kleinen Augen, kalt und reglos über einer Nase so dick wie ein Hammerkopf, waren die Augen jenes hageren Wachtposten, der sich im fleischigen Panzer seiner massigen Gestalt verbarg. Es gefiel ihm nicht, wie die Dinge standen, doch den Dingen zum Glück, hatte er noch nicht entschieden, wie sie stehen sollten. Es heißt, man habe ihn sein Lebtag nicht ein einziges Mal lachen hören.

Sein Kommen glich dem Dröhnen eines Bronzegongs, das den Beginn einer neuen Ordnung im Leben der Kinder kundtat.

Nach Unstimmigkeiten schnüffelnd schritt er durchs Haus, die vier Kinder wie eine Schar verschreckt fiepender Mäuse hinter ihm her. Nikolas war wie hypnotisiert von diesem harten, faszinierend häßlichen, tyrannischen Menschenverwalter. Sein hinter ihm her flatternder Mantel zerriß unbarmherzig die Luft, so wie Nikolas seinen Onkel einst auf der Richterbank im Rathaus die Argumente der wimmernden Kläger in der Luft zerreißen sehen hatte. In der seltsamen, unverständlichen und manchmal grausamen Welt der Erwachsenen war Onkel Lukas der erwachsenste von allen.

»Euer Vater hat in seinem Testament euch, seine Kinder, meiner Obhut anvertraut. Ich begrüße diese Verantwortung nicht, doch ist es meine Pflicht, seinen Wunsch zu erfüllen. Ich werde einzeln und mit jedem von euch reden. Wartet hier.«

Er stolzierte ins Arbeitszimmer und schloß die Tür hinter sich. Die Kinder saßen auf einer Bank im sandbestreuten Flur, knabberten an ihren Fingernägeln und seufzten. Barbara begann leise zu weinen. Andreas trommelte im Rhythmus seiner besorgten Gedanken mit den Füßen auf den Boden, und Nikolas quoll der Schweiß aus den Poren, so wie immer, wenn er aufgeregt war. Katharina stieß ihm in die Seite.

»Dich schickt er fort, weißt du das?« fragte sie flüsternd. »O ja, weit, weit fort an einen Ort, an dem dich keine Barbara beschützen kann. Weit, weit fort.«

Sie lächelte. Er preßte die Lippen zusammen. Ihretwegen würde er nicht weinen.

Die Zeit verging nur langsam. Aufmerksam lauschten sie auf die winzigen Laute aus dem Zimmer, auf Papiergeraschel, das Kratzen einer Feder und einmal gar ein lautes Grunzen, vor lauter Erstaunen offenbar, zumindest klang es so. Andreas verkündete, daß er nicht länger untätig hier herumsitzen wolle, und stand auf, setzte sich aber sofort wieder, als die Tür aufflog und Onkel Lukas herauskam. Er schaute sie stirnrunzelnd an, als überlegte er, wo er sie schon einmal gesehen habe, schüttelte dann den Kopf und zog sich erneut zurück. Die Aufregung, die er im Flur verursacht hatte, legte sich bald wieder.

Endlich wurden sie aufgerufen. Andreas ging als erster hinein, blieb kurz in der Tür stehen, um die feuchten Hände an seiner Jacke abzuwischen und ein schmeichlerisches Grinsen aufzusetzen. Gleich darauf kam er mit finsterer Miene wieder heraus und wies mit dem Daumen schnippend auf Nikolas.

»Du bist dran.«

»Aber was hat er denn gesagt?«

»Nichts. Man will uns fortschicken.«

Oh!

Nikolas ging hinein. Wie ein Maul schnappte die Tür hinter ihm zu. Onkel Lukas saß vorm Fenster am großen Tisch, auf dem die Familienpapiere ausgebreitet lagen. Er ließ Nikolas an einen riesigen, unversöhnlichen Frosch denken. Ein Flügel des hohen Fensters öffnete das Zimmer zu einem Sommerabend voller weißer Wolken und staubigem, goldenem Licht.

»Setz dich, Kind.«

Der Tisch stand erhöht auf einem Podium, und als Nikolas sich auf den niedrigen Schemel davor setzte, konnte er von seinem Onkel nur Kopf und Schultern erkennen, als sähe er eine Büste aus hartem, grauem, körnigem Stein. Nikolas fürchtete sich, und seine Knie wollten nicht stillhalten. Die Stimme, die sich an ihn wandte, glich einem hohlen, dröhnenden Geräusch, das sich weniger an ihn als an eine Idee in Onkels Lukas' Kopf richtete, die nur undeutlich mit KIND oder NEFFE oder VERANTWORTUNG umschrieben war, und Nikolas vermochte bloß die Bedeutung der Worte auszumachen, nicht aber den Sinn dessen, was ihm gesagt wurde. Sein Leben wurde gemächlich an den Gelenken auseinandergezerrt und unter den Händen seines Onkels unerkenntlich wieder zusammengesetzt. Aufmerksam starrte er nach oben durchs offene Fenster, und ein Teil von ihm löste sich ab und schwebte frei nach oben, hinaus in den blauen und goldenen Himmel. *Wloclawek.* Es war ein Laut wie von einem lebenden Ding, das auseinandergerissen wurde.

Das Gespräch war zu Ende, doch Nikolas saß noch immer da, mit den Händen die Knie umklammernd, bebend, doch fest entschlossen. Onkel Lukas blickte düster vom Tisch auf. »Und?«

»Bitte, Herr, ich soll Kaufmann werden, so wie mein Vater.«

»Was hast du gesagt, Junge? Sprich lauter.«

»Papa hat gesagt, daß mir eines Tages die Büros, die Lagerhäuser und Schiffe gehören, und daß Andreas eine Laufbahn in der Kirche einschlagen soll, da Ihr einen Platz für ihn finden würdet, aber ich soll hier in Thorn bleiben und mich um das Geschäft kümmern, hat Papa gesagt. Versteht Ihr«, setzte er leise hinzu, »ich glaube, ich sollte wirklich nicht von hier fortgehen.«

Onkel Lukas blinzelte. »Wie alt bist du, Kind?«

»Zehn Jahre, Herr.«

»Du mußt die Schule zu Ende machen.«

»Aber ich bin in der Schule St. Johann.«

»Ja, ja, du wirst St. Johann verlassen! Hast du denn nicht zugehört? Du kommst zur Schule der Kathedrale in Wloclawek, du und dein Bruder, ihr beide, und danach geht ihr auf die Universität von Krakau, um dort kanonisches Recht zu studieren. Und anschließend werdet ihr in den Dienst der Kirche treten. Ich verlange nicht, daß ihr mich versteht, nur, daß ihr mir gehorcht.«

»Aber ich möchte hierbleiben, Herr, bei allem Respekt.«

Danach war es still. Onkel Lukas starrte den Jungen ausdruckslos an, dann wandte er den mächtigen Schädel, als drehte sich ein Teil einer gewaltigen Maschine zum Fenster. Er seufzte.

»Das Geschäft deines Vaters ist heruntergewirtschaftet. Thorn ist heruntergewirtschaftet. Der Handel hat sich nach Danzig verlagert. Dein Vater ist zur rechten Zeit gestorben. Diese Papiere, diese sogenannte Buchhaltung: Ich bin entsetzt. Was für eine Unfähigkeit, eine wahre Schande. Die Watzenrodes haben ihn zu dem gemacht, was er einmal war, und so zahlt er es uns heim. Das Haus läßt sich halten, und einige kleine Leibrenten bleiben, der Rest muß verkauft werden. Wie gesagt, Kind, ich verlange nicht, daß du das verstehst, nur, daß du mir gehorchst. Du kannst jetzt gehen.«

Auf dem Flur wartete Katharina. »Weit, weit fort, habe ich dir doch gesagt.«

*

Der Abend verging. Nikolas wollte nicht, konnte nicht weinen, und sein Gesicht, das so sehr nach Tränen verlangte, tat ihm weh. Anna, die Köchin, stopfte ihn in der Küche mit Zuckerplätzchen voll und gab ihm heiße Milch. Er hockte unterm Tisch. Das war sein Lieblingsplatz. Die letzten Strahlen Sonnenlicht fielen durchs Fenster auf Kupfertöpfe und gewienerte Fliesen. Und im Sommer draußen träumten die Türme von Thorn in der Stille. Wo er auch hinsah, fand er unaussprechliche Melancholie. Anna beugte sich zu ihm in seinem Versteck herunter.

»Ach, kleiner Herr, wirst jetzt brav sein, ja?«

Sie grinste, bleckte ihre gelben Zahnstümpfe, nickte und nickte. Die Sonne verzog sich lautlos, am Fenster dräute eine Wolke, blau wie ein Bluterguß.

»Was ist kanonisches Recht, Anna, weißt du das?«

Barbara sollte zum Zisterzienserinnen-Kloster nach Kulm kommen. Er dachte an seine Mutter. Die Zukunft war ein fremdes Land, er wollte dort nicht hin.

»Ach du, wirst jetzt brav sein, ja?«

*

Es wehte ein kräftiger Wind an dem Tag, an dem er ging, und alles winkte und winkte. Der Lindenbaum winkte. Lebewohl!

Liebste Schwester:

Es tut mir leid, daß ich Dir nicht schon früher geschrieben habe. Bist du glücklich im Kloster? Ich bin hier nicht glücklich. Ich bin aber auch nicht sehr unglücklich. Du fehlst mir und Katharina und unser Haus. Die Lehrer hier sind ziemlich streng. Ich habe viel Latein gelernt und kann es gut sprechen. Wir lernen auch Geometrie, die mag ich sehr. Es gibt da einen, der wird Wodka genannt, aber er selbst nennt sich Abstemius. Wir finden das sehr lustig. Und dann gibt es einen, der heißt Caspar Sturm. Er unterrichtet Latein und noch ein paar andere Fächer. Schreibt Andreas Dir auch? Ich sehe ihn nicht oft: Er ist mit älteren Jungs zusammen. Ich bin sehr einsam. Hier schneit es, und es ist sehr kalt. Onkel Lukas kam uns besuchen. Er hatte meinen Namen vergessen. Er hat mich in Latein geprüft und mir einen Florin gegeben. Andreas hat er keinen Florin gegeben. Die Lehrer hatten Angst vor ihm. Sie sagen, er wird bald Bischof von Ermland sein. Mir hat er davon nichts erzählt. Ich muß jetzt in die Vesper. Ich mag Musik, du auch? Ich spreche für dich und für all die anderen Gebete. Weihnachten kommen wir nach Hause: Ich meine nach Thorn. Ich hoffe, dir geht es gut. Ich hoffe, du schreibst mir bald einmal, dann schreibe ich dir auch zurück.

Dein Dich liebender Bruder:
Nik. Koppernigk

⋆

Er war nicht sehr unglücklich. Er wartete. Alles Vertraute war ihm genommen, und hier war alles fremd. Die Schule glich einem rasenden Rad aus Lärm und Gewalt, in dessen ruhiger Nabe er sich duckte, schwindlig und verängstigt, um von diesem Ort aus die Haltung der stolzierenden Jungs mit ihren steinharten Knöcheln und schrecklichen Zähnen zu bewundern, die alle Regeln kannten, niemals ins Stolpern gerieten und ihn vollständig ignorierten. Selbst wenn das Rad sich langsamer drehte und er sich bis an den Rand vorwagte, spürte er, daß er hier in Wloclawek nur sein halbes Leben lebte und daß die andere, die bessere Hälfte, rätselhafterweise woanders war. Wie sollte er sonst den leisen, dumpfen Schmerz erklären, der ihn nie verließ, ein Schmerz, wie ihn ein abgetrenntes Glied hinterläßt, dessen Nachbild noch in der am Stumpf baumelnden Leere pochte? In Kälte und Dunkelheit stand er um fünf Uhr früh im wimmernden Schlafsaal und wußte, daß irgendwo ein Teil von ihm sich träge in tieferem, lieblicherem Schlaf wälzte, als seine harte Pritsche ihm jemals erlauben würde. Immer wieder kreuzte dieses andere Selbst im Verlauf der Tage seinen Weg, stand stets im Sonnenlicht, lächelte stets, stichelte mit der Schönheit und Anmut seines geisterhaften Daseins. Also wartete er und ertrug so geduldig wie möglich die mageren Jahre und glaubte, daß sich eines Tages seine gespaltenen Persönlichkeiten wieder treffen mußten an einem weit schöneren Ort, der sich ihm in Andeutungen hin und wieder verriet, im grünen Aprilwetter, in den mächtigen Wolkentrümmerhaufen oder in der ätherischen Herrlichkeit des Hochamtes.

Er fand die strenge Disziplin und das viele Lernen seltsam tröstlich. Sie gaben ihm Kraft, wenn sich die Leere in seinem Verstand ausbreitete, wenn ihn etwa diese Bande von Rabauken verprügelt hatte, die Andreas seine Freunde nannte, wenn er wegen eines kleineren Vergehens geschlagen worden war oder die Erinnerungen an zu Hause ihn verstohlen weinen ließen.

Der Unterricht fing nach der Morgenmesse um sieben Uhr im großen Saal an. Um diese graue Stunde war außer dem Unbehagen nichts real, und es herrschte kein Schlafen oder Wachen, sondern ein Zustand zwischen beidem, ähnlich einer Halluzination. Das Klappern und Dröhnen der Stiefel auf den Bodendielen glich genau jenem Geräusch, das in Nikolas' Phantasie eisige Knochen in steifen Gelenkhöhlen machten. Langsam vergingen die Stunden, der Schlaf zog sich zurück, und der Vormittag fand sich damit ab, sich bis zum Mittag zu ertragen, wenn das Essen im Refektorium folgte und das, was eine Spielstunde genannt wurde. Die Nachmittage waren gräßlich. Die Zeit verlangsamte sich zum Stillstand, während der Tagesverlauf in langer, langsamer, exzentrischer Bahn über gähnender Leere verharrte. Das heisere Geschrei von einem Dutzend im Saal verteilter Klassen zerriß die schale, verbrauchte Luft, und die Lehrer brüllten in wachsender Verzweiflung ins Getöse, doch wenn sich am Abend die Schule wie betäubt in den Schlaf verkroch, wußte sie, daß kein Tag wie dieser je wieder geboren werden würde. Aber Tag folgte in tödlicher Unausweichlichkeit auf Tag, addierte sich zu Wochen, die nur die leblose Zäsur des Sabbats voneinander unterschied.

Er lernte ohne Mühe, vielleicht zu mühelos. Die Lehrer mochten ihn nicht, da er ihr so schwer erworbenes Wissen in raschen Zügen und ohne alle Anstrengung in sich aufnahm. Fast schien es, als unterrichteten sie ihn nicht, sondern bestätigten nur, was er bereits wußte. Nikolas ahnte, wie tief er sie verletzte, und so täuschte er Begriffsstutzigkeit vor. Er beobachtete einige seiner Klassenkameraden und lernte von jenen, denen es leichtfiel, wie man die Unterlippe hängen ließ und den Blick verschleierte, wenn Schwieriges den Fortgang einer Lektion behinderte; und siehe da, die Lehrer wurden freundlicher und begannen, ihn zu seiner Erleichterung bald zu ignorieren.

Doch so einfach ließen sie sich nicht täuschen.

*

Caspar Sturm war Kanonikus des Domkapitels der Kathedrale von Wloclawek, dem die Schule angehörte. Er unterrichtete das *Trivium*, also Grammatik, Dialektik und lateinische Rhetorik. Groß und schlank, hart, düster, todtraurig, so strich er wie ein Wolf durch die Schule, stets allein, stets wie auf der Suche. In der Stadt war er berüchtigt für seine Frauengeschichten und einsamen Saufgelage. Er fürchtete weder Gott noch Bischof und haßte viele Dinge. Manche behaupteten, er hätte vor langer Zeit einen Mann getötet und wäre in den Dienst der Kirche getreten, um für seine Sünde zu büßen: deshalb habe er auch keine höheren Weihen abgelegt. Es gab auch andere Geschichten, die besagten, daß er ein Bastard des polnischen Königs sei, daß er ein unermeßliches Vermögen verspielt habe und daß er auf Laken aus scharlachroter Seide schlafe. Nikolas glaubte sie alle.

Die Schule fürchtete sich vor Kanonikus Sturm und seinen Launen. An manchen Tagen waren seine Stunden die stillsten im Saal, die Jungen saßen stumm und geduckt, von seinem eisigen Blick und dem hypnotischen Rhythmus seiner Stimme wie gebannt, an anderen Tagen wiederum glich seine Klasse einer tumultuarischen Versammlung, da stampfte er umher, fuchtelte mit den Armen, schimpfte, lachte und sprang zwischen die Bänke, um mit der Peitsche, die er stets bei sich trug, nach den zurückzuckenden Schultern eines Missetäters auszuholen. Seine Lehrerkollegen beäugten ihn mit Widerwillen, wenn er derart umherhüpfte und tobte, doch sie sagten selbst dann nichts, wenn seine Kapriolen ihre eigenen Klassen in ein Irrenhaus zu verwandeln drohten. Ihre Nachsicht verdankte sich seiner eigenwilligen Brillanz – aber vielleicht hatten sie auch, genau wie die Jungen, nur Angst vor ihm.

Seine Lieblinge suchte er sich unter den Dummköpfen der Schule aus, ungeschlachte Kerle, die vor Muskeln und Pickeln strotzten, sich an ihren Tischen fläzten, grinsten und grölten und sich in der Gewißheit seiner Schirmherrschaft sonnten. Mit einer Art warmherziger Verachtung blickte er auf sie herab. Sie amüsierten ihn. Er traktierte und knuffte sie vergnügt, entblößte mit grausamen Sticheleien ihre untilgbare Ignoranz und ließ sie sich in störrischer, stotternder Scham vor der Klasse winden, aber dennoch liebten sie ihn und waren ihm bedingungslos ergeben.

Nikolas musterte er mit wachem und neugierigem Blick. Der Junge errötete und senkte verlegen den Kopf. Die Art, wie Caspar Sturm ihn anschaute, hatte etwas Unanständiges an sich, als er sanft, doch bestimmt die Maske zur Seite zog und in den weichen, pochenden Kern seiner Seele eintauchte. Nikolas ballte die Fäuste, und ein Tropfen Schweiß rann ihm übers Brustbein. *Ihr dürft mich nicht verstehen!* Der Lehrer sprach ihn nur selten direkt an, und wenn er es doch tat, dann öffnete sich um sie herum eine intime Stille, beladen mit unangenehmen, unaussprechlichen Vertraulichkeiten, die auszusprechen sie beide nicht einmal zu denken wagten, woraufhin Kanonikus Sturm dann einen Schritt zurücktrat und bündig nickte, als hätte er sich wieder einmal der Stichhaltigkeit einer bereits zuvor gefaßten Schlußfolgerung vergewissert.

»Und nun zu Andreas, dem älteren Sproß des Hauses Koppernigk! Komm schon, Tölpel, was kannst du uns von den Regeln des Tullius über die Kunst der Erinnerung erzählen, he?«

⋆

Das Lernen fiel ihm leicht, vielleicht zu leicht: Der Unterricht langweilte ihn. Nur hin und wieder konnte er in der grabeskalten Musik der Mathematik, im pompösen Marsch einer lateinischen Zeile, in den harten, schimmernden, lichten, doch ein wenig beängstigenden Gewißheiten der Logik undeutlich die Konturen eines glitzernden, hinreißenden Etwas sehen, das sich aus Blöcken gläserner Luft an klarem, blauem, unirdischem Himmel zusammensetzte, und dann sirrte in ihm der kupferne Akkord vollkommenster Glückseligkeit.

»Herr Sturm, Herr Sturm!« rief die Klasse, »ein Scherzrätsel, Herr Sturm!«

»Was? Wollt ihr lernen oder spielen?«

»Bitte, Herr Sturm!«

»Na gut, also schön. Hört zu: In einem Zimmer befinden sich drei Männer, A und B wurden die Augen verbunden, C ist blind. Auf einem Tisch in diesem Zimmer liegen drei schwarze Hüte und zwei weiße, also insgesamt fünf Hüte. Ein vierter Mann kommt herein: nennen wir ihn D. Er, also D, setzt A und B und C jeweils einen Hut auf den Kopf, die beiden übrigen Hüte aber versteckt er. Jetzt nimmt D dem A die Binde von den Augen, so daß dieser nun die Hüte auf den Köpfen von B und C, nicht aber den Hut sehen kann, den er selbst trägt, ebensowenig wie die beiden versteckten Hüte. D fragt A, ob er ihm sagen kann, von welcher Farbe der Hut ist, den er, A, trägt. A überlegt und antwortete: Nein.

Nun nimmt D dem B die Binde von den Augen, so daß dieser die Hüte sehen kann, die A und C tragen, nicht aber den Hut, den er selbst trägt, ebensowenig wie die beiden versteckten Hüte. D fragt B, ob er ihm sagen kann, von welcher Farbe der Hut ist, den er, B, trägt. B denkt nach, zögert und antwortet: Nein.

Nun: D kann C keine Binde von den Augen nehmen, da er keine Binde trägt und überhaupt keine Hüte sehen kann, weder weiße noch schwarze, weder getragene oder versteckte Hüte, denn, wie gesagt, C ist blind. D fragt C, ob dieser ihm sagen kann, von welcher Farbe der Hut ist, den er, C, trägt. C denkt nach, lächelt und antwortet: Ja.

Also, meine Herren«, sagte Kanonikus Sturm, »von welcher Farbe ist der Hut des Blinden, und wieso kennt er die Antwort?«

Die gläsernen Blöcke segelten still durch die schimmernde Luft und fügten sich zusammen. Geschafft!

Harmonie!

»Nun, junger Koppernigk? Hast du das Problem gelöst?«

Erschreckt zog Nikolas den Kopf ein und begann, hektisch auf seine Tafel zu kritzeln. Ihm war ganz heiß, und er schwitzte entsetzt bei dem Gedanken, daß ihn sein Gesicht verraten haben könnte, doch war er zugleich irrsinnig zufrieden mit sich und mußte sich mit aller Kraft auf den Gedanken an den Tod konzentrieren, um nicht zu grinsen.

»Sag schon, Junge«, brummte der Kanonikus. »Hast du es herausgefunden?«

»Noch nicht, Herr Sturm, ich arbeite noch dran.«

»Aha, du arbeitest also noch dran.«

Caspar Sturm trat einen Schritt zurück und nickte.

*

Und dann gab es da noch Kanonikus Wodka. Nikolas ging mit ihm am Flußufer spazieren. Es war die Weichsel, derselbe Fluß, der vergebens den untilgbaren Morast von Thorn bespülte – das heißt, der Name war derselbe, doch hatte der Name nichts zu bedeuten. Hier war der Fluß noch jung, ein heller, schneller Strom, während er drüben alt und müde schien. Und doch war er zugleich hier und dort, zugleich alt und jung, Jugend und Alter waren nicht durch Jahre, sondern durch Meilen getrennt. Laut sprach Nikolas den Namen des Flusses vor sich hin und hörte in diesem Wort plötzlich die Vorstellungen von Raum und Zeit zerfallen.

Kanonikus Wodka lachte. »Du hast das Gewissen eines Buchhalters, Nikolas.« Es stimmte: Was die Welt für gegeben hielt, war ihm ein Quell des Zweifels und der Angst. Doch er hätte es nicht anders haben wollen. Das Lächeln des Kanonikus erlosch, und er warf dem Jungen einen furchtsamen, zärtlichen Blick aus besorgten Augen zu. »Hüte dich vor Rätseln, mein junger Freund. Sie üben den Verstand, aber das rechte Leben können sie uns nicht lehren.«

Kanonikus Wodka war ein alter Mann von dreißig Jahren und erschreckend häßlich, ein untersetztes, fettes, watschelndes Geschöpf mit kugeligem Kopf, pockennarbigem Gesicht und winzigem, feuchtrotem Mund. Seine Hände waren außergewöhnlich, braun und welk wie die Klauen einer Fledermaus. Nur seine Augen, hell und verzweifelt, verwiesen auf die traurige, verkrüppelte Seele in seinem Innern. Für die Schule war er eine Figur, die Gelegenheit zu mancherlei derbem Spott bot, und die Jungen des Kanonikus Sturm liebten es, hinter ihm durch die Korridore zu torkeln und seinen grotesken Gang nachzuahmen. Selbst sein Name, der so gänzlich unpassend war, trug dazu bei, ihn zum Narren zu machen, eine Rolle, mit der er sich abgefunden zu haben schien, hatte er den Namen Abstemius doch aus lauter Ironie angenommen. Wenn man ihn derart ansprach, begann er manchmal, ein Zerrbild der Trunkenheit zu verkörpern, mit den Augen zu rollen und mit dem mächtigen Schädel zu wackeln. Nikolas vermutete, daß der Kanonikus, trotz seiner Ermahnung, allein aus den Vertracktheiten rein spielerischer Gedankengänge den einzigen Trost gewann, den ein Leben, das er nie ganz zu leben gelernt hatte, ihm zu geben vermochte.

Er lehrte das *Quadrivium*, also Arithmetik, Geometrie, Musik und Astronomie, und er war ein sehr schlechter Lehrer. Ihm fehlte der disziplinierte Verstand, den diese Fächer verlangten. Es war zu aufregend. Inmitten einer trigonometrischen Aufgabe hastete er plötzlich Zenos Pfeil hinterher, der nie die hundert Ellen zurücklegen würde, die das Ziel vom Bogen trennten, da er erst fünfzig Ellen und zuvor fünfundzwanzig und davor zwölfeinhalb Ellen fliegen mußte und dies bis in alle Unendlichkeit, so daß der Pfeil gleichsam verärgert im Flug erstarrte. Doch je weiter der Pfeil nicht flog, um so näher kam Nikolas seinem armen, fetten, lachhaften Lehrer. Sie wurden Freunde, behutsam, furchtsam, mit vielen Unterbrechungen und wiederholten Anläufen, konnten sie doch ihr Glück kaum glauben, aber sie wurden trotz allem Freunde, und selbst als Kanonikus Wodka eines Tages in der luftigen Stille auf dem Orgelboden der Kathedrale seine kleine, welke

Klaue auf Nikolas' Bein legte, starrte der Junge unverwandt ins Zwielicht unter dem Deckengewölbe und begann, rasch über nichts daherzureden, als würde nichts geschehen.

Während ihrer Spaziergänge am Fluß zeichnete der Kanonikus ein Bild der langen, konfusen Geschichte der Kosmologie. Anfangs zögerte er, neue Ideen einem jungen Geist einzupflanzen, der sich in seinen Augen bereits viel zuviel mit Abstraktionen beschäftigte, doch dann ergriff ihn das Staunen angesichts seines Themas, und er wurde zu stotternden, sternenübersäten Höhenflügen hingerissen. Er erzählte von den Ägyptern, die das Universum für eine Auster hielten, in der die Erde auf einer Schale brackigen Wassers unter einer Eiweißschale schwamm, von den klingenden Sphären der Griechen, von Pythagoras und Heraklit, von den Kirchenvätern, deren Erde ein luftummauerter Tempel war, und dann von den gnostischen Häresiarchen und ihrer Annahme, daß die Welt das Werk gefallener Engel sei. Zuletzt erklärte er Claudius Ptolemäus' Theorie der Himmel, die dreizehn Jahrhunderte zuvor in Alexandria aufgestellt worden war und von allen Menschen noch immer für gültig erachtet wurde, eine Theorie, laut der die Erde unbeweglich im Zentrum aller Dinge stand, ewig in ernstem, majestätischem Tanz von der Sonne und den geringeren Planeten umkreist. Es gab so viele Namen, so viele Vorstellungen, und Nikolas begann der Kopf zu schwirren. Kanonikus Wodka blickte ihn besorgt an, legte einen Finger auf die Lippen, um sich selbst zum Schweigen zu bringen und begann gleich darauf, wie jemand, der Buße tut, gewissenhaft vom Ruhme Gottes zu sprechen, vom unanfechtbaren Dogma der Mutter Kirche und den Freuden der orthodoxen Lehre.

Doch Nikolas hörte kaum zu. Er wußte noch nichts von Skrupeln jener Art, die seinem Freund zu schaffen machten. Wie eine Sirene sang ihm das Firmament. Dort droben war es anders als hier, ganz anders. Nichts auf Erden konnte sich mit jener unverfälschten Reinheit messen, die er dem Himmel zuschrieb, und wenn er ins grenzenlose Blau aufblickte, sah er jenseits der Ungewißheit und der Schrecken eine rauschhafte, herrlich feierliche Fröhlichkeit.

Zusammen bauten sie eine Sonnenuhr am Südwall der Kathedrale. Als sie fertig war, bewunderten sie schweigend dies schöne, einfache Ding. Während der Tag verging, kroch der Schatten kaum wahrnehmbar über das Ziffernblatt, und Nikolas schauderte es bei dem Gedanken, daß sie sich das mächtige Getriebe des Universums für diese kleine und unbedeutende Aufgabe gefügig gemacht hatten.

»Also ist die Welt«, sagte er, »doch nur eine Maschine und nicht mehr als das?«

Kanonikus Wodka lächelte. »Im *Timaeus* sagt Platon, das Universum sei eine Art Tier, ewig und vollkommen, und sein Leben sei gänzlich in ihm selbst gelebt, von Gott in Gestalt einer Kugel erschaffen, welche in ihrer Perfektion die erfreulichste Gestalt habe und unter allen Formen ihrer selbst ganz gleich sei. Aristoteles nahm als Erklärung für die Bewegung der Planeten einen Mechanismus von fünfundfünfzig kristallinen Sphären an, die alle einander berührten und antrieben und alle von der ursprünglichen Bewegung der Sphäre der Fixsterne in Bewegung gesetzt wurden. Pythagoras verglich die Welt mit einer riesigen Leier, deren Saiten gleichsam die Umlaufbahnen der Planeten bildeten und die in ihren Intervallen auf einer dem menschlichen Gehör entzogenen, vollkommenen und harmonischen Skala erklingen. Und all dies, dieses kristalline, ewige, singende Wesen, *dies* nennst du eine Maschine?«

»Ich wollte nicht respektlos scheinen. Doch ich suche nach einer Möglichkeit zu verstehen und zu glauben.« Er zögerte und lächelte ein wenig verlegen angesichts seiner hochtrabenden Worte. »Herr Wodka ... was glaubt Ihr denn, Herr Wodka?«

Der Kanonikus breitete seine leeren Arme aus.

»Ich glaube, daß dies hier die Welt ist«, sagte er, »daß sie existiert und daß sie unerklärbar ist. Glaubten denn all diese großen Männer, von denen wir sprachen, daß in Wirklichkeit existierte, was sie erdachten? Glaubte Ptolemäus tatsächlich an das merkwürdige Bild von den Rädern in den Rädern, das er zum wahren Abbild der planetaren Bewegungen erklärte? Glauben *wir* denn daran, auch wenn wir behaupten, daß es wahr ist? Denn siehst du, wenn wir uns mit diesen Problemen beschäftigen, wird die Wahrheit zu einer mehrdeutigen Angelegenheit. Zu unserer Lebzeit hat Nicolas Cusanus behauptet, das Universum sei eine unendliche Sphäre, deren Mittelpunkt im Nirgendwo liege. Dabei handelt es sich um eine *contradictio in adjecto*, da die Begriffe Sphäre und Unendlichkeit vernünftigerweise nicht zusammengehen, doch ist das Universum des Cusanus wirklich seltsamer als das des Ptolemäus oder das des Aristoteles? Nun, die Antwort auf diese Frage überlasse ich dir.« Wieder lächelte er ein wenig bekümmert. »Ich fürchte, das wird dir einige Kopfschmerzen bereiten.« Und als sie später bei Dämmerung über den Vorplatz der Kathedrale gingen, ließ ein plötzlicher Einfall den Kanonikus stehenbleiben und mit vor Aufregung zitternder Hand leichthin den Jungen berühren. »Denk doch bloß, Kind, hör zu: alle Theorien sind nur Worte, *doch die Welt selbst ist ein Ding.*«

Im Licht des Abends, der wachsenden Dämmerung schien es, als hätte eine Sibylle gesprochen.

⋆

An Samstagen unterrichtete Caspar Sturm die Schule auf den Feldern vor den Stadtmauern in der fürstlichen Kunst der Falknerei. Die schrecklichen, lieblichen Falken erfüllten die sonnige Luft mit dem Geschrei kleiner Tode. Eine Mischung aus Entsetzen und Begeisterung ließ Nikolas zuschauen. Solch eisige Wut, solche Entschlossenheit ängstigten und faszinierten ihn gleichermaßen. Wie ein vom Bogen abgeschossener Pfeil stürzten sich die Vögel auf ihre Opfer, wohl von einer blinden, stählernen Pein getrieben, die nichts zu lindern vermochte. Verglichen mit ihrer lebhaften Gegenwart schien alles andere vage und unwirklich. Sie waren absolut. Nur Kanonikus Sturm konnte es mit ihrer düsteren Wildheit aufnehmen. Ruhten sie, standen sie still wie aus Stein und beobachteten ihn mit starrem, gequältem Blick; selbst im Flug schien ihre Hast und brutale Sparsamkeit der Bewegung einzig dem einen Ziel zu dienen, in höchster Eile zum Handgelenk zurückzukehren, zu diesen seidenen Fußriemen, diesen Augen. Und ihr Lehrer, Gegenstand solcher Furcht und Liebe, wirkte hagerer, härter, düsterer und wurde zu etwas anderem. Nikolas sah, wie er die Vögel beobachtete, und war – wie merkwürdig, wie beschämend – erregt.

»Auf, hoch mit dir!« Ein Reiher kreischte und fiel vom Himmel. »Auf!« Ungeheuerliche, falkenhafte Geschöpfe flogen auf unsichtbaren Streben, an unsichtbaren Drähten über einen graublauen Himmel, und weit fort erklang ein großer Tumult, Geschrei und Gebrüll, jaulende Todesqual oder Gelächter scholl über diese immense Entfernung wie ein undeutliches, gräßliches Gezwitscher herüber. Selbst als er aufwachte und schreckerfüllt im Dunst seines eigenen Schweißes lag, wollte der Traum nicht aufhören. Fast schien es, als wäre er kopfüber in eine bestialisch schwarze Region des Firmaments getaumelt. Er zog an dem blind aufstrebenden Hebel zwischen seinen Beinen, zog daran und zog, zog sich auf die Welt zurück. Undeutlich spürte er, daß jemand in seiner Nähe stand, eine düstere Gestalt in der Dunkelheit, doch es kümmerte ihn nicht, zum Aufhören war es zu spät, und er kniff die Augen fest zusammen. Die Falken stürzten auf ihn nieder, er konnte ihre schwarzen, schimmernden Flügel sehen, die runzligen Krallen und metallischen Klauen, die weit aufgerissenen, grausamen Schnäbel, wie sie lautlos schrien, und unter dieser fürchterlichen Attacke schrumpfte er selbst zu einem winzigen, pulsierenden Punkt zusammen. Einen Augenblick lang erstarrte alles, stand am Rande der Dunkelheit, kurz vor einem exquisiten Tod, und dann bäumte er den Rücken wie einen Bogen und spritzte seinen Samen übers Laken.

Er sank tiefer und immer tiefer, weit, weit hinab und seufzte. Die Bestien waren gebannt, sein innerer Himmel war wieder leer, klar, makellos und blau, und trotz der Scham, dem Glibber und dem Geruch, einem Geruch von Blut und Milch und verwelkten Blumen, vernahm er in der Ferne eine seltsame, undeutliche Melodie, die zugleich überall und nirgendwo war, eine Art unendlicher Musik.

Er schlug die Augen auf. Im Mondlicht schwebte Andreas' fahles, hageres, unversöhnliches Gesicht über ihm und grinste finster.

*

Dann wurde er zu einem stofflosen Etwas, ein Luftnetz, das in roten Winden wogte. Er spürte, daß ihm seine lebenswichtige, schützende Haut abgeschält worden war. Seine Oberfläche schmerzte, Fleisch, Nägel, Haare, selbst die Fasern seiner Augen, sie alle sehnten sich nach dem, was er nicht benennen, sich nicht einmal recht vorstellen konnte. Während der Messe spähte er vom Chorboden hinab auf die Frauen der Stadt, die in der Kirchengemeinde unter ihm knieten. Sie waren hoffnungslos körperliche Wesen. Selbst die jüngste und reizendste glich in keinster Weise den schimmernden, singenden Geistern, die ihm in seinen verzweifelten Nächten aus der Dunkelheit entgegenflogen. Auch die schniefenden, müffelnden kleinen Jungen boten keinen Trost, die ihre Decken hinter sich her durch den Schlafsaal zogen und sich selbst im Tausch für die Geborgenheit eines geteilten Bettes anboten. Er suchte etwas anderes als gewöhnliches Fleisch, etwas aus Licht und Himmel und herrlich feierlicher Fröhlichkeit.

Schnee fiel und linderte die offene Wunde, die er sich mit eigenen Händen gerissen hatte. Drei Tage lang stürmte es in gespenstischer Lautlosigkeit, und dann, am vierten, fand die Dämmerung die Welt verändert vor. Es war das Fehlen der Dinge, das diese Veränderung bewirkte; der Schnee selbst schien kaum vorhanden, war eher ein Nichts, wo zuvor Etwas gewesen war, Pflaster, Grabstein, grüne Felder; und der Blick, verloren in der weißen Leere, wurde unwiderstehlich zum Horizont gelenkt, der nun unermeßlich weiter fort zu sein schien, als er es je gewesen war.

Nikolas trug seinen betäubten und erhellten Geist über die Wendeltreppe in den Turm hinauf, in dem Kanonikus Wodka sein Observatorium hatte, eine kleine, runde Zelle mit einem einzigen Fenster, das sich wie eine Falltür zum Himmel öffnete. Hier wies alles nach oben, so daß es schien, als wollte der Turm selbst gleich abheben. Nikolas stieg die sieben Holzstufen zur Beobachtungsplattform empor, und als er den Kopf in die beißende Luft reckte, glaubte er einen Moment lang, er könne tatsächlich mühelos weiter hinaufklimmen, höher und höher hinauf, und ihm wurde schwindlig. Der Himmel war eine Kuppel aus fahlstem Glas, und das Licht der Sonne glitzerte auf dem Schnee. Überall waren Reinheit und Glanz, die kaum erträglich schienen. Jenseits der weiten, klaren Stille der Schneefelder und der Dächer der Stadt hörte er einen Fuchs bellen, ein irgendwie vollkommener Laut, der die Stille wie eine glühende Nadel durchbohrte. Eine Woge närrischer

Freude erfüllte sein Herz. Alles würde gut werden, o ja, alles würde gut! Die unendlichen Möglichkeiten der Zukunft warteten auf ihn. Das war es, was der Schnee bedeutete, was der Fuchs ihm sagte. Seine junge Seele taumelte vor Wonne, und langsam, ach so langsam, schien er hinaufzufallen ins Blau.

Er studierte im vierten Jahr an der Universität Krakau, als er von seinem Onkel Lukas auf der Stelle nach Thorn zurückbeordert wurde: Der Präzentor des Frauenburger Kapitels lag im Sterben, und Onkel Lukas, inzwischen Bischof der Diözese, hatte sich vorgenommen, seinem jüngsten Neffen diese Pfründe zu sichern. Nikolas brach an einem lohfarbenen, traurigen Septembertag allein zur Reise in den Norden auf. Er war zweiundzwanzig und nahm nur wenig aus der polnischen Hauptstadt mit. Bloß Erinnerungen an gewisse Frühlingstage in der Stadt folgten ihm, wenn der Wind zwischen den Türmen sang, Sonnenlicht durch die Straßen schwemmte und das von Wolken und Vögeln und Kinderstimmen seltsam beunruhigte Herz sich in Umgebungen verirrte und verlor, die gestern noch tadellos vertraut erschienen waren.

Er hatte mit Andreas bei Katharina und deren Mann, dem Handelsherrn Gertner gewohnt. Nikolas mißfiel deren selbstgefälliger, stumpfsinniger Haushalt. Pubertät und frühe Heirat hatten seine Schwester kaum verändert. Die Maske der jungen Matrone verbarg noch immer ein katzenhaftes, berechnendes Kind, das, grausam und gierig, von unstillbarer Unzufriedenheit gequält wurde. Nikolas verdächtigte sie des Ehebruchs. Sie und Andreas stritten sich noch immer so heftig, wie sie es schon als Kinder getan hatten, doch gab es zwischen ihnen nun ein neues, deutlich spürbares Band, von gemeinsamen Geheimnissen geknüpft, die dem Ehemann wie dem Bruder gleichermaßen verschwiegen wurden. Ebenso vereinten sie ihre Kräfte, wenn es darum ging, Nikolas zu hänseln. Seine Sorgen amüsierten sie, sein schäbiges Aussehen, sein Lerneifer, seine lächerliche Ernsthaftigkeit – amüsierten sie, ja, aber beunruhigten sie seltsamerweise auch. Stumm ertrug er ihre Sticheleien, lächelte dämlich und sah nicht ohne eine gewisse Befriedigung – für die er sich, wenn auch ohne Erfolg, zu schämen suchte –, daß Gleichgültigkeit jene Waffe war, die sie am empfindlichsten traf.

*

Wohl wahr, er hatte viel in Polen gelernt. Nach vier Jahren war sein Kopf mit großen Granitblöcken des Wissens gefüllt, doch Wissen war keine Erkenntnis. Sein Verstand, der sich bereits ängstlich auf gewisse gefährliche und bislang unbegangene Pfade wagte, verlangte eine Leichtigkeit und Feinheit der Atmosphäre, ein Gefühl von Luft und Raum, wie es dies in Krakau nicht gab. Später begriff er, wie bedeutsam es war, daß ihn die Universität auf den ersten Blick vor allem an eine Festung erinnert hatte, denn trotz all ihrer Ambitionen war sie das wichtigste Glied in der Abwehr, welche die Scholastik gegen die Flut der neuen, aus Italien, aus England und aus Rotterdam hereinströmenden Ideen errichtet hatte. In seinem ersten Jahr wurde er Zeuge blutiger Straßenkämpfe zwischen ungarischen Scholastikern und deutschen Humanisten. Obwohl er diese Studentenbalgereien sinnlos und sogar komisch fand, konnte er nicht umhin, in dem Aufeinandertreffen unter dem drohenden Massiv des Wawel-Felsens zwischen den flachshaarigen Nordbewohnern und den Madjaren mit störrischer Stirn und düsterem Gesicht jenen Krieg des Geistes Gestalt annehmen zu sehen, der überall auf dem Kontinent tobte.

Die erfahrbare Welt vergrößerte sich. Bei der Suche nach einem Seeweg nach Indien hatten die Portugiesen die beängstigende Ungeheuerlichkeit Afrikas ausgemacht. Gerüchte aus Spanien kündeten von einer riesigen neuen Welt jenseits des Ozeans im Westen. Menschen reisten in alle Kompaßrichtungen, schoben überall die Grenzen zurück. Ganz Europa stand im Bann einer erleuchteten Krankheit, deren Symptome ebenso Neid und kolossale Neugier waren, wie auch der Hunger nach Eroberung, nach Bekehrung und nach etwas, das sich nicht so leicht bestimmen ließ, nach einer Art unwiderstehlichen Fröhlichkeit. Auch Nikolas war von den rosigen Tumoren dieser Seuche gezeichnet. Sein Ozean lag in seinem Innern. Wenn er sich im zerbrechlichen Kahn seiner Gedanken hinauswagte, glich er den verrückten Seeleuten auf deren grünem Meer der Dunkelheit, und die Visionen, die ihn nach seiner Rückkehr von der *terra incognita* plagten, waren gewiß nicht minder brillant und phantastisch.

Doch die Welt war mehr und zugleich weniger als diese Feuer und als das Eis hochfliegender Spekulation. Sie war zudem sein Leben und das Leben der anderen, kurz, kummervoll und unrettbar schäbig. Zwischen den beiden Sphären der Idee und der Tat konnte Nikolas keine tragfähige Beziehung erkennen. Darin hielt er mit seinem Zeitalter nicht Schritt, das ihm erzählte, Himmel und Erde wären in seinem Innersten vereint. Allein, dieser Gedanke war nicht ernsthaft zu verfolgen, wie nachhaltig er ihn aus Treue zur humanistischen Sache auch immer verfocht. Für ihn gab es zwei Subjekte, getrennt und unversöhnlich, das eine der Verstand, der unter Sternen weilte, das andere eine wertlose Fleischgabel, die fest im irdischen Exkrement wurzelte. In den alten Schriften hatte er einen Blick aufs Blau und Gold Griechenlands geworfen, auf die blutverklumpte Majestät Roms, und für kurze Zeit war ihm der Glaube vergönnt, es habe Zeiten gegeben, in denen die Welt eine nahezu göttliche Einheit von Geist und Materie, von Ziel und Konsequenz gekannt hatte: War es das, wonach die Menschen nun jenseits fremder Meere und der unendlich stillen Räume des reinen Denkens suchten?

Nun, falls solche Harmonie je wirklich existiert hatte, so fürchtete er tief in seinem Innern, zu tief, um es sich eingestehen zu können, daß sie nicht wiederzugewinnen war.

*

Er studierte die schönen Künste und Theologie, wie es Onkel Lukas angeraten hatte. Seine Studien nahmen ihn gänzlich in Beschlag. Vor seiner Zeit alt geworden, ein Einzelgänger, vertrocknet und pedantisch zog er sich von der Welt zurück. Latein fiel ihm leichter als Deutsch.

Und doch war all dies eine tiefernste Schauspielerei, eine Art Ritual, durch das die Welt, sein Ich und die Beziehung zwischen den beiden vereinfacht und handhabbar wurden. Gelehrtentum verwandelte in gefügige Ordnung den gräßlichen Lärm und Tumult der Welt da draußen, rückte sie von ihm ab und brachte sie zugleich empfindsam nah, so daß er, während er mit den Schrekken der Welt haderte, entsetzt und doch auch wundersam gelassen war. Manchmal aber war dieses gelassene Entsetzen nicht genug, manchmal verlangte die Scheußlichkeit mehr, schrie nach mehr, nach Risiko, nach Blut und Opfer. Und dann stand er da wie ein Schauspieler, der seinen Text vergessen hatte, stand wie gelähmt und stierte entgeistert ein schwarzes Loch in die Luft.

Er glaubte an die Tat, an die absolute Notwendigkeit der Tat. Doch die Tat versetzte ihn in Angst, da sie unweigerlich dazu neigte, in Gewalt umzuschlagen. Nichts war konstant: aus Politik wurde Krieg, Recht wurde zur Sklaverei, und aus dem Leben wurde Tod, jedenfalls früher oder später. Immer wieder versagte das Ritual angesichts der Scheußlichkeit. Die wahre Welt ist unbestreitbar, da sie das wahre Reich der Tat ist, doch Nikolas mußte sie bestreiten oder verzweifeln. Das war sein Problem.

⋆

Zu jenen Dingen aus seiner Zeit in Krakau, die er zu vergessen wünschte, zählte auch die Begegnung mit Professor Adalbert Brudzewski, Mathematiker und Astronom. Die Erinnerung an diesen verrückten, verhunzten Nachmittag glich jedoch dem Geist eines hartnäckigen Riesen mit mächtigen haarigen Tatzen, der jahrelang immer und immer wieder nach ihm ausholte, lachte und ihn aus dem scharlachroten Miasma der Scham und Verlegenheit anbrüllte. Es wäre nicht so schlimm gewesen, wäre Andreas nicht Zeuge seiner Erniedrigung geworden. Dabei hätte er eigentlich gar nicht dabei sein sollen: Er zeigte keinerlei Interesse an Brudzewski und seinen Vorlesungen, bis Nikolas nach wochenlanger Schmeichelei und Kriecherei endlich eine widerwillig erteilte Einladung ins Haus des Professors erhielt – in sein *Haus!* – und Andreas auf seine typische, träge Art verkündete, daß er mitkommen werde, da er an diesem Tag nichts Besseres zu tun habe. Doch Nikolas erhob keinen Einspruch, zuckte nur die Achseln und runzelte zerstreut die Stirn, als wolle er andeuten, wie wenig ihn derlei interessiere, während sich in seiner Phantasie eine wunderbar hochnäsige Version seiner selbst umdrehte und seinem Bruder bündig, aber mit vernichtender Akkuratesse mitteilte, was für ein verächtlicher Hund er doch sei.

⋆

Professor Brudzewskis Vorlesungen waren anstrengend, äußerst exklusiv und, wie der Professor selbst gern betonte, eine der wichtigsten Säulen, auf denen der makellose Ruf der Universität ruhte. Gewiß, er war Ptolemäer, doch hatte kürzlich sein zurückhaltender und keineswegs feindseliger Kommentar zur planetarischen Theorie Peuerbachs dafür gesorgt, daß einige seiner akademischen Kollegen die Brauen in die Höhe zogen – Brauen, die sich gleich wieder in gewohnter, beklagenswert niedriger Höhe zusammenzogen, als er ein paar gute Knüffe zur Verteidigung des ptolemäischen Dogmas mit böswilligem Vergnügen gegen die illustren Schläfen der mutmaßlichen Gefolgschaft verteilte. Die Peuerbachs heutiger Zeit mochten kommen und gehen, doch Ptolemäus auf seinem Gipfel war unangreifbar, und Professor Brudzewskis Aufgabe war es, dies zu verkünden, so oft und so eifrig, wie er es für notwendig erachtete.

Nikolas hatte alles gelesen, was vom Professor je über die ptolemäische Theorie geschrieben worden war. Aus den unzähligen matten Stunden, in denen er durch den trockenen Sand eines versiegelten Geistes gewatet war, hatte er einen winzigen, kostbaren, perlgroßen Tropfen Zweifel destilliert. Er wußte nicht mehr, wann oder wo er diesen Makel gefunden hatte, auf welcher sternenbesäten Bahn, auf welcher Stufe jener stetig ansteigenden Leitern tabellarischer Kalkulationen, doch kaum war er gefunden, ließ er das gesamte Gebäude eines Lebenswerks in langsamer, traumhafter Unausweichlichkeit einstürzen. *Professor Brudzewski wußte, daß Ptolemäus sich gründlich irrte.* Natürlich konnte er das nicht zugeben, nicht einmal vor sich selbst; dafür hatte er zu sehr auf Ptolemäus gebaut. Da versagten seine Nerven, und dies erklärte Nikolas, wieso ein Mathematiker ersten Ranges sich dem Betrug ergeben konnte, um, wie Aristoteles sagte, *die Phänomene zu retten*, also eine Theorie aufzustellen, die fest auf den alten reaktionären Dogmen ruhte, aber dennoch die beobachteten Bewegungen der Planeten erklärte. Es gab Beispiele, so etwa die äußerst exzentrische Bahn des Mars, die nicht der allgemeinen ptolemäischen Theorie entsprachen, doch angesichts solcher Probleme verwandte der Professor, wie schon sein alexandrinischer *magister* vor ihm, all seine erstaunlichen Fähigkeiten auf die entsprechenden Formeln, bis sie sich der verlangten Gleichförmigkeit fügten.

Anfangs schämte sich Nikolas für den Professor. Dann wich die Scham dem Mitgefühl, und er begann, den unglückseligen alten Knaben mit nahezu väterlicher, mitleidiger Zärtlichkeit zu betrachten. Er wollte ihm helfen! Ja, er würde sein Schüler werden, ihn in den Seminarräumen sanft an die Hand nehmen und ihm zeigen, wie er seinen Wahn gestehen und somit Jahre des Starrsinns und willentlicher Blindheit wiedergutmachen konnte. Und es würde ein weiteres, doch ganz anderes Buch geben, vielleicht das letzte des alten Mannes, die Krönung seines Lebens, einen *Tractatus contra Ptolemaeus* mit kurzer Danksagung für den Studenten – so jung, so brillant! –, dessen vernichtende Argumente jene Donnerkeile gewesen waren, die den Autor auf seinem unbekümmerten, blindlings eingeschlagenen Weg nach Damaskus niedergestreckt hatten. O ja. Und obwohl der Text selbst längst vergessen war, wie es gewiß geschehen würde, sollten Generationen von heute noch ungeborenen Kosmologen mit Achtung von jenem Buch sprechen, das den ersten öffentlichen Auftritt – so bescheiden, wie typisch! – eines der größten Astronomen aller Zeiten markierte. Nikolas bebte, trunken von diesen irren Visionen des Ruhms. Andreas schaute ihn an und grinste.

»Du schwitzt, mein Bruder, ich kann es von hier aus riechen.«

»Mir fehlt deine Gelassenheit, Andreas. Ich mache mir Sorgen. Ich würde sehr gern seine Vorlesungen hören.«

»Warum? Diese Sternguckerei und all das, wozu soll das gut sein?«

Nikolas war schockiert. Wozu es gut sein sollte? – Es war das einzig gewisse Gute! Doch das konnte er nicht sagen, und so begnügte er sich mit einem wissenden Lächeln. Sie passierten die Türme der Marienkirche. Frühling war in Krakau eingezogen, und die Stadt schien heute zu schweben, ein im Sonnenlicht durch blassen, blauen Raum fliegendes, verschlungenes, ätherisches Ding aus Stangen und Glas. Andreas pfiff vor sich hin. Wie hübsch er doch war, wie elegant in seinem Samtmantel, dem gefiederten Hut, dem Degen, der in der schmucken Scheide an seiner Seite baumelte. Er hatte die flüchtige, herzzerbrechende Schönheit seiner Jugend ins Mannesalter hinübergerettet. Nikolas berührte ihn sanft am Arm.

»Ich interessiere mich für derlei Dinge, verstehst du«, sagte er. »Das ist alles.«

Soweit er verstand, hatte er seinem Bruder nichts getan, und dennoch schien er sich bei ihm zu entschuldigen; ein altvertrautes Phänomen.

»Du interessierst dich dafür – natürlich tust du das«, antwortete Andreas. »Doch ich nehme an, dir ist nicht gänzlich entfallen, daß unser lieber Onkel unsere Fortschritte aufmerksam verfolgt, nicht wahr?«

Nikolas nickte bekümmert. »Du glaubst also, ich wolle dich durch Übereifer in seiner Gunst ausstechen?«

»Was sollte ich denn sonst denken? Du hast doch nicht gewollt, daß ich heute mit dir komme.«

»Aber du warst nicht eingeladen!«

»Papperlapapp! Du solltest endlich begreifen, Bruder, daß ich dich kenne, daß ich weiß, welche Pläne und Absichten du hinter meinem Rücken verfolgst. Ich hasse dich deshalb nicht, nein – ich verachte dich bloß.«

»Andreas.«

Doch Andreas pfiff bereits wieder vergnügt vor sich hin.

*

Professor Brudzewski wohnte in einem großen alten Haus im Schatten von St. Marien. Man führte die Brüder in die Eingangshalle und ließ sie warten, umgeben von bedrückenden Säulen der Stille, die über die Galerie hinaus bis zur hohen Decke mit den verblichenen Fresken reichten. Gelangweilt schauten sie sich um, als wollten sie einem eventuellen Beobachter die Arglosigkeit ihrer Absichten kundtun, bloß um jählings festzustellen, daß sie tatsächlich von einer verschwommenen Gestalt hinter den Paravents zu ihrer Linken beobachtet wurden. Als sie sich rasch abwandten, hörten sie in ihrem Rücken ein leises, irres Gelächter und verhallende Schritte.

Sie mußten lange warten, als hätte man sie vergessen, während um sie herum die Halle allmählich zu sonderbarem Leben erwachte. Anfangs waren es nur Türen, die aufflogen, um körperlose, die Stille zerfetzende Stimmen einzulassen, ehe sie sich dann langsam und mit einem deutlich wahrnehmbaren, doch unerklärlichen Eindruck von Böswilligkeit wieder schlossen. Erst als sie es leid wurden, bei jedem unvollendeten Auftritt ein erwartungsvolles Lächeln aufzusetzen, folgten den Stimmen ihre Besitzer durch die Türen, eine merkwürdig erregte, anonyme Ansammlung von Personen, die jedoch nicht blieben, sondern die Brüder nur murmelnd sowie in dichten Gruppen zu zweit oder zu dritt auf ihrem gedankenverlorenen Weg nach Irgendwo passierten. Diese rätselhaften Pilger sollten Nikolas' Wege an diesem Tag noch oft kreuzen, ohne je das Geheimnis ihres mysteriösen Treibens zu lüften.

Endlich kehrte der Hausdiener zurück, eine wabblige, fette, fahle, birnenförmige Kreatur mit Fistelstimme, Plattfüßen und einem makellos glatzköpfigen, weißen Schädel. Er lockte die Brüder mit gekrümmtem, zierlichem Finger in ein angrenzendes Zimmer voller plötzlichem Sonnenlicht aus einem hohen Fenster. Beim Eintreten erhaschten sie einen flüchtigen Blick auf ein lächelndes Mädchen in einem grünen Gewand, das durch eine andere Tür hinausschlüpfte und ein in der hellen Luft waberndes Bild schemenhafter Schönheit hinterließ. Professor Brudzewski starrte sie unschlüssig an und sagte:

»So, so!«

Er besaß ein langes, gelbliches Gesicht mit einem kleinen grauen Spitzbart, der wie ein Hauer an der Unterlippe hing. Sein Rücken war so stark gekrümmt, daß seine weite, schwarze, am Hals befestigte Robe wie ein Vorhang herabwallte. Durch einen Schlitz an der Seite ragte eine knorrige Klaue, in der wie ein Zapfen im Lager ein kräftiger, schwarzer Stock stak, der allein ihn offenbar davon abhielt, zu einem Häuflein Staub, Stoff und trockener Knochen zusammenzufallen. Doch diese scheinbare Zerbrechlichkeit täuschte: Er war ein aufbrausender, alter, kalter Körper, dem die Welt mißfiel, der sie bestenfalls zu dulden wußte oder der, wenn sie denn so tollkühn war, sich von Angesicht zu Angesicht zu ihm vorzuwagen, mit wilden Flüchen und lautem Kreischen über sie herfiel.

Schweigen breitete sich aus; es war recht offensichtlich, daß er keine Ahnung hatte, wer seine Gäste waren und daß es ihn auch nicht sonderlich kümmerte. Nikolas spürte, wie ihm das Lächeln zu einem matten Grinsen gerann. Ihm fiel keine passende Begrüßung ein. Andreas, das Heft seines Degens umklammernd – den, wie beiden Brüder plötzlich schaudernd einfiel, in der Öffentlichkeit zu tragen die Universitätsregeln ihm verboten – trat klirrend einen Schritt vor.

»Dies ist mein Bruder Nikolas Koppernigk, *Magister*, wie Euch gewiß bekannt ist; und ich heiße Andreas. Wir nähern uns in aller Bescheidenheit diesem wahrhaftigen Olymp. Ha, ha. Unser Onkel Doktor Lukas Watzenrode, Bischof von Ermland, läßt Euch seine Grüße ausrichten.«

»Ja, ja, was Ihr nicht sagt«, brummelte der Professor. »Ganz recht.« Er hatte nicht zugehört. Stirnrunzelnd schaute er an ihnen vorbei zur Tür, durch die drei Herren lautlos eingetreten waren, um nun die Köpfe zusammenzustecken und miteinander zu flüstern. Der eine war groß und dürr, ein anderer klein und dick, und der dritte, der ihnen den Rücken zukehrte, schien warzenübersät und war von mittlerer Statur. Sie hatten etwas Verschwörerisches an sich. Professor Brudzewski begann, ein leises, surrendes Geräusch auszustoßen, entschuldigte sich dann abrupt, hastete mit krabbengleichen Bewegungen zu jener Tür, durch die das grüne Mädchen gegangen war, murmelte etwas, das die Brüder nicht verstanden, und verschwand. Die Verschwörer zögerten, sahen sich an, hüpften aufgeregt von einem Fuß auf den anderen, stürzten dann alle auf einmal hinterher und stießen in ihrer Hast beinahe den Hausdiener um, der mit zwei unsinnig fröhlich schäumenden Bierseideln zurückkehrte, die er fürsorglich und stumm den Gästen mit kummervollem Lächeln servierte. Wolkenschatten glitten großen dunklen Vögeln gleich ins Zimmer.

Wie Treibgut drifteten die Brüder danach lange Zeit ein wenig benommen durchs Haus. Ein seltsam beunruhigter, kleiner Mann mit Cape, Kniehose und absurder Feder im Hut lauerte ihnen in einem Flur auf und begann ohne Umschweife eine wüste Schmährede wider die Unfähigkeit der chaldäischen Kosmographen, die ihn auf rätselhafte Weise persönlich beleidigt zu haben schienen. Andreas verdrückte sich und ließ Nikolas allein zurück, der lächelnd und hilflos nickend im feinen Speichelsprühregen stehenblieb. Endlich beruhigte sich der kleine Mann und verabschiedete sich keuchend, wobei er seinen eigenen Argumenten noch immer mit lebhaftem Kopfnicken zustimmte. Nikolas wandte sich um und fing am Rande eines geneigten, in reflektiertem Sonnenlicht lodernden Spiegels eine Spur Grün auf, wieder dieses Lächeln, dieses Mädchen! Und im selben Augenblick erkannte er in ihr ein Emblem des Lichtes und der flüchtigen Lieblichkeit, einen Talisman, dessen Bildnis er dem böswilligen Chaos dieses miserablen Nachmittags entgegenhalten mochte.

Er eilte den Flur entlang, folgte dem brennenden Blick des Spiegels und bog um die Ecke, doch nicht, um ein Mädchen, sondern um die schwarze, gebeugte Gestalt des Professors auf sich zuschlurfen zu sehen.

»Ach, Ihr seid's!« sagte der alte Mann verdrossen. »Wo seid Ihr gewesen?« Er runzelte die Stirn. »Wart Ihr nicht zu zweit? Ach, ist ja auch egal.«

Nikolas ließ sogleich die Rede vom Stapel, die er seit Tagen vorbereitet hatte. Er stammelte, schwitzte und war ganz außer sich vor Ungeduld, diesen Mann zu beeindrucken. Pythagoras! Platon! Nicolas Cusanus! Die Namen der ruhmreichen Toten rollten über seine Zunge und prallten im engen Flur wie große, festgefügte, steinerne Sphären aufeinander. Er wußte kaum, was er sagte, spürte nur, daß er sich im Wirken einer fürchterlichen, doch possenhaften, unerbittlichen Maschine verheddert hatte. Heraklit! Aristoteles! Regiomontanus! Krach! Peng! Bumm! Der Professor beobachtete ihn aufmerksam, als mustere er eine neuartige und womöglich bissige Spezies Nagetiere.

»Ptolemäus, junger Mann – Ihr vergeßt, Ptolemäus zu erwähnen, der doch immerhin, wie wohlbekannt, die Mysterien des Universums für uns gelöst hat.«

»Ja, aber, aber, aber, *Magister*, ist es denn, wenn ich das sagen darf, nicht wahr, ist nicht angedeutet worden, daß es da gewisse, wie soll ich sagen, gewisse Eigenarten der Phänomene gibt, die sich durch Ptolemäus nicht erklären lassen?«

Der Professor setzte ein mattes, winterliches Lächeln auf und klopfte mit seinem Stab auf den Boden, als suchte er einen Fehler im Eichenparkett.

»Und was«, murmelte er, »mögen dies für unerklärliche Phänomene sein?«

»Ach was, ich sage ja nicht, daß es solche Geheimnisse gibt, nein, nein«, antwortete Nikolas hastig, »ich frage doch nur.«

Damit würde er nichts erreichen, mit dieser Halbherzigkeit, rein gar nichts. Jetzt brauchte es eine klare und furchtlose Darlegung seiner Ansichten. Doch wie lauteten seine Ansichten? Und ließen sie sich aussprechen? Zu wissen, daß Ptolemäus sich geirrt hatte und daß die planetarische Lehre seit seiner Zeit einer ungeheuren Verschwörung zur Rettung der Phänomene glich, war eine Sache, eine ganz andere aber, dieses Wissen in Worte zu fassen, vor allem in Gegenwart eines der bedeutendsten Drahtzieher dieser Verschwörung.

Seine nachmittägliche Umlaufbahn hatte ihn zurück an den Anfangspunkt in der Halle gebracht. Er war verwirrt und wurde immer verzweifelter. Es entwickelte sich alles überhaupt nicht so, wie er es sich vorgestellt hatte. Der kleine Mann mit der Feder am Hut, die Geißel der Chaldäer, warf ihnen im Vorübergehen einen erzürnten Blick zu.

Er konnte nur sagen, was nicht war, nicht aber, was war; er konnte nur sagen: Dies ist falsch, und das ist falsch, *ergo* muß jenes andere wahr sein, von dem ich bislang nur die verschwommenen Konturen erkennen kann.

»Mir scheint, *Magister*, daß wir unsere Vorstellungen von der Natur der Dinge überdenken müssen. Dreizehnhundert Jahre lang haben sich die Astronomen damit begnügt, Ptolemäus fraglos zu folgen, *leichtgläubigen Weibern gleich*, wie Regiomontanus sagt, doch in all dieser Zeit haben sie das Wesentliche nicht erkennen oder ableiten können, die Gestalt des Weltalls nämlich und die unveränderliche Symmetrie seiner Teile.«

»Hm!« sagte der Professor und stieß die Tür zum sonnenhellen Zimmer mit dem hohen Fenster auf. Diesmal war leider kein grünes Mädchen zu sehen, nur das allgegenwärtige Trio der Verschwörer, das ihnen, jeder mit einer Hand auf der Schulter des anderen – *Leise! Seht, wer da kommt!* – aufmerksam zusah. Der Professor kam näher und schüttelte den Kopf.

»Ich verstehe Euch nicht«, knurrte er. »Das Wesentliche, behauptet Ihr, ist – ja, was denn? – die Gestalt des Weltalls und seiner Teile zu erkennen? Das begreife ich nicht. Wie sollte das möglich sein? Wir sind hier und das Universum ist gleichsam dort, und zwischen den beiden gibt es doch gewiß keine der Wahrnehmung zugängliche Verbindung, oder?«

Das Zimmer war hoch und groß, rauhe, weiße Wände über halbhoher Holztäfelung, die Decke von schwarzem Balkengewölbe getragen und Fliesen mit Schachbrettmuster auf dem Boden. Er sah einen Tisch und vier schlichte Stühle, und auf dem Tisch stand eine glänzende, randvoll mit Rosenblüten gefüllte Kupferschale. Ein Gipsfries an einer Wand stellte drei nackte Frauen dar, die sich, Hände auf den Schultern, zu einem geschmeidigen, kreisförmigen Tanz des Gebens, Nehmens und Erwiderns vereinten. Unter ihnen stand eine geschlossene, blasiert dreinschauende Birnenholztruhe, ihr gegenüber ein antiker, wie ein Stundenglas geformter Eisenofen mit messingner Haube. Die Verschwörer rückten unmerklich näher. Die mit rundem Schliff verzierten Butzenscheiben des Fensters wiesen auf einen kleinen Hof und einen verkrüppelten, doch blühenden Kirschbaum. Plötzlich war Nikolas entsetzt von der nichtssagenden Anonymität der Oberflächen, der grämlichen, irgendwie vorwurfsvollen Verschwiegenheit unvertrauter Dinge, deren Konturen vom Treiben unbekannter Leben abgefeilt und geformt worden waren. Für andere spannte sich über dieses Zimmer gewiß ein schimmerndes Netz feiner, genauer Bedeutungen, vielleicht sogar für diese drei merkwürdigen Personen, die sich verstohlen vorwärts stahlen, doch nicht für Nikolas. Er dachte: Was können wir schon wissen, das nicht uns selbst betrifft?

»Paracelsus sagt«, erwiderte er, »daß der Mensch in der Vielheit der Dinge das Zentrum einnimmt, daß er das Maß aller Dinge ist, der Punkt des Gleichgewichts zwischen dem, was groß und dem, was klein ist.«

Professor Brudzewski starrte ihn an.

»Paracelsus? Wer ist das? Der muß verrückt sein. *Gott* ist das Maß aller Dinge, und *Gott* allein kann die Welt verstehen. Was Ihr mir daher anzudeuten scheint, junger Mann, dieses Wesentliche, das schmeckt mir allzu sehr nach Blasphemie.«

»Blablablasphemie?« blökte Nikolas. »Bestimmt nicht. Habt Ihr nicht selbst gesagt, daß wir in Ptolemäus die Lösung für die Geheimnisse des Weltalls finden?«

»Das war nur eine Redewendung, nicht mehr.«

Die Tür hinter ihnen öffnete sich, und Andreas trat leise ein. Nikolas krümmte sich schweißgebadet. Scheinbar ohne sich zu bewegen, drängten die Verschwörer unerbittlich näher. Die bestürzende Vorahnung vom Untergang überkam ihn wie jemanden, der hinter sich das Eis zerbrechen hört, während er mit langsamer, irrer Unausweichlichkeit auf den gefrorenen See hinausschlittert.

»Aber *Magister,* Ihr habt doch gesagt …!«

»Ja, ja, ja, ganz recht – ich weiß, was ich gesagt habe.« Der alte Mann stierte erregt auf den Boden und versetzte ihm einen Hieb mit dem Stock – nimm *das* hier, du! »Hört mir zu: Ihr verwechselt Astronomie mit Philosophie, oder vielmehr mit dem, was heutzutage von diesem Holländer, den Italienern und ihresgleichen für Philosophie gehalten wird. Ihr verlangt von unserer Wissenschaft die Erfüllung von Aufgaben, die sie nicht erfüllen kann. Astronomie liefert keine Beschreibung des Weltalls, wie es ist, sondern wie wir es beobachten. Also ist jene Theorie korrekt, die unsere Beobachtungen erklärt. Und Ptolemäus' Theorie ist hinsichtlich der reinen Astronomie vollkommen, jedenfalls nahezu vollkommen, *da sie die Phänomene rettet.* Mehr wird von ihr nicht erwartet, und mehr kann man vernünftigerweise auch gar nicht von ihr erwarten. Sie kennt Euer Wesentliches nicht, da sie sich nicht damit befaßt, und wer als Astronom anderes behauptet, der wird von der Bühne gebuht!«

»Sollen wir uns denn damit zufriedengeben?« rief Nikolas. »Sollen wir uns mit bloßen Abstraktionen zufriedengeben? Kolumbus hat bewiesen, daß Ptolemäus sich in seiner Annahme über die Dimensionen der Erde täuschte. Können wir Kolumbus ignorieren?«

»Ein ignoranter Matrose. Und zudem ein Spanier, pah!«

»Er hat es *bewiesen,* Herr …!« Nikolas fuhr sich mit der Hand über die brennende Stirn; ruhig, er mußte die Ruhe bewahren. Das Zimmer schien voll von Lärm und Tumult, doch war dies nur sein innerer Aufruhr, der ihm in den Ohren dröhnte. Die drei da kamen immer noch stetig näher, und Andreas war in seinem Rükken und trieb dort gewiß irgendwas, das er sich nicht mal vorzustellen wagte. Der Professor schwang sich an seinem Stock in wilder Runde um den Tisch, inzwischen so vornübergebeugt, daß es aussah, als würde er gleich jener berüchtigten Schlange die Zähne bald in seinen eigenen Unterleib schlagen und sich so in seiner Wut selbst verschlingen. Nikolas kollerte und gluckte aufgeregt und folgte ihm mit zögerlich hüpfendem Schritt.

»Bewiesen?« fauchte der alte Mann. »Bewiesen? Ein Schiff segelt über eine bestimmte Distanz und kehrt zurück, der Kapitän kommt an Land und wühlt einen Augenblick die Luft mit seinen Worten auf; das nennt Ihr einen *Beweis?* Nach welch unveränderlichen Kriterien ist dies eine Widerlegung des Ptolemäus? Ihr seid ein Nominalist, junger Mann, und Ihr wißt es nicht einmal.«

»Ich ein Nominalist – *ich*? Seid Ihr es nicht, der bloß den Namen Ptolemäus nennt und glaubt, damit alle gegnerischen Argumente zurückgewiesen zu haben? Nein, nein, *Magister*, ich glaube nicht an Namen, sondern an Dinge. Ich glaube, daß die physikalische Welt physikalischem Untersuchen zugänglich ist, und wenn die Astronomen nur in ihren Zellen hocken und den Himmel an ihren Fingern abzählen, dann drücken sie sich vor ihrer Verantwortung.«

Der Professor blieb stehen. Er war blaß geworden, und sein Kopf zitterte besorgniserregend auf dem gebrechlichen Halsstengel, doch fragte er eher verwirrt als erzürnt: »Wie ich bereits sagte, rettet Ptolemäus' Theorie die Phänomene, was aber sollte sie sonst zu leisten haben?«

Sag's ihm. *Sag's ihm.*

»Wissen, Magister, muß Erkenntnis werden. Die einzig akzeptable Theorie ist jene Theorie, welche die Phänomene erklärt, sie erklärt ... sie ...« Er starrte den Professor an, der am ganzen Körper zu zittern begann, während aus seinen zusammengekniffenen Nasenlöchern in kurzen Stößen ein außergewöhnlich rauher, trockener Laut drang: Er lachte! Doch plötzlich drehte er sich um, hob den Stock und fragte:

»Was sagt Ihr dazu, junger Mann? Laßt uns Eure Ansicht hören.«

Andreas lehnte am Fenster, die Arme lässig gekreuzt, das Gesicht dem Licht zugewandt. Einige Regentropfen glitzerten auf dem Glas, und ein Windstoß schüttelte lautlos die Blüten am Kirschbaum. Die unaussprechliche Schönheit der Welt durchstieß

Nikolas' verzweifeltes Herz. Sein Bruder dachte einen Moment nach, und sagte dann leichthin mit dem Hauch eines Lächelns:

»Ich sage, Magister, daß wir uns an unseren Verstand und an Aristoteles halten sollten.«

Damit war natürlich überhaupt nichts gesagt, aber es klang gut, o gewiß, es klang sehr gut. Professor Brudzewski nickte zustimmend.

»Ach ja«, murmelte er. »Ganz recht.« Er wandte sich wieder an Nikolas. »Ich fürchte, Ihr seid zu sehr von diesen neumodischen Emporkömmlingen beeinflußt, die da glauben, sie könnten die Komplexität von Gottes grundgütiger Kreation aufdröseln. Ihr erwähntet Regiomontanus: Ich habe unter diesem großen Mann studiert, und ich kann Euch versichern, daß er derlei wirre Gedanken verabscheut hätte, wie Ihr sie heute vorgebracht habt. Ihr zweifelt an Ptolemäus? Dann merkt Euch: wer glaubt, daß auf die Alten kein Verlaß ist, für den bleiben die Tore der Wissenschaft verschlossen. Er wird vor diesen Toren liegen und die Träume der Verstörten über die Bahn der achten Sphäre spinnen, und dafür, daß er glaubt, seine eigene Halluzination mit Seitenhieben auf die Alten untermauern zu können, wird er bekommen, was er verdient. Beherzigen wir also den klugen Rat dieses jungen Mannes und halten wir uns an unseren Verstand.«

In seinem Elend spürte Nikolas, wie er einen Laut ausstieß, ein hohes, durchdringendes Kreischen, als quietschte Kreide über eine Tafel. Ein deutliches Schockgefühl machte sich am unteren Ende seiner Wirbelsäule breit, als hätte er sich plötzlich hingesetzt, ohne zuvor auf jene Stelle zu schauen, von der man mit raschem Griff einen Stuhl fortgezogen hatte. Die drei Verschwörer drängten sich an seine Schulter und betrachteten ihn tief betrübt. Sie wirkten zugleich besorgt und bedrohlich. Der mit den Warzen hielt sein Gesicht abgewandt, da er nicht in der Lage schien, solcher Torheit ins Auge zu schauen. Andreas lachte stumm und sagte seinem Bruder leise ins Ohr:

»Da bist du wohl ins Fettnäpfchen getreten, Bruder.«

Und der feiste Verschwörer kicherte. Hinter den Wandschirmen im Saal wartete der geheimnisvolle Beobachter. Es war natürlich – natürlich! – das grüne Mädchen. Der Professor stierte es unheilvoll an, wandte sich seufzend den Brüdern zu und sagte:

»Meine Herren, bitte vergebt meiner Tochter. Die Dirne ist verrückt.«

Er drohte ihr mit dem Stock, und sie verschwand ins Possenspiel der Schatten, von den auf Zehenspitzen trippelnden, zwitschernden Verschwörern zur Treppe verfolgt, auf welcher der kleine Mann mit dem gefiederten Hut nebst anderen, undeutlicheren Änigmata wartete. Sie alle verbeugten sich, drehten sich um, stiegen langsam in die Düsternis hinauf und verschwanden.

Professor Brudzewski wünschte den Brüdern ungeduldig einen guten Tag – allerdings nicht ohne Andreas zuvor zu seinen Vorlesungen einzuladen. Grauer Regen fiel auf Krakau nieder.

»Was? – Meine Vormittage damit vergeuden, daß ich mir von diesem alten Hahnrei was über die Planeten vorleiern laß? Bestimmt nicht, Bruder, ich habe Besseres zu tun.«

*

Nikolas traf Ende September in Thorn ein. Das Haus in der St.-Annen-Straße empfing ihn stumm und besorgt wie ein Trauergast den anderen. Die alte Anna und andere Dienstboten waren verschwunden, und ein neuer Hausdiener gab den Ton an, ein selbstgefälliger Kerl, einer von des Bischofs Leuten. Mit wachsamem, mißtrauischem Blick folgte er Nikolas durchs Haus. Der sonnige Herbsttag draußen war nichts als Licht und Weite, und über den Dächern und Türmen segelte eine Wolke gleich einem Luftschiff bedächtig mit dem Wind über einen ungeheuer hohen und blauen Himmel. Die Blätter der Linde wendeten sich.

»Zündet ein Feuer an, bitte. Mir ist kalt.«

»Ja, Herr. Ihre Gnaden, Euer Onkel, gab mir zu verstehen, daß Ihr nicht bleiben werdet?«

»Nein, ich werde nicht bleiben.«

Onkel Lukas kam am Abend wutentbrannt ins Haus. Er grüßte Nikolas mit funkelndem Blick. Der Frauenburger Präzentor war so unverschämt gewesen, in einem der ungeraden Monate zu sterben, in denen kraft Gesetzes nicht dem Bischof, sondern dem Papst das Privileg zustand, Vakanzen des ermländischen Kapitels zu besetzen.

»Das können wir also vergessen, Neffe: Ich bin in Rom nicht beliebt. Ach!« Vergebens hieb er mit den Fäusten durch die Luft.

»Eine einzige Woche, mehr hat nicht gefehlt! Doch wir müssen nachsichtig sein. Möge er in Frieden ruhen.« Dann richtete er seine kleinen schwarzen Augen auf Nikolas. »Und? Hast du deine Zunge verloren?«

»Mein Onkel …«

»Bitte, keine Speichelleckerei! Du hast in Krakau keinen Abschluß gemacht. Nach vier Jahren!«

»Aber Ihr habt mich doch fortgerufen. Ich hatte meine Studien noch nicht beendet.«

»Aha.« Der Bischof schritt auf und ab, nickte nachdrücklich und hielt die Hände auf dem Rücken verschlungen. »Hm, ja.« Er blieb stehen. »Ich will dir einen Rat geben, Neffe. Leg diese rebellischen Züge ab, wenn du weiterhin meine Gunst genießen willst. *Derlei lasse ich nicht zu!* Hast du mich verstanden?« Nikolas verbeugte sich unterwürfig, der Bischof grunzte, wandte sich ab und schien enttäuscht von diesem allzu leichten Sieg. Er lüpfte seine Robe und stellte sich mit dem Rücken ans Feuer: »Hausdiener! Wo bleibt bloß dieser Hundesohn? Dabei fällt mir ein: Dein nichtsnutziger Bruder schlägt wohl ebenfalls die Zeit in Polen tot und wartet darauf, daß ich einen bequemen Posten für ihn finde, stimmt's? Lieber Gott, was für eine Familie! Kommt natürlich vom Vater. Hatte schlechtes Blut. Und du, Tropf, schau dich an, kauerst da wie ein geprügelter Hund. Du haßt mich, aber dir fehlt der Mumm, es mir zu sagen – o ja, ich weiß, daß ich recht habe. Tja, du wirst mich früh genug los sein. Und es wird andere Stellen in Frauenburg geben. Sobald ich dir eine Pfründe besorgt habe, sind mein Portemonnaie und ich die Sorge um dich los, und dann kümmert es mich keinen Deut mehr, was du treibst, ich habe meine Pflicht dann getan. Hör auf meinen Rat und geh nach Italien.«

»Nach …?«

»Oder sonstwohin, solange es nur weit genug weg ist. Und nimm deinen Bruder mit: Der soll hin, wo der Pfeffer wächst. Herrje, Junge, was grinst du denn so?«

Italien!

Am Ostertag des Jahres 1496 wanderten Kanonikus Nikolas und sein Bruder in Begleitung einer Pilgergruppe aus dem Florianstor der Stadt Krakau. Zu ihren Gefährten zählten fromme Männer und Sünder, Mönche, Raufbolde, Quacksalber und Mörder, arme Bauern und reiche Kaufleute, Witwen und Jungfrauen, bettelnde Ritter, Studenten, Ablaßkrämer und Prediger, Rüstige und Lahme, Blinde, Taube, Quicklebendige und Sterbende. Königliche Banner flatterten im Sonnenlicht vor kaiserlich blauem Himmel, und die königlichen Trompeter ließen eine kupferne Fanfare hören, während hoch auf den Mauern der Festung Stadtbewohner mit lautem Jubel und wildem Schwenken von Mützen und Taschentüchern den Reisenden Lebwohl wünschten, die über die staubige Straße hinaus auf die weite Ebene zogen. Nach Süden waren sie unterwegs, über die Alpen nach Rom, zur Heiligen Stadt.

»Er hätte uns wenigstens ein paar Gäule besorgen können«, schimpfte Andreas, »dieser elende Geizhals, statt uns hier wie gewöhnliche Bauern zu Fuß laufen zu lassen.«

Nikolas hätte sich selbst dann nicht beschwert, wenn Bischof Lukas sie gezwungen hätte, auf allen vieren nach Italien zu kriechen. Ihm schien es, als wäre er zum ersten Mal in seinem Leben frei. Außerdem war in Frauenburg schließlich doch noch eine Stelle für ihn gefunden worden; das Kapitel hatte ihm auf Anweisung des Bischofs sofortigen Urlaub gewährt, und er war unverzüglich nach Krakau abgereist. Die Stadt schien seltsam verändert, nicht mehr jene verlorene, trostlose Endstation, die er während seiner Studienjahre gekannt hatte, sondern ein geschäftiger Zwischenhalt, der vor fröhlichen Reisenden wimmelte und vom lauten Lärmen fremder Zungen widerhallte. Gewiß hatte sich nicht die Stadt, sondern er, der Reisende, verändert, dem nun auffiel, was der Student übersehen hatte, doch beschloß Nikolas, seine neue Hochachtung für diese stolze, kalte Stadt als Hinweis darauf zu werten, daß er endlich erwachsen und in diese Welt hineingewachsen war, daß er sich endlich von der Vergangenheit lossagte und sich unerschrocken dem Mannesalter stellte. Natürlich war dies alles Unsinn, das wußte er genau, dennoch war es ihm einige Tage lang vergönnt, sich erwachsen zu fühlen, wichtig und weltgewandt.

Seine plötzliche Selbstachtung, wie zaghaft sie auch war, neigte sie doch dazu, in Selbstironie zu zerfallen, versetzte Andreas in helle Wut. Für ihn war keine anspruchslose Stelle als Kanonikus gefunden worden. Wo er sich auch hinwandte, stets fiel der schwarze Schatten von Bischof Lukas wie ein Pesthauch über ihn. Er reiste nicht nach Italien – er wurde dorthin beordert. Und man hatte ihn nicht einmal mit einem Pferd versorgt, um ihn über die gemeine Menge zu erheben.

»Ich bin fast dreißig, und er behandelt mich immer noch wie ein Kind. Was habe ich getan, daß ich diese Verachtung verdiene? Was habe ich bloß getan?«

Er funkelte Nikolas aufgebracht an, wartete nur darauf, daß der ihm eine Antwort gab, und knirschte vor Wut und Ärger mit den Zähnen. Nikolas war verlegen, wie stets, wenn sein Bruder seine Gefühle offen zeigte. Er wollte rasch fortlaufen, malte sich sogar aus, wie er mit gesenktem Kopf brummend flüchtete, wie er mit den Armen fuchtelte, als würde er von einem Fliegenschwarm geplagt, doch gab es keinen Ort, der frei vom Ärger und Kummer seines Bruders war.

Andreas lachte.

»Und du, Bruder«, sagte er leise, »lebst auf meine Kosten, frißt mich bei lebendigem Leibe auf.«

Nikolas starrte ihn an. »Ich verstehe dich nicht.«

»Ach, fort mir dir, geh fort! Du machst mich krank.«

Und so machten sie sich, von Banden furchtsamer Liebe und von Haß umfangen, auf den Weg nach Italien.

*

Sie wappneten sich mit zwei kräftigen Wanderstöcken, guten, schweren Jacken, die mit Schafsfell gegen die alpine Kälte gefüttert waren, einer Zunderbüchse, einem Kompaß, vier Pfund Schiffszwieback und einem kleinen Faß mit gepökeltem Schweinefleisch. Diese Vorräte anzusammeln bereitete ihnen kindliches Vergnügen. Andreas fand beim italienischen Waffenschmied neben der Kathedrale einen vorzüglich gearbeiteten Dolch mit versenkbarer Klinge, die mit bösem Klacken vorschnappte, wenn man auf einen verborgenen Hebel drückte. Diese raffinierte Waffe steckte er in die Scheide, die er sich eigens zu diesem Zweck in einen Stiefel einnähen ließ. So kam er sich wunderbar gefährlich vor. Bartholomäus Gertner, Katharinas Mann, verkaufte ihnen einen Esel und haute sie bei diesem Geschäft auch kaum übers Ohr, schließlich gehörten sie zur Familie. Der Esel war ein stilles, nicht mehr junges Tier, das bereitwillig ihr Gepäck trug, sich aber, wie sie nur allzubald bemerkten, keineswegs mit der Schande abfinden wollte, als Reittier herhalten zu sollen.

Nikolas hätte ihnen ein Paar Reitpferde kaufen können, da er sich, ehe er Frauenburg verließ, einen kräftigen Vorschuß auf seine Pfründe auszahlen ließ, doch hielt er seinen Reichtum geheim und nähte sich das Gold in den Saum seines Mantels, da er, wie er sich sagte, seinen mittellosen Bruder nicht in Verlegenheit bringen wollte.

Andreas schaute betrübt nach Süden. »Wie gewöhnliche Schweinebauern!«

Durch das St. Florianstor wanderten sie hinaus auf die große Ebene, hinter ihnen der Jubel und die kupferne Fanfare der Trompeten, vor ihnen der lange Weg.

⋆

Das Wetter machte ihnen zu schaffen. Bei Braclav fegte ohne alle Vorwarnung ein Wintersturm über die Ebene und warf sich ihnen wie ein großes, dunkles Tier heulend entgegen. Die Gasthäuser waren grauenhaft, wimmelten vor Läusen, Gaunern und blatternarbigen Huren. In Graz setzte man ihnen Gulasch aus vergammeltem Fleisch vor, so daß sie unter schrecklichem Durchfall zu leiden hatten; in Villach war das Brot mit Maden durchsetzt. Ein Kind starb, fiel schreiend auf die Straße, wand sich unter Todesqualen, während die Mutter daneben stand und jammerte.

Ihre Zahl sank stetig und von Tag zu Tag, da viele, die mit ihnen

Krakau verlassen hatten, Reisende waren, die bloß Schutz und Begleitung auf ihrem Weg nach Schlesien, Ungarn oder Süddeutschland gesucht hatten, so daß die Gruppe, als sie die Karnischen Alpen erreichte, nur noch etwa ein Dutzend Erwachsene und einige Kinder umfaßte, und selbst von den wenigen waren kaum die Hälfte Pilger. Der alte Felix, ein frommer Mann, schlug krachend mit seinem Stock auf den Boden und schimpfte über die Weltlichen in ihrer Mitte, die Gottes Schutz auf dieser heiligen Reise ausnutzten; ihre Unfrömmigkeit sei es, die all das Unglück auf sie herabgerufen habe. Er war ein gebeugter, ausgemergelter Alter mit langem, weißem Bart. Seinen brennenden Blick richtete er vor allem gern auf die Frauen.

»Die Sünde hat uns in diese Not gebracht!«

Krack, der Mörder, grinste.

»Ach, sei schon ruhig, Opa.«

Krack war ein vergnügter Gesell und zudem nützlich, da er das Leben auf der Straße kannte und ein stibitztes Huhn ausgezeichnet vorzubereiten und zu braten wußte. Er war der festen Ansicht, daß sie alle, so wie er selbst, Flüchtlinge waren und die Pilgerreise nur als willkommene Tarnung nutzten. Die hartnäckigen Beteuerungen ihrer Unschuld verletzten seine Gefühle: Hatte er sie nicht bereitwillig mit den Einzelheiten seines ruhmvollen Augenblicks unterhalten? ›Wie ein Schwein hat er geblutet, hat Mordio geschrien und um Gnade gewimmert. War ein harter Brocken, dieser alte Hund – von Ohr zu Ohr aufgeschlitzt und klammert sich immer noch an die paar Florins, als wollte ich ihm die Eier abreißen. Herrje!‹

Unter den Männern gab es oft Gezänk, und einmal kam es zu einem verzweifelten Kampf mit Fäusten und Keulen, in dem ein Messer mit einer Schnappklinge keine geringe Rolle spielte. Außerdem gab es Ärger mit dem Weibervolk. Über eine junge Dirn, eine verrückte, todkranke Kreatur, die sich nachts zu jedem Mann legte, dem es nach ihr verlangte, fielen die übrigen Frauen her und richteten sie so übel zu, daß sie kurz darauf starb. Sie ließen ihren Leichnam den Wölfen zum Fraß, doch ihr Geist folgte ihnen und füllte ihre Nächte mit Visionen von Blut und Verderben.

Als sie unter niedrigem, schwefelgelbem Himmel ein weites Tal durchquerten, stürmte eines regnerischen Abends ein Trupp grölender Reiter auf sie zu. Sie sahen wie häßliche, abgemagerte und arg ramponierte Raufbolde aus, Deserteure aus einem fernen Krieg. »Scheißpissdrecksverdammter Gott!« brummte Krack, schaute sie mit offenem Mund an, klopfte sich dann auf die Schenkel und lachte. Offenbar hatte er seine alten Kameraden wiedergefunden. Ihr Anführer war ein rothaariger, hünenhafter Sachse mit einem eisernen Haken dort, wo einstmals seine rechte Hand gewesen war.

»Wir sind Kreuzritter, verstanden?« brüllte dieser Rufus, durch dessen karottenfarbenes Haar der Wind peitschte. »Unterwegs, um gegen die gottlosen Türken zu kämpfen. Wir brauchen was zu essen und Geld für die lange Reise. Falls ihr es bis Rom schafft, könnt ihr dem Papst sagen, daß ihr uns getroffen habt: Wir sind seine Leute, kämpfen für seine Sache, und er wird euch eure Schenkungen mit Zins und Zinseszins vergelten. Stimmt doch, nicht, Jungs?« Seine Gefährten lachten dröhnend. »Also gut, jetzt gebt schon her. Was zu essen, und was ihr an Gold bei euch habt. Und wer uns betrügt, dem schneiden wir die Gedärme raus.«

Der alte Felix trat einen Schritt vor.

»Wir sind nur arme Pilger, mein Freund. Wenn Ihr das wenige nehmt, was wir noch haben, müßt Ihr Euch vor Gott für unseren Tod verantworten, denn wir werden dann *certes* diese Berge nicht mehr verlassen.«

Rufus grinste. »Sprich ein Gebet, Opa, vielleicht läßt Jesus dann Manna vom Himmel fallen.«

Der alte Mann hob mit zittriger Hand seinen Stecken, aber Rufus zog lauthals lachend seinen Degen und stieß ihn dem Alten durch den Leib, so daß dieser schrecklich brüllend in spritzendem Blut zu Boden sank. Rufus wischte sich den Degen am Ärmel ab und schaute sich um. »Noch irgendwelche Argumente? Nein?«

Wie Heuschrecken fielen seine Männer über die Reisenden her, ließen ihnen nur die Stiefel und ein paar Lumpen, sich die nackte Haut zu bedecken. Schweigend sahen die Brüder zu, wie ihr Esel davongetrieben wurde. Nikolas' verdächtig schwerer Mantel wurde auseinandergerissen, und der Münzschatz rollte heraus. Andreas schaute ihn an.

»Vielen Dank, Freunde«, rief Rufus, »und Gott sei mit euch.«

Sie stiegen auf, ritten aber noch nicht fort, unterhielten sich flüsternd, grinsten, stiegen dann wieder ab und vergewaltigten die Frau und zwei kleine Jungen. Es dauerte lange, diesen Haufen sich auf der Erde windenden, schreienden, weißen Fleisches zu durchbohren. Der alte Felix starb bei Anbruch der Nacht, lag hingestreckt auf dem Boden im Regen wie eine große, hölzerne Kreuzesfigur, die schwieligen, bloßen Füße gespreizt. Und er weinte: »Ach, ach!« Krack war fröhlich Lebewohl winkend mit seinen Freunden davongezogen. Andreas sagte:

»All das Geld, und kein Wort, du Scheißkerl!«

★

Sie wären gewiß umgekommen, alle, ohne Ausnahme, wären sie nicht beim Morgengrauen des nächsten Tages auf ein über grünem Tal hoch oben im Fels kauerndes Kloster gestoßen. Ein alter Mönch, der sich um den Gemüsegarten vor den Mauern kümmerte, ließ die Hacke fallen und floh vor Entsetzen über den Anblick dieser wandelnden Toten, die ihm ihre frierenden Arme entgegenreckten und gespenstisch wimmerten. Sie konnten es selbst kaum glauben, daß sie überlebt hatten, war doch die Nacht, die sie in blinder und verzweifelter Hast verbracht hatten, wie ein silbriger, eisiger Tod gewesen. Unter dem Blick eines riesigen, gleichgültigen Mondes waren sie wie besessen die felsigen Hänge hinaufgeklettert, bis die Dämmerung gleich einem Blitz aus kaltem Feuer über sie hereinbrach.

Die Mönche von St. Bernard nahmen sie freundlich auf. Einer der beiden Jungen war gestorben. Der noch immer über den verborgen Goldschatz verbitterte Andreas sprach kein Wort mit seinem Bruder. Und Nikolas verbrachte seine Tage im Freien, wanderte in Mönchsgewand und Kapuze über die Gebirgspfade, erzählte sich Geschichten, murmelte lateinische Verse, malte sich Italien aus und versuchte, die Erinnerungen an Regen und Geschrei abzustreifen, an Lumpen steif vor braunem Blut, an Kracks Lächeln. Dieses Land war unwirklich, ein wildes, eisiges *Ultima Thule.* Er fand sich nicht zurecht, alles war zu groß oder zu klein, diese unmöglich glitzernden Berge, die winzigen blauen Blumen im Tal. Selbst das Wetter war merkwürdig: Weitgespannte, bläulich spröde Tage alpinen Frühlings, eine glühende Sonne, nichts als Licht und Hitze, transparente Himmel, die verschneite Gipfel durchstießen. Bei seinem Herannahen spritzten die Bergziegen mit klirrenden Glöckchen auseinander, entsetzt über dieses stierende, einen Bergstock haltende, düstere Bündel aus Abscheu und Schmerz. Es gab kein Vergessen. Nachts plagten ihn Träume, deren trübes Nachglühen seine wachen Stunden vergiftete und ihn wie eine Verdunklung umgab. In allem begann er, Spuren eines geheimen Lebens zu entdecken, in Blumen, Berggräsern, selbst an den Steinen unter seinen Füßen, alles lebte, alles litt irgendwie Todesqualen. Gewitterwolken jagten in niedriger Höhe über den Himmel wie Schmerzgebrüll, das anderswo ausgestoßen werden würde.

Nicht das Leid der Verkrüppelten und Toten schmerzte ihn, sondern das Fehlen allen Schmerzes; er konnte die gräßlichen Szenen nicht vergessen, das Blut und den Dreck, die Haufen sich windenden Fleisches, doch wenn er daran dachte, fühlte er nichts, gar nichts, und diese Leere erschreckte ihn.

*

In Bologna, wo sie sich immatrikulieren sollten, trennten sich die Brüder von der Gesellschaft der verbliebenen Pilger. Der Bevollmächtigte des Frauenburger Kapitels in Rom, Kanonikus Bernhard Schiller, war nach Norden gereist, um sie zu begrüßen. Er war ein kleiner, grauer, zurückhaltender Mann.

»Nun, meine Herren«, sagte er barsch, »willkommen in Italien. Ihr seid spät. Ich hoffe, Ihr hattet eine angenehme Reise, schließlich ging sie gemächlich genug vonstatten.«

Sie starrten ihn an. Andreas lachte. Er sagte:

»Wir haben kein Geld.«

»Was?« Das graue Gesicht des Kanonikus lief noch grauer an. Schließlich aber erklärte er sich bereit, ihnen hundert Dukaten vorzustrecken. »Versteht mich recht, dies ist weder mein Geld noch das der Kirche; es gehört Eurem Onkel. Ich habe ihm heute geschrieben, um ihn über diese Transaktion zu informieren, und eine sofortige Rückerstattung verlangt.« Er genehmigte sich ein freudloses Lächeln. »Ich hoffe, Ihr habt eine zufriedenstellende Erklärung für Eure Armut parat. Doch warum, wenn ich fragen darf, hüllt Ihr Euch in diese mönchischen Gewänder? Habt Ihr Euch auf ein Glücksspiel mit Geistlichen eingelassen? Nun, es geht mich ja nichts an. Guten Tag.«

Andreas schaute mit säuerlichem Lächeln zu, wie Nikolas sorgsam seinen Anteil von Dukaten zählte.

»Näh sie lieber gleich ein, Bruder.«

Im Dämmerlicht schritt er durch heiße, überfüllte, üble Gassen und sann fieberhaft über die wahren Dimensionen des Weltalls nach. Dunkle, schimmernde Köpfe wandten sich um, und Mandelaugen schauten ihm neugierig und amüsiert nach, wenn er vorüberhastete. Bologna war eine Stadt der Grotesken und der Verrückten, doch blieb er mit seinem langen Mantel, dem starren, fanatischen Gesicht nicht unbemerkt. Was kümmerten ihn die Ansichten dieser lärmenden, dummen Leute! Italien war eine große Enttäuschung; er haßte es, diese Hitze, der abgestandene, unvermeidbare Geruch, das kindische Geschrei, die Trägheit, die Korruption, die Unordnung. Er hatte ein stolzes, blaues, sonnenhelles und heiteres Land erwartet. Händler schrien ihm ins Gesicht, schmeichelten und bedrängten ihn, hielten ihm ihren Wein vor die Nase, ihre Bonbons, ihre geblendeten Singvögel. Ein fetter Hanswurst mit einem Kopf wie ein roher Fleischbrocken jonglierte mit einer Kette stinkender Würstchen, riß sein nasses, rotes Mundloch auf und krähte: *Bello, professore, bello, bello!* Ein leprakranker Bettler streckte seine fingerlose Hand aus und jammerte. Nikolas floh um die nächste Ecke und prallte in voller Wucht gegen eine blendende Lichtmauer. Die untergehende Sonne hockte auf der Stadtmauer, flankiert von zwei Räubern, die erst am Morgen erhängt worden waren, schwarze Flecken im Gold. Plötzlich sehnte er sich nach den stillen, blassen, perlgrauen und seichten Abenden des Nordens voller Stille und Wolken. Ein übler Geruch stieg von unten auf. Er war in Hundekot getreten.

In seiner wachsenden Verzweiflung hörte er, wie man vom Hof einer nahen Taverne seinen Namen rief, doch als er weitereilen wollte, wurde er von einer grinsenden Schlampe aufgehalten, die, schwarz wie Pech, sich ihm in den Weg stellte und mit ihren wulstigen Lippen schmatzte. Trunkenes Gelächter ergoß sich aus der Taverne.

»Komm, Bruder, trink ein Glas Wein mit uns«, rief Andreas. Er saß mit einer Bande von Kumpanen im Hof, rechte Deutsche allesamt, seine Freunde. »Seht doch, wie hager und blaß er aussieht. Du steckst die Nase zu tief in die Bücher.«

Sie musterten ihn gutgelaunt, freuten sich über ihn, die Zielscheibe ihres Spotts. Einer sagte:

»Sieht eher aus, als riebe er sich zu oft die Rute.«

»Tja, Kanonikus, Schweinigeleien getrieben, wie?«

»Das dritte Bein gerubbelt, he?«

»Ha, ha.«

»Komm, setz dich!« forderte Andreas verdrossen und rot im Gesicht, denn Alkohol bekam ihm nicht sonderlich. Nikolas hatte sich schon oft über das nahezu unheimliche Geschick seines Bruders gewundert, stets die gleichen Freunde um sich sammeln zu können, wo immer er auch war. Die Namen änderten sich, die Gesichter kaum, so waren sie einander gleich, ob in Thorn, in Krakau oder hier in Bologna, Müßiggänger und Hurenböcke, verkannte Poeten, die Söhne reicher Männer mit zuviel Geld, allesamt wahre Maulhelden. Keiner unter ihnen war jünger als dreißig Jahre. Ewige Studenten! Nikolas lächelte gequält vor sich hin, schließlich war er nicht mehr so jung, daß er über andere spotten durfte. Doch er war anders, das wußte er, von anderer Art, denn warum sonst fügte er sich so schlecht in ihren Kreis, hockte hier auf der Stuhlkante, die Arme überkreuzt, ein Bild der Verlegenheit, des Widerwillens, ein grinsender Idiot?

»Sag uns, Bruder, wer war die hübsche Maid, mit der wir dich gerade sahen? Hast du dich mit ihr über die Sphärenbahnen unterhalten? Über den Aufgang der Venus und derlei?« Nikolas zuckte die Achseln, wand sich innerlich und lächelte albern; er konnte seinem Bruder bei dieser Art neckendem Geplänkel kein Paroli bieten. Andreas drehte sich mit trägem Lächeln zu den anderen um: »Er ist ganz heiß auf die Sternguckerei, auf die lilienweißen Himmelskugeln, die Globen der Nacht und all das.«

Ein pickliger Kerl mit strohfarbenem Haar und strähnigem Bart, der Sohn eines schwäbischen Grafen, hob die scharfe kleine Nase aus dem Bierkrug, beugte sich mit ernster Miene über den Tisch und fragte:

»Habt Ihr von dem unglückseligen Astronomen gehört, Kanonikus, der seine Zahlen durcheinanderbrachte, so daß plötzlich zwei Planeten waren, wo nur einer sein sollte? Tja, der hat die Marsumlaufbahn bei den Eiern gepackt!«

Es folgte noch manches Haha und Hoho und hieß noch oft: Mehr Wein und: Wirt! Wirt! kommt her, eine Schüssel von den besten Kutteln, denn verdammt, mir ist heute abend nach Innereien. Sie ließen Nikolas in Ruhe. Er war ein armseliges Opfer für ihren scharfen Witz, ein kümmerlicher Sandsack für ihre Hiebe. Das letzte Licht des Abends verging, und rasch brach die Nacht herein, die Sterne glitzerten zögerlich und zimperlich durchs Spalier aus Weinlaub über ihren Köpfen. Ein Junge mit einem Bündel qualmender Wachskerzen lief zwischen den Tischen umher. Hier kommt unser junger Prometheus, der Überbringer des Feuers. Was hat er doch für einen süßen Arsch, wenn er sich bückt, schaut doch nur, hier Junge, einen Dukaten für deine Mühen. Das Kind wich zurück, lächelte verängstigt. Musik rauschte durch die Straßen, das wilde Katzengejammer der Querpfeifen, dröhnende Kesselpauken, und eine Gruppe Musikanten auf der Suche nach kostenlosem Wein drang in den Hof. Nikolas wurde schwindlig vom Lärm und vom Qualm der blakenden Binsenlichter. Er trank. Der toskanische Wein war dunkel, lohfarben wie altes Blut. Mit unsicheren Bewegungen und wildem Blick stieg Andreas auf den Tisch, verlangte grölend nach Freiheit und Wiedergeburt und rief die neue Zeit, den *uomo nuovo* aus. Er taumelte, griff haltsuchend ins Leere und fiel mit lautem Gepolter und Geschrei in den Schoß seines Bruders. Nikolas wiegte, plötzlich von trauriger, hilfloser Liebe erfaßt, diesen schlaffen, feuchten, trunkenen Klotz in seinen Armen, dieses groteske Baby, das sich über den Tisch beugte und – *kotz!* – auf den strohbedeckten Boden einen Haufen Kutteln und reichlich Wein erbrach.

Später waren sie in einer engen, schlecht beleuchteten, stinkenden Gasse, und auf jemanden, der in der offenen Gosse lag, wurde heftig eingetreten. Der Sohn des Grafen stand kichernd daneben, bis ihn ein harter, körperloser Faustschlag aus dem Dunkeln traf, er mit einem Schrei zu Boden ging und das Blut aus seiner eingeschlagenen Nase strömte. Nikolas konnte sich nicht erklären, wieso er in einem niedrigen Zimmer oder einer Art Hütte auf den

Knien lag. Hier drinnen wurde laut gestöhnt und gegrunzt, und ein Wirrwarr pumpender, blasser, phosphoreszierender Leiber wand sich auf erdigem Boden. Im gespenstischen Kerzenlicht lag eine Frau vor ihm auf einem Strohsack, grinste und wimmerte, die Glieder gespreizt, als wäre sie ein anatomisches Anschauungsstück. Sie roch nach Fisch und Knoblauch. Stöhnend fiel er über sie her und grub seine Zähne in ihre Schulter. Es war eine schmuddelige Angelegenheit, die rasch vorüber war. Erst hinterher, als er es sich sozusagen offiziell eingestand, fiel ihm auf, daß ihm nun doch seine Jungfräulichkeit abhanden gekommen war und zwar genauso, wie er es sich vorgestellt hatte.

*

Am nächsten Morgen schlich er verkatert, trüben Blicks und zu spät in die Aula; seine Kommilitonen, ältliche, ernste, junge Männer funkelten ihn vorwurfsvoll und mißbilligend an. Der Professor beachtete ihn nicht – was bedeutete einem Domenico Maria da Novara, Astronom, Kenner des Griechentums, Anhänger von Platon und Pythagoras, schon die Unpünktlichkeit eines Studenten? Über sein Pult gebeugt zeigte er sich wie stets über die Maßen, gleichsam magisterhaft gelangweilt. Seine trockene, tiefe Stimme bummelte müde und gleichgültig durch die Vorlesung und schritt die Sätze ab, als wären sie viele Ellen braches Land, denn erst später würde sich die Bedeutung und eigentümliche Genialität seiner Gedanken erweisen, wenn sich die Notizen in den schlichten Zimmern und Gemütern seiner Studenten allmählich wie eine Blume öffneten, die Myriaden von Blüten entfaltete. Er war ein gefühlskalter, seltsamer, anspruchsvoller Mann, groß und dunkel, in mittleren Jahren mit einem grausamen Gesicht, scharf wie eine düstere Klinge. In Bologna, wo es keineswegs unüblich war, daß einem arroganten Professor mit einem Hagel von Ziegelbrocken Bescheidenheit gelehrt oder daß ihm, gleichsam zum Spaß, ein Rapier in den Bauch gerammt wurde, heischte Novara allgemein Furcht und Respekt.

»Koppernigk – auf ein Wort, bitte.« Nikolas blieb erschrocken stehen. Der Unterricht war vorbei, und der letzte seiner Kommilitonen schlurfte gerade aus dem Saal. Er versuchte zu lächeln und wartete, ein verzerrtes Grinsen im Gesicht, vor Übelkeit zitternd. Der Professor stieg nachdenklich vom Podium, verharrte auf der letzten Stufe und schaute ihn an. »Man hat mir erzählt, daß Ihr, wie soll ich sagen, ein paar merkwürdige Ideen verbreitet. Stimmt das, ja?«

»Vergebt mir, *Maestro*, ich verstehe nicht.«

»Nein?« Novara lächelte schwach. Gemeinsam gingen sie über einen sonnenbeschienenen Korridor. Schmale Steinbögen zu ihrer Rechten gaben den Blick auf einen gefliesten Hof und eine Marmorstatue frei, die ihren Arm in rätselhaft priesterlichem Gruß hob; gezackte Schatten sträubten sich unter ihren Füßen. Der Professor fuhr fort: »Ich meine natürlich astronomische Ideen, Spekulationen über Umfang und Größe des Weltalls, derlei Dinge. Ich bin interessiert, versteht Ihr. Man sagt, Ihr hättet Eure Zweifel an gewissen Teilen der ptolemäischen Lehre von den Planetenbewegungen?«

»Es stimmt, ich habe an gewissen Diskussionen in Tavernen teilgenommen, doch gab ich nur wieder, was andernorts bereits gesagt wurde, schon viele Male, unter anderem auch von Euch selbst.« Novara spitzte die Lippen und nickte. Etwas schien ihn zu amüsieren. Nikolas sagte: »Ich glaube nicht, daß ich etwas Einzigartiges zu sagen weiß. Ich bin ein Dilettant. Außerdem geht es mir heute morgen nicht gut«, schloß er lahm.

Stumm schlenderten sie weiter. Der Korridor hallte wider vom Getrampel der Studenten, die dieses unpassende Paar mit flüchtiger Verwunderung betrachteten. Novara dachte nach, und schließlich sagte er:

»Doch Eure Idee über die Dimensionen des Weltalls und über die Abstände zwischen den Planeten scheinen mir einzigartig oder doch eine gewisse Einzigartigkeit zu versprechen.« Nikolas fragte sich besorgt, woher der Mann von diesen Dingen wußte. Durch seine Begegnung mit Brudzewski in Krakau war ihm Diskretion gelehrt worden. Er hatte zugegeben, an einem Tavernengespräch teilgenommen zu haben, doch war er dort nicht nur stummer Zuhörer gewesen? Wer also wußte genug über seine Gedanken, um sie verraten zu können? Der Professor beobachtete ihn mit kalkulierendem Blick. »Mich interessiert nur«, sagte er, »ob Ihr auch über die nötige Mathematik verfügt, um Eure Theorien untermauern zu können?« Natürlich gab es nur einen, der ihn verraten konnte, aber egal, das machte nichts. Nikolas war zugleich bekümmert und zufrieden, als wäre er bei einem raffinierten Verbrechen auf frischer Tat ertappt worden. Die wenigen Begriffe, die er in Worte hatte fassen können, grobe, plumpe Zerrbilder jener unaussprechlich eleganten Konzepte, die in seinem Hirn loderten, wirkten durch die Aufmerksamkeit des kundigen Novara plötzlich weit gewichtiger, als er es ihnen je zugetraut hatte.

»Ich bin kein Astronom, *Maestro*, und auch kein Mathematiker.«

»Ich weiß«, erwiderte der Professor lächelnd. »Ihr seid ein Dilettant, das sagtet Ihr bereits.« Er schien dies für einen Scherz zu halten. Nikolas grinste grau. Sie kamen zur Treppe über der sonnigen Piazza. Die Glocken von San Pietro läuteten, ein mächtiges, bronzenes Wummern hoch in der Luft, und Taubenschwärme blühten im Blau über den goldenen Kuppeln. Nachdenklich betrachtete Novara die Menge unten auf dem Platz, drehte sich dann abrupt um und sagte mit einer Miene, die für ihn bereits als lebhaft gelten konnte:

»Kommt mich besuchen, wollt Ihr? Kommt heute noch. Es dürften einige Leute in meinem Haus sein, die Euch interessieren. Sagen wir um die Mittagszeit? Bis zum Mittag, dann. *Vale.*« Und er ging rasch die Treppe hinab.

*

»Und? Was ist passiert?« fragte Andreas.

»Wo?«

»Bei Novara!«

»Ach, da.« Sie saßen im Speisesaal der germanischen Landsmannschaft, der *natio germanorum,* in deren Haus sie auch wohnten; es war Abend, und jenseits der schmierigen Fenster brütete der Palazzo Communale im späten Sonnenlicht. Der Saal war überfüllt mit kurzhaarigen, essenden Deutschen. Nikolas brummte der Schädel. »Ich weiß nicht, was Novara von mir will, ich bin überhaupt nicht sein Typ. Es waren noch andere Leute da, Luca Guarico etwa, oder Jakob Ziegler, Calcagnini, der Dichter ...«

Andreas stieß einen leisen Pfiff aus. »Nicht schlecht, ich bin beeindruckt. Die Creme der italienischen Intelligenz, wie?« Er grinste. »– Und du mitten unter ihnen, Bruder.«

»Ganz genau. Sag, Andreas, hast du das wenige, was ich dir von meinen Ideen über Astronomie berichtet habe, weiterverbreitet?«

»Erzähl schon, wie war es bei Novara?«

»– Es wäre mir nämlich lieber, du würdest das nicht tun; das wäre mir wirklich lieber.«

»Jetzt erzähl endlich.«

⋆

Man führte ihn in einen Hof, in dem irdene Töpfe mit Orangenbäumen standen, ein Springbrunnen plätscherte, leise, sanfte Musik spielte. Die Gäste waren auf der Terrasse, rekelten sich elegant auf Sofas oder zierlichen Rohrsesseln, nippten weißen Wein aus langstieligen Kelchgläsern aus Murano-Kristall und plauschten träge miteinander. Nikolas mußte an die Käfige mit verhätschelten Wachteln denken, die in den Portiken der besseren Häuser der Stadt hingen. Verzagt, befangen, sich seiner grobknochigen preußischen Derbheit allzusehr bewußt, stand er stumm und nervös lächelnd da, während sein Professor ihn vorstellte. Novara gab sich hier, im Rahmen seines prächtigen Stadthauses, ganz als Patrizier. Er trug ein scherenförmiges Lorgnon zur Schau, mit dem er viel herumspielte. Dieses Einglas, sowie das glitzernde Licht, die Teiche violetten Schattens auf der Terrasse, das funkelnde Glas, die Wassermusik und das Parfüm der Orangenbäume schufen eine Atmosphäre wie im Theater. Elbing. Elbing? Nikolas fragte sich verwundert, warum er plötzlich an diese Stadt hoch oben im Norden dachte.

Wie ihm Italien gefalle? Das Klima, so so. Und welche Fächer studiere er? Tatsächlich? Dann schwiegen sie, und jemand hüstelte hinter behandschuhten Fingern. Ihrer Pflicht ledig wandten sie sich erneut dem Gespräch zu, das seine Ankunft offenbar unterbrochen hatte. Celio Calcagnini, ein gertenschlanker Mensch, der nicht mehr in der ersten Blüte seiner Jugend stand, argumentierte blasiert:

»Die Frage lautet also: Was können wir bewirken? Bologna ist nicht Florenz, und ich schätze, wir sind uns alle darin einig, daß unser Don Giovanni Bentivoglio kein Magnifico ist und wohl auch nie einer sein wird.« Alle lachten leise und schüttelten die Köpfe, derlei Spott über den Herzog von Bologna schien ihnen vertraut. »Und doch, meine Freunde«, fuhr der Dichter fort, »müssen wir das Vorhandene nutzen, wie armselig es auch immer sein mag. Der kluge Mann weiß, daß der Kompromiß manchmal der einzig gangbare Weg ist – übrigens ein ausgezeichneter Jahrgang, Domenico, ich beneide Euch um Euren Weinkeller.«

Der lässig an eine weiße Säule gelehnte Novara hob sein Glas und verbeugte sich sardonisch lächelnd. Ein Hund mit schwarzem, schimmernden Fell, den Nikolas bestürzt erst jetzt bemerkte, lag dem Professor wie eine Sphinx zu Füßen, hechelte und fletschte die Reißzähne in wildem Grinsen. Jacob Ziegler, ein keineswegs unbekannter Astronom und der Autor einer jüngst veröffentlichten, viel gelobten Arbeit über Plinius, war ein düsterer, grüblerischer, dürrer, junger Kämpe mit langem, blassem Gesicht, blitzenden Augen und bleistiftdünnem Oberlippenbart. Er war apart, doch ein wenig geckenhaft in rubinrote Seide und Kalbsfell gekleidet, ein breitkrempiger Samthut lag wie ein großer, weicher, schwarzer, exotischer Vogel neben ihm. Sein Rohrstuhl protestierte knarrend, als er sich vorbeugte und rief:

»Kompromiß! Vorsicht! Ich sage euch, *wir müssen handeln*! Die Zeiten ändern sich nicht von allein, erst die Taten der Menschen ändern sie. Bologna ist nicht Florenz, stimmt, aber was ist schon Florenz? Eine Stadt voller fetter, dem Müßiggang verfallener Ladenbesitzer.« Düsteren Blicks starrte er Calcagnini an, der die Augenbrauen sanft in die Höhe zog und mit dem Stiel seines Weinglases spielte. »Sie verschlingen Kunst und Wissenschaft, als wäre es verzuckertes Marzipan und beglückwünschen sich zu ihrer Kultur und Liberalität. Kultur? Daß ich nicht lache! Und ihre Künstler, ihre Wissenschaftler sind auch nicht besser. Eine Bande von Zuhältern, deren Aufgabe es ist, jene hübsche Tünche zu liefern, mit der sich ihre Stadt, diese pockenarbige Kurtisane, die schwärenden Wunden überpinseln kann. Ich sage euch, tausendmal lieber gehöre ich zu den Ausgestoßenen, die wir nun einmal sind, als daß ich wäre wie sie, diese verhätschelten Bewunderer der Dekadenz!«

»Dekadenz«, wiederholte Novara leise, als koste er zaghaft dieses Wort. Calcagnini schaute auf.

»Eine hübsche Rede, Jacob«, sagte er lächelnd, »aber Eure Unterstellungen wollen mir nicht recht behagen, schließlich gefallen mir Kompromisse ebensowenig wie Euch, doch weiß ich, daß es für alles eine Zeit gibt, für die Vorsicht, aber auch für die Tat. Wenn wir jetzt handeln, können wir unsere Lage nur verschlimmern. Und da wir schon beim Thema sind: Was, bitte, sollen wir denn tun? Die Herrschaft der Bentivoglios über diese Stadt ist unerschütterlich. Hier regiert der Friede, während ganz Italien in Aufruhr ist – ja, ich weiß, ich weiß, Ihr würdet es nicht Friede, sondern Stumpfsinn nennen. Doch nennt es, wie Ihr wollt, unsere Bürger sind, wie jene in Florenz, wohlgenährt und sind es daher auch zufrieden, die Dinge zu belassen, wie sie sind. So einfach ist das, und so lautet das Exempel. Ihr könnt ihnen so viele Reden halten wie Ihr wollt, ihnen ihre Dekadenz vorwerfen, sie werden Euch nur auslachen – jedenfalls solange Ihr nur ein verrückter Astronom seid, der mit dem Kopf in den Wolken steckt. Kommt zurück auf die Erde und mischt Euch in ihre Angelegenheiten, dann sieht es anders aus. Fra Girolamo, der großartige Savonarola, wurde eine Zeitlang von Florenz umjubelt. In heiliger Ekstase wanden sich die Florentiner unter seiner Peitsche, bis er begann, ihnen Angst einzujagen, und dann? – tja, dann haben sie ihn verbrannt. Versteht Ihr? Nein, nein, Jacob, in Bologna wird es keine Autodafés geben.«

Ziegler schmollte, und eine hübsche Röte überzog sein Gesicht von den Wangen bis hinauf zur Stirn. »Vergleicht Ihr uns mit diesem verrückten Mönch, dieser *Kreatur,* die Platon als Quell der Unmoral geißelte? Ich kann nur sagen, er hatte es verdient, verbrannt zu werden!«

Wieder lächelte Calcagnini großmütig.

»Nein, mein lieber Jacob«, murmelte er, »natürlich stelle ich keinen derartigen Vergleich an. Ich wollte Euch nur aufzeigen, wie voreiliges und unüberlegtes Handeln uns direkt ins Verderben führen kann.«

»... Und warum«, fuhr Ziegler erregt fort, »warum nehmt Ihr an, daß die Macht der Bentivoglios nur in den Mauern Bolognas herausgefordert werden kann?«

Der Hund ließ die Kiefern mit feuchtem Knirschen zuschnappen, stand auf und lief federnden, geschmeidigen Schrittes davon. Ein unbehagliches Schweigen breitete sich aus. Ziegler schaute sich hochnäsig um, zugleich schamrot und trotzig. »Nun?« fragte er, ohne sich damit an jemand Bestimmten zu wenden. Stirnrunzelnd spitzte Novara die Lippen und schüttelte in wortlosem, mildem Tadel kaum merklich den Kopf. Ein knochiger Kerl, der auf den Namen Nono hörte, quiekste vor Vergnügen.

»L-l-laßt uns etwas über die Ergebnisse von L-l-lucas Arbeit hören!« rief er heiter in die Runde, doch die anderen beachteten ihn nicht, da sie damit beschäftigt waren, stumm zu mißbilligen, was immer der keineswegs reumütige Ziegler an Indiskretion auch begangen haben mochte, und Nono wandte sich bekümmert an Nikolas und sagte laut und bedächtig, so als rede er mit einem stocktauben Idioten: »Er ha-ha-hat ein Horoskop von Ce-cesare erstellt, versteht Ihr. *Il Valentino*, wird er genannt, ha, ha, ha.« Nikolas nickte, setzte ein breites Lächeln auf, mimte große Dankbarkeit und schaute ihn aufmunternd an. »Bo-bo-borgia, meine ich«, schloß Nono halbherzig, runzelte die Stirn und suchte nach dem letzten, flüchtigen Wort – dieser steten Hoffnung der Stammler –, das fraglos alles genau erklären würde.

Novara regte sich. »Ja, Luca, was sagen die Sterne über unseren jungen Fürsten?«

Luca Guarico, mit dem großen Kopf und der Hakennase eines kraftlosen Cäsaren, seufzte fett und zuckte fett mit den Achseln. Er war fett; er war einer jener derartig fetten Leute, die in den glubschäugigen Phantasien dürrer, pedantischer Männer wie Nikolas gräßliche, doch unwiderstehliche Visionen von bebenden Kopulationen, monströsen Geschäften in Wasserklosetts und hilflosen Tränen angesichts offener Schuhschnallen heraufbeschwor. Luca zappelte kurz auf seinem Sofa und zog dann prustend einen zerknitterten Fetzen Pergament unter seinem Gewand hervor.

»Da gibt es nicht viel zu sagen«, schnaufte er. »Wenn ich die nötigen Daten hätte, wäre es einfach, aber die habe ich nicht. Ein langes Leben, gewiß, anfangs glücklich, wie es –«, er lächelte betrübt »– einem Bastard des Papstes eben zukommt. Nach seinem dreißigsten Lebensjahr fällt die Kurve, aber das ist nicht besonders klar. Er wird einen siegreichen Feldzug in der Lombardei und der Romagna führen, wie diese Sforza-Hexe zu ihrem eigenen Schaden noch erfahren wird. Und vor den Franzosen sollte er sich hüten, falls Mars da zu trauen ist.« Dann zuckte er entschuldigend die Achseln und steckte das Pergament wieder ein. »Das war's.«

»Ist ja toll«, brummte Ziegler und zupfte mit Macht an seinem Schnurrbart. Guarico schaute ihn an. Calcagnini bemerkte eilfertig:

»Ihr seid so erregt heute, Jacob! Wie Luca bereits sagte, fehlen ihm die nötigen Daten – und wir dürfen tatsächlich fragen: Wer weiß denn schon genug über diese merkwürdige und geheimniskrämerische Dynastie!?«

Nichtssagend lächelte man sich an. Novara fragte:

»Habt Ihr denn nichts, Luca, was unsere Ziele fördert?«

»Ich kann euch nur eines sagen«, antwortete der fette Mann und schaute sich mürrisch um, »und das sage ich euch in aller Deutlichkeit: Er wird niemals den Thron des Heiligen Petrus besteigen.«

Ein Gefühl wie nach einem langsamen, sanften Aufprall machte sich breit, und Ziegler schnaubte heftig.

»Na schön«, murmelte Novara, »dann können wir nichts mit ihm anfangen.«

Plötzlich entspannten sich alle und schauten Nikolas ein wenig verschämt an, beinahe, so schien es, wie Schauspieler, die auf ihren Applaus warteten. Er starrte leeren Blicks und ein wenig verdutzt zurück. Offenbar hatte er irgendwas von großer Bedeutsamkeit verpaßt. Dienstboten trugen kleine silberne Tabletts mit einer Auswahl Leckerbissen auf die Terrasse, Wildbretbrösel in Aspik, Melonenstücke, durchsichtige Scheiben vom würzigen Schinken der Region. Nicht ohne ein gewisses inneres Vergnügen entschied er sich für kaltes Wachtelfleisch. Die Sonne hatte das vom Hof aus sichtbare Viereck Himmel überquert, und das Licht warf keine harten Schattenkanten mehr, glich eher einem soliden Block aus heißem, bläulichem Funkeln. Nikolas war sich seiner Fremdheit deutlich bewußt und sehnte sich nach dem kalten Norden. Dies war nicht seine Welt, diese Hitze, diese grellen Leidenschaften, diese abgestandene, schale Luft, die sich schwer wie der Atem eines anderen Menschen auf die Lungen legte; nichts bewegte ihn hier, und er bewegte nichts. Er war ein kleiner Preuße mitten in Italien. Und ihm gegenüber saß ein olivfarbener Geck und starrte ihn merkwürdig an, beinahe mit irgendwie wissentlicher Unverschämtheit.

Nach dem Essen zog sich die Gesellschaft von der Terrasse in ein kühles, blaues, luxuriöses Zimmer mit hoher Decke zurück, das auf einer Seite einen hohen Torbogen, auf der gegenüberliegenden breite Fenster aufwies, die in eine wabernde, sonnenhelle Ferne mit schimmernden Zypressen und olivgrünen Hügeln blickte. Eine erwartungsvolle Stimmung kam auf, und bald verstummten die vereinzelten Gespräche beim Eintritt eines seltsamen, verstört dreinblickenden, ausgemergelten Mannes mit einer Leier. Er wirkte wie der glücklose Träger einer unerträglichen Wissenslast, wie ein von unaussprechlichen Geheimnissen gequälter Seher. Geduldig stand er da, den verschwommenen Blick auf eine innere Vision gerichtet, als die Dienstboten ehrerbietig einige Kissen auf dem Boden herrichteten, woraufhin er sich dann mit sorgsamem Umstand setzte, die erbärmlich dürren Beine übereinanderschlug und in sonderbar piepsiger Stimme zu singen begann. Ein Lufthauch fuhr in die Seidenvorhänge am Fenster, und bauschige Schwaden perlgrauen Lichts wogten über den schimmernden Boden. Der schwarze Hund kehrte zurück und legte sich mit bebenden Flanken vor Novaras Füße, das sabbernde Maul weit offen. Nikolas fühlte sich auf unbestimmte Weise alarmiert, wußte aber nicht, warum. Das Lied war ein anhaltender, an- und abschwellender, unverständlicher Jammer, den der gepeinigte Sänger aus seinem Innersten hervorzuspinnen schien, langsam, schmerzvoll, ein dünner, silberner Klangfaden, der gleichsam hypnotisierend über dem dunklen, sanften Plätschern der Leier sein Lied flocht und webte. Die Gäste saßen wie verzaubert, lauschten mit einer solchen Aufmerksamkeit, daß es schien, als trügen sie irgendwie zum Entstehen dieser unirdischen Musik bei.

Schließlich war das Lied zu Ende, und der Sänger blickte sich mit verlorenem, verlassenem Blick um und spielte gereizt mit seinen glatten, gelben Haarsträhnen. Die übrigen Gäste standen auf und gingen rasch zu ihm, säuselten und flöteten auf ihn ein wie besorgte Frauen. Man reichte ihm einen Becher Wein, doch nahm er nur einen kleinen Schluck, und dann wurde der seufzende, murmelnde Mann fortgebracht. Das Zimmer blieb wie nach einer Orgie schlaff und irgendwie gesättigt zurück. Novara erhob sich und lud Nikolas mit einem Blick ein, ihm zu folgen. Gemeinsam gingen sie unter den Torbogen hindurch, der schwarze Hund auf weichen, tapsigen Pfoten hinterher. Der Sänger saß allein in einem Vorzimmer, ausgelaugt und verzweifelt mitten im großartigen Licht. Er schaute sie aus seltsam fahlen, gelben Augen verständnislos an und konnte Novara nicht antworten, als der zu ihm sprach, schüttelte nur den Kopf ein wenig und wandte sich dann von ihnen ab. Doch dem Hund schenkte er, gleichsam von Verschwörer zu Verschwörer, ein wissendes Lächeln. Sie gingen weiter, und Nikolas fragte:

»Was ist mit ihm? Ist er krank?«

Novara hob das Lorgnon und musterte ihn nachdenklich:

»Das wißt Ihr nicht? Habt Ihr die Musik nicht wiedererkannt? Es war eine orphische Hymne an die Sonne. Er kannte Ficino, versteht Ihr, an der Akademie in Florenz. Er ist nicht krank, jedenfalls leidet er nicht unter dem, was Ihr und ich als Krankheit ansehen. Das uralte Wissen, dessen Erbe er ist, verzehrt ihn. Große Leidenschaft, reiches Wissen, derlei kann von uns Sterblichen nicht so leichthin getragen werden.«

Nikolas nickte und erwiderte nichts. All dies war offenbar mit tiefer Bedeutung erfüllt, doch ihm sagte es nur wenig.

Sie betraten die Bibliothek und wandelten zwischen Schränken mit kostbaren Manuskripten, Inkunablen und unschätzbaren Erstausgaben aus Deutschland und Venedig. Novara strich zärtlich mit Fingerspitzen über die glänzenden Buchrücken. Er wirkte abwesend und sagte nicht viel. Eine gebogene Klinge Sonnenlicht aus schmalem Fenster zerteilte den Dämmer. Die Stille pulsierte. Novara zog einen winzigen goldenen Schlüssel hervor, mit dem er einen Birnenholzkasten aufschloß, den Nikolas schon einmal gesehen zu haben meinte. Hier war das Herz der Bibliothek, hier lagen ihre wahren Schätze, die seltenen und erlesenen Ausgaben des *Corpus Hermeticum*, zusammen mit Marsilio Ficinos Übersetzungen und einer Heerschar von Kommentaren und Glossaren. Der Professor begann mit ernster Stimme, sich über die himmlischen

Mysterien zu verbreiten. Er sprach von Dekana und Engeln, von Talismanen und empathischer Magie sowie vom *spiritus mundi*, der insgeheim die Welt regierte. Er war wie verändert und redete wie besessen. Er schien selbst eine Art Magus zu sein.

»Glaubt Ihr, Herr Koppernigk?« fragte er plötzlich.

»Ich weiß nicht, was ich glaube, *Maestro*.«

»Aha.«

Nikolas hatte bereits von dieser seltsam ätherischen Philosophie des dreifach großen Hermes gehört, von Trismegistus, dem Ägypter, der sich das Weltall als riesiges Netz von Unterordnungen und teilnehmender Aktion vorstellte, beherrscht von den sieben Planeten oder, wie Trismegistus sie nannte, den sieben Gouverneuren. Für Nikolas' skeptische, nordische Seele waren diese Überlegungen allzusehr mit kabbalistischen Obskuritäten versetzt, doch rührte ihn auf rätselhafte Weise das schreckliche Verlangen der Gnostiker nach einer erlösenden, universellen Einheit im Chaos der Welt.

»Die Kette, die alle Dinge miteinander verband, wurde durch Gottes Wille zerbrochen«, rief Novara. »Das eben bedeutet der Sündenfall. Erst nach dem Tode werden wir wieder mit dem All vereint sein, wenn der Körper sich in jene vier Grundelemente auflöst, aus denen er besteht. Dann steigt der spirituelle Mensch, dessen Seele frei auflodert, durch die sieben kristallinen Sphären des Firmaments auf, streift mit jedem Schritt einen Teil seiner sterblichen Hülle ab, bis er, allen irdischen Übels ledig, Erlösung im Empyreum findet und sich mit der Weltseele vereint, die überall und alles und ewig ist!« Er musterte Nikolas mit brennendem Blick. »Ist dies nicht, was Ihr selbst sagtet, wie anders Ihr Euch auch immer ausgedrückt habt, wie anders auch immer die Begriffe waren? Ach ja, mein Freund, ja, ich denke, Ihr seid ein Gläubiger!«

Nikolas lächelte nervös und wandte sich von dem Mann ab, dessen plötzliche, tentakelhafte Intensität ihn erschreckte. Es war verrückt, alles verrückt! Doch wenn er an jene wilde, himmelwärts fliegende Seele dachte, die dem Licht entgegenfieberte, dann packte ihn eine namenlose Begeisterung, und jenes eine Wort glühte wie ein Talisman in seinem Kopf, dieses mächtigste aller Worte: *Erlösung*.

»Ich glaube an die Mathematik«, murmelte er, »an sonst nichts.«

Da zügelte sich der Professor, dessen Feuer verglüht war, und er schien wieder ganz sein früheres, urbanes, gelehrtes Selbst zu sein. »Genau, mein Lieber«, sagte er lächelnd, »darauf wollte ich eben hinaus!« Und er faßte seinen Gast leicht an der Schulter und führte ihn zurück zur wartenden Gesellschaft.

Luca Guarico, der sich auf einer zierlichen, samtbezogenen Ebenholzliege fläzte, verlagerte seinen gewaltigen Leib, um neben sich etwas Platz zu schaffen, und klopfte mit seiner Patschhand einladend und spitzbübisch grinsend auf die freie Fläche, so daß Nikolas keine Wahl blieb, als sich mit einem Schauder in die leicht parfümierte Wärmepfütze zu setzen, die der fette Mann hinterlassen hatte. Gedankenverloren ging Novara auf und ab und klopfte mit dem zusammengeklappten Lorgnon gegen einen Daumennagel. Niemand sagte etwas. Nikolas nahm an, daß Guarico ihn beobachtete, doch drehte er sich nicht um, da er sich vor den gräßlichen Intimitäten fürchtete, die auszutauschen er sich vermutlich gedrängt sehen würde, sobald er in diese rosigen Schweinchenaugen blickte. Der unverschämte Dandy, der ihn vor einer Weile angestarrt hatte, flüsterte verschwörerisch mit zwei Männern seiner Art. Celio Calcagnini seufzte eine kurze, gelangweilte Melodie, betrachtete die Decke und zupfte sich Finger um Finger die makellos weißen Baumwollhandschuhe von den Händen. Der aufbrausende Ziegler knabberte in wütender Geistesabwesenheit an seinen Nägeln. Nikolas überfiel plötzlich aus heiterem Himmel ein Gefühl allgemeiner Absurdität. Hastig stand er auf, von der Kraft eines leisen Furzes in die Höhe getrieben, der offenbar Guarico versehentlich entwichen war, doch drehte sich Novara im selben Augenblick zu ihm um und sagte: »Herr Koppernigk ...« Er hielt verdutzt inne, da sein Gast offenbar in fluchtartigem Aufbruch begriffen war. Nikolas grinste entschuldigend und sank langsam wieder zurück, während er gleich über seinem Kopf das Gepolter himmlischen Vergnügens zu hören glaubte. »Herr Koppernigk«, fuhr Novara fort, »ich glaube, ich irre mich nicht, wenn ich Euch für jemanden halte, der zuinnerst einer von uns ist. Ihr habt inzwischen gewiß längst begriffen, daß dies keine bloß zwecklose Versammlung von Freunden ist; wir sind, so könntet Ihr sagen, Männer mit einem bestimmten Ziel. Uns fiel auf, wie aufmerksam ihr den kurzen Wortwechsel zwischen Celio hier und unserem lieben, ungestümen Jacob verfolgtet, und nahmen daher an, daß Ihr bereits eine erste Vorstellung von der wahren Natur unserer Absichten habt, nicht wahr?«

»O ja«, sagte Nikolas mit strahlender Miene, doch ziemlich verwirrt, trat aber, da ihn alle anstarrten, sogleich den Rückzug an. »Das heißt, ich glaube, ich verstehe ...«

»Ja, ja, ich sehe.« Novara winkte träge ab und begann erneut, auf und ab zu gehen. »Laßt es mich erklären. Ich sagte, wir haben ein Ziel, doch dürft Ihr deshalb nicht glauben, auf ein Nest von Verschwörern gestoßen zu sein. Im Norden erzählt man sich gewiß schreckliche Geschichten über uns hier in Italien, doch laßt mich Euch versichern, wir haben keine Stiletts unter unseren Gewändern versteckt, verbergen kein Gift in unseren Siegelringen. Wir sind bloß eine Gruppe von Menschen, die mit dem Stand der Dinge unzufrieden sind, die *entsetzt* sind über den Stand der Dinge. Die Welt, mein lieber Freund, stürzt kopfüber in ihr Verderben, getrieben von der allzu offensichtlichen Korruption in Kirche und Staat. Da ist der Verfall der Aristokratie, und damit einher geht der Zusammenbruch des herrschaftlichen Systems. Dann ist da der Verfall der Maßstäbe in der Bildung, so daß einfache Kaufmannssöhne neuerdings an unsere größten Univ ...« Er fing Nikolas' Blick auf und zuckte zusammen. »Ähm, kurz und gut, Herr *von* Koppernigk, unsere Zeit ist dekadent. Dekadent, ja. Müssen wir die Dekadenz nicht fürchten? Ist sie nicht eine Plage, schlimmer als der Krieg? Ist doch die Dekadenz die fürsorgliche Hebamme bei der Geburt einer Bestie, und das Ungeheuer, das hier und jetzt, in eben dieser Stadt geboren wird, ist – ich wage es kaum zu sagen –«

»Er m-m-meint«, piepste Nono, so aufgeregt wie ein Klassenstreber, »den G-g-gedanken der Fr-Fr-Freiheit.«

Novara warf ihm einen eisigen Blick zu. »Ganz genau«, sagte er und wandte sich von ihm ab.

Calcagnini schaute noch immer träumend an die Decke, an der rosige Gipsputten sich in nacktärschiger Maßlosigkeit tummelten.

»Ach, Freiheit«, murmelte er und schmatzte genießerisch mit

den Lippen, »dieses *fürchterliche* Wort.« Zum ersten Mal an diesem Tag richtete er seinen kühlen, sardonischen Blick direkt auf Nikolas und lächelte. »Seht Ihr, mein lieber Herr, wir glauben, wenn man den Menschen erlaubt, Vorstellungen individueller Freiheit zu hegen – nein, wenn man sie dazu ermuntert! – dann beginnt der rasche Werteverfall der Zivilisation.«

Bei diesen Worten gluckste Guarico aus irgendeinem Grund vergnügt. Nikolas versank in einen Morast des Trübsinns. Er war müde, er wollte fort. Man schenkte ihm erneut nach, dabei hatte er bereits zuviel getrunken. Er schüttelte den Kopf und brummte teilnahmslos:

»Das verstehe ich nicht.«

»Es geht doch darum –«, begann Novara, wurde aber wiederum unterbrochen, diesmal von Ziegler, der vorsprang, mit bebenden Finger auf Nikolas' Brustbein pochte und rief:

»Es geht doch darum, daß die Fäulnis aufgehalten werden kann! Ja, ja, sie kann von einigen entschlossenen Männern, ein paar entschiedenen Köpfen aufgehalten werden – *wir*, mein Herr, wir können sie aufhalten!«

»Aber wie denn, bitte schön?« fauchte Nikolas. Er hegte eine außerordentliche Abneigung gegen diesen fanatischen jungen Mann, dessen Gesicht unter der Gewalt seiner Leidenschaft zornesrot angelaufen war.

»Beruhigt Euch, Jacob«, sagte Novara leise. »Ganz ruhig.« Er wandte sich an Nikolas. »Ihr seht, wie stark wir für unsere Sache empfinden. Wie sollte es auch anders sein? Wir sind, Jacob bemerkte es bereits, Ausgestoßene in dieser Stadt. Gewiß, es gibt keine Verschwörung gegen uns, kein Druck wird auf uns ausgeübt, wir können kommen und gehen, wie es uns beliebt, uns versammeln, gar Pläne schmieden, falls wir wollen, wir sind –«, er zuckte die Achseln »– frei. Was aber bedeutet sie schon, diese gegenstandslose Freiheit? Doch nur, daß man uns nicht fürchtet, da die Zeiten selbst dafür sorgen, daß man auf Männer wie uns nicht hört. In schlimmer Zeit verachtet man den weisen Mann.« Er ging nicht länger auf und ab, sondern betrachtete die Versammelten mit herzlichem, melancholischem Lächeln. »Schaut uns an, mein Herr: Wir sind Gelehrte, wir sind Philosophen, Wissenschaftler, Dichter, doch keine Männer der Tat. Hier in Bologna aber, wie auch in ganz Italien und Europa, wird die Tat verlangt. Nur: Wer handelt, wenn wir nicht handeln? Als Platoniker wissen wir, daß sich Gerechtigkeit und ein gutes Regime bloß erreichen lassen, wenn die Macht in den Händen der Philosophen ruht. Deshalb brauchen wir die Macht. Wie sollen wir sie erlangen? Herr Koppernigk, laßt es mich deutlich sagen: Wir wollen –«, Calcagnini wand sich nervös, doch Novara beachtete ihn nicht weiter, »– wir wollen, mein Herr, zuerst eine Union zwischen unserem Stadtstaat und Rom, und später dann, o sehr viel später, ein unter päpstlicher Regierung vereintes Europa. Ein neues, starkes und vereinigtes Heiliges Römisches Reich – das ist unser Ziel, nicht mehr und nicht weniger.«

Nikolas blinzelte. Calcagnini hüstelte.

»Ich glaube, Domenico«, murmelte er, »ich glaube, Ihr habt das Wichtigste vergessen.« Er schaute Nikolas an. »Stimmt, wir wollen ein vereintes Europa, *doch wir wollen es nur unter einem Papst unserer Wahl.* Seine Heiligkeit Alexander kommt dafür nicht in Frage, überhaupt nicht.« Gedämpftes, doch eher bekümmertes Lachen war zu hören. Novara nickte.

»Natürlich«, sagte er nicht ohne eine Spur von Gereiztheit und verbeugte sich vor dem Dichter, »gewiß ein überaus wichtiger Punkt. Ein Papst, ja, ein Papst unserer Wahl. Wir haben sogar Kandidaten in Betracht gezogen; wundert Euch das, Herr Koppernigk? Wir meinen es ernst, versteht Ihr? So haben wir zum Beispiel an Alexanders Bastard, an Cesare gedacht. Doch Lucas Horoskop ist nicht gerade ermutigend und scheint die gewichtigen Zweifel zu bestätigen, die wir seit einiger Zeit in dieser Hinsicht hegten. Ich schätze, wir werden uns anderswo umsehen müssen.« Und er betrachtete Nikolas mit einem Lächeln, bis der sich nach einem Augenblick des Nachdenkens plötzlich aufsetzte und sagte:

»Aber Ihr könnt doch nicht glauben, daß ich – ich meine, ich doch bestimmt nicht!«

Sie starrten ihn an, und dann lachte Novara ein wenig unbehaglich.

»Ach so«, sagte er, »ein Scherz. Ich habe erst nicht – sehr komisch, wirklich.«

Calcagnini legte seine Fingerspitzen aneinander, tippte sich mit dem so entstandenen Turm an die gespitzten Lippen und sagte:

»Wir haben uns gefragt: Was wäre, wenn wir feststellen sollten, daß sich in Bologna ein junger Kirchenmann aus dem Norden aufhält, ein Wissenschaftler, dessen Onkel Bischof eines preußischen Fürstentums ist, ein Mann von keineswegs geringer Bedeutung in den Angelegenheiten Europas? Und was, wenn wir weiterhin feststellen sollten, daß dieser junge Wissenschaftler sich als großer Denker erweist? Könnte er sich nicht, um es mit einem etwas gefühllosen Wort zu sagen, als *nützlich* erweisen? Wir leben in merkwürdigen Zeiten. Die Welt gibt jenen ihre Geheimnisse preis, die wissen, wie sie danach zu suchen haben. Was wäre, wenn uns zu Ohren käme, daß dieser junge Mann vorsichtig die Umrisse einer Theorie der Planetenbewegungen entwickelt hätte, die, sollte sie sich als stichhaltig erweisen, uns zwingen würde, unsere Vorstellungen von der Natur der physikalischen Welt zu ändern? Wir sagten: Was, wenn wir diesem Astronomen gewisse Möglichkeiten einräumten – sagen wir, eine Villa in der Abgeschiedenheit der Provinz und genügend Geldmittel, so daß er zwei, drei Jahre dem Studium und der Forschung widmen könnte – wenn wir ihm also, kurz gesagt, die nötigen Mittel zur Verfügung stellten, damit er seine neue Theorie vervollständigen kann? Nun, wir wissen alle, daß es in der Kirche zwar offensichtlich erlaubt ist, sich in aller Art von fleischlicher Lust zu ergehen, doch steht es niemandem frei, Spekulationen anzustellen, die dem Dogma widersprechen: Denn das Dogma ist unanfechtbar. Und wem obliegt es, für die Unantastbarkeit des Dogmas Sorge zu tragen? Nun, natürlich dem Papst! Was wäre also, wenn unser junger Astronom nach diesen zwei oder drei Jahren Abgeschiedenheit gen Preußen reisen und dem Onkel seine Belege für diese neue Theorie unterbreitete? Schließlich ist allgemein bekannt, daß der Bischof von Ermland kein Freund Roms und gewiß kein Freund Alexanders, dieses aufgeblasenen Despoten der Borgias ist. Wäre es da nicht wahrscheinlich, daß in kurzer Zeit überall in Europa von dieser neuen und blasphemischen Theorie die Rede wäre? Und Alexander sähe sich gezwungen zu handeln. Doch der Bischof von Ermland ist nicht der einzige Feind des Papstes; seine Feinde sind Legion. In dieser Schlacht also zwischen einer bewiesenen und über alle Zweifel verbürgten mathematischen Theorie und einem unfähigen Papst, wer würde da wohl gewinnen? Uns scheint das einzig mögliche Ergebnis eine neue Konklave des Kardinalskollegiums zu sein, und damit wäre der Sache der Kirche gedient, aber natürlich auch unserer Sache, Herr Koppernigk, damit also auch Eurer Sache. Dies sind Fragen, wie Ihr gewiß verstehen werdet, Fragen, die wir uns nun schon seit einiger Zeit stellen. Und wir hoffen, daß Ihr uns helfen könnt, einige Antworten auf unsere Fragen zu finden. Hm?«

»Herr, Ihr kennt meinen Onkel nicht.«

Welch armselige Replik auf eine solche Rede, doch schien sie nicht weiter bedeutsam, da die Gesellschaft seltsamerweise ihr Interesse an ihm verloren hatte. Der Geck und seine Freunde versuchten unter kreischendem Gelächter, den Hund einen Becher Wein trinken zu lassen. Novara stand am Fenster und schaute geistesabwesend auf die fernen Hügel. Nikolas mußte an ein Publikum denken, das sich im Theater langweilte. Der Sänger hatte sich mit zaghaft unsicherem Grinsen zurück in ihre Mitte gewagt und glich nicht länger jener geheimnisvollen, priesterlichen Gestalt, zu der ihre Aufmerksamkeiten ihn zuvor gemacht hatten, sondern einem gefühlvollen, traurigen, ungeliebten und unliebenswert merkwürdigen Irren. Guarico war eingeschlafen. Calcagnini lächelte und nickte einfältig; er war betrunken. Sie waren alle betrunken. Nikolas stand auf, um zu gehen. Der dürre Nono, kichernd, stammelnd, am ganzen Körper zitternd, kroch ihm nach und machte einen ungeschickten und lächerlichen Annäherungsversuch.

★

Andreas schob seinen Teller zurück und stieß säuerlich auf. Eine Küchenmagd kam mit einer dampfenden Schüssel an ihrem Tisch vorbei, und er drehte sich um und betrachtete ihre wogenden Schenkel. Verträumt sagte er:

»Sie sind natürlich alle *Italiener*«, und er schenkte seinem Bruder ein eisiges Lächeln. »Tja, warme Brüder allesamt.«

Nikolas ging nie wieder zu Novaras Haus und blieb auch seinen Vorlesungen fern. Zur Weihnachtszeit hatte er Bologna auf immer verlassen.

Die Stadt duckte sich, schwitzte vor Angst unter dem Banner des Zuchtbullen. Es ging das Gerede von bösen Omen. Am Mittag regnete Blut vom Himmel, abends erbebten die verlassenen Straßen unter dem Donner übernatürlichen Hufgetrappels, und irre Schreie erfüllten die Luft. Eine Frau in Ostia kam vorzeitig nieder und brachte eine Schar Ratten zur Welt. Manche sagten, die Herrschaft des Antichristen sei angebrochen und das Ende nahe. Im Februar kehrte Cesare, der Sohn des Papstes, siegreich aus der Romagna zurück und ritt mit seiner Armee im Triumph durch die jubelnden Straßen. Für diesen Aufzug hatte er sich eigens ganz in Schwarz gekleidet, nur um seinen Hals blitzte ein goldener Kragen. Seine Armee war ebenfalls in Schwarz gehüllt. Fast sah es in diesem trüben, gelblichen Licht des Wintertages so aus, als wäre der Herr der Finsternis selbst erschienen, um sich vom trunkenen Mob ausrufen zu lassen.

Dies geschah zu Rom im Jubiläumsjahr 1500.

★

Die Brüder waren auf Anweisung von Onkel Lukas nach Süden in die Hauptstadt gereist: Sie sollten während der Jubiläumsfeiern als inoffizielle Gesandte des Frauenburger Kapitels agieren – eine etwas nebulöse Aufgabenbeschreibung. In jenem Jahr kamen sie allerdings nur ein einziges Mal einer Verpflichtung nach, die man unter Umständen mit Diplomatie hätte in Verbindung bringen können, und zwar speisten sie im Vatikan als Gäste eines untergeordneten papstlichen Offizialen, einem gewandten, verschlagenen Schreiberling mit beklemmendem, schielendem Blick, der sich, soweit die Brüder dies seinen gewundenen und verdeckten Anspielungen entnehmen konnten, davon vergewissern wollte, daß Bischof Lukas' Ergebenheit für Rom nicht in Gefahr stand, auf den König von Polen überzugehen, und sie hätten vielleicht einen ernstlichen Schnitzer begangen, unerfahren wie sie in derlei heiklen Dingen waren, hätte der graue und vorsichtige Kanonikus Schiller, der Beauftragte des Frauenburger Kapitels, sie nicht mit genau plazierten und enthusiastisch applizierten Tritten unterm Tisch durch das Gespräch gelenkt.

Zudem wohnten sie bei Schiller in einer düsteren Villa auf der feuchten Seite eines Hügels in der Nähe des Circo Massimo. Das Essen war hier ausnahmslos preußisch, und die Luft schwer von den Ausdünstungen der Frömmigkeit. Nikolas fand sich bedrückt mit der Disziplin und den nüchternen Ritualen des Hauses ab; seit seiner Schulzeit war er mit derlei vertraut und erwartete deshalb auch nichts anderes. Andreas jedoch litt unter des Kanonikus Schillers wachsamen Auge, in dem sich trotz des weiten Wegs nach Preußen das Glitzern eines wilderen, eisigeren Blicks spiegelte. In letzter Zeit war er verdrossen wie nie zuvor, seine Wutanfälle waren heftiger, die melancholischen Phasen kaum noch den heilsamen Vergnügungen des Studentenlebens aufgeschlossen. Was einst Kraftlosigkeit in ihm gewesen war, dem entsprang nun ein Verlangen nach Zerstörung; sein fröhlicher Zynismus war in so etwas wie Verzweiflung umgeschlagen. Er beklagte sich, sagte, daß er sich krank fühle. Sein Gesicht war blaß und abgezehrt, die Augen blutunterlaufen, der Atem seltsam flach und papieren. Er begann, die Buden der Astrologen und berüchtigsten Wahrsager aufzusuchen. Einmal bat er Nikolas sogar darum, ihm das Horoskop zu stellen, was Nikolas, der allein die Vorstellung entsetzlich fand, ablehnte, indem er ohne rechte Überzeugung mangelnde Fertigkeiten vorschützte. Onkel Lukas hatte Andreas in Frauenburg eine Pfründe gesichert, und eine Zeitlang ging es ihm finanziell ausgezeichnet, doch stand er bald wieder ohne einen Pfennig da, schlimmer noch, begab er sich doch in die Hände der Juden. Nikolas sah hilflos zu, wie das Leben seines Bruders zerbrach; und es schien ihm, als schaute er dem fürchterlich langsamen Sturz eines einstmals herrlichen, ruhmreichen, schimmernden Engels in die Tiefe zu.

Doch Andreas liebte Rom. In dieser verruchten, wolfgesäugten Stadt entfalteten sich seine speziellen Talente für kurze Zeit zu voller Blüte, genährt von der allgegenwärtigen Atmosphäre der Gefahr und der Intrige. Er sprach dieselbe Sprache wie die ränkevollen, weltlichen Kirchenmänner, und es dauerte nicht lange, da hatte er Zugang zu den Cliquen und Kabbalen gefunden, von denen der päpstliche Hof nur so strotzte. In den Augen der Welt war er ein Feuerkopf, brillant, sorglos und hedonistisch, zu Großem bestimmt, doch Schiller ermahnte ihn, riet ihm zu einem gesetzteren Lebenswandel. Er achtete nicht darauf. Das Wasser stand ihm längst höher, als der Kanonikus auch nur ahnen konnte. Er trieb über gezacktem Riff, sein Licht verlosch; er ertrank.

Nikolas haßte die Stadt. Sie erinnerte ihn an einen alten, lohfarbenen Löwen, der sterbend in der Sonne lag und in dessen narbenreichem, stinkendem Fell die Läuse fieberhaft einen letzten, hektischen Karneval feierten. Ihn entsetzte, was er von den Machenschaften der Kirche mitbekam. Gott war hier abgeschafft worden, und an seiner Stelle regierte Rodrigo Borgia. Am Ostersonntag knieten zweihunderttausend Pilger auf dem Petersplatz, um den Segen des Papstes zu empfangen; Nikolas war dort, umdrängt von den armen, dummen Gläubigen, die seufzten und ächzten wie eine riesige Lunge, die Gesichter vertrauensvoll der warmen Frühlingssonne zugewandt. Er fragte sich, ob die Tavernenpropheten nicht recht hatten, ob dies nicht das Ende war, ob hier und heute nicht ein letzter, schrecklicher Segen der Stadt und der Welt erteilt wurde.

Im Juli wurde Alfonso, der Herzog von Bisceglie, auf den Stufen zum Petersdom brutal angegriffen; Cesare stand hinter dieser Greueltat, so flüsterte man. Die Gerüchte bekamen einige Wochen später neue Nahrung, als *Il Valentinos* Mann, Don Michelotto, ins Krankenzimmer Alfonsos im Vatikan einbrach und den Herzog in seinem Bett erwürgte. Nikolas erinnerte sich an einen gewissen merkwürdigen Tag in Bologna und geriet ins Grübeln. Doch war es natürlich Unsinn zu glauben, daß Novara und seine Freunde irgend etwas mit diesen blutigen Geschehnissen zu tun haben könnten, zumindest behauptete dies der Professor, als Nikolas ihn eines Tages zufällig auf der Straße in der Nähe des Amphitheaters des Vespasian traf.

»Nein, nein!« flüsterte Novara mit heiserer Stimme und sah sich nervös um. »Wie könnt Ihr derlei nur glauben? Ehrlich gesagt, der Herzog kannte unsere Ansichten in groben Umrissen und zeigte sich ihnen durchaus aufgeschlossen. Jedenfalls wünschten wir ihm nichts Böses. Es ist einfach zu schrecklich. Wenn ich nur daran denke, daß wir diesen Cesare einmal ... Wie schrecklich!«

Er war in universitären Angelegenheiten auf Stippvisite in Rom. Sein Aussehen entsetzte Nikolas. Er war blaß und vornübergebeugt, der Blick stumpf, und die Hände zitterten. Der kalte, herrische und selbstsichere Patrizier, der er noch vor kurzem gewesen war, schien kaum wiederzuerkennen. Geistesabwesend kniff er die Brauen zusammen und wischte sich, von Hitze, Staub und lärmendem Verkehr gequält, den Schweiß von der Stirn. Er war dem Tode nah. Ein schlanker, gelangweilter, in Scharlachrot gehüllter, junger Mann begleitete ihn und stand in unverschämter Wortlosigkeit an seiner Seite, eine Hand in die Hüfte gestemmt; sein Name war Girolamo. Er lächelte Nikolas an, dem plötzlich einfiel, wo er ihn schon einmal gesehen hatte, so daß er errötete und sich von ihm abwandte, nur um entsetzt festzustellen, daß Novara ihn mit Tränen in den Augen betrachtete.

»Ihr haltet mich für einen Narren, Koppernigk«, sagte er. »Ihr seid nur in mein Haus gekommen, um über mich zu lachen – o ja, leugnet nicht, Euer Bruder hat mir erzählt, wie sehr Ihr gelacht habt, nachdem Ihr damals von uns fortgelaufen seid. Ich fürchte, Ihr mußtet meine Pläne und mein Gerede über Magie ziemlich dumm finden, gilt Eure Aufmerksamkeit doch allein den Fakten und Berechnungen, den Gesetzen der sichtbaren Welt.«

Nikolas stöhnte insgeheim auf. Warum waren die Leute, Andreas immerzu, jetzt Novara, so eifrig darauf bedacht, daß er viel von ihnen hielte? Was zählte seine Meinung schon? Er sagte:

»Mein Bruder hat Euch angelogen; er neigt zur Lüge. Warum sollte ich über Euch lachen? Ihr seid ein größerer Astronom, als ich es bin.« Dies war schrecklich, einfach schrecklich. »Ich verließ Euer Haus, weil ich wußte, daß ich Euch nicht zu helfen vermochte. Welche Rolle hätte ich in Euren Plänen schon spielen können –«, er konnte nicht widerstehen, »– ich, ein einfacher Kaufmannssohn.«

Novara nickte und verzog das Gesicht. Die Sonne deckte ihn mit Hammerschlägen ein. Er wirkte wie ein verwundetes Tier.

»Euch fehlt es an Nachsicht, mein Freund«, sagte er. »Ihr müßt verstehen, daß Menschen Antworten brauchen, Glaubensgrundsätze, Mythen – Lügen, wenn Ihr wollt. Die Welt ist schrecklich, und doch haben wir entsetzliche Angst davor, sie zu verlassen: Das ist das Paradox, das uns so schmerzt. Schmerzt Euch etwas, Koppernigk? Ihr verfügt über eine beneidenswerte Unerschütterlichkeit, doch frage ich mich, ob sie vorhalten wird.«

»Wenn ich gefühllos wirke, so kann ich nichts dafür!« rief Nikolas, außer sich vor Wut und Scham. »Und ich habe nichts getan, womit ich Eure bitteren Vorwürfe verdient hätte.« Doch Novara hatte das Interesse an ihm verloren und schlurfte davon. Der junge Girolamo zögerte und blickte mit leisem, hämischem Lächeln von einem zum anderen. Nikolas zitterte heftig. War das gerecht? Selbst wenn er dem Tode nahe war, besaß Novara kein Recht darauf, sich derart kriecherisch zu benehmen; schließlich war es seine Pflicht, stolz und unnahbar zu sein, Furcht einzuflößen und nicht zu wimmern und zu winseln, schwach zu sein. Es war ein Skandal! »Ich habe nie etwas von Euch verlangt!« warf Nikolas ihm nach und ignorierte die Blicke der Passanten. »Ihr seid schließlich zu mir gekommen. Hört Ihr?«

»Ja, ja«, murmelte Novara, ohne sich umzudrehen. »Gerade noch. Und nun, lebt wohl. Kommt, Girolamo, kommt.«

Der junge Mann lächelte lasziv ein letztes Mal, ging mit knapper, bedauernder Geste zum Professor und nahm seinen Arm. Nikolas drehte sich um, floh und preßte die Wut an sich wie ein zappelndes, gefangenes, wildes Biest. Er fürchtete sich, als hätte er in einen Spiegel gesehen und darin nicht sein eigenes Gesicht, sondern unaussprechliches Entsetzen entdeckt.

Er sollte Novara nicht wiedersehen. Ein- oder zweimal hätten sich ihre Wege noch kreuzen können, doch hielten Zeit und Umstände sie zum Glück voneinander fern – zum Glück, weil Nikolas eine weitere, schmerzhafte Begegnung fürchtete, doch auch, weil ihm davor graute, womöglich noch einmal dem erschreckenden Bild seiner selbst gegenübertreten zu müssen, auf das er in jenem unverständlichen Anfall von nackter Wut einen Blick geworfen hatte. Als er vom Tod des Professors hörte, konnte er sich nicht einmal mehr deutlich daran erinnern, wie der Mann ausgesehen hatte, doch war er da auch bereits in Padua, und alles hatte sich geändert.

*

Anfangs machte die Stadt keinen besonderen Eindruck auf ihn, so eifrig war er damit beschäftigt, eine wohnliche Behausung zu finden, das komplizierte und ärgerliche Ritual des Einschreibens an der Universität zu vollziehen sowie sich seine Fächer und seine Professoren auszusuchen. Außerdem hatte er Andreas zu ertragen, der mittlerweile unter einer ernsthaften, wenn auch rätselhaften Krankheit litt und voller Marotten steckte. Zu Beginn des Sommers reisten die Brüder nach Frauenburg, da ihr Studienurlaub abgelaufen war. Sie hatten brieflich um eine Verlängerung gebeten, doch Bischof Lukas bestand darauf, daß sie ihre Bitte persönlich vortrugen. Der zusätzliche Urlaub wurde natürlich bewilligt, und nach kaum einem Monat in Preußen machten sie sich wieder auf den Weg nach Italien.

Nikolas machte in Kulm Station, um Barbara in ihrem Kloster zu besuchen. Sie hatte sich in den Jahren seit ihrer letzten Begegnung kaum verändert; nur fand er sie nun, in mittleren Jahren, stiller als das linkische Mädchen, mit dem er vor langer Zeit im alten Haus in Thorn Verstecken gespielt hatte. Vielleicht war es dieser Widerhall aus Kindertagen, der ihr Gespräch so gespreizt und unwirklich klingen ließ. Zwischen ihnen herrschte noch immer jene vertraute Melancholie und eine zärtliche, zögernde Rücksicht, doch war da nun auch etwas anderes, ein vages Gefühl des Lächerlichen, des Nachdenklichen, als wären sie trotz all ihrer Intentionen eigentlich nur Kinder, die Erwachsene spielten. Sie sei, so erzählte sie ihm, in der Nachfolge der verstorbenen Christina Watzenrode, zur Äbtissin des Klosters ernannt worden, doch konnte er das nicht begreifen. Wie sollte Barbara, seine Barbara, eine Frau von solcher Bedeutsamkeit geworden sein? Sie war ebenso verwirrt von dem umständlichen Aufzug, den er als sein Leben auszugeben suchte. Sie sagte:

»Du wirst ein berühmter Mann. Man hört die Leute sogar hier in der Provinz von dir reden.«

Er schüttelte den Kopf und lächelte. »Daran ist Andreas schuld. Er findet es spaßig, den Gedanken zu verbreiten, daß ich insgeheim an einer revolutionären Theorie der Planetenbewegungen arbeite.«

»Tust du das denn nicht?«

Draußen fiel ein Sommerschauer, und fahles, leicht flackerndes Licht sickerte halbherzig durch die hohen, regenüberströmten

Fenster des großen Saals, in dem sie saßen. Selbst in ihrem weiten Habit war Barbara nichts als Knie und Knöchel und derbe, rein geschrubbte Haut. Schüchtern wandte sie den Blick von ihm ab. Er sagte:

»Ich werde dich bald wieder besuchen kommen.«

»Ja.«

⋆

Als er nach Padua zurückkehrte, traf er Andreas an, der, krank und von der preußischen Reise noch geschwächt, bereits nach Rom aufbrechen wollte. »Bruder, ich kann weder diesen frömmlerischen Gestank noch die elende Selbstgefälligkeit der Paduaner ertragen. Außerdem wirst du freier atmen, wenn ich nicht um dich bin, um dir vor deinen frommen Freunden Schande zu bereiten.«

»Ich habe keine Freunde, Andreas. Und mir wäre es lieber, du würdest nicht abreisen.«

»Du bist ein Heuchler. Bring mich nicht dazu, mich übergeben zu müssen.«

Nikolas war froh, seinen Bruder gehen zu sehen, wie sehr er sich auch gegen dieses Gefühl wehrte, hoffte er doch, der Last von Andreas' unerträglicher Anwesenheit ledig, nun endlich jenes wahre Selbst vorkehren zu können, daß zu sein er sich sein Leben lang gewünscht hatte.

Doch wie sah dieses rätselhafte Selbst aus, das sich ihm stets entzogen hatte? Er konnte es nicht sagen und war doch überzeugt, einen Wendepunkt erreicht zu haben. Die ersten Monate allein in Padua waren seltsam. Er war weder traurig noch glücklich, war eigentlich nichts so richtig: Er war neutral. Das Leben strömte über ihn hinweg, und er wartete unter den Wogen, wußte aber nicht, worauf, falls nicht auf Rettung. Mit Macht stürzte er sich auf seine Studien, hörte Philosophie, Kanonisches Recht, Mathematik, Griechisch und Astronomie, tauchte letztlich aber in der medizinischen Fakultät wie ein erschöpfter Schwimmer wieder auf, der zum Licht aufsteigt und in dessen schmerzenden Lungen die rettende Luft wie eine große, leuchtendgelbe Blume blüht.

⋆

»Signor Fracastoro?«

Der junge Mann drehte sich stirnrunzelnd um. »*Si*, ich bin Fracastoro.«

Wie hübsch er war, wie edel, diese schwarzen Augen, das dunkle, schmale, arrogante Gesicht; wie lässig er sich auf der Bank unter all den schnatternden Gecken rekelte, die langen Beine ungezwungen übereinanderschlug. Im Vorlesungssaal stank es widerlich nach dem sezierten Leichnam, dessen ausgeprägte Überbeine und gichtbefallene Gelenke zwei blutbefleckte Faktoten fortkarrten, doch ertrug Fracastoro das Gemetzel auf aristokratisch gleichmütige Manier und gab sich nur gelegentlich die Mühe, die Nase aus dem parfümgetränkten Taschentuch zu heben, dessen durchdringender Moschusgeruch das unverkennbare Kennzeichen der Medizinstudenten war. Er hatte sich mit achtloser Eleganz in Seide und weichem Leder gekleidet, war gestiefelt und gespornt und trug ein weißes Leinenhemd offen über zartem Brustkorb. Er war am Morgen zu spät zur Vorlesung gekommen, lächelnd und erhitzt, und hatte in den verpesteten Saal einen frischen, sauberen Geruch nach Pferden, süßem Torf und Weiden im Morgennebel mitgebracht. Er war all das, was Nikolas nicht war, und Nikolas, der spürte, daß ihm eine Erniedrigung bevorstand, verfluchte, daß er das Wort ergriffen hatte.

»Ich glaube, wir sind uns letztes Jahr in Rom begegnet«, sagte er, »Ihr wart mit Professor Novara zusammen.«

»Ach ja?«

Fracastoros Freunde knufften sich gegenseitig erfreut in die Rippen, stierten Nikolas in gelangweiltem, hämischem Ernst an und versuchten, nicht zu lachen; sie ahnten ebenfalls, daß ihm gleich eine Erniedrigung bevorstand.

»Ja, richtig, in Rom und davor in Bologna, im Haus des Professors«, schwatzte er drauflos. Jemand kicherte. »Ich erinnere mich genau. Ihr versuchtet, Novaras Hund betrunken zu machen, ha, ha, ha.«

Der junge Mann zog die Augenbrauen in die Höhe. »Ach, einen Hund, sagtet Ihr? Wie ungewöhnlich. Daran erinnere ich mich bestimmt nicht.«

Nikolas seufzte. Zur Hölle mit dir, du junges Schwein. Das Leben ist wirklich grausam. Er trat einen Schritt zurück, achtete aber darauf, sich nicht zu verbeugen.

»Ein Versehen«, murmelte er. »Verzeiht.«

»Aber so wartet doch«, sagte Fracastoro, »dieser Novara, mir scheint, ich kenne den Mann tatsächlich, wenn auch nur flüchtig.« Er hob die schlanke Hand an die Stirn. »Ach ja, natürlich, ein Mathematiker, nicht wahr? – Dem Mystizismus verfallen? Ihr seht, ich kenne ihn. Und?«

»Ihr erinnert Euch nicht an unsere Begegnung.«

»Nein, doch vielleicht fällt sie mir wieder ein, wenn ich mich konzentriere. Habt Ihr Neuigkeiten vom Professor?«

»Nein, nein, bloß daß er ... nichts, nein, nichts.«

»Bloß ...«

»Nein, nichts, gar nichts.« Und er floh, von Gelächter verfolgt.

*

Sie begegneten sich einige Tage später wieder, ausgerechnet bei Morgengrauen auf dem Gemüsemarkt. Nikolas litt seit einer Weile an Schlaflosigkeit und ging nachts hinaus, um durch die Stadt zu wandern und sein fieberhaft ratterndes Hirn in der kühlen Dunkelheit zu baden. Den Markt lernte er besonders lieben; die Farben, der Lärm, der schwere, honigsüße Geruch der Reife, all das verschwor sich, um über die Trostlosigkeit jener unmenschlichen Stunde vor dem ersten Licht hinwegzutäuschen. Er beugte sich über das feuchte Geländer der Ponte San Giorgio und sah müßig zu, wie die flußaufwärts gefahrenen Kähne großen, plumpen Walen gleich ihre Ladung in die bläuliche Düsternis der Lagerhäuser unter ihm leerten, als ihn eine Stimme über seine Schulter hinweg ansprach:

»Koppernigk, nicht wahr?«

Er war in einen graubraunen Mantel gehüllt, und seine lange, blonde Haarmähne stak unter einem zerbeulten, alten, schwarzen Schlapphut; doch selbst in solch simplem Aufzug wirkte er einfach elegant. Er lächelte ein wenig, schaute Nikolas aber nicht an, sondern blickte sinnend auf die noch dunkle Ferne über den Stadtmauern und sagte gleichsam ohne Worte: Komm schon, schlag zu, wenn du willst und gönne dir deine kleine Revanche. Doch Nikolas lehnte das Angebot ebenso wortlos ab, als der Italiener plötzlich leise lachte und sagte:

»Nikolas Koppernigk – seht Ihr? Ich habe mich konzentriert.«

Mit leisem Lächeln nickte Nikolas anerkennend. »Signor Fracastoro.«

Da schaute ihn der andere direkt an und lachte erneut.

»O bitte«, sagte er, »so nennen mich meine Freunde, *Ihr* aber dürft mich Girolamo nennen. Sollen wir ein wenig spazierengehen?« Sie verließen die Brücke und gingen über die offene Piazza, auf der sich die Fischweiber liebenswürdige Beleidigungen von Bude zu Bude zuwarfen. »Sagt mir, was führt Euch her zu dieser seltsamen Stunde?«

Nikolas zuckte die Achseln. »Ich schlafe nicht sonderlich gut. Und Euch?«

»Wein und Frauen, fürchte ich, halten mich von meinem Bett fern. Im Augenblick kehre ich von einer verpraßten Nacht nach Hause zurück.« Das war prahlerisch gemeint. Er war in jenem Alter, noch keine Zwanzig, in dem sich der Jugendliche, der er war, und der Mann, der er werden sollte, die Waage hielten, so daß er irritierenderweise im selben Atemzug vom kalten, harten, verächtlichen Zynismus in dumme Albernheiten verfallen konnte. Er sagte: »Ihr habt Novara damals sehr enttäuscht, wißt Ihr, als Ihr seine großartigen Pläne zur Rettung der Welt nicht ernst genommen habt. Ach, der arme Domenico!«

Sie lachten beide ein wenig gehässig, und Nikolas, der sich plötzlich aus heiterem Himmel von den schmerzverzerrten, vorwurfsvollen Augen des Professors angestarrt glaubte, sagte hastig:

»Doch ist nicht unwichtig, was ihn interessierte.«

»Nein, natürlich nicht, aber das ist alles nur Gerede. Er hatte sich zu sehr in die Magie verliebt und verachtete die Tat. Ich meine, natürliche Magie war für ihn nichts als Zentauren und Chimären. Ich dagegen finde, daß es gewöhnlich die Wissenschaft ist, die im Vollzug wunderbarer Operationen ihr Wissen um verborgene Formen anwendet.« Unter dem herabgeschlagenen Rand seines schwarzen Hutes warf er einen offenen, fragenden Blick zu ihm herüber, doch ließ sich unmöglich sagen, ob er es ernst meinte oder nicht. »Was sagt Ihr dazu, mein Freund?«

Nikolas zuckte nur die Schultern und murmelte bedachtsam: »Vielleicht, vielleicht ...«

Er wußte nicht, was er von diesem jungen Mann zu halten hatte; er traute ihm nicht, traute sich selbst aber auch nicht und beschloß daher, vorsichtig vorzugehen, obwohl er nicht begriff, was Vertrauen mit alldem zu tun hatte, wenn er einmal davon absah, daß er sich nicht wiederum zum Narren halten lassen wollte. Es war schon seltsam, diese Begegnung, dieser traumhafte Morgen, diese verschwommenen Gestalten, die hierhin und dorthin eilten und sich im Dämmerlicht etwas zuriefen. Sie betraten eine enge Gasse, die einzig dem Handel mit Käfigvögeln vorbehalten war. Kaskaden fröhlicher, irrer Musik überschwemmten den düsteren Himmel. Als sie am anderen Ende die Gasse verließen, fanden sie sich auf einem verlassenen Platz wieder. Über ihnen erstreckt sich ein tiefes, illyrisches Blau, das sich nun rasch im Osten erhellte, und die Türme der Stadt waren mit goldenen Spitzen beschlagen.

»Darf ich Euch ein Frühstück anbieten?« fragte Fracastoro. »Meine Zimmer sind in der Nähe.«

Er wohnte nahe der Basilika des Heiligen Antonius in einem baufälligen Palast, dem Familiensitz eines ältlichen Grafen, der schon vor vielen Jahren um seiner kränkelnden Lungen willen in seine Villa in den Dolomiten geflohen war. »Mein Onkel, wißt Ihr«, sagte er und zwinkerte ihm zu. Durch die schäbige Pracht von vergoldetem Stuck, Temperamalereien und fleckigen Marmorstatuen stiegen sie zum vierten Stock hinauf, in dem so etwas wie ein weiträumiger Unterschlupf, der fünf oder sechs große Zimmer umfaßte, aus dem in Jahren der Vernachlässigung hinterlassenen Staub und den Überbleibseln adligen Lebens ausgehöhlt worden war. Hier, unter dem durchhängenden Baldachin eines riesigen Himmelbettes, fanden sie einen jungen Mann in zerwühlten, schmutzigen Laken. Er war nackt, seine Glieder in rührend kindlicher Preisgabe ausgestreckt, wie ein exotisches Exemplar, so schien es, von einer enormen Erektion festgenagelt, die grotesk aus seinem jettschwarzen Haarbusch aufragte. Fracastoro beachtete ihn kaum, hob im Vorbeigehen ein zerknittertes Hemd vom Boden auf, warf es ihm an den Kopf und schrie:

»Aufstehen! Komm schon, hoch mit dir!«

Im größten Zimmer herrschte ein allgemeines Durcheinander von Büchern, Kleidern und leeren Weinflaschen. Die meisten Möbel waren mit Schutzbezügen verhüllt. Hier und dort ließ sich inmitten des Gerümpels das Skelett früherer Pracht im reich verzierten Paneel oder an schimmernden Marmorsäulen erkennen, an goldverzierten Vorhängen, einem Rosenholzspinett mit Einlegearbeiten, zart und zaghaft wie ein Reh. Herrlich gewölbte Fenster umrahmten ein Triptychon der luftigen Architektur der Basilika, die sich reglos vor makellos blauem Himmel in die Höhe schwang. Fracastoro sah sich um, und mit einem Achselzucken deutete er eine vage, hilflose Geste der Entschuldigung an. Wie viele Generationen aristokratischen Lebens waren notwendig, fragte sich Nikolas, um eine solch patrizische Gleichgültigkeit und Gelassenheit hervorzubringen? Er verkroch sich in seinen schwarzen Mantel, eine dürre, graue, geplagte Seele, die diesen jungen Mann plötzlich heftig um sein Selbstvertrauen und seine Sorglosigkeit beneidete, um seine Verachtung für die trivialen Verlockungen dieser Welt. Eine Weile standen sie schweigend vorm Fenster, blickten hinaus auf die sonnenbeschienene Stadt und lauschten auf die morgendlichen Laute, die aus den Straßen dort unten zu ihnen aufstiegen, auf das Rattern von Bambusjalousien, das Rumpeln der Wasserkarren, die rauhen Rufe der Brotverkäufer. Nichts geschah, sie sagten nichts, und doch sollte selbst dann noch, wenn vieles andere längst verblaßt war, Nikolas sich auf immer an diesen Augenblick mit außerordentlicher Klarheit als an den Beginn ihrer Freundschaft erinnern.

Hinter ihnen war ein Geräusch zu hören, und Girolamo drehte sich um und sagte:

»Aha, da bist du ja, du elender Köter.«

Es war der hübsche junge Mann aus dem Schlafzimmer. Er stand nur mit seinem Hemd bekleidet im Türrahmen, kratzte sich am Kopf und starrte sie trüben Auges an. Sein Name war Tadziu oder Tadzio, Nikolas verstand ihn nicht recht, doch war dies nicht weiter wichtig, da er ihn nie wiedersehen sollte. Nach diesem ersten Morgen war er seltsamerweise verschwunden, und Girolamo erwähnte ihn niemals, nur einmal, sehr viel später. Sie unterhielten sich in einem Dialekt, den Nikolas nicht verstand, und der Junge zuckte die Achseln und ging. Girolamo wandte sich lächelnd an seinen Gast. »Ich muß mich entschuldigen: Offenbar ist nichts zu essen im Haus. Doch werden wir bald etwas hierhaben.« Er schaute müßig auf einen ungeordneten Papierhaufen, der sich auf einem kleinen, verzierten Tisch türmte, blickte Nikolas hin und wieder mit fragender, leicht amüsierter Miene an und schien jedesmal etwas sagen zu wollen, blieb aber stumm. Schließlich lachte er hilflos auf, warf die Arme in die Höhe und rief:

»Ich weiß nicht, was ich sagen soll!«

Nikolas schaute ihn nicht an, doch er wußte, was er meinte.

Tadziu oder Tadzio kam mit einem dampfenden Leib Brot unterm Arm zurück, in der einen Hand hielt er eine große Flasche Champagner, in der anderen einen Teller, der mit einer Serviette bedeckt war, die Girolamo nun behutsam anhob, um ein fettiges Gewirr von Pfannkuchen aufzudecken. »Ach, wie widerlich!« rief er fröhlich, und sie setzten sich und begannen zu essen. Girolamos hübscher junger Freund bedachte Nikolas verbittert mit einem düsteren, starren Blick, doch wollte sich Nikolas nicht einschüchtern lassen. Vor lauter Schlafmangel war ihm bereits ein wenig schwindlig gewesen, doch der Champagner, der warme, braune Gestank des Brotes und die Pfannkuchen hatten ihn bald vollständig berauscht. Er war glücklich.

»Kommt«, sagte Girolamo, »erzählt uns von Eurer berühmten Theorie der Planeten.«

Ja, ja, er war glücklich!

*

Glück war jedoch ein unzureichendes Wort für die Verwandlung, die er in jenem Sommer erlebte – denn es war nichts Geringeres als eine Verwandlung. Ein großes, weiches, unaussprechliches Irgendwas schwoll in ihm an, und es gab Augenblicke, da glaubte er, seine Verzückung würde ihn zerplatzen lassen, sein Mantel würde auffliegen und eine riesige, grotesk närrische, protzige Blume offenbaren, die ihm aus der Brust entsprang. Es war lächerlich, doch war das nicht weiter schlimm; er war mutig genug, lächerlich sein zu können. Er verliebte sich in die Stadt, in ihre klaren Tagesanbrüche, die brennenden Mittage, die Abende auf den Piazzen mit dem lauten Vogelgezwitscher, diese Stadt, die ihm nun mit geheimen Bedeutungen gezeichnet zu sein schien. Ohne jenen einzigartigen Stich qualvoller Zärtlichkeit zu verspüren, würde er nie wieder über diesen Markt gehen, auf der Ponte San Giorgio stehen oder an den Straßenecken den ranzigen, einfachen, beißenden Geruch von garenden Pfannkuchen riechen können.

Doch hinter all diesem herrlichen Wahn lauerte die Angst, daß er daran zerbrechen könne, denn gewiß war dies doch eine Art Krankheit. Er hoffte, in seinen Studien das nötige Gegenmittel zu finden, also las er Platon auf Griechisch, las erneut Nicolas Cusanus und den *Almagest* des Ptolemäus, den er inzwischen nahezu auswendig kannte. Er nahm sich auch wieder jene Texte vor, mit denen Novara ihn vertraut gemacht hatte, und stürzte sich ins Dikkicht jener Übersetzung des Trismegistus, die Ficino für Lorenzo de Medici angefertigt hatte. Doch es war sinnlos; er konnte sich nicht konzentrieren, und so hastete er hinaus und schritt durch die verlassenen Mittagsgassen unter den schwirrenden Platanen, verstört und außer sich, bis seine Beine ihn von allein zum Palazzo Antonini und jenem unordentlichen Zimmer mit Blick auf die Basilika trugen, in dem Girolamo ihn verschlafen anlächelte und sagte:

»Nun, mein Freund, was gibt's? Ihr seht recht durcheinander aus.«

»Ich bin zu alt für so etwas. Einfach zu alt!«

»Für was?«

»Für all dies, für Euch, für Italien, für alles. Einfach zu alt!«

»Ein alter Graubart seid Ihr, das stimmt, zweimal zehn und zusätzliche acht Jahre alt! Kommt, Onkel, setzt Euch. Ihr solltet Euch nicht zu lange der Sonne aussetzen, wißt Ihr.«

»Es liegt nicht an der Sonne!«

»Nein, Ihr seid viel zu sehr Preuße, zu skeptisch und zu kühl. Ihr solltet lernen, Euch selbst zu schätzen.«

»Unsinn.«

»Aber –«

»Unsinn!«

Girolamo reckte sich und gähnte.

»Also schön, Onkel«, murmelte er, »doch jetzt ist es Zeit für die

Siesta«, und er legte den Kopf neben seinem Freund aufs Sofa und schlief, immer noch lächelnd, sogleich wieder ein. Nikolas schaute ihn an und rang hilflos die Hände. Ich bin in ihn vernarrt, einfach in ihn vernarrt!

⋆

Er war freiwillig Sklave einer Narretei. Jene Bedenken, die er bis dato für ernst und ernsthafter Betrachtung für wert gehalten hatte, verwarf er nun mit wahnwitziger Leichtsinnigkeit, doch hatten sie ihn keineswegs verworfen, warteten sie doch in der Dunkelheit dort draußen auf ihn, knirschten mit den Zähnen, allzeit bereit, zu ihm zurückzukehren und vierfache Rache an ihm zu üben, das wußte er. Er wußte es, aber es kümmerte ihn nicht. Hatte er sich nicht endlich von der verklemmten, niederträchtigen Hegemonie seines Intellekts befreit? Hatte er nicht endlich den körperlichen Mann in sich befreit, der sein Leben lang auf diese Erlösung gewartet hatte? Jetzt gaben seine Sinne den Ton an; sie hatten es verdient. Doch seltsamerweise schien der Körper, dessen Fesseln er abgestreift hatte, nicht zu wissen, was er mit der so gewonnenen Freiheit anfangen sollte. Wie ein halb verhungerter, steifgelenkiger Irrer, der nach Jahren im Verließ freigelassen wird, schwankte er trunken umher im ungewohnten Licht, schwitzte und sabberte und fiel über die eigenen Beine, eine schlaksige, spinnenhafte, fahle Gabel aus Fleisch und Fell, ein wenig abstoßend, ein wenig komisch, völlig absurd.

Absurd, absurd: Vor allem an Ferrara und an den Tag, an dem ihm der Doktortitel zugesprochen wurde, konnte er sich gut erinnern.

⋆

Aus ökonomischen Gründen – aus Geiz, wie Girolamo behauptete –, beschloß Nikolas, sein Doktorexamen in Kanonischem Recht nicht in Padua abzulegen, da selbst die einsamsten Doktoranden sich von bislang unbekannten Freunden umringt sahen, sobald die Verleihung des Titels und vor allem das großzügige Gastmahl anstand, das anschließend von ihnen erwartet wurde. Nikolas dachte nicht daran, sich eine Bande von Säufern auf seine Kosten besinnungslos besaufen zu lassen, und deshalb beantragte er, obwohl die dortige Institution längst nicht so berühmt wie Padua war und er auch nie dort studiert hatte, die Graduierung an der Universität Ferrara. Sein Antrag wurde angenommen, und im Herbst reiste er in Begleitung von Girolamo nach Süden.

Das Ritual der Verleihung der Doktorwürde nahm eine volle Woche in Anspruch. Es war eine fürchterliche Strapaze. Der ihm vom Kolleg zugeteilte Doktorvater war ein gewisser Alberti, ein gequälter, schüchterner Anwalt des kanonischen Rechtes, der hinkte und dem ein wilder, vorzeitig ergrauter Haarschopf wie ein Schreckensschrei vom schmalen Schädel abstand. Während einer seiner Vorlesungen war einmal ein Student erstochen worden, als er gerade über die Vergeßlichkeit dozierte. Nikolas mochte ihn; er war vom selben traurigen, liebenswerten Stamm wie Abstemius aus Wloclawek.

»Nun, Herr Kupperdik, der Ablauf ist folgendermaßen: Ich führe Euch vor die versammelten Doktoren, denen Ihr schwören werdet, daß Ihr sämtliche nötigen Seminare et cetera absolviert habt, was Ihr, ha ha, natürlich auch habt, wie ich hoffen will. Die ehrwürdigen Herren werden Euch alsdann zwei Gesetzesauszüge vorlegen, woraufhin wir uns gemeinsam zurückziehen, um sie zu studieren. Das ist natürlich alles eine reine Farce, da ich längst weiß, welche Passagen man Euch vorlegen wird – schließlich wäre ich sonst ein gar jämmerlicher Doktorvater, nicht wahr, Herr, äh, Kopperdyke? Nach angemessener Wartezeit kehren wir jedenfalls zurück, die Doktoren werden Euch befragen, dann abstimmen, und Ihr werdet anschließend zum Lizentiaten ernannt. Dann fehlt Euch zum vollständigen Doktortitel noch das öffentliche Examen, doch das ist nur eine bloße Formsache nach der mündlichen Prüfung, die ebenfalls bloße Formsache ist. Und gleich darauf habt Ihr es geschafft. Dann seid Ihr: *Doktor Popperdink!* Ihr seht, nichts leichter als das!«

Doch natürlich war es nicht ganz so einfach. Alberti vertauschte die ausgewählten Passagen und übte mit bewundernswerter Geduld jene Texte, die für einen anderen Kandidaten vorgesehen waren, so daß Nikolas am Tag der Prüfung eine hektische Stunde in einem heißen Vorzimmer verbrachte, während die Herren Doktoren nebenan sich verzweifelt bemühten, die neuen Antworten auswendig zu lernen und gleichzeitig die störenden Entschuldigungen des bestürzten Doktorvaters zu überhören. Die Prüfer schienen jedoch bereits einige Erfahrung mit Albertis Organisationstalent gemacht zu haben. Sie sorgten sich offensichtlich weniger um die leidliche Qualität von Nikolas' Antworten als darum, daß sie sich nicht strikt an den Ablauf des Rituals gehalten hatten. Sie stimmten ab, konferierten murmelnd miteinander, warfen Alberti einen vernichtenden Blick zu, erhoben sich und rauschten unter wütendem Talargeraschel hinaus. Nikolas schloß schweißgebadet die Augen und vergrub das brennende Gesicht in den Händen. Sein Doktorvater sprang auf ihn zu, hieb ihm außer sich vor Freude auf den Rücken und schlug ihn fast vom Stuhl. »Herzlichen Glückwunsch, mein lieber Kollege, herzlichen Glückwunsch!« Nikolas hatte während der Prüfung nur an das eine denken können: An den Empfang, den Onkel Lukas ihm bereiten würde, sollte er ohne Doktortitel ins Ermland zurückkommen. »Herr Pupernik? Geht es Euch nicht gut?«

Girolamo mußte natürlich lachen, als er hörte, was vorgefallen war, und saß dann blaß und abwesend da, während Nikolas das beißende, bittere Gebräu der am Tage aufgestauten Wut und Verzweiflung über ihn ausschüttete. Und an jenem Abend gingen sie mit Alberti ins Bordell und soffen sich mit einem Haufen kreischender Huren die Hucke voll.

Die Woche vollendete ihren unerbittlichen Lauf wie eine riesige, außer Kontrolle geratene Maschine, die zerfiel, ihre Einzelteile in alle Richtungen schleuderte und Nikolas samt unschuldigen Zuschauern mit Speichen und zerbrochenen Schalträdern und dicken, schwarzen Öltropfen bombardierte. Am Sonntag explodierte der gesamte Apparat schließlich mit einem ohrenbetäubenden Knall. Als er zur Verleihung der Doktorwürde in die Kathedrale kam, blieb er fassungslos auf dem Vorplatz stehen. »Himmel, was ist denn hier los?« Die Kathedrale war voll mit Studenten, Hunderten von Studenten, die sogar auf den Stufen zum Hochaltar kauerten. Alberti drehte sich mit nichtssagendem, fragendem Lächeln zu ihm um. »Ja, *Doktor*?« Er besaß die Angewohnheit, den Titel zu jeder Gelegenheit mit besitzergreifendem, in die Rippen boxendem Schalk zu nennen, so daß Nikolas ihm am liebsten einen recht kräftigen Hieb verpaßt hätte.

»Diese Leute!« rief er. »Was hat das zu bedeuten? Ich kam nach Ferrara, um eben derlei Auflauf zu vermeiden!«

Alberti schaute ihn verdutzt an, als wahrer Italiener liebte er Lärm und Leute.

»Aber die Studenten kommen doch immer zu den Vorträgen«, sagte er sanft. »So ist es hier Brauch.«

»Herrje!«

Girolamo betrachtete angestrengt die Architektur mit dem feierlichen Blick eines Menschen, der sich innerlich vor Lachen schüttelte. Er hatte sich mit gestepptem, scharlachrotem Wams, enger schwarzer Kniehose und langer, weißer Feder an der Mütze eigens für diesen Tag herausgeputzt und sah, dachte Nikolas verbittert, wie ein verdammter Pfau aus. Ohne sich umzudrehen murmelte Girolamo nun:

»Sie kommen gewiß wegen der komischen Seite des Ganzen, nicht wahr?«

Alberti nickte aufgeregt: »*Si, si*, wegen der Komödie, genau deshalb.«

*»Herrje«*, stöhnte Nikolas erneut, schlug den Talar eng um sich und stürmte durchs Seitenschiff zur Kanzel. Auf der steilen Treppe trat er aufs Liripipium, das ihm vom Hals herabhing, und erwürgte sich so beinahe. Ein Meer verzückter, erwartungsvoller Gesichter begrüßte ihn, als er besorgt über den Rand der Kanzel spähte. Hinten im Hauptschiff pfiff jemand eine durchdringende Fanfare, die ihm tosenden Applaus und zahlreiche Buhrufe eintrug, während Nikolas unter seinem Talar nach dem Text seines Vortrags suchte. Einen entsetzlichen Moment lang glaubte er ... aber nein, er hatte ihn nicht liegenlassen, hier war er, doch befanden sich die Blätter in völliger Unordnung, die seine zitternden Hände gleich darauf noch schlimmer machten.

*»Reverendissimi...«*

Der Rest der Anrede ertrank in Gebrüll und Fußgetrampel, und er schwieg verwirrt. Alberti und Girolamo, die unter ihm saßen, beugten sich vor, legten die Hände trichterförmig vor den Mund und schrien: *»Sie können Euch nicht hören!«* Nach einer Weile kehrte wieder so etwas wie Ordnung ein, und Nikolas reckte den Kopf wie eine wütende Schildkröte und schleuderte ihnen seine Rede entgegen, als wäre sie eine Beschimpfung. Seine Beweisführung galt der Verteidigung des kanonischen Verbots der Ehe zwischen einer Witwe und ihrem Schwager, eine strikt formale Erläuterung eines anerkannten Rechtsgrundsatzes, nach deren Verlesung sein Publikum in ähnlich formaler Manier ihn herausfordern sollte, doch nahm Nikolas an – zu Recht, wie sich zeigen sollte –, daß diese turbulente Studentenschar nicht willens war, sich an die Regeln zu halten. Noch ehe er zu Ende gelesen hatte, sprangen etwa ein Dutzend Studenten auf und warfen zur allgemeinen Erheiterung ihm und einander Beleidigungen an den Kopf. Er versuchte, einen immerhin halbwegs berechtigten Einwand gegen seinen Vortrag zu entdecken, doch vergebens, denn seine Peiniger riefen bloße Dummheiten oder Obszönitäten oder beides zugleich, und wie eine große Lumpenpuppe, um die sich Kinder balgten, hüpfte er auf der Kanzel umher, warf die Arme in die Höhe, grinste und öffnete und schloß den Mund in stummer Hilflosigkeit und Verzweiflung. Nie zuvor in seinem Leben hatte er eine derart heftige Scham gefühlt.

Schließlich verlor man das Interesse an ihm, und als der Lärm sich legte und die Köpfe sich nach einem frischen Opfer umwandten, stieg er bebend die Kanzel hinab und wurde sogleich von zwei rüstigen Kirchenältesten mit grausig rasierten Schädeln gepackt, geschwind zu einem Seitenaltar geführt und in den Doktorsessel gestoßen. Dort reichte man ihm das Barett, das Buch, den goldenen Ring und das Doktordiplom, und Alberti humpelte mit dem irren Grinsen eines stolzbesessenen Vaters und seinem sich sträubenden Haarschopf auf ihn zu und pflanzte ihm einen klebrigen, nach Knoblauch riechenden Versöhnungskuß auf die Wange.

*»Ave magister!«* rief er, und fügte dann, da er sich nicht länger zügeln konnte, ein verzücktes: »*Doktor* Peppernik!« hinzu.

Wie aus weiter Ferne schaute sich Nikolas mit gequältem Grinsen selbst zu, eine benommene, groteske Gestalt mit schiefem Barett, voller unverbesserlicher Narretei, ein Karnevalskönig auf eines Hochstaplers Thron. Italien hatte ihm dies angetan, Italien und all das, wofür Italien stand. Girolamo kam zu ihm und wollte ihn küssen, doch er wandte sich ab.

Es herrschte schlechtes Wetter in jenem Frühjahr, wochenlang nur Regen und Sturm und grummelnder Donner in den Bergen. Mächtige, schwarze Wolkenfestungen polterten pausenlos gen Westen, und der Gardasee brodelte in bleierner Wut. Dieser Aufruhr am Himmel schien Nikolas ein Omen zu sein, doch konnte er nicht sagen, was es bedeuten mochte. Naß, müde und niedergeschlagen erreichte er bei Dämmerung mit Girolamo die Villa. Das große alte Haus aus Holz und Stein stand unter hohen Zypressen auf einer steilen Anhöhe mit Blick auf Incaffi und den See. Es sah nach Geld aus. Ein geräumiger Hof war mit grob gehauenen Marmorplatten ausgelegt und wurde gesäumt von den Büsten der Cäsaren auf Marmorstelen; breite Steinstufen schwangen sich zu einem säulengeschmückten Eingang hinauf. Er hatte etwas sehr viel Bescheideneres erwartet.

»Ist Eure Familie hier?« fragte er, als er seine Besorgnis nicht länger verhehlen konnte.

»Ach was, nein«, erwiderte Girolamo, »die ist in Verona. Sie wohnt dort. Wir verstehen uns nicht besonders gut, daher sehe ich sie nur selten. Dies hier ist mein Haus.«

»Oh!«

Der Italiener lachte. »Komm schon, mein Freund, seht nicht so entsetzt drein. Außer Euch und mir wird niemand hier sein.«

»Ich habe nicht damit gerechnet, daß Ihr so –«

»– so reich seid? Macht Euch das was aus?«

»Nein, warum sollte es?«

»Dann hört um Gottes willen endlich auf, Euch so unterwürfig zu benehmen!« fauchte er, klopfte sich mit den Reithandschuhen an den Schenkel und schritt zur Treppe im Vestibül, vor der sich die Dienstboten versammelt hatten, um ihren Herrn willkommen zu heißen. Es waren etwa ein Dutzend oder mehr, junge Mädchen ebenso wie alte Männer. Sie schauten Nikolas stumm und mit steinernen Mienen an, und im selben Augenblick drängte sich ihm sein schäbiges Aussehen auf, die abgetragenen Stiefel und die wenigen, armseligen Gepäckstücke, die klapprige Stute, die sich hinter ihm anstrengte, im Hof nicht einfach zusammenzubrechen. Wir kennen Leute deines Schlages, sagten ihm diese Augen, wir haben sie schon des öfteren kommen und gehen sehen, in unterschiedlichen Aufmachungen, doch letztlich alle gleich. Und er fragte sich, wie viele es vor ihm schon gegeben hatte ...

Girolamo entledigte sich ungeduldig seiner Hausherrenpflichten, lief die Reihe der höflichen Dienstboten mit starrem, aufgesetztem Lächeln ab, fragte jeden von ihnen in distanziert unpersönlichem Ton nach der Gesundheit und nach jener der Eltern und der Kinder. Und was gab es Neues übers Gut zu berichten? Alles in Ordnung? Fabelhaft, fabelhaft. Nikolas schaute ihm neidisch zu. Mit zwanzig besaß Girolamo bereits die alterslose Selbstsicherheit eines Aristokraten. Er ließ den nassen Mantel nebst Handschuhen auf den Boden fallen, wo sie sofort und ehrerbietig von einer der Mägde aufgehoben wurden, warf sich in einen Sessel und bedeutete dem Hausdiener, einen alten, gebeugten, gichtigen und ungeschlachten Kerl, ihm beim Ausziehen der Stiefel zu helfen. Girolamo schaute Nikolas an und lächelte leise.

»Nun, mein Freund?« sagte er.

»Was ist?«

*»Caro Nicolo.«*

Sie setzten sich im üppig ausgestatteten Eßzimmer zu einem ausgesuchten Abendmahl mit Kalbfleisch und Champagner nieder. Ein Kandelaber aus venezianischem Glas glitzerte über ihren Köpfen, dessen protzige Pracht sich tief im dunklen Teich des polierten Tisches spiegelte, über den eine Flotte handgefertigten Gold- und Silbergeschirrs segelte. Das Zimmer wirkte gedämpft, in Stille schwebend, jene Stellen ausgenommen, an denen ihre Knochenmesser und zierlichen Gabeln das Schweigen über den Tellern mit winzigem, geschicktem Grimm zerschnitten und zerstachen. Wo Nikolas auch hinblickte, überall bemerkte er das verschlungene Monogram der Fracastoros, in Goldblatt auf Geschirr und Gewürzständer eingraviert, in die Servietten gewebt, selbst die Verblendungen und Retabeln des riesigen, schwarzen Marmorkamins waren damit verziert.

»Sagt«, bat er, »wie viele Hausstände dieser Art gehören Euch?«

»Ach, nicht viele; da sind meine Zimmer in Verona, wo ich meine Bücher aufbewahre, und ein Haus in Rom. Und dann gibt es natürlich noch die Jagdhütte in den Bergen, die wir uns unbedingt ansehen müssen, sobald das Wetter aufklart. Warum fragt Ihr?«

»Aus Neugier.«

»Grübelt Ihr immer noch über meinen unerwarteten Reichtum nach? So groß, wie Ihr ihn Euch vorstellt, ist er nun auch wieder nicht. Ihr laßt Euch zu leicht beeindrucken.«

»Ja.«

»Freut Ihr Euch, daß wir hergekommen sind?«

»Ja.«

»Mehr fällt Euch dazu nicht ein?«

»Was soll ich denn sagen? Jawohl, mein Herr, meinen demütigen Dank, geliebter Gebieter, ich bin überwältigt?« Er knirschte mit den Zähnen. »Vergebt mir, ich bin müde von der Reise und irgendwie durcheinander. Vergebt.«

Girolamo schaute ihn nachsichtig an, doch schien er eher neugierig als verärgert oder verletzt zu sein.

»Nein, das ist mein Fehler«, sagte er. »Ich hätte Euch nicht herbringen sollen. Auf neutralem Boden ging es uns besser – oder sollte ich sagen, wir waren *glücklich*?« Er lächelte. »Denn jetzt sind wir keineswegs glücklich, nicht wahr?«

»Scheint Euch Glück wichtiger als alles andere zu sein?«

Da mußte der Italiener lachen. »Kommt, Nikolas, verschont mich mit dieser billigen Philosophiererei. Haßt Ihr mich wegen meines Reichtums und meiner Privilegien?«

»Hassen?« Er war aufrichtig erschüttert und ein wenig erschrokken. »Ich hasse Euch nicht. Ich ... hasse Euch nicht. Ich freue mich, hier zu sein, in Eurem ...«

»Also liebt Ihr mich?«

Er schwitzte. Girolamo blickte ihn unverwandt voller Zärtlichkeit, Amüsiertheit und Bedauern an.

»Ich freue mich, hier in Eurem Haus zu sein; ich bin dankbar, und ich bin froh, daß wir hergekommen sind.« Doch plötzlich fiel ihm ein, daß sie sich noch immer nicht duzten. »Vielleicht«, stammelte er, »vielleicht klart das Wetter morgen auf.«

*

Doch es klarte nicht auf, weder draußen noch in der Villa. Nikolas grollte, in schwarzes Schweigen gehüllt. Seine Wut kannte keinen besonderen Grund, jedenfalls keinen, den er entdecken konnte; sie wallte wie ein giftiger Dunst aus einem Durcheinander brodelnder Emotionen auf. Er fühlte sich ständig beleidigt, von Girolamo ebenso wie von den hämisch grinsenden Dienstboten, sogar von der Villa selbst, deren üppige, sybaritische Pracht ihn daran erinnerte, daß sie es gewöhnt war, Aristokraten zu beherbergen, während er doch nur, wie Novara sagte, ein einfacher Kaufmannssohn war. Behandelte man ihn aber tatsächlich so überaus geringschätzig? Befriedigte er, indem er diese Verachtung überall wahrzunehmen meinte, sie gleichsam kultivierte, nicht ein ureigenes, seltsames Verlangen? Fast war es, als sähe er sich genötigt, stetig weitere Knoten in eine Peitsche zu knüpfen, die seine eigene Hand schwang. Fast war es, als prügelte er sich selbst in die Unterwürfigkeit, reinigte sich, bereitete sich vor: Doch worauf? Obszön war es, obskur, wie er hungerte, während sein Fleisch unter der Peitsche zusammenzuckte, sich kalt und tot anfühlte, bis schließlich aus zermartertem, erniedrigtem Körper der Geist langsam himmelwärts stieg, hinauf ins Blau.

Nun begriff er endlich, wie das Komplott insgeheim über die Jahre geschmiedet worden war, jenes Komplott, das ihn ohne sein Zutun zu diesem Augenblick der Einsicht und Hinnahme gebracht hatte; das heißt, er war gar nirgendwohin gebracht worden, war vielmehr einfach stehengeblieben und hatte gewartet, während ihm die Belanglosigkeiten und Narreteien fortgeschliffen worden waren. Die Kirche hatte ihm ein beschauliches Leben angeboten, die Universitäten akademischen Erfolg, Italien sogar die Liebe. Jedes dieser Geschenke oder auch alle zusammen hätten ihn verführen können, wäre die Scheußlichkeit nicht eingeschritten, ihm das Kümmerliche des Dargebotenen aufzuzeigen. Unter den tatterigen Kanonikern in Frauenburg hatte ihn der Gestank des Zölibats und der gelehrten Behutsamkeit angewidert. Ferrara war eine Farce gewesen. Und nun machte Italien ihn zum geplagten, Grimassen schneidenden Hanswurst. Die Kirche, die Universität, die Liebe: nichts. Gezeichnet und gereinigt, vom hinderlichen Ballast des Lebens befreit, stand er nun wie eine einsame Kiefer in schneebedeckter Wildnis und reckte sich grimmig in jenen Himmel aus Feuer und Eis, dem das wahre Interesse seines ureigensten Wesens galt, das sich ihm bis heute stets entzogen hatte. Hüte dich vor den Rätseln, hatte Kanonikus Wodka ihn gewarnt, denn sie können uns nicht lehren, wie wir leben sollen. Doch er wollte nicht leben, nicht nach den Lektionen, die die Welt ihn zu lehren hatte.

Er hatte sich zuvor schon oft vor der Widerwärtigkeit des Lebens in die Wissenschaft zurückgezogen; doch da er Bequemlichkeit und Trost von ihr erwartet hatte, mußte ihm, wie er nun begriff, die Wissenschaft zum Spielzeug verkommen. Damit war jetzt Schluß: keine Spiele mehr. Dies war kein Rückzug, sondern die bewußte Entscheidung für eine gefühllose, qualvolle Disziplin zu ihren eigenen Bedingungen. Dabei ging es letztlich auch nicht um die Astronomie. Schließlich hatte er nicht sein Leben damit verbracht, eine Vision über die Flure von Schmerz und Einsamkeit zu verfolgen, bloß um ein Sterngucker zu werden. Nein: die Astronomie war nur das Messer. Er selbst war auf Tieferes aus, auf das Tiefste: den Kern, das Wesen, die Wahrheit.

⋆

Regen fiel ohne Unterlaß. Die Welt strömte. Lampen wurden mittags angezündet, und im großen Saal brannte Tag und Nacht ein großes Feuer aus Kiefernstämmen. Draußen schüttelten sich schwarze Gespensterzypressen im Wind.

»Die Dörfler haben sich wieder den alten Bräuchen zugewandt«, sagte Girolamo. »Den unlängst eingetroffenen Christus haben sie aufgegeben, und die alten Kulte wiederbelebt. Nun beten sie zu Merkur, daß er ihre Bitten den Göttern des guten Wetters zutragen möge.«

Sie saßen am Tisch. Sie aßen jetzt vier- oder fünfmal am Tag. Essen war zu einer verdrießlichen, freudlosen Obsession geworden: Unablässig stopften sie sich ihre Gedärme im vergeblichen

Bemühen, die Qualen eines Hungers zu dämpfen, die kein Mahl stillen konnte. Zartes Fischfleisch wurde zu Asche in Nikolas' Mund. Ihn schmerzten Girolamos behutsame, verwirrte Versuche, die Kluft zu überbrücken, die sich zwischen ihnen aufgetan hatte, doch war es ein unbestimmter Schmerz, kaum mehr als eine bloße Irritation, die von Tag zu Tag unbestimmter wurde. Er nickte abwesend. »Seltsam.«

»Was? Was ist seltsam? Erzählt.«

»Ach nichts. Sie beten zu Merkur, sagtet Ihr, doch ich denke daran, daß Merkur der Gott Hermes der Griechen war, der wiederum dem ägyptischen Gott Thoth gleichkommt, dessen Weisheit uns, mittels der Priester des Nils, von Hermes Trismegistus überliefert wurde. Über einen Umweg beten Eure Dorfbewohner also zu diesem Weisen.« Er sah sanften Blickes auf. »Ist das nicht merkwürdig?«

»Die Fischer können bei diesem Wetter nicht arbeiten«, sagte Girolamo. »Sie haben bereits drei Männer auf dem See verloren.«

»Ja? Aber ständig ertrinken doch irgendwo irgendwelche Fischer. Das ist gleichsam ihre Daseinsberechtigung. Alle Dinge und alle Menschen, wie unbedeutend auch immer, haben ihre Rolle im großen Ganzen zu spielen.«

»Das ist allerdings ziemlich herzlos, nicht wahr?«

»Würdet Ihr es nicht lieber *ehrlich* nennen wollen? Eure plötzliche Sorge scheint mir seltsam für jemanden, der von der Arbeit der einfachen Menschen lebt. Nehmt zum Beispiel diesen Fisch hier, der so tadellos zubereitet, so geschmackvoll aufgetragen wurde: Ist Euch noch nie der Gedanke gekommen, daß die Fischer vielleicht gestorben sind, damit Ihr Euch zu diesem köstlichen Mahl niedersetzen könnt?«

Guido, der Hausdiener mit dem krummen Rücken, hielt in seiner zittrigen Umrundung des Tisches inne und schaute ihn aufmerksam an. Girolamo war blaß um die Lippen geworden, lächelte aber und sagte bloß:

»Habe ich das tatsächlich verdient, Nikolas? – Du kannst jetzt gehen, Guido, danke.« Der alte Mann verschwand mit verwirrtem Blick, verblüfft und schockiert angesichts der Vorstellung, daß sein Herr sich mit dem *Haushalt* befassen solle. Girolamos Hand zitterte, als er den Wein einschenkte. »Müßt Ihr mich vor meinen Dienstboten zum Narren machen?«

Nikolas legte das Messer zur Seite und lachte. »Seht Ihr? Ihr seid weniger um das Schicksal der Fischer als darum besorgt, daß Eure Dienstboten schlecht von Euch denken könnten.«

»Ihr dreht mir jedes Wort im Mund um, jedes Wort!« Plötzlich fiel die Fassade des Italieners in sich zusammen, und einen Augenblick lang war dahinter ein verzogener, bockiger, kleiner Junge zu sehen. Überaus zufrieden mit sich bleckte Nikolas seine Zähne wie zu einem Lächeln. Er musterte sein Gegenüber aufmerksam mit distanzierter Neugier und fragte sich, ob er gleich zusammenbrechen und vor Wut und Verzweiflung weinen würde. Doch Girolamo weinte nicht; er seufzte nur und murmelte: »Was wollt Ihr von mir, Nikolas? Mehr, als ich Euch bereits gegeben habe?«

»Ach was, nichts, mein lieber Freund, gar nichts.« Doch das stimmte nicht: Er wollte etwas, er wußte nur nicht genau, was es war, etwas Großes jedenfalls, etwas Eindeutiges, Unerhörtes – vielleicht auch Gewalt, eine schreckliche Beleidigung, eine gräßliche, blutverklebte Wunde, die sie beide vor äußerster, unüberbrückbarer Scham wimmern lassen würde. Sie beide, ja. Es durfte keinen Sieger geben. Sie mußten einander vernichten, vielmehr jenen Teil der eigenen Person, der im anderen war, denn nur durch beidseitige Vernichtung würden sie frei werden. Er verstand nichts von alldem, er war zu aufgebracht vor lauter Wut und Ungeduld, als daß er Verständnis wagen konnte, doch wußte er, daß es so stimmte. Hastig blickte er sich nach einer weiteren Waffe um, die er ins zuckende Fleisch stoßen konnte. »Wißt Ihr, meine Theorie ist nahezu vollendet«, sagte er, schrie es fast mit einer Art schauderhaft erzwungenen Fröhlichkeit hinaus.

Girolamo schaute ihn unbehaglich an: »Eure Theorie?«

»Ja, ja, meine Theorie der Planetenbewegungen, meine Widerlegung des Ptolemäus. Ptolemäus …« Er schien bei dem Namen würgen zu müssen. »Habe ich Euch nichts davon erzählt? Dann laßt mich jetzt davon erzählen. Ptolemäus, wißt Ihr –«

»Nikolas.«

»– Ptolemäus, wißt Ihr, hat uns eingeredet, oder wir haben es uns selbst eingeredet, aber das spielt keine Rolle mehr, daß der

*Almagest* eine Erklärung ist, eine Repräsentation – eine *Vorstellung*, falls Ihr den deutschen Ausdruck kennt – eine *Vorstellung* dessen, was real ist, doch ist diese ptolemäische Astronomie in Wahrheit ein Nichts, soweit es die Existenz der Dinge betrifft, sie kommt nur gelegen, wenn es um die Berechnung des Nichtexistenten geht.« Keuchend hielt er inne. »Was?«

Girolamo schüttelte den Kopf. »Nichts, erzählt mir mehr von Eurer Theorie.«

»Ihr glaubt mir nicht, oder? Ich meine, Ihr glaubt nicht, daß ich in der Lage bin, eine Theorie aufzustellen, die des Universums ewige Wahrheiten offenbart; Ihr glaubt nicht, daß Großes in mir steckt. *Glaubt Ihr das?*«

»Ist es nicht vielleicht besser, Nikolas, lieber gut als groß zu sein?«

*»Ihr glaubt mir nicht! –«*

»– Ich glaube, daß es, falls es denn ewige Wahrheiten gibt, wovon ich keineswegs überzeugt bin, daß diese Wahrheiten nur gewußt, nicht aber formuliert werden können.« Er lächelte. »Und ich glaube, daß wir uns nicht streiten sollten.«

»Ihr! Ihr, Ihr, Ihr – ich amüsiere Euch, nicht wahr? Ihr nehmt mich für den Zeitvertreib mit, den ich Euch biete: Was macht es schon, wenn's regnet, Koppernigk wird schon manche Kapriolen schlagen und uns bei Laune halten.« Er war vom Tisch aufgesprungen und hüpfte wütend umher, so daß es aussah, als führte er aus Pein und Drangsal einen grotesken, komischen Derwischtanz auf. »Ach, was für ein fröhlicher Kerl, dieser alte Koppernigk, unser Onkel Nikolas!« Girolamo schaute ihn nicht an, und schließlich setzte sich Nikolas zitternd wieder an den Tisch und verbarg sein Gesicht in den Händen.

Dann blieben sie stumm. Grünliches Regenlicht umspielte sie. Die Bäume hinterm Fenster zitterten und zappelten. Und dann sagte Girolamo:

»Ihr tut mir Unrecht, Nikolas; ich habe nie über Euch gelacht. Wir sind bloß verschieden. Ich kann die Welt nicht so ernst nehmen, wie Ihr es tut. Aber ich bin auch nicht der Dummkopf, für den Ihr mich gern haltet. Habt Ihr je ein einziges Mal auch nur das geringste Interesse an *meinen* Interessen gezeigt? Ich bin Arzt, und meinen Beruf nehme ich ernst. Meine Arbeit über Ansteckung, über die Verbreitung von Krankheiten ist gewiß nicht ohne Wert. Medizin ist eine Wissenschaft des Greifbaren, versteht Ihr? Ich beschäftige mich mit dem, was real ist, was einen Menschen plagt, und würde ich dabei eine Eurer ewigen Wahrheiten entdecken, nun, ich glaube, es würde mir gar nicht auffallen. Hört Ihr mir zu? Ich weiß mich gewiß nur unbeholfen auszudrücken, aber ich möchte Euch etwas beibringen. Doch ich schätze, Ihr könnt nicht glauben, daß ich in der Lage bin, Euch etwas beizubringen. Das macht nichts. Wollt Ihr wissen, womit ich mich gegenwärtig befasse? Ich schreibe ein Gedicht – ja, ein Gedicht –, und es handelt von den Pocken! Doch davon wollt Ihr nichts wissen, nicht wahr? Erinnert Ihr Euch, Nikolas, wie wir uns auf dem Marktplatz in Padua trafen? Ich erzählte Euch, daß ich von einem Gelage käme, doch dem war nicht so. Ich war dorthin gegangen, um die hygienischen Verhältnisse oder vielmehr deren Mängel auf dem Fleischmarkt zu untersuchen. Ja, lacht nur –« Es war eher ein hohler, würgender Laut als ein Lachen gewesen. »– Wie prosaisch, werdet Ihr sagen, wie komisch sogar. Deshalb habe ich Euch an jenem Morgen angelogen. Ihr wolltet in mir den Lebemann sehen, den reichen Tunichtgut, etwas von Euch gänzlich Verschiedenes: ein glücklicher Narr. Und ich war Euch zu Willen. Ich habe seither immerzu gelogen. Ihr seht also, Nikolas, Ihr seid nicht der einzige, der fürchtet, für langweilig gehalten zu werden, der fürchtet, sich lächerlich zu machen.« Er schwieg und sagte dann. »Liebe ...« Es war, als höbe er das Wort behutsam mit der Schuhspitze an, um zu sehen, welch fremdartige Dinge sich darunter winden mochten. »Ihr habt Tadzio vertrieben.« Es lag kein Vorwurf in seiner Stimme, nur Trauer und ein wenig Verwunderung. Nikolas, der sein Gesicht noch immer in den Händen barg, knirschte mit den Zähnen, bis sie weh taten. Er litt, zumindest glaubte er zu leiden, bis spät an jenem Abend das Wort für ihn neu definiert wurde und *Leid* eine gänzlich andere Bedeutung erhielt. Girolamos Tür war nur angelehnt, und er hörte Geräusche, grausame, entfernt vertraute Geräusche. Die Szene wurde vom schwachen, flackernden Licht einer unbeschnittenen Lampe beleuchtet und in einem Spiegel an der gegenüberliegenden Wand auf gespenstische Weise *en miniature* wiederholt. Girolamo, die langen Beine gespreizt, saß am Bettrand, den Kopf in den Nacken geworfen, die Lippen zu einem ekstatischen Oh geöffnet, ein grotesker, doch merkwürdig liebenswerter Fremder, dessen verhangener, blinder Blick an der im Schatten liegenden Decke haftete. Oh! Rief er leise, oh! Und plötzlich schien sich sein Körper aufzubäumen, und wie rasend streckte er die Hände aus, krallte die Finger ins Haar des Dienstmädchens, das vor ihm kniete und schob ihr seinen pochenden Schwanz in den Mund. Sieh her! Das Mädchen wand sich, stöhnte und würgte. Girolamo schlang seine Beine um ihre Schenkel. Derart in monströser Umarmung gefangen wie ein abscheuliches Exemplar in einem Bestiarium, wiegten sie sich langsam vor und zurück, und mit ihnen schien sich der ganze Raum zu winden und wie verrückt im zitternden Lampenlicht zu schwanken. Nikolas schloß die Augen. Als er sie wieder öffnete, war es vorbei. Girolamo schaute ihn an, und in seinem Blick mischten sich Verzweiflung und Trotz, aber auch äußerste Endgültigkeit. Die Metze wandte sich ab und spuckte in die Dunkelheit. Nikolas zog sich zurück und schloß leise die Tür.

*

Es bedurfte nichts Geringeres als einer neuen und radikalen Instauration, sollte die Astronomie Bedeutung über sich selbst hinaus erlangen. Eben diese Notwendigkeit hatte ihn schon immer fasziniert, heute mehr als je zuvor. Die Astronomie war absolut selbstgenügsam: Sie rettete die Phänomene und erklärte das Nichtexistente. Das reichte jedoch nicht länger aus, jedenfalls nicht für Nikolas. Das geschlossene System der Wissenschaft mußte durchbrochen werden, damit es sich selbst und die eigenen, fruchtlosen Zielsetzungen überwinden und eine Methode zur Verifikation des Wahren, statt des bloßen Postulats des Möglichen werden konnte. Er hielt diese Einsicht – die Notwendigkeit, die grundlegende Aufgabe der Kosmographie neu formulieren zu müssen – für seinen ersten wertvollen Beitrag zur Wissenschaft, für sein Manifest gleichsam, ebenso wie für seine Legitimation, sprechen zu können und gehört werden zu wollen.

Ein neuer Anfang also, eine neue Wissenschaft, eine, die objektiv sein würde, aufgeschlossen, vor allem aber ehrlich, ein kräftiger

Strahl kalten Lichtes, der sich unerschrocken auf die Welt richtete, auf die Welt, wie sie tatsächlich war und nicht wie die Menschen – aus einem Verlangen nach Beruhigung, nach mathematischer Eleganz oder was auch immer – sie sich wünschten: Das war sein Ziel. Er hatte inzwischen deutlich erkannt, daß sich dies einzig durch eine stichhaltige Theorie der Planetenbewegungen erreichen ließ. Zuvor hatte er natürlich angenommen, daß erst die neuen Methoden und Vorgehensweisen definiert werden mußten, daß sie die Werkzeuge abgeben würden, mit denen die Theorie zu formulieren war, doch hatte er damit das Wesentliche verfehlt, daß nämlich der Geburt einer neuen Wissenschaft ein radikaler Schöpfungsakt vorhergehen mußte. Aus dem Nichts heraus, jedenfalls nahezu aus dem Nichts heraus, aus zusammenhanglosen Einzelteilen würde er eine Erklärung der Phänomene schmieden müssen. Die Ungeheuerlichkeit der Aufgabe erschreckte ihn, doch wußte er, daß er eben diese Aufgabe und nichts anderes zu lösen hatte, denn dies verriet ihm seine Intuition, und er vertraute seiner Intuition – er mußte ihr vertrauen, es blieb ihm nichts anderes übrig.

In jenem stürmischen Frühling stöhnte und schwitzte er in der Villa Nacht um Nacht über seinen Berechnungen, während draußen der Wind lärmte und heulte und die Welt peitschte. Sein benommener Verstand taumelte, rutschte und schlitterte, verzweifelt darum bemüht, die wirren und offenbar unversöhnlichen Fragmente aus Tatsachen, Spekulation und phantastischer Träumerei zusammenzufügen. Er wußte, daß er kurz vorm Durchbruch stand, er wußte es einfach; wieder und wieder sprang er von seiner Arbeit auf, lachte wie ein Irrer und raufte sich die Haare in der festen Überzeugung, die Lösung gefunden zu haben, nur um einen Augenblick später erneut mit verzweifeltem Blick niederzusinken, da er den Fehler entdeckt hatte. Er fürchtete, verrückt oder krank zu werden, doch konnte er sich nicht ausruhen, denn sollte er seinen festen Zugriff lockern, würde das so kunstvoll und mühselig errichtete Gerüst auseinanderfallen; außerdem würde er, sollte seine Konzentration nachlassen, natürlich wieder einmal in den Sumpf jenes anderen, ungelösten Problems namens Girolamo hinabgesaugt werden.

Und schließlich kam sie, schlenderte von hinten heran, summte gleichsam glücklich vor sich hin, tippte ihm auf die Schulter und wollte den Anlaß für all den Aufruhr wissen. Er war bei Dämmerung aus einem Koma der Erschöpfung zu sofortiger, fast unheimlicher Klarheit erwacht, und es schien, als hätte man die Windungen seines Hirns mit einem Schwall eisigen Wassers ausgeschwemmt. Unwillkürlich begann er gleich, auf eine seltsam distanzierte und doch völlig absorbierte Weise, die, wie er später annahm, einer einzigartigen, wunderbaren Objektivität entsprach, an die beiden scheinbar unzusammenhängenden Theoreme zu denken, die er schon vor langem aufgestellt hatte, in Bologna oder noch früher, den solidesten jener wenigen Bausteine, mit denen er bislang das Fundament seiner Theorie ausgelegt hatte: daß, erstens, die Sonne, und nicht die Erde, das Zentrum der Welt ist und daß die Welt zweitens viel größer ist, als Ptolemäus oder sonst jemand je geglaubt hatte. Der Sturm tobte. Regen prasselte gegen die Fenster. Er stand im grauen Zwielicht der Dämmerung und zog die Vorhänge zur Seite, im Osten zeigten sich Wolken über einer tristen Wasserlandschaft. Ruhig kam sie daher, die Lösung, wie ein prächtiger, großer, goldener Vogel, der mit einem Flattern seiner riesigen Flügel langsam in seinem Kopf aufstieg. Es war so einfach, so hinreißend einfach, daß er auf den ersten Blick nicht erkannte, was es war.

Er war das Problem ständig von der falschen Seite angegangen. Vielleicht war seine Ausbildung unter der Fuchtel vorsichtiger Scholastiker daran schuld. Kaum hatte er die absolute Notwendigkeit für einen kreativen Sprung eingesehen, hatten seine Instinkte ohne sein Wissen ihr Bollwerk gegen einen derart skandalösen Gedanken errichtet und ihn zurück ins geschlossene System ausgelaugter Orthodoxien geworfen. Und dort hatte er wie ein blinder Narr versucht, auf alten Wegen zu neuem Ziel zu kommen, hatte geglaubt, eine originäre Theorie durch konventionelle Berechnungen aufstellen zu können. Und jetzt, in dieser Dämmerung, hatte sein Hirn – wie und warum, das wußte er nicht – gleichsam ohne seine Hilfe und ohne sein Wissen jenen Sprung gemacht, den zu riskieren er keinen Mut gehabt hatte, und dort draußen, in der Stille, der blauen, völligen Leere hatte es alles Nötige unternommen, hatte diese beiden einfachen, doch bedeutsamen Theoreme miteinander kombiniert und mit untadeliger Logik die Konsequenzen dieser Kombination ausgemacht. Natürlich, natürlich. Warum hatte er nicht schon früher daran gedacht? Wenn man sich die Sonne als Zentrum eines ungeheuer erweiterten Universums vorstellt, dann waren die Phänomene der Planetenbewegungen, die alle Astronomen seit Jahrtausenden verblüfft hatten, vollkommen rational und zwangsläufig. Natürlich! Der Beweis dieser Theorie, das wußte er, würde Wochen, Monate, vielleicht Jahre in Anspruch nehmen, doch das war nichts, nur bloße Kärrnerarbeit. Entscheidend waren nicht die Theoreme, sondern ihre Kombination: *der Akt der Schöpfung.* Er besah sich die Lösung von allen Seiten, bestaunte sie, als hielte er einen makellosen, entzückenden Juwel in Händen. Dies hier war das Ding an sich, die Sache selbst.

Er kroch zurück ins Bett, war jetzt erschöpft. Er fühlte sich wie ein schrecklich entkräfteter, alter Mann. Die gerade erst erlebte, schimmernde Klarheit war verflogen. Er brauchte Schlaf, tagelangen Schlaf. Doch kaum hatte er sich hingelegt, war er wieder auf, zurrte aufgeregt an den Vorhängen, preßte sein Gesicht gegen die Butzenscheiben und starrte hinaus nach Osten. Erneut türmten sich Wolken auf, und es würde keinen Sonnenschein geben an diesem Tag.

★

Sie sagten sich in einem dreckigen kleinen Gasthaus am Seeufer Lebwohl; es schien ihnen das beste, sich auf neutralem Boden zu trennen. Sie wußten nicht, was sie sagen sollten, und saßen stumm vor einem unberührten Becher Wein mitten im Pissegestank und dem ranzigen Katzengeruch von verschüttetem Bier. Durch ein winziges, schmutziges Fenster über ihren Köpfen sahen sie den Gewitterwolken zu, die sich über dem See sammelten.

»*Caro Nicolo.*«

»Mein Freund.«

Doch das waren nur Worte. Nikolas wartete ungeduldig darauf, sich auf den Weg machen zu können. Er kehrte nach Preußen zurück; Italien war verbraucht. ›Geh!‹ sagte er sich, ›geh jetzt!‹ Und abrupt erhob er sich, ein Totenkopfgrinsen im Gesicht. Girolamo schaute leise lächelnd zu ihm auf. »Nun dann, leb wohl, Onkel.«

Doch als Nikolas sich abwandte, kam aus der Vergangenheit etwas zurück, und er begriff, daß es einst, vor nicht allzulanger Zeit, auf der Welt nichts Kostbareres gegeben hatte als die reservierte, irgendwie leidenschaftlich distanzierte Anwesenheit dieses jungen Mannes an seiner Seite. Rasch ging er in den Wind und den schleierartigen, warmen Regen und saß auf. Aus Incaffi fortzureiten, das war, als ritte er aus Italien selbst fort. Er ließ eine Welt hinter sich zurück, die einen Anfang und ein Ende hatte, die vollständig und gegen alle Veränderung gefeit war. Was einstmals war, das existierte noch immer in seiner Erinnerung. Und eines Tages würden seine Gedanken vor irgendeiner extremen Not, vor äußerstem Schmerz zurück an diesen strahlenden Ort flüchten und ihn heil vorfinden. Gespenstische Stimmen erhoben sich in seinem Rücken. *Tu dir kein Leid an!* riefen sie, *denn wir sind alle hier!*

# 2
# *Magister Ludi*

*W*assergeboren kommt er tief in der Nacht, gleitet geschmeidig auf des Flusses glitzerndem Rücken, den Rüssel in der Luft, schnuppert, unter der Zugbrücke hindurch, dem Fallgitter, vorbei an den dösenden Wachen. Kurzes Scharren der Klauen auf den schleimigen Stufen vor der Mauer, kurzes Aufblitzen entblößter Zähne. In der Dunkelheit einen Augenblick lang eine Ahnung von Kummer und Qual, und die Nacht zuckt zusammen. Nun erklimmt er die Mauer, kriecht unters Fenster, grinst. In den Schatten des Turms hockt er sich, eingehüllt in einen schwarzen Mantel, wartet auf die Dämmerung. Da kommt das Klopfen, die gemarterte Stimme, der scheue, leise Schritt auf der Treppe, doch warum nur kann ich allein das Wasser hören, das ihm von den Hacken tropft?

*Jemand, der Euch sprechen möchte, Kanonikus.*

Nein! Nein! Haltet ihn von mir fern! Doch er läßt sich nicht abweisen. Er schleppt sich in die Ecke, in der noch die Düsternis der Nacht haftet, und dort verharrt er, schaut zu. Manchmal lacht er leise, dann wieder entfährt ihm ein Schluchzer. Sein Gesicht bleibt vom Mantel verborgen, nur die Augen nicht, doch ich erkenne ihn gut, wie sollte es anders sein? Er ist das Unsägliche. Er ist unentrinnbar. Er ist das Schlimmste der Welt. Laßt mich, bitte!

★

Kanonikus Koppernigk traf bei Einbruch der Nacht in Heilsberg ein, hundemüde, vom Fieber geschüttelt, ein schwarzes Bündel, zusammengesunken im Sattel der halbverhungerten Mähre, die ihm jemand unterwegs angedreht hatte. Er war am Morgen in Thorn aufgebrochen und den ganzen Tag pausenlos unterwegs gewesen, da er sich fürchtete, in einem rattenverseuchten Gasthaus zu liegen und jenen ungeheuerlichen Phantasien ausgesetzt zu sein, die die Krankheit in seinem Blut auskochte. Er konnte kaum begreifen, daß die Reise nun vorüber war, wußte kaum, wo er war.

Fast schien es ihm, als wäre er, vom schwankenden, wogenden Wasser getragen, an fremdem, dunklem Ufer gestrandet. Sterne waren schon zu sehen, doch kein Mond, und oben an den Wänden qualmten Fackeln. Zur Linken brannte ein Feuer, von stummen Figuren genährt, manche hockten in Mänteln gehüllt davor, andere hielten auf Hellebarden gelehnt Wacht. Der Fluß schlabberte und schlürfte, floß dahin und schwatzte mit sich selbst. All dies erschien unzusammenhängend und unwirklich. Es kam ihm vor, als könnte er in seiner Krankheit nur die sonderbare Unterseite der Dinge wahrnehmen, während die reale, die bedeutsame Welt jenseits seines fiebrigen Verständnisses lag. Eine Ratte, gefangen im zufällig aufblitzenden Spiegelbild des Feuers im Fluß, huschte die schleimigen Stufen unterhalb der Mauer hinauf und verschwand.

Man schüttelte ihn derb, und er hörte sich wie aus weiter Ferne stöhnen. Maximilian, sein Diener, knabberte an einer Zwiebel, blickte ihn finster an und brummte.

»Was? Was hast du gesagt?« Der Diener zuckte nur die Achseln und wies auf das Tor. Der Karren eines Bauern stand mit gebrochener Achse quer auf der Zugbrücke. Im Dämmerlicht wirkte er wie ein riesiger, bösartiger Frosch. »Weiter, weiter«, sagte der Kanonikus. »Da ist Platz genug.«

Doch sie mußten gefährlich nahe an den Rand der Brücke fahren. Nikolas stierte hinunter ins glitzernde, schwarze Wasser und fühlte sich schwindlig. Wie schnell es strömte! Mit einem Stock bearbeitete der Fuhrmann in stummer Wut das gleichmütig dreinblickende Muli, das gefangen zwischen den Deichseln stand. Max segnete den Armen mit ernster Miene und kicherte dann hämisch. Aus seinem Loch im Turm schlurfte verschlafen ein Wachtposten.

»Nennt Euer Anliegen, Fremde!«

Max, der gute Deutsche, den es gleich in Wut versetzte, von einem einheimischen Preußen, einem Barbaren, der doch jenseits aller Verachtung stand, in diesem ausländischen Geplapper derart rüpelhaft angefahren zu werden, verkündete herrisch: »Doktor Kopernikus!« und wollte weiter. Fast beiläufig stieß ihn der Preuße mit stumpfer Lanze in den Bauch.

»Nikolas Koppernigk«, sagte der Kanonikus hastig, »Vasall unseres Herrn Bischofs. Laßt uns bitte passieren, guter Mann, und Ihr sollt einen Penny bekommen.« Max schaute ihn an, und nicht zum ersten Mal, doch immer noch voll Erstaunen, wunderte er sich über diese seltsame Mischung aus Liebe und Abscheu, die sein Diener für ihn empfand.

Im verlassenen Hof hallte der Hufschlag seines Pferdes frostig und klar übers Pflaster. Die Hunde begannen zu bellen. Er schlug die pochenden Augen zu den Säulenbögen der Galerie auf, zur kauernden Masse des Bergfrieds, der fahl im Sternenlicht schimmerte, und dachte sich, wie sehr dieser Ort doch einem Gefängnis glich. Heilsberg sollte nun seine Heimat werden, was selbst Preußen nicht mehr war.

»Max.«

»Ja, ja«, grollte der Diener und stapfte davon. »Ich weiß – der Bischof darf nicht gestört werden. Ich weiß!«

Dann war da Licht, und nahe Stimmen in der Dunkelheit, und eine halbblinde, gebrechliche Alte kam, führte ihn hinein und schimpfte mit ihm, doch keineswegs unfreundlich, eher so, als wäre er ein streunendes Kind. Man hätte ihn nicht vor morgen erwartet. Ein Birkenholzfeuer brannte im Kamin im großen Saal, wo man einen Strohsack für ihn bereitgelegt hatte. Er war froh, daß ihm die Treppe erspart blieb, fühlten sich seine Glieder doch recht wabbelig an. Das Fieber stieg erneut, und er zitterte heftig. Sogleich legte er sich hin und deckte sich mit seinem Mantel zu. Max und die alte Frau zankten miteinander. Max war eifersüchtig auf ihre Autorität.

»Herr, sie sagt, Euer Onkel müsse gerufen werden, da Ihr krank und unerwartet eingetroffen seid.«

»Bloß nicht«, stöhnte der Kanonikus, »bitte nicht!« Und flüsternd, mit Grabesgelächter, fügte er hinzu: »O haltet ihn mir vom Leib!«

Die Alte schwatzte weiter, doch schloß er die Augen, und schließlich zog sie murrend von dannen. Max hockte sich neben ihn und begann, leise durch die Zähne zu pfeifen.

»Max? Max, ich bin krank.«

»Ich weiß, ich hab' es kommen sehen. Und ich habe Euch gewarnt. Habe ich nicht gesagt, daß wir über Nacht in Allenstein bleiben sollen? Aber Ihr wolltet ja nichts davon hören, und jetzt seid Ihr schlimmer krank als ein Köter.«

»Ja, ja, du hattest recht.« Max war ein gutes Mittel gegen Selbstmitleid. »Du hattest ganz recht.« Er konnte nicht schlafen. Selbst sein Haar schien vor Schmerz zu pochen. Die Krankheit war ein Souvenir aus Italien; gequält lächelte er bei diesem Gedanken. Lange Schatten tollten wie verrückte Dinger über die Wände. Ein Hund kam, um an ihm zu schnuppern, und seine Schnauze zuckte wählerisch, doch Max knurrte, woraufhin das Tier die Ohren spitzte und sich davonschlich. Kanonikus Koppernigk starrte ins Feuer. Die Flammen sangen ein kleines Lied, dessen Melodie gerade jenseits seines Fassungsvermögens war. »Max?«

»Ja?«

Immer noch da: ein hageres Bündel Sehnen und Knochen, das im Feuerschein hockte und unruhig ins Nichts starrte. Der Hund kam zurück und legte sich ungehindert zwischen sie, leckte sich behaglich die Flanken und schlief. Der Kanonikus strich mit den Fingerspitzen über das schmutzige, rauhe Fell. Plötzlich fand er in den einfachsten Dingen Trost, in der Hitze des Feuers, diesem flohgeplagten Hund, Max' widerwilliger Achtung und auch im offenen Feuer, den Wachen rundum, dem Karren des Bauern, dem armen, störrischen Maultier, selbst der Ratte auf den Stufen: dauerhafte Wesen, viehisch, blutig und warm, aus denen sich, wie fremd und dunkel auch immer das Ufer, das innerste Selbst ein provisorisches Zuhause schuf.

Später kam Bischof Lukas, schaute ihn an und schüttelte betrübt den mächtigen Schädel: »Einen feinen Leibarzt habe ich mir da ernannt!«

*

Der Titel hatte nur wenig zu sagen. Eigentlich war er kein Arzt. Ihm fehlte das nötige Zutrauen in die Kunst des Heilens ebenso wie in sich selbst als Heiler. In Padua hatte man ihm beigebracht, Leichen hübsch aufzuschneiden, doch hätte ihn das eher zum Schlächter als zum Arzt gemacht. Aber die Stelle hatte er widerspruchslos angenommen. Aus Italien war er unmittelbar nach Frauenburg zurückgekehrt, um seine Pflichten als Kanonikus des Kapitels aufzunehmen, doch war er zu diesem Leben noch nicht bereit, steckte ihm Italien noch zu sehr im Blut, so daß er, nachdem man ihm anstandslos einen weiteren, diesmal unbegrenzten Urlaub gewährt hatte, eher ziellos nach Thorn gereist war. Katharina und ihr Mann hatten dem Bischof nach zähen Verhandlungen das alte Haus in der St.-Annen-Straße abgekauft, Krakau verlassen und waren hergezogen. Er hätte es besser wissen müssen und sie nicht aufsuchen sollen. Die Gesellschaft seiner zänkischen Schwester und ihres großmäuligen Gatten verdroß ihn; und sie wiederum sorgten dafür, daß er sich nicht sonderlich willkommen fühlte. Max hatte er deshalb eher als Verbündeten, denn als Dienstboten eingestellt, war der doch diesem übellaunigen, mürrischen Haushalt durchaus gewachsen.

Dann kam die Nachricht vom Bischof: Kanonikus Nikolas werde mit sofortiger Wirkung als Leibarzt aufs Schloß berufen, damit er dort, wie unzureichend auch immer, die Kosten für die Jahre des Studiums in Italien zurückzahlen möge.

Die Stelle gefiel ihm nicht schlecht. Die Medizin bot ihm vielleicht die Möglichkeit, sich zu tarnen, so daß er auf indirektem Wege und unerkannt seinem wahren Interesse nachgehen konnte: Das ahnungslose Auge sah keinen großen Unterschied zwischen einer Sternentabelle und dem Rezept eines Apothekers, einer geometrischen Berechnung und einem Horoskop. Doch obwohl es ihm freistand zu arbeiten, fühlte er sich in Heilsberg gefangen, und er wand sich wie eine alte graue Ratte in der Falle. Er war dreiunddreißig, die Zähne fielen ihm aus. Einst war das Leben ein strahlendheller Traum gewesen, der ihn woanders erwartete, jenseits der Enttäuschung der gewöhnlichen Tage, doch wenn er heute auf jene Stelle schaute, an der einmal diese herrliche, goldene Schale der Möglichkeiten gestanden hatte, sah er nur ein verwaschenes, dunkles Etwas mit verletzten Gliedern, das ihm entgegenschwamm. Es war nicht der Tod, eher etwas, das längst nicht so deutlich war. Es war das Versagen, so fürchtete er. Jeden Tag kam es ein wenig näher, und jeden Tag machte es ihm die Ankunft etwas leichter, denn war seine Arbeit – seine wahre Arbeit, die Astronomie – nicht ein Prozeß fortschreitenden Versagens? Er bewegte sich hartnäckig voran, Zeile um schmerzliche Zeile, Berechnung um fehlerhafte Berechnung, sah seinen stümpernden Stift in stummer, harrender Panik jene Ideen besudeln und verstümmeln, die unformuliert vor durchsichtiger

Reinheit und Schönheit pulsiert hatten. Das war Barbarei im großen Stil. Mathematische Gebäude von herzzerreißender Zartheit und Feinheit wurden mit einem Schlag vernichtet. Er hatte angenommen, daß die Ausarbeitung seiner Theorie nebensächlich sein würde, reine Kärrnerarbeit: Nun, das war gewissermaßen wahr, denn harte Arbeit gab es genug zu tun, und karrenweise galt es, Ideen zu verwerfen. Er krümmte sich im Licht der blakenden Kerze über seinen Tisch und litt: Es war eine Art langsames, inneres Verbluten. Nur ungenau verstand er die Natur seiner Misere. Die Theorie an sich war nicht falsch, doch durch die Ausarbeitung wurde sie irgendwie verunreinigt. Eine wesentliche Verbindung schien zu fehlen. Das Universum tanzender Planeten war dort draußen, und er war hier, doch zwischen den beiden Sphären konnten bloße Worte und Zahlen auf Papier nicht vermitteln. Jemand hatte mal etwas Ähnliches gesagt: Wer war das? Und wann? Doch was machte das schon! Er tauchte seine Feder in die Tinte. Er blutete.

Und doch war er glücklich – falls dies das rechte Wort war –, mochte es auch noch so paradox sein. Trotz der Pein und der wiederholten Enttäuschungen, trotz der Leere seines grauen Lebens gab es nirgendwo auf der Welt ein Glück, das sich mit diesem berauschenden Kummer vergleichen ließ.

In seinem Amt in Heilsberg mußte er sich aber nicht nur um des Bischofs Furunkeln, Stuhlgang und Plattfüße sorgen: Es ging auch um Politik. Mit sechzig und seiner zahlreichen Leiden zum Trotz war Bischof Lukas weit tatkräftiger als sein halb so alter Neffe. Der harte, gefühllose Mann und bedeutende Fürst widmete den Großteil seiner fabelhaften Energie der Aufgabe, Ermland aus dem ungeheuerlichen Netz der politischen Intrige in Europa zu befreien. Und der Kanonikus war noch nicht lange auf dem Schloß, da mußte er feststellen, daß er außer Leibarzt, Sekretär und allgemeinem Faktotum auch der Mitverschwörer seines Onkels sein sollte. Er war entsetzt. Politik verwirrte ihn. Die sich endlos bekriegenden Staaten und Fürsten schienen ihm verrückt. Mit dieser rauhen, öffentlichen Welt wollte er nichts zu schaffen haben, und doch sah er sich selbst entgeistert zu, als er, wie jemand, der in einen Abgrund fällt, in diese Arena hineingezogen wurde.

Er begann aufzufallen, so etwa auf preußischen Reichstagen oder auf der herbstlichen Rundreise durch die Städte Ermlands, auf denen er sich im Schatten des Bischofs hielt. Er legte Wert auf Anonymität, doch sein blasses, stets ernstes Gesicht und der düstere, schwarze Mantel trugen nur dazu bei, ihm eine Aura der Bedeutsamkeit zu verleihen. Speichellecker und Blutsauger wandten sich an ihn, hefteten sich an seine Fersen, lauerten ihm in Korridoren auf, grinsten ihr Grinsen, fletschten ihre scharfen, kleinen Zähne und glaubten, in ihm einen sicheren Zugang zur Gunst des Bischofs gefunden zu haben. Er nahm die Bittschriften, die man ihm auf zerknittertem Papier reichte, lieh ihrem Geflüster sein aufmerksames Ohr und kam sich wie ein Trottel und Betrüger vor. Er könne nichts tun, versicherte er ihnen in einem Ton, der ihm selbst völlig falsch erschien, und begriff mit wachsender Verzweiflung, daß er sich in halb Europa Feinde machte. Von allen Seiten wurde Druck auf ihn ausgeübt. Sein Schwager, Bartholomäus Gertner, dieser inbrünstige Patriot, sprach kein Wort mehr mit ihm, seit der Kanonikus sich eines Tages bei einem Aufenthalt in Thorn geweigert hatte, sich einen wahren Deutschen zu nennen, der er zwar genaugenommen der Geburt nach nicht war, doch seiner Neigung nach immerhin hätte sein können. Plötzlich verlangte man von ihm, gar seine Nationalität in Frage zu stellen! Und Nikolas stellte fest, daß er nicht wußte, wie es damit stand. Bischof Lukas löste dieses Problem im Handumdrehen. »Du bist kein Deutscher, Neffe, nein, auch kein Pole, nicht einmal ein Preuße. Ganz einfach, du bist ein Ermländer. Vergiß das nie.«

Und gehorsam wurde er zu dem, was man von ihm forderte, doch blieb auch dies nur eine weitere Maske. Dahinter steckte, was kein Name und keine Nation für sich beanspruchen konnte. Er war Doktor Kopernikus.

*

Bischof Lukas wußte nichts von dieser separaten Existenz, und falls doch – schließlich geschah im Schloß nur wenig ohne sein Wissen –, zog er es vor, nicht weiter darauf zu achten. Er verfolgte hochfliegende Pläne mit seinem Neffen. Doch sprach er niemals offen darüber, da er es wohl für das beste hielt, wenn sie sich zu gegebener Zeit von allein offenbarten, und Zeit, das wußte er, stand ihm reichlich zu Gebote, war er doch keineswegs davon überzeugt, daß er wie alle anderen Menschen genötigt sein könnte, sterben zu müssen. Er schwankte zwischen dem ihm angeboren Hang zur Geheimniskrämerei einerseits und der dringlichen Unerläßlichkeit andererseits, notfalls mit Gewalt in den Schädel des sich absichtlich begriffsstutzig gebenden Kanonikus die Feinheiten der politischen Intrige zu stopfen. An Diplomatie und Regentschaft war nichts weiter auszusetzen, jeder Narr konnte sie mit Geschick und gar mit Eleganz beherrschen, etwas anderes aber waren jene Intrigen und Ränke, durch die die Welt eigentlich regiert wurden; sie verlangten sorgsame und erfahrene Anleitung. Leider konnte er seinem Neffen nicht gänzlich vertrauen. Der Kanonikus zog manchmal eine Miene, die schwer zu deuten war, aber äußerst beunruhigend wirkte. Gewiß war es doch nicht bloße Dummheit, die seinen Kiefer derart herabhängen ließ, seine rattenhaften Augen bewölkte, sie mit diesem seltsam grauen Film überzog?

»– Du steckst mit dem Kopf in den Wolken, Neffe. Komm herunter auf die Erde!« Der Kanonikus fuhr zusammen, verdeckte hastig die Papiere, an denen er gearbeitet hatte und spähte mit mattem, besorgtem Lächeln über seine Schulter. Bischof Lukas betrachtete ihn bekümmert. Dem Trottel erkläre ich nichts, soll er sehen, wie er zurechtkommt. »Ich sagte: Wir erwarten einen Gast. Wirst du langsam taub?«

»Nein, mein Herr, ich habe Euch sehr wohl gehört. Ich komme gleich nach unten. Ich muß noch einige ... einige Briefe schreiben.«

Der Bischof hatte sich bereits abgewandt, kehrte nun aber um und musterte ihn mit finsterem Blick. Als geborener Tyrann wußte er nur zu gut, daß seine Macht über andere auf seiner Entschlossenheit ruhte, keine Herausforderung unerwidert zu lassen, wie kleinmütig sie auch immer vorgetragen werden mochte. »Briefe? Was für Briefe?« Er war ganz in Purpur gekleidet, trug purpurfarbene Handschuhe, hatte sich Mitra und Stab nachlässig unter den fetten Arm geklemmt und wirkte zugleich furchteinflößend und ein wenig komisch. Der Kanonikus fragte sich unbehaglich, warum er es für ratsam gehalten hatte, persönlich in dieses Zimmer hoch oben im windigen Turm zu kommen, bloß um seinen Neffen zum Essen zu rufen: Der Gast mußte wirklich wichtig sein. »Jetzt mach schon, Mann – komm!«

Sie hasteten über dunkle Treppen und durch stinkende, klamme Gänge. Ein Sturm brüllte wie ein irrsinniger Bulle um das Schloß. Das große Eingangstor stand weit offen, und in der Vorhalle drängte sich eine murmelnde, eingemummelte, gesichtslose Menge von Geistlichen und niederen Angestellten im flackernden Licht der Fackeln. Die Nacht war ein riesiger, schwarzer, trudelnder Zylinder aus Wind und Regen. Undeutlich konnte man zwischen einzelnen Böen das Geräusch näherkommender Reiter und einen gellenden Trompetenstoß hören. Eine Welle der Erregung durchlief die Vorhalle. Hufgeklapper erfüllte den Hof, und plötzlich ragten düstere, berittene Gestalten im Strudel der Dunkelheit auf. Dann ließen sich viele Stimmen zugleich vernehmen, doch eine übertönte alle anderen und rief:

»Posaunenschall und Donnerhall, herrje – sieh an, eine verfluchte Armee erwartet uns.«

Der Kanonikus hörte seinen Onkel neben sich vor Groll und Bestürzung leise aufstöhnen, doch dann tauchte abrupt ein steingraues Gesicht mit stierendem Blick und tropfnassem Bart vor ihnen auf.

»Tja, Bischof, da Ihr nun jedem deutschen Spion in Preußen meine Ankunft verkündet habt, können wir diese elende Maskerade wohl vergessen, wie?«

»Euer Majestät, verzeiht, ich dachte –«

»Ja, ja, genug davon.«

Der Kanonikus hörte ein Scharren in der Vorhalle, blickte sich um und sah das Empfangskomitee mit einiger Mühe Reverenz erweisen und in die Knie sinken. Manch einer fiel im Gedränge vornüber und suchte krampfhaft bei allgemeiner, unterdrückter Heiterkeit nach Halt. Bischof Lukas jonglierte mit Mitra und Stab und streckte umständlich die Hand mit dem bischöflichen Ring zum Kuß aus. Seine Majestät blickte darauf herab. Der Bischof wirbelte herum und fauchte seinen Neffen an:

»Verbeug dich, Flegel, vor dem König von Polen!«

*

Im Rittersaal brannten tausend Kerzen an den neun großen Tafeln. Zuerst kamen die Hunde und Fackelträger und die bunt gekleideten Spielleute, dann der Bischof mit seinem königlichen Gast, gefolgt von polnischen Adligen, den kaltäugigen Reitern, und zuletzt strömte der gewöhnliche Haushaltstroß herein, der drängend, zankend und kreischend nach seinem Essen verlangte. Stille senkte sich herab, als das Tischgebet gesprochen wurde. Zum *Amen* schlug der Bischof einen hastigen Segen in die Luft, stieg die Estrade hinauf zur *mensa princeps*, setzte sich, den König zur Rechten, den Kanonikus zur Linken und betrachtete, das schwere Kinn auf die Brust gesenkt, die Possen der Menge zu seinen Füßen mit frostigem Blick. Er dachte noch immer über die Demütigung nach, die ihm in der Vorhalle erteilt worden war. Jongleure und Gaukler hüpften und sprangen umher, vom Geschrei des Hofnarren Frosch angespornt, einer böswilligen, verkrüppelten Kreatur mit irrem, starrem Grinsen im Gesicht. Riemenschuhe tragende Diener flitzten mit Fingerschüsseln und Tüchern umher, Serviermädchen brachten Platten mit dampfendem Fleisch vom Feuer, an dem sich ein Gewühl von Köchen abplagte. Vereinzelter Jubel brandete auf: Einer der Akrobaten war hingefallen, wand sich am Boden und wurde fortgeschleppt. Frosch riß einen drolligen Witz über das Mißgeschick seines Kollegen. Dann schlurfte ein alter Minnesänger mit weißem Bart nach vorn und begann, ein Epos zu Ehren des Ermlandes vorzutragen. Er wurde mit Brotkrusten bombardiert. Komm, Frosch, sing uns ein Lied.

> Seht, wie er auffliegt, der hübsche, junge Sittich,
> Hoch hinauf, hoch! Nun sing, Weide,
> Ein Prosit auf den Vogel im Dickicht!

Lärm und Fleisch! Viehisches Glück! König Sigismund lachte laut und lang, kämmte sich mit Fingerkrallen den schwarzen, verfilzten Bart.

»Ihr haltet vergnüglichen Hof, Bischof!« rief er. Seine Laune hatte sich ordentlich verbessert. Seine Maskerade, Wams und regennassen Leinenmantel, hatte er abgeworfen (»Wer hielte uns auch schon für Bauern!«) und war nun in die rauhe Pracht von

Rindsfell und Hermelin gehüllt. Doch dieser jagellonische Schädel war ohne Krone ein grobschlächtig, gewöhnlich Ding. Nur seine Haltung, arrogant, grausam und ein wenig irrsinnig, tat das königliche Geblüt kund. Er hatte die lange, beschwerliche Reise von Krakau nach Preußen in Verkleidung zurückgelegt, da ihn ebenso wie den Bischof das Wiedererstarken des Deutschen Ritterordens beunruhigte. »Tja, so überaus vergnüglich.«

Doch Bischof Lukas war nicht zu Nettigkeiten aufgelegt, also zuckte er grämlich die Achseln und sagte nichts. Er war ernstlich besorgt. Die Ritter, die einst die Herrscher ganz Preußens gewesen, nun aber nach Osten verbannt waren, stießen, von den Deutschen ermuntert, erneut westwärts gegen das Königliche Preußen vor, dessen lustlose Allianz mit dem jagellonischen Thron Polen eine wichtige Bastion an der Ostseeküste verschaffte. Inmitten des umtosten Dreiecks aber befand sich das kleine, von allen Seiten bedrängte Ermland, dessen prekäre Unabhängigkeit von Polen ebenso ernstlich wie von den Rittern bedroht wurde. Etwas mußte geschehen. Der Bischof hatte einen Plan. Doch von Anfang an, schon seit der sturmumtosten Ankunft an diesem Abend, hatte er gespürt, daß die Dinge irgendwie schiefliefen. Sigismund mimte den ungeschlachten Kerl, dabei war er kein Narr. Vielleicht war er besessen, doch verhielt er sich überaus gerissen. Sein Botschafter flüsterte ihm etwas ins Ohr. Die Stirn des Bischofs umwölkte sich.

»Ich bin ein ehrlicher Mann«, knurrte er, »ein Priester, deshalb glaube ich an ein ehrliches Wort. Und ich behaupte, daß die Deutschritter eine weit größere Bedrohung für Polen als für unser kleines Land sind.«

Der Botschafter hörte zu flüstern auf und wand sich unbehaglich in seinem Sessel. Der Bischof zählte zu seinen alten Feinden. Er war ein verdrossener, kleiner Mann mit einem absurden Schnauzbart und hohen, hohlen Wangen: ein Slawe, und er kannte nur eine heimliche Sorge, nämlich seine Aussichten auf die von ihm begehrte Versetzung aus der tiefen Provinz Ermlands nach Paris nicht zu gefährden, der Stadt seiner Träume (wo er binnen eines Jahres von einem Berserker in einem Bordell erdrosselt werden sollte.)

»Schon recht, Herr Bischof«, meldete er sich zu Wort, »doch

wäre es nicht vielleicht möglich, diesen ungebärdigen Rittern anders als in offener und – wie ich hinzufügen möchte – gefährlicher Konfrontation zu begegnen? Ich halte große Stücke auf Diplomatie«, sagte er und kicherte. »Schließlich bin ich darin nicht ganz unbewandert.«

Bischof Lukas warf ihm einen vernichtenden Blick zu. »Ihr mögt Euch in der Diplomatie auskennen, mein Herr, aber die Kreuzritter kennt Ihr gewiß nicht. Sie sind ein tückischer, räuberischer Haufen, ein gottverfluchtes Pack. *Infestimus hostis Ordinis Theutonici!* Vor nicht allzu langer Zeit haben sie noch Jagd auf unsere heimischen Preußen gemacht und sie nur zum Vergnügen abgeschlachtet.«

König Sigismund blickte plötzlich interessiert auf. »Was Ihr nicht sagt!« Ein wehmütiger Ausdruck zog über sein Gesicht, dann aber riß er sich zusammen und runzelte die Stirn. »Nun, ja, wir sehen unsererseits nur eine ernsthafte Gefahr, nämlich die Türken, die zudem bereits an unserer südlichen Grenze stehen. Was sagt Ihr denn zu dieser gemeinen Horde, Bischof?«

Das war gerade die Eröffnung, die der Bischof brauchte, um seinen Plan darlegen zu können, doch hatte ihn vielleicht sein allzu heftiger Haß auf die Ritter aus dem Konzept gebracht, vielleicht unterschätzte er auch, aus welchem Grund auch immer, den König und seinen schleimigen Botschafter, jedenfalls ließ ihn sein Urteilsvermögen in Stich, und er verpatzte die Sache.

»Ist nicht offensichtlich«, fauchte er, »was ich im Sinn habe? Behaupten denn die Ritter nicht von sich, ein Kreuzfahrerorden zu sein? Ich sage, schickt sie, lockt sie, zwingt sie – wie auch immer – an Eure Südgrenze und laßt sie das Land gegen die Ungläubigen verteidigen.« Stille folgte seinen Worten. Er war zu voreilig gewesen, selbst der Kanonikus hatte dies bemerkt. Er hatte es bemerkt und beeilte sich, die Situation zu retten. »Sie wollen kämpfen?« rief er, »– dann laßt sie kämpfen, und wenn sie vernichtet werden, nun, so soll es unser Schaden nicht sein.« Doch er machte alles nur noch schlimmer, denn nun zeigte sich der aufgeschreckten Phantasie der Polen die Vision einer türkischen Armee, die im Siegesrausch, blutbesudelt, nach Norden über den zerfetzten Kadaver von Europas einstmals prächtigster Militärmaschine zog. O nein,

nein. Sie wichen seinem suchenden, brennenden Blick aus; sie wirkten fast verlegen. Natürlich hatten sie den Inhalt seines Plans bereits gekannt, doch um das Wissen allein ging es nicht. Der Kanonikus beobachtete seinen Onkel aus den Augenwinkeln und fragte sich, nicht ohne eine gewisse boshafte Genugtuung, wie ein derart erfahrener Ritualist einen so tolpatschigen Fehler machen konnte – denn letztlich ging es eben um ein Ritual.

»Ein fröhlicher Bursche, Bischof, Euer Narr«, sagte König Sigismund. »Singt uns ein Lied, mein Herr! Und laßt mehr Wein kommen. Dieser Rheinländer ist verdammt gut – das einzig Gute, was je aus Deutschland kam, fürchte ich. Ha!«

Alle lachten pflichtschuldigst, der Bischof ausgenommen, der in purpurner Trance dasaß und voller Wut und Kummer vor sich hin stierte. Der Botschafter musterte ihn mit verschlagenem Blick und sagte mit aalglatten Worten:

»Mein Herr, ich glaube, wir müssen das Problem der Ritter noch ein wenig detaillierter durchdenken. Eure Lösung scheint mir ein wenig zu – wie soll ich sagen? – zu simpel zu sein. Vernichtet die Türken oder werdet vernichtet, das sind offenbar Eure einzigen Alternativen, doch könnte nicht auch der Orden unser Polen vernichten? Ach nein, Bischof, ich fürchte, die Antwort lautet: nein.«

Bischof Lukas sah aus, als würde er ihn am liebsten beißen, statt dessen aber zupfte er aufgeregt an sich herum, wandte sich abrupt dem König zu und hob gerade zu sprechen an, als er von einem Diener daran gehindert wurde, der zu ihm eilte und ihm hastig etwas ins Ohr flüsterte. »Jetzt nicht, Mann, nicht ... was?... wer?« Er wirbelte zum Kanonikus herum, daß die Fettlappen an seinem Hals wabbelten. »Du! Du hast davon gewußt!«

Der Kanonikus wich erschrocken vor ihm zurück und schüttelte den Kopf. »Wovon denn, mein Herr, was habe ich gewußt?«

»Dieser Hurensohn! Geh zu ihm, geh und sag ihm, sag ihm –« Die Tafel hielt den Atem an. »– Sag ihm, wenn er bei Morgengrauen nicht verschwunden ist, laß ich seinen pockennarbigen Kadaver am Schloßtor aufknüpfen!«

Kanonikus Nikolas huschte durch die Korridore, stolperte im Dunkeln über seine Robe und stöhnte verhalten. Worte aus lang vergangener Zeit, aus Kindestagen, kamen ihm wieder und wieder in den Sinn: *Die Türken spießen ihre Gefangenen auf! Die Türken spießen ihre Gefangenen auf!* In der Vorhalle wartete im flackernden Licht der Fackeln eine dunkle Gestalt, in einen schwarzen Mantel gehüllt. Der Wind heulte, wirbelte im strudligen Sturmtunnel Türken und Tollheit davon, das Szepter und den Orden, Brotkanten, Frosch, alte Lumpen, eine zerbeulte Krone: alles.

»Du!«

»Ja, Bruder: ich.«

Bischof Lukas' rätselhafter Verfall begann an jenem Abend, an dem Andreas in Heilsberg eintraf. Dabei fühlte er sich keineswegs krank, auch sein Verstand verließ ihn nicht, doch eine Art unfaßbarer, vernichtender Lähmung setzte ein, die schließlich seinen stählernen Willen schwächte. Der König von Polen, trunken und enorm verärgert, wollte kein Wort mehr über die Ritter hören und zog am nächsten Morgen trotz des schlechten Wetters mit seinen Gefolgsleuten von dannen. Der Bischof blieb verwirrt und verdrossen zurück, von hilfloser Wut geschüttelt, gebeutelt von schwarzem Regen, so sah er seine Hoffnungen auf ein sicheres Ermland mit der königlichen Gesellschaft in Sturm und Dunkelheit verschwinden. Von jedem anderen Mann hätte man gesagt, er werde alt, oder er habe im König und dessen Botschafter ebenbürtige Gegner gefunden, doch solch einfache Gründe griffen hier nicht. Vielleicht hatte auch für ihn etwas Dunkles auf Lauer gelegen, dessen vage Kontur durch Andreas' Ankunft plötzlich gräßliche Gestalt gewonnen hatte.

»Ist der Hundsfott endlich verschwunden?«

»Nein, mein Herr. Er ist krank, Ihr könnt ihn nicht fortschicken.«

»Ich kann nicht? Das wollen wir mal sehen!« Er lief rot an, bebte und hüpfte in seiner Wut umher wie eine große, pralle Schweinsblase. »Geh zu ihm, in welchem Rattenloch er auch immer schmollen mag, und sag ihm, sag, ich – ach!«

Der Kanonikus stieg den Turm zu seiner Zelle hinauf, wo sein Bruder auf der Bettkante saß, den Mantel über der Schulter, und ein Würstchen aß.

»Wie ich sehe, hast du mit dem Bischof gesprochen«, sagte er. »Du schwitzt.« Er lachte, ein leises, dünnes, dürres, kratzendes Geräusch. Im Kerzenlicht sah sein Gesicht schrecklich aus, schrecklich und faszinierend zugleich, viel schlimmer noch als auf den ersten Blick in der kaum beleuchteten Vorhalle, ein schauderhaftes Extrem, eine Schlammaske mit Augen, aus der eine erschreckend vertraute Stimme tönte. Er war fast vollständig kahl, die Stirn mit Eiterbeulen übersät. Seine Oberlippe war auf einer Seite fortgefressen, so daß sein Mund einseitig verzogen schien zu etwas, das weder ein Grinsen, noch gar ein Zähnefletschen war. Eines der Ohren war ein Gekröse aus weißem Fleisch, das andere dagegen unverändert, eine rosige Muschel, die in ihrer auffälligen Perfektion noch ekelhafter als sein zerstörter Zwilling wirkte. Die Nase war bleich und geschwollen, unwirklich, schon tot, als hätte dort, in den verwüsteten Nüstern, der Tod, dieser Spaßvogel, jene Stelle markiert, an der er, sobald die Zeit gekommen war, sich seinen Zutritt erzwingen würde. Bei derartigen Verstümmelungen überraschte es unweigerlich, daß kein Blut zu sehen war. »Ich glaube, Bruder, unser Onkel mag mich nicht.«

Unfähig zu sprechen, nickte der Kanonikus. Er fühlte sich entzweit, als hätten sich Körper und Geist getrennt, der eine wand sich in benommenem, hilflosem Schrecken, der andere stand aufrecht auf dem Boden, ein Ding aus Stöcken und Stroh, nickend wie eine Jahrmarktspuppe. Eine Kuppel aufgewühlter Dunkelheit, nur von der zarten Kerzenflamme ferngehalten, drückte auf den winzigen Raum. Nikolas zog einen Stuhl heran und setzte sich bedächtig. Er sagte sich, daß dies hier nicht Andreas war, er konnte es nicht sein, war dies doch nur ein Phantom aus einem Traum. Aber es war Andreas, er wußte es. Ihn überraschte nur, daß er nicht überrascht war: Hatte er, ohne es sich eingestehen zu wollen, schon immer gewußt, an welcher Krankheit sein Bruder litt? Plötzlich vereinten sich seine beiden Hälften wieder, prallten mit widerlichem Klatschen aufeinander, und Nikolas rang die Hände und rief:

»Andreas, Andreas, wie konntest du nur so tief sinken!«

Sein Bruder betrachtete ihn amüsiert, erfreut von seiner Not und sagte leichthin:

»Weißt du, ich habe schon damit gerechnet, daß du nach dieser langen Zeit einige kleine Veränderungen an mir wahrnehmen würdest. Meinst du, ich sehe älter aus? Ist es das, ja?«

»Aber was – was –?«

Doch er wußte es, wußte es nur zu genau. Wieder lachte Andreas.

»Was denn, Bruder, es sind die Pocken, die *Morbus Gallicus*, von deinem lieben Freund Fracastoro in seinen berühmten Versen auch *Syphilis* genannt; der hübsche Junge, von den Göttern gezeichnet. Ein überaus beschwerliches Leiden, das kann ich dir versichern.«

»Herrgott, Andreas.«

Andreas runzelte die Stirn, falls man die Verwerfungen seines verstümmelten Gesichtes so nennen konnte.

»Erspare mir dein Mitleid, verdammt«, sagte er, »deine heuchlerische Sorge. Bin ich tief gefallen, ja? Du katzbuckelnder Narr. Lieber laß ich mich von den Pocken zerfressen, als daß ich so wäre wie du, vom Halse abwärts tot. Ich habe gelebt! Kannst du verstehen, was das bedeutet, du lebender Tod, du kopfloser Wicht, kannst du das? Selbst wenn ich tot bin und in der Erde liege, bin ich nicht so tief gesunken wie du, Bruder!«

In den Lichtkegel, in dem sie saßen, drängten undeutliche Gestalten, ein geduckter Sessel, das Bett, ein Stapel Bücher wie zusammengebissene Zähne, stumme, furchtsame Dinge, leblos und scheinbar doch lebendig, so verlangten sie nach Sprache. Der Kanonikus blickte sich um, da er dem Drängen der brennenden Augen seines Bruders nicht länger standhielt, und fragte sich beiläufig, ob diese Dinge, unter denen er gehaust hatte, ihn nicht irgendwie einer wesentlichen Präsenz beraubt hatten, etwas Lebendigem und absolut Lebenswichtigem, um sich selbst mit ein wenig Leben aus zweiter Hand zu versorgen. Denn gewiß (Andreas hatte recht!), er war tatsächlich irgendwie tot, kalt, jenseits aller Berührung. Sogar jetzt hatte er eigentlich kein Mitleid mit Andreas, sondern mit dem Mitleid selbst. Das schien etwas zu bedeuten. Zwischen dem Objekt und dem Gefühl mußte ihm stets ein Drittes vermitteln. Ja, das bedeutete etwas. Was es war, wußte er nicht. Und schon verflog all das, diese paradoxen Fragmente einer Fast-Erkenntnis, und er war wieder im Beinhaus.

»Warum haßt du mich eigentlich so?« fragte er, nicht verärgert, nicht einmal mit großer Traurigkeit, eher verwundert und mit einer gewissen Scheu.

Andreas gab keine Antwort. Er fischte unter seinem Mantel ein verdrecktes Stück Käse hervor, betrachtete es mit zweifelndem Blick und steckte es wieder fort. »Hast du Wein da?« knurrte er.

»Bring ihn her!« Und der Geist der herrischen, sturen, strahlenden, schönen Kreatur, die er einst gewesen war, tauchte kurz im pelzig gelben Licht auf, verbeugte sich hochmütig und war verschwunden. Er förderte ein hohles Schilfrohr zutage, wandte sich mit der empfindsamen Verstohlenheit eines verletzten Tieres ab, steckte sich ein Ende zwischen die Lippen und saugte einen Mundvoll Wein aus dem Glas. »Vermutlich findest du es ganz gerecht«, murmelte er, »daß ich keinen Mund mehr habe. Du hattest schließlich immer was dagegen, daß ich trinke.« Er wischte sich die Lippen behutsam mit dem Handrücken ab. »Nun, genug mit dem Herumgestochere in der Vergangenheit – laß uns von heutigen Dingen reden. Du hast dich also an Onkel Lukas verkauft, wie? Was gab's dafür, frag ich mich. Noch eine fette Pfründe? Wie ich hörte, hat er dir ein Kanonikat in Breslau verschafft: das dürfte reiche Beute bringen, denke ich. Trotzdem, wohl kaum genug, um dich mit Haut und Haaren zu kaufen, sollte ich meinen. Oder hat er dir das Ermland versprochen, den Bischofssitz? Dafür müßtest du die höheren Weihen ablegen. Nun, sag nichts, es ist egal. Du wirst hier verrotten, so sicher wie ich woanders verrotten werde. Vielleicht kehre ich nach Rom zurück. Ich habe einflußreiche Freunde dort. Du glaubst mir nicht, wie ich sehe. Aber auch das ist egal. Was kann ich dir noch erzählen? – ach ja: Ich bin Vater geworden.« Plötzlich blitzten seine Augen auf, leuchteten vor Boshaftigkeit. Der Kanonikus zuckte zurück. »Ja, die Hure, die mich angesteckt hat, machte es ein wenig dadurch wett, daß sie mir einen Sohn warf. Stell dir vor, Bruder: einen Sohn, einen kleinen Andreas! Das tut dir in deiner zölibatären Seele weh, nicht wahr?«

O ja, es tat weh, tat fürchterlich weh, schlimmer als er je vermutet hätte. Andreas hatte mit unheimlichem Geschick gezielt und getroffen: Er fühlte sich so verdörrt wie eine unfruchtbare Frau. Er sagte:

»Wo ist er jetzt, dein Sohn?«

Andreas nahm noch einen Schluck Wein, schaute auf und grinste gequält: »Schwer zu sagen, wo er jetzt sein könnte; im Fegefeuer, schätze ich, so anstößig, wie der empfangen wurde. Er konnte nicht leben, nicht mit solchen Eltern, nein.« Er seufzte und sah sich gedankenverloren im dunkelnden Zimmer um, griff dann erneut in den Mantel und zog diesmal eine Karotte hervor, an der noch die grünen Stengel staken. »Ich habe deinen Kerl gebeten, mir was zu essen zu stibitzen, und jetzt schau dir an, was er mir gebracht hat, dieser Hund.«

»Max?« japste der Kanonikus, »war das Max? Hat er dein ... hat er dich deutlich gesehen? Er wird dem Bischof sagen, wie es um dich steht, Andreas.«

Doch Andreas hörte nicht zu. Er ließ die Karotte aus der Hand fallen und starrte sie an, wie sie dort auf dem Boden lag, als wäre alle Hoffnung, alles Glück verloren. »Unsere Leben, Bruder, sind eine kleine Reise durch die Gedärme Gottes. Bald werden wir ausgeschissen. Diese Hügel da sind keine Hügel, sondern göttliche Haufen, diese Erde eine Wust heiliger Kacke, in die wir am Ende versinken.« Er grinste erneut. »Tja, was sagst du dazu? Ist das nicht eine hübsche Vorstellung? Die Welt als Bauch Gottes: Welch ein Bild, euch Doktoren der Astronomie zu verwirren. Komm, trink ein wenig Wein. Warum ich dich hasse? Aber ich hasse dich nicht. Ich hasse die Welt, und du stehst sozusagen nur im Weg. Komm, trink schon ein wenig Wein, wir können uns ebensogut besaufen. Wie der Wind heult! Hör doch! Ach Bruder, ach, ich habe solche Schmerzen.«

Eine bittere Kälte drang dem Kanonikus durch die Adern. Er stieg tief aus Kummer und Entsetzen zu einer eisigen Ebene auf und sagte:

»Du kannst hier nicht bleiben, Andreas. Max wird dem Bischof sicherlich sagen, wie es um dich steht. Er weiß, daß du krank bist, aber nicht, wie schlimm, wie ... wie offensichtlich deine Krankheit ist. Er jagt dich fort, er hat schon gedroht, dich hängen zu lassen. Du mußt jetzt gehen, noch heute nacht. Ich will Max mit dir in die Stadt schicken, damit er eine Bleibe für dich findet.« Und im selben, trockenen, gemessenen Ton sagte er: »Vergib mir.«

Andreas hatte seinen Elfenbeinstock aufgenommen und stützte sich schwer darauf, wiegte sich vor und zurück auf seinem Sessel. Er war betrunken.

»Sag mir doch, was du von der Welt hältst, Bruder«, murmelte er. »Glaubst du, sie ist ein ehrenwerter Ort? Sind wir leuchtende Engel, die einen Himmel bewohnen? Komm, sag mir, was du darüber denkst.«

Der Kanonikus zog eine Grimasse und schüttelte den Kopf. »Nichts, ich denke nicht. Würdest du jetzt bitte gehen?«

»Herrgott!« rief Andreas und hob den Stock, als wollte er zuschlagen. Der Kanonikus rührte sich nicht, und so saßen sie da, die Waffe bebend über ihren Köpfen. »Sag's mir, verdammt! Sag mir, was du denkst!«

»Ich denke«, sagte der Kanonikus ruhig, »die Welt ist absurd.«

Andreas ließ den Stock sinken, nickte und lächelte, jedenfalls beinahe, schien beinahe selig. »Das ist es, was ich von dir hören wollte. Jetzt werde ich gehen.«

★

Er ging. Max fand ein Loch für ihn, in dem er sich verstecken konnte. Der Bischof glaubte, wollte glauben, daß er das Land verlassen hatte, und ließ verlauten, daß er seinen Namen nicht mehr erwähnt hören wollte. Doch solche Wut und solch ein Schmerz waren nicht einfach auszulöschen. Andreas' Aufenthalt hatte das Schloß verseucht, und ein bösartiger Rest seiner Anwesenheit verblieb, eine Trostlosigkeit, eine Schwärze in der Luft. Einmal besuchte ihn der Kanonikus. Andreas lag in abgedunkelter Dachstube und wollte nicht reden, tat, als schliefe er. Die Schädeldecke – mehr war unter dem verdreckten Laken nicht von ihm zu sehen – schuppig vor Schorf und altem Grind, mit spärlichen Haarbüscheln verklebt, sah fürchterlich und herzzerreißend aus. Unten betrachtete ihn der hämisch grinsende Gastwirt mit grausig wissendem Blick. Er wischte sich die Hände an der Schürze ab, ehe er die vom Kanonikus dargebotenen Münzen nahm.

»Ihr müßt ihm besseres Essen geben. Nicht Euren üblichen Fraß, hört Ihr. Laßt Euch, falls nötig, vom Schloß Vorräte liefern. Und sagt ihm nicht, daß ich mit Euch gesprochen oder daß ich Euch Geld gegeben habe.«

»Ja, gewiß, Euer Ehren, ich schweige wie ein Grab. Und das mit dem Essen wird erledigt.«

»Gut.« Er schaute auf den geduckten, unterwürfigen Kerl und sah sich selbst. »Gut.«

★

Kirchenangelegenheiten führten ihn und seinen Onkel nach Krakau. Zum ersten Mal freute er sich über die lange, beschwerliche Reise. Und während sie südwärts über die preußische Ebene rumpelten, spürte er, wie der Zugriff dieses fürchterlichen Phantoms in der Dachstube immer schwächer wurde und ihn schließlich wieder freigab.

In Krakau verbrachte er die wenigen Stunden, die der Bischof ihn aus seinen Sekretärspflichten entließ, in Hallers Buchladen. Haller veröffentliche seine lateinischen Übersetzungen der *Episteln* des Simokattes aus dem byzantinischen Griechisch. Es war ein armseliges, fades Buch. Beim Blick auf den Text, der so geheimnisvoll, so schockierend nackt in den Fahnen wirkte, wurde ihm übel. *Gewönnest du Macht über den Kummer, wandertest zwischen den Gräbern* ... Ach! Aber der Text war unwichtig. Was kümmerte, war die Widmung. Mit ihr wollte er den Bischof umwerben.

Für diese delikate Aufgabe gewann er die Hilfe eines alten Bekannten, Laurentius Rabe, ein Dichter und Wanderlehrer, der ihn kurzzeitig während seiner Studententage hier in Krakau unterrichtet hatte. Rabe, der gelegentlich großspurig die latinisierte Form seines Namens, nämlich Corvinus, bevorzugte, war ein munterer alter Mann mit spindeldürren Beinen, einer drallen Brust und wässerigen, hellblauen Augen. Er zog sich gern schwarz an und trug stolz das Liripipium des Doktoranden. Er war kein Rabe, trotz des Namens, glich eher einem kleinen, schnellen, feinen Vogel, einer Schwalbe vielleicht oder einem Mauersegler. Ein Juwel glitzerte vorn an seinem scharfen, kleinen Schnabel.

»Ich hätte gern einige Verse, versteht Ihr«, sagte der Kanonikus, »mit denen ich meinem Onkel schmeicheln könnte. Ich wäre Euch überaus dankbar.«

Sie standen mitten im Lärm und Durcheinander des Satzraumes im hinteren Teil des Buchladens. Rabe nickte rasch und rieb seine mit Frostbeulen übersäten Finger wie Bündel trockener Zweige aneinander.

»Natürlich, natürlich«, rief er mit fiepsiger Stimme. »Sagt mir, was Ihr braucht.«

»Nur ein paar Kleinigkeiten, ein paar Zeilen.« Kanonikus Nikolas zuckte die Achseln. »Etwas aus, sagen wir, aus der Äneis oder aus Achates, etwas in der Art, daß Treue, Frömmigkeit ..., Ihr wißt schon. Der Vers selbst ist unwichtig –«

»Ah so.«

»– das wichtigste aber ist, daß Ihr irgendwie die Astronomie erwähnt. Ich möchte eine kleine Arbeit über die Planetenbewegungen schreiben, bloß ein Abriß, wißt Ihr, von etwas weit Größerem, das danach ansteht. Dieser vorläufige *Commentariolus* ist eine bescheidene Angelegenheit, doch rechne ich mit Kontroversen unter den Gelehrten und möchte deshalb die Unterstützung des Bischofs gewinnen, versteht Ihr?« Er schwatzte daher, gepeinigt von Scham und Nervosität, da er es unerklärlich obszön fand, anderen von seiner Arbeit zu erzählen. »Ihr kennt Euch da gewiß besser aus als ich. Würdet Ihr mir nun diesen Gefallen erweisen?«

Rabe fühlte sich geschmeichelt und war einen Moment lang ganz gerührt, konnte nichts sagen, nickte nur immerfort und gab leise, zwitschernde Laute von sich. Er hob zu einer seiner blumigen Reden an, doch dafür hatte der Kanonikus keine Zeit.

»Entschuldigt mich«, sagte er hastig, »ich muß mit Haller reden.« Der Drucker kam ihnen zwischen den Arbeitsbänken entgegen, ein großer, unerschütterlicher, wortkarger Mann mit einer Lederschürze, der sich mit dickem Daumen den Bart strich und ein Stück Pergament begutachtete. »Meister Haller, ich würde als Widmung gern einige Verse einfügen: Könntet Ihr das für mich machen?«

Haller runzelte nachdenklich die Stirn und nickte dann.

»Das können wir machen«, sagte er ernst.

Rabe betrachtete den Kanonikus mit einem sanften, irgendwie geknickten, fragenden Blick.

»Ihr habt Euch verändert, mein lieber Koppernigk«, murmelte er.

»Was?«

»Ihr seid ein Mann der Öffentlichkeit geworden.«

»Bin ich das? Mag sein.« Was konnte das bedeuten? Egal. »Ihr tut mir also den Gefallen? Ich werde natürlich dafür aufkommen.«

Er wandte seine Aufmerksamkeit den Fahnen zu, und als er erneut aufschaute, war Rabe fort. Er hatte das deutliche, ein wenig beunruhigende Gefühl, daß der alte Mann irgendwie zusammengefaltet und ordentlich, doch ohne alle Umstände fortgesteckt worden war, als hätte man ein langweiliges Buch zugeklappt. Er schüttelte ungeduldig den Kopf. Ihm blieb keine Zeit, sich mit Bagatellen abzugeben.

*

Er hatte alle Zeit der Welt. Es eilte nicht. In seinem Innersten wußte er, daß der Bischof vom *Commentariolus* zur Planetentheorie des Doktor Kopernikus ebenso beeindruckt sein würde (klang der Titel nicht auch wie die Patentmedizin irgendeines Quacksalbers?) wie vom langweiligen Simokattes. Vielleicht aber war er auch derart beeindruckt, daß er die Publikation verbieten würde. Die Zeiten waren ungünstig. In Deutschland sah sich die Kirche Angriffen ausgesetzt, während die Humanisten überall verwünscht wurden – und eine Übersetzung Simokattes' konnte, so vermutete der Kanonikus, als humanistisches Bestreben gewertet werden, wie lachhaft ihm dieser Gedanke auch immer scheinen mochte. Bischof Lukas hatte im Ausland bereits genügend Schwierigkeiten, um sich nicht auch noch dem Vorwurf der Nachlässigkeit in seinem eigenen Haus aussetzen zu wollen. Ein skandalöser Neffe war ihm gewiß genug.

»Was soll ich bloß mit ihm anfangen?« brüllte er und trommelte mit den Fäusten gegen die Stirn. »Komm, du bist mein Arzt, sage mir, wie ich mich von diesem Elend befreie, das dein vermaledeiter Bruder für mich ist.«

»Er ist krank, mein Herr«, erwiderte Kanonikus Nikolas ruhig. »Wir sollten nachsichtig mit ihm sein.«

»Nachsicht? Nachsicht? Herr im Himmel, Mann, ich könnte kotzen. Wie soll ich Nachsicht mit dieser ... dieser ... dieser Besudelung, dieser flennenden Wundstelle haben? Du hast ihn gesehen: Er verfault, das Vieh verfault stehenden Fußes! Herr Jesus, wenn man in Rom von diesem Skandal erfährt ...«

»Er sagte mir, daß er Einfluß im Vatikan hat, mein Herr.«

»– oder in Königsberg! Ach!« Schreckensbleich setzte er sich abrupt nieder. »Wenn man in Königsberg davon erfährt, was werden sie dann nicht alles daraus machen, diese Ritter. Es muß etwas geschehen. Ich muß ihn loswerden, Neffe, hörst du, ich muß.«

Sie waren in der Bibliothek, einem großen, hohen, kalten Steinsaal, der in früheren Zeiten als Waffenhort gedient hatte, von dem aus aber nun die Geschicke des Schlosses und des ganzen Ermlandes geführt wurden. Es war kaum Mobiliar vorhanden, von einigen nicht sonderlich einladenden Sesseln einmal abgesehen, einem Betpult, einem recht unpassend zierlichen, italienischen Tisch sowie dem mächtigen Arbeitstisch, an dessen Seite der Kanonikus auf einem niedrigen Stuhl saß, vor sich Stift und Tafel. Eine Wand war mit einem riesigen Teppich behangen, aus dem wie aus einem wohldurchdachten Puzzle das flache, strenge Gesicht des Bischofs in verschiedenster Maskierung mit wachsamer Miene hervorstarrte, während eher zufällig im Mittelgrund das Martyrium des Heiligen Stephanus zu sehen war. Ein siebenarmiger Kandelaber verbreitete bräunliches Unterwasserlicht. Die Nervosität niederer Beamter hatte im Verlauf der Jahre die Atmosphäre im Saal geprägt und einen undeutlichen, dumpfen Eindruck von Kummer, Schuld und Versagen hinterlassen. Es war Bischof Lukas' Lieblingszimmer. Er saugte tiefe Atemzüge dieser widerwärtigen Luft in sich ein, plusterte sich damit auf. In seinen letzten Tagen verließ er die Bibliothek nur noch zum Essen und Schlafen. Hier war er sicher, während draußen die Pest wütete, diese Seuche des Geistes, die in Andreas' Ankunft Gestalt angenommen hatte. Als sie aus Krakau zurückkamen, hatte er sich längst im Schloß verschanzt und war in seiner ekligen Fröhlichkeit diesmal fest entschlossen, sich nicht wieder vertreiben zu lassen. Max hatte es ihm im Turm seines Herrn bequem gemacht, und dort verbrachte er die Zeit bis zu ihrer Rückkehr damit, die Anmerkungen und ersten Entwürfe zum geheimen Buch des Kanonikus zu lesen ... Untergangsstimmung senkte sich über Heilsberg.

Der Bischof lief erneut auf und ab, tönte und dröhnte wütend herum, ein glockenförmiges Bündel aus Angst und Verzweiflung in langer, voluminöser Purpurrobe. Am schmalen, längs unterteilten Fenster blieb er stehen und starrte hinaus, die Hände im Rükken zu Fäusten geballt. Rauhreif überzog das Glas, und ein fahler Mond schimmerte wie ein fetter, käsiger Schädel über verschneitem Land.

»Ich könnte ihn umbringen lassen«, überlegte er laut. »Kannst du einen verläßlichen Meuchelmörder auftreiben?« Er drehte sich mit finsterem Gesicht zu ihm um. »Kannst du das?«

Kanonikus Nikolas schloß müde die Augen. »Mein Herr, Euer Brief an König Sigismund –«

»Verflucht sei König Sigismund! Ich habe dir eine Frage gestellt.«

»Die meint Ihr doch gewiß nicht ernst.«

»Warum denn nicht? Wäre er tot nicht besser dran? Eigentlich ist er doch schon tot, nur schlägt sein schwarzes Herz aus lauter Trotz noch weiter.«

»Ja«, murmelte der Kanonikus, »ja, er ist schon tot.«

»Genau. Deshalb –«

»Er ist mein Bruder!«

»– Und? Er ist mein Neffe, der Sohn meiner Schwester, mein Blut, und doch wäre ich es zufrieden, wenn ihm die Kehle durchschnitten würde, könnte es nur unauffällig geschehen.«

»Das kann ich nicht glauben –«

»Was? Was kannst du nicht glauben? Er ist mir ein Greuel, *und ich muß ihn loswerden.*«

Der Kanonikus runzelte die Stirn. »Dann, Bischof, wäret Ihr mich ebenfalls los.«

Sein Onkel kam langsam näher, beugte sich über ihn und starrte interessiert auf ihn herab. Er schien zufrieden, als zöge er eine gewisse grausame Genugtuung aus dem Gedanken, daß die lange Liste des ihm von einer elenden Welt zugefügten Unrechts nun ihren sauberen Abschluß fand.

»Du würdest mich also auch betrügen, ja?« fragte er erregt. »Nun, so weit ist es also gekommen. Nach alldem, was ich für dich getan habe. Und wohin, ich bitte dich, wolltest du dann gehen?«

»Nach Frauenburg.«

»Ha! Und wolltest zwischen all den Kathedralenmäusen da verrotten? Du bist ein Narr, Neffe.«

Doch der Kanonikus hörte kaum zu, war versunken in der Betrachtung dieses neuen, unbekannten Nikolas Koppernigk, der plötzlich aus dem Nichts aufgetaucht war, trotzig die Fäuste schwenkte und nach einem Weltuntergang verlangte. Doch er war ruhig, sehr, sehr ruhig. Es war natürlich logisch, ja, er würde Heilsberg verlassen, an diesem Gebot führte kein Weg vorbei, es sang mit großem schwarzem Akkord in seinen Bluststrängen. Er würde sich ins Exil begeben, würde alles für Andreas aufgeben. Und das wäre der äußerste, der unwiderlegbare Beweis des Wohlwollens, das er für seinen Bruder empfand. Außerdem würde es keiner Worte bedürfen. Ja, genau. Er schaute sich um, blinzelte, ganz konfus vor Freude und Bestürzung, die in seinem verwirrten Herzen miteinander rangen. Schließlich war doch alles so einfach. Der Bischof warf die Hände in die Höhe und stapfte davon.

*»Narr!«*

★

Andreas lachte. »Ein Narr bist du, Bruder. Glaubst du, du könntest mir entkommen, indem du dich hinterm Heiligen Kanon versteckst?«

»Er redet davon, dich umbringen zu lassen, Andreas.«

»Und wenn schon! Mir könnte Schlimmeres passieren, als mit einem Dolch in der Kehle zu enden. Ach, jetzt geh schon, verschwinde. Von deinem falschen Mitleid wird mir übel. Dir wäre doch nichts lieber, als mich tot zu wissen. Ich kenne dich, Bruder, ich kenne dich.« Der Kanonikus erwiderte nichts. Was gesagt werden mußte, konnte nicht gesagt werden. Es bedurfte keiner Worte? Ach! Er wandte sich ab, doch Andreas zupfte mit verschlagener Miene an seinem Ärmel. »Unser Onkel würde gewiß gern erfahren, womit du dich in all diesen Jahren unter seiner Schirmherrschaft beschäftigt hast, meinst du nicht?«

»Ich bitte dich, sage ihm nichts über meine Arbeit. Du hättest meine Papiere gar nicht lesen dürfen. Ist doch alles nur Narrenwerk, nichts als bloßer Zeitvertreib.«

»Ach, jetzt bist du aber zu bescheiden. Ich finde, es ist meine Pflicht, ihn mit den höchst interessanten Theorien vertraut zu machen, die du aufgestellt hast. Ein heliozentrisches Universum! Er wird beeindruckt sein. Nun, was meinst du?«

»Ich kann dich nicht daran hindern, mich zu verraten. Doch das ist nicht länger wichtig. Höre auf mich, Andreas, und verlasse Heilsberg, oder er wird dir gewiß großes Leid zufügen.«

Andreas grinste und knirschte mit den Zähnen.

»Du verstehst mich nicht«, sagte er. *»Ich will sterben!«*

»Unsinn. Rache ist es, was du willst.«

Sie schauten bestürzt drein, der Kanonikus ebenso wie Andreas, der beleidigt vor ihm zurückwich.

»Was weißt du denn schon davon?« murmelte er eingeschnappt. »Geh, verzieh dich zu deinen frommen Freunden nach Frauenburg.« Doch als der Kanonikus die Treppe hinunterging, flog die Tür hinter ihm auf und Andreas, vom Kerzenlicht umrahmt wie eine hängende, schwarze Spinne, schrie: »Ja, ja! Ich werde mich rächen!«

*

In der Nacht brach Kanonikus Koppernigk nach Frauenburg auf, eine schwarz ummantelte Gestalt, die in sich zusammengesackt auf einem trägen Klepper hockte. Er war allein. Max hatte es vorgezogen, zu bleiben und Andreas zu dienen. Das war schon recht so. Sie mochten es nur versuchen, aber alles würden sie ihm nicht fortnehmen können, nein. Und sollte ihn der Wachtposten jetzt ansprechen, dann würde er lauthals antworten, würde seinen Namen hinausbrüllen und ihn wie ein Siegel in die wächserne Dunkelheit pressen, so daß ganz Heilsberg ihn hören konnte: *Doktor Kopernikus!* Doch der Wachtposten schlief.

In Stürmen erstarrten Feuers brach an der Ostsee der Tag an. Nie zuvor hatte er solche Dämmerungen gesehen. Sie wirkten übertrieben, ein wenig erschreckend und waren überhaupt nicht nach seinem Geschmack, hatte er doch gelernt, alle Übertreibungen zu verabscheuen. Der Himmel hier war insgesamt zu weit, zu hoch und neigte allzuoft zu leeren, stürmischen Spektakeln. Doch das war nur Oberfläche. Das Meer war ihm lieber, dessen verborgene Tiefen den Eindruck ungeheurer, grauer Ruhe machten. Doch irgendwie beunruhigte ihn auch das Meer, wenn es durch einen Streich der Flut oder des Lichtes in seinem Fenster anstieg, bucklig, schieferblau, wie der Rücken einer wassergeborenen Bestie, bösartig und unabwendbar.

Er bat darum, im Turm an der Nordwestecke der Kathedralenmauer wohnen zu dürfen. Das Frauenburger Kapitel hielt ihn für verrückt. Gewiß, es war eine grimmige, kahle Behausung, doch ihm kam sie gerade recht. Sie bestand aus drei geweißten Zimmern, eines direkt über dem anderen. Im zweiten Stock führte eine Tür auf eine Art Plattform auf der Mauer. Sie würde als Observatorium genügen, hatte er von dort doch einen freien Blick auf die großen Ebenen im Süden und Norden, auf den schmalen Süßwassersee im Westen, genannt Frisches Haff, sowie auf die dahinterliegende Ostsee und des Nachts auf die Sterne. An Möbeln brauchte er nur eine Liegestatt zum Schlafen, einen Tisch, zwei Stühle und ein Lesepult. Der zweite Stuhl beunruhigte ihn, schien er doch anzudeuten, daß er einen Gast empfangen könnte, doch ließ er ihn stehen, da er wußte, daß Vollkommenheit auf dieser Welt nicht zu erlangen war. Außerdem übertraf der Tisch in seiner Protzigkeit jede denkbare Anzahl von Stühlen. Es war der Tisch seines Vaters aus Thorn, um den er Katharina als ein Andenken gebeten hatte. Dieses mächtige, solide Etwas aus Eiche mit Schubladen und Messinggriffen und einer mit abgewetztem, grünem Leder bespannten Arbeitsfläche paßte nicht in diese öde Zelle, doch war er Teil der Vergangenheit, und mit der Zeit gewöhnte er sich daran. Er hätte es zwar vorgezogen, die Räume gänzlich kahl zu lassen, doch war er kein Fanatiker, auch wenn er in diesem grauen Steinturm, diesem unscheinbarsten aller Orte, ein Bild seiner innersten Persönlichkeit wahrgenommen hatte, das von Möbeln, Besitztümern und Behaglichkeiten nur verstellt wurde. Er war jetzt auf das Ding an sich aus, das unverblümte, steinerne Ding.

Das Kapitel stellte kaum Anforderungen. Seine fünfzehn Mitkanoniker hielten ihn für einen Langweiler. Sie lebten auf großem Fuß mit Dienern, Pferden und Landgütern außerhalb der Mauern. Für sie war sein Turm ein Zeichen unverständlicher und ihnen nicht recht geheuerer Bescheidenheit, doch behandelten sie ihn mit ausgesuchter Achtung. Er nahm an, daß sie Angst vor ihm hatten, Angst vor dem, was er ihnen bedeutete: Schließlich war er trotz allem der Neffe des Bischofs. Und er hegte keinerlei Absicht, sie in dieser Hinsicht zu beruhigen. Ihre Angst hielt sie auf angenehme Distanz – ihre Gesellschaft war das letzte, was er suchte. Nach seiner Ankunft in Frauenburg war er sofort, fast mit unziemlicher Hast, zum Visitator ernannt worden, ein reiner Ehrentitel, der ihm in der Hoffnung aufgedrängt wurde, zumindest für den Augenblick jenen Hunger auf Beförderung zu stillen, der in den Augen der Kanoniker an diesem widerborstigen, angsteinflößenden Neuankömmling nagen mußte. Er zwang sich, an allen Sitzungen des Kapitels teilzunehmen, und lauschte mit Bedacht, ohne je ein Wort zu sagen, dem endlosen Gerede über den Zehnten, über Steuern und Kirchenpolitik. Leichter waren die täglichen Messen in der Kathedrale zu ertragen. Als Kanonikus ohne höhere Weihen wurde seine Anwesenheit verlangt, doch brauchte er natürlich selbst keine Messe abzuhalten. Und anders als in den Sitzungen des Kapitels, in denen man ihm seine stumme, grüblerische Anwesenheit offenkundig übelnahm, fand sein Schweigen in der Kirche einen idealen Widerpart in Gottes mächtigem, steinernem Schweigen, schien gar darin unterzugehen.

Nur selten reiste er über die unmittelbare Umgebung Frauenburgs hinaus. Die Stadt gefiel ihm. Sie war alt, verschlafen, sicher, erinnerte ihn an seinen Geburtsort und reichte für seine Bedürfnisse aus. Einmal fuhr er nach Thorn und schaute im Gertnerschen Haus vorbei, dann nach Kulm, um Barbara im Kloster zu besuchen. Beiden Reisen war kein Erfolg beschieden. Als Erwachsene kamen er und Barbara immer noch nicht miteinander aus, und Katharina ... war immer noch Katharina. Er beschloß, in Zukunft keine Ausflüge mehr zu unternehmen, und schlug sanft, aber bestimmt die Einladungen der anderen Kanoniker aus, sie auf ihren häufigen, turbulenten Fahrten durch die Diözese zu begleiten. Er war nun endlich, so schien es ihm, zu völligem Stillstand gelangt. Die Wellen der Welt brachen sich stürmend und tosend weit über dem Teich der Ruhe, in dem er trieb.

★

Doch blieb er nicht völlig unbehelligt. Wogen wühlten den Schlamm am Boden seines Teiches auf. Er hörte von Rabes Tod, armer Corvinus, an ebenjenem Tag, an dem das Exemplar seiner Übersetzung Simokattes', das er Bischof Lukas gesandt hatte, ungelesen und ohne jeden Kommentar aus Heilsberg zurückkam. Dann tauchte Max eines Abends auf, mürrisch und ein wenig schüchtern und sagte, daß Andreas mit zwölfhundert ungarischen Florins im Gürtel, die ihm das Frauenburger Kapitel für kirchliche Zwecke anvertraut hatte, nach Italien zurückgekehrt sei.

*»Was?«* Der Kanonikus starrte ihn an. »Was sagst du da? Ist er hiergewesen? Wann war er hier?«

Max zuckte die Achseln. »Tja, er war hier. Sie haben ihm das Gold gegeben, und er ist damit verschwunden. Sagte, ich könne mich zum Teufel scheren. Euer Onkel gab ihm obendrein noch zusätzlich Geld, um ihn loszuwerden. Ein übler Bursche, Euer Bruder, falls ich das so sagen darf, Herr.«

Der Kanonikus setzte sich. »Zwölfhundert Florins!« Das war schlimm, aber schlimmer, viel schlimmer war, daß Andreas sich in Frauenburg aufgehalten und niemand daran gedacht hatte, ihn zu warnen. (Ihn ›warnen‹? Er betrachtete das Wort von allen Seiten, prüfte es genau.)

★

Er sollte keine Ruhe finden, soviel war klar. Wie weit er auch immer floh, man würde ihm folgen. Merkwürdige, geschickt verkleidete Emissäre wurden ihm nachgeschickt. Ein Fremder, und wirkte er auch noch so unschuldig, oder jemand, den er zu kennen glaubte, warf ihm plötzlich durch einen Blick, ein Wort, die geheime Nachricht zu: Paß auf! Er hatte sich von allem befreit, was ihm ein wenig Behaglichkeit bieten mochte, doch war das offenbar nicht genug, Entsagung war nicht genug. War also Untätigkeit sein Vergehen? Er ließ es sich angelegen sein, für das Kapitel zu arbeiten, nahm nur die niedrigsten und unangenehmsten Aufgaben an. Er schrieb Briefe, trieb die Pacht ein, verfaßte Berichte, die niemand las; er ritt kreuz und quer durch die Diözese, um sich mit den unbedeutendsten Angelegenheiten zu befassen, jagte hektisch hin und her, wie ein gemeiner Matrose auf einem sinkenden Schiff, der vergeblich Lecks zu stopfen sucht, die sich sogleich wieder öffnen, kaum daß er sie abgedichtet hatte. Schließlich war das Kapitel überzeugt, er müsse tatsächlich verrückt sein. Beinahe auf den Knien verhandelte er mit höhnisch grinsenden Vertretern aus Krakau und Königsberg. Außerdem kümmerte er sich um die Kranken. Und zu seinem Entsetzen offenbarten selbst sie ihm manchmal verräterisches Wissen.

Es war seltsam: Die Menschen setzten solch ein Vertrauen in ihn. Sie schickten ihm ihre schlimmsten, hoffnungslosesten Fälle, lepröse Kinder, unfruchtbare Bräute, die Alten. Er konnte nichts tun, doch fuhr er beharrlich fort, Rat und Mahnung zu erteilen, fuchtelte in der Luft herum und runzelte die Stirn unter der Last einer höchst lückenhaften Kenntnis. Je fremdartiger die Behandlung, je grotesker die Ingredienzen seiner Tränke, die er ihnen in den Rachen schüttete, desto zufriedener schienen sie zu sein. Manch einer gesundete sogar! So erwarb er sich im ganzen Ermland einen gewissen Ruf. Doch nicht einen Augenblick zweifelte er daran, daß er ein Schwindler war.

Da war ein junges Mädchen mit Namen Alicia; sie konnte kaum mehr als fünfzehn sein, ein schlankes, zartes Kind. Eines Tages im April wurde sie zu ihm gebracht. Sonne und Regen hatten die Luft getränkt, Wolkenschatten huschten über die schimmernde Ostsee. Alicia trug ein grünes Kleid. Der Turm wußte nicht, was er mit ihr anfangen sollte: Soviel Lieblichkeit war mehr, als diese grimmigen, grauen Steine verkraften konnten. Ihr Vater, übertrieben vornehm gekleidet, ein wenig lächerlich und fett, war Futterhändler und

Mitglied im Stadtrat. Er besaß ein Holzhaus innerhalb der Stadtmauern und einen Weinberg in der Vorstadt. Seine Vorfahren, so erzählte er, stammten aus Niedersachsen, etwas, das er für ziemlich bemerkenswert zu halten schien. Er teilte ihm außerdem mit, daß er lesen und ebenfalls schreiben könne, wich aber dem direkten Blick des Kanonikus sorgfältig aus. Die Mutter war eine große, traurige, furchtsame Frau in Schwarz mit breitem, fahlem Gesicht, so faltig und aufgeschwemmt, als rechnete es immerzu mit Tränen. Sie waren beide nicht mehr jung. Alicia sei, so vertrauten sie ihm an, ein Geschenk Gottes gewesen, gerade als sie alle derartigen Hoffnungen aufgegeben hatten; und sie warfen einander einen verstohlenen, zugleich erstaunten Blick zu und betrachteten dann mit derart besorgter Zärtlichkeit ihre Tochter, daß der Kanonikus sich einfach abwenden mußte und die zölibatäre Bitterkeit wie Galle in ihm aufstieg.

»Warum seid Ihr zu mir gekommen?«

»Ihr geht es nicht gut, Hochwürden, glauben wir«, antwortete der Händler. Er zögerte und schaute seine Frau an. Sie rang die bleichen, schweren Hände, und ihre Lippen zitterten. Sie sagte:

»Sie hat einen ... einen Ausschlag, Hochwürden, und zudem hat sie Ausfluß –«

»Bitte, nennt mich nicht Hochwürden, ich bin kein Priester.« Er hatte freundlich sein und ihnen ihre Befangenheit nehmen wollen, hatte sie aber nur noch stärker eingeschüchtert. Er fühlte sich selbst recht unbehaglich. Am liebsten wäre er rasch hinausgegangen, hätte diesen fetten Futterhändler, sein kummervolles Weib und die kränkelnde Tochter sich selbst überlassen und wäre geflohen. Einige glitzernde Tropfen prallten ans Fenster. Das Meer funkelte. Er haßte den Frühling, diese beunruhigende Jahreszeit. Mit Daumen und Zeigefinger hob er das Kinn des Kindes und musterte stumm einen Augenblick sein Gesicht. Eine leichte Röte stieg vom schlanken, unantastbaren Hals auf. Das Mädchen hatte also auch Angst vor ihm. Oder nicht? Fast schien ihm, als hätte er in diesen herrlichen, samtdunklen Augen einen kalten, durchdringenden und hämisch berechnenden Blick aufblitzen sehen, der ihm so überaus vertraut war. Stirnrunzelnd wich er zurück.

»Komm«, sagte er. Die Mutter stöhnte vor Kummer leise auf

und machte eine Geste, als wollte sie ihre Tochter berühren. Alicia schaute sie nicht an. »Komm, Kind, fürchte dich nicht.«

Er führte sie die schmale Treppe zu seinem Observatorium hinauf. (Es kam ihm zupaß, daß die Kranken vom Astrolabium, dem Quadranten und all den staubigen Wälzern eingeschüchtert wurden.) Doch heute war der Arzt besorgter als der Patient. Das seltsam abweisende Schweigen des Mädchens war recht beunruhigend. Sie schien irgendwie nach innen gekehrt, der Welt abgewandt, als wäre sie Trägerin eines Geheimnisses, Eingeweihte eines Kultes, der es ihr erlaubte, nicht mehr als ihres eigenen Innersten zu bedürfen.

»Wo ist dieser Ausschlag, mein Kind?«

Sie sagte immer noch nichts, schien einen Augenblick mit sich zu ringen, beugte sich dann aber rasch vor und hob den Saum ihres Kleides an. Er war nicht überrascht; er war entsetzt, vielleicht sogar verängstigt, ja, aber keineswegs überrascht. Gewiß war sie eine Trägerin. Nun kannte er den Kult, in den sie aufgenommen worden war. Wie seltsam: Die Sonne schien auf die Ostsee, die Linden schlugen aus, und Wasser, Luft und Erde schienen vereint im Feuer der erwachenden Jahreszeit zu zittern, und doch war dieses junge Mädchen infiziert. Wieder einmal war er betroffen vom Versagen der Dinge und der Zeit, sich einander zu verbinden. Hier war die Welt, Alicia dort, und zwischen den beiden klaffte der Abgrund. Sie beobachtete ihn mit ihren nichtssagenden, herrlichen Augen ohne Furcht und ohne Scham, doch mit einiger Neugier. Dort, zwischen dem engelhaften Gesicht und der schrecklichen Blume, die insgeheim zwischen den zarten Schenkeln des Mädchen blühte, fehlte eine weitere Verbindung.

»Mit welchem Mann warst du zusammen?« fragte er.

Sie ließ den Saum ihres Kleides fallen und strich sorgsam mit gezierten, kleinen, fegenden Bewegungen die Falten der grünen Seide glatt.

»Mit keinem Mann«, sagte sie. »Ich war mit niemandem zusammen, Hochwürden.«

»Mit Odysseus also«, murmelte der Kanonikus und war ein wenig über sich selbst entsetzt, da er in diesem Augenblick einen Witz machen konnte. Er wußte nicht, was er sonst sagen sollte, nahm ihre Hand und spürte ihre herzzerreißende Zartheit. »Ach,

Kind, Kind.« Weiter gab es nichts zu sagen oder zu tun. Wie ein Hammerschlag traf ihn das Gefühl, versagt zu haben.

Die Eltern standen, wo er sie verlassen hatte, verharrten wie Schiffe in einer Flaute und warteten auf Wunder. Sie brauchten ihn nur anzusehen, da wußten sie Bescheid. In ihren Herzen hatten sie es längst geahnt. Die Stille war erschreckend. Der Kanonikus sagte: »Ich schlage vor –«, doch der Händler und seine Frau begannen zugleich zu sprechen und verstummten dann verwirrt. Die Mutter weinte mühelos.

»Es gibt da einen jungen Mann, Hochwürden«, sagte sie. »Er möchte unsere Alicia heiraten.« Plötzlich fiel ihr Gesicht in sich zusammen, und sie jammerte: »Ach, er ist so ein hübscher Junge, Hochwürden!«

»Wir –«, begann der Händler, dehnte seinen Brustkorb, konnte dann aber nicht weiterreden und schaute sich verwirrt und verloren im Zimmer um, als suchte er nach festem Halt, obwohl er wußte, daß er den nicht finden würde, weder hier noch irgendwo anders. *»Wir! –«*

»Meine Schwester ist Äbtissin des Klosters der Zisterzienserinnen in Kulm«, sagte der Kanonikus rasch. »Ich könnte dafür sorgen, daß Eure Tochter dort aufgenommen wird. Sie bräuchte natürlich kein Gelübde abzulegen, falls sie dies nicht selber wünscht. Doch die Nonnen würden sich ihrer annehmen und vielleicht –« Halt ein! Sag's nicht! »– Nach einiger Zeit, falls sie geheilt wird ... falls sie ... wenn der junge Mann vielleicht ... Ach!« Er hielt es nicht länger aus. Sie wußten Bescheid, sie wußten alle Bescheid: Die Scham des Kindes wimmelte vor Bazillen, es war verpestet, würde niemals heiraten, würde wahrscheinlich nicht mal zwanzig werden, das wußten sie! Warum also dieses Theater? Er ging auf sie zu, und sie wichen vor ihm zurück, als würden sie vom Sturm seiner Verzweiflung und Wut gebeutelt. Das Mädchen schaute ihn nicht einmal an. Er wollte es schütteln oder in seine Arme nehmen, wollte es würgen, es retten, doch er wußte nicht, was er wollte, und er tat nichts. Als die Tür geöffnet wurde, fiel ein solider Klotz Sonnenlicht auf sie herab, und sie alle zögerten einen Augenblick wie geblendet, dann traten Mutter und Tochter auf den Gang. Der Händler stampfte plötzlich mit dem Fuß auf.

»Das ist Hexerei«, fauchte er. »Das weiß ich genau!«

»Nein«, sagte der Kanonikus. »Mit Hexerei hat das nichts zu tun. Geht jetzt und tröstet Euer Weib und Euer Kind. Ich werde noch heute nach Kulm schreiben.«

Doch der Händler hörte nicht zu. Er nickte geistesabwesend, mechanisch, wie eine große, unglückliche Puppe.

»Auf irgend jemanden fällt die Schuld«, murmelte er und schaute dem Kanonikus zum ersten Mal direkt an. »Auf irgend jemanden fällt sie!«

Ja, auf irgend jemanden.

*

Die Wellen schlugen höher, wurden zu Brechern. Gerüchte drangen zu ihm durch, sagten ihm, daß er in Rom als Verfasser einer neuen Kosmologie genannt werde. Angeblich habe selbst Julius II. Interesse bekundet. Die Schuld mußte auf jemanden fallen: Wieder hörte er die Stimme auf der Treppe, die Rache schrie. Beklemmende Furcht und unaufhaltbare Panik überfielen ihn. Doch weiter fort konnte er nicht fliehen. Ihm blieb nichts anderes übrig, als sich seitwärts treiben zu lassen.

Eines Tages ließ ihn Gott plötzlich im Stich. Vielleicht war es aber auch schon lange zuvor geschehen, und er hatte es erst jetzt bemerkt. Die Krise kam ungebeten, hatte er seinen Glauben doch nie in Zweifel gezogen, und er fühlte sich wie ein Passant, der neugierig stehengeblieben war, um einer Schlägerei zuzusehen, und unabsichtlich plötzlich von einem schrecklichen Hieb getroffen wurde. Eigentlich aber konnte man es keine wahre Krise nennen. Es fehlte die große Aufruhr des Herzens, der Schmerz. Das Ganze zeichnete sich eher durch mangelndes Gefühl, durch eine Taubheit aus. Und seltsam war auch: Sein Glaube an die Kirche geriet nicht ins Wanken, nur sein Glaube an Gott. Die Messe, die Wandlung, die Vergebung der Sünden, die jungfräuliche Empfängnis, die deutliche Wahrheit all *dessen* bezweifelte er keinen Augenblick, doch dahinter, hinter dem Ritual, lag für ihn nun bloß noch eine stumme, weiße Leere, die überall und alles und immerwährend war.

Er beichtete dem Präzentor, Kanonikus von Lossainen, doch

mehr aus Neugier, denn aus Reue. Der Präzentor, ein kränkelnder, unglücklicher alter Mann seufzte und sagte:

»Vielleicht sind die äußerlichen Formen alles, woran wir glauben können, Nikolas. Seid Ihr nicht vielleicht zu streng mit Euch?«

»Ach, nein, ich glaube nicht, daß man zu streng mit sich sein kann.«

»Vielleicht habt Ihr recht. Soll ich Euch die Absolution erteilen? Ich weiß nicht recht.«

»Verzweiflung ist eine große Sünde.«

»Verzweiflung? Ach.«

★

Er hörte auch auf, an sein Buch zu glauben. In Krakau und in Italien hatte er sich eine Zeitlang einreden können, daß die physikalische Welt (was war das?) der physikalischen Untersuchung zugänglich sei, daß sich das Wesentliche deduktiv erfahren lasse, daß man das Ding an sich in Worte fassen könne. Auch diesen Glauben hatte er verloren. Inzwischen war das Buch zweimal vollständig überarbeitet, war es jeweils vielmehr neu geschrieben worden, doch statt sich dem Fundamentalen zu nähern, flog es auf wilder, exzentrischer Bahn in die Leere, statt sich dem Wort zu nähern, dem entscheidenden Wort, stürzte es kopfüber in beredtes Schweigen. Er hatte geglaubt, daß es möglich sei, die Wahrheit zu sagen; jetzt begriff er, daß sich nur das Sagbare sagen ließ. Sein Buch handelte nicht von der Welt, sondern von sich selbst. Mehr als einmal hatte er dieses gräßliche, egoistische Ding genommen und war damit zum Feuer gestürzt, doch hatte er nicht die Kraft besessen, die ultimative Tat zu begehen.

Dann kam es rätselhafterweise zu einer gespenstischen Erlösung.

Es war ein wilder, windiger Abend im März, als Katharinas Diener eintraf, um ihn nach Thorn zu rufen, wo sein Onkel, der Bischof, krank daniederlag. Durch Regen und Sturm ritt er die ganze Nacht bis in die trübe, gelbliche Dämmerung, die eher einem Zwielicht glich. Bei Marienburg brach kurzzeitig eine wässerige Sonne durch die Düsternis. Die Weichsel floß träge dahin. Erschöpft und wirr vor Schlafmangel erreichte er Thorn bei Anbruch der Nacht. Katharina gab sich besorgt, und das verriet ihm mehr als alles andere, wie ernst die Lage war.

Bischof Lukas war in Krakau zur Hochzeit von König Sigismund gewesen. Auf der Heimreise erkrankte er plötzlich, und da Thorn näher als Heilsberg lag, beschloß man, ihn ins Haus seiner Nichte zu bringen. Nun wand er sich in grauem Schweiß und lag in ebenjenem Zimmer, gar in jenem Bett, in dem Kanonikus Nikolas geboren und vermutlich auch gezeugt worden war. Der Bischof, der vor Schmerz und Sterbensangst wimmerte, glich tatsächlich einem großen, feisten Kind, das sich einer höllischen Entbindung entgegenquälte. Er wurde von einer schrecklichen Diarrhö gemartert, die sich anfühlte, so sagte er, als schisse er sich die Gedärme aus, was er auch tat. Das Zimmer wurde von einer einzigen Kerze erhellt, doch schien sein Toben und sein Schmerz ein stärkeres, gespenstischeres Licht zu werfen. Der Kanonikus hielt sich lange im Schatten und schaute auf das sich kaum verändernde Tableau, das am Bett aufgeführt wurde. Priester und Nonnen kamen und gingen stumm. Ein Arzt mit grauem Bart schüttelte den Kopf. Katharina steckte ihrem Onkel ein Kreuz zwischen die Finger, doch bewegte er sich ungeschickt und ließ es fallen. Gertner säuberte sich die Fingernägel.

»*Nikolas*!«

»Ja, Onkel, ich bin hier.«

Die leidenden Augen suchten vergebens nach seinem Blick, eine zitternde Hand umklammerte sein Handgelenk. »Sie haben mich vergiftet, Nikolas. Ihre Spione waren im Palast, waren überall. Gott verfluche sie! O Gott!«

»Jetzt redet er irre«, sagte Katharina. »Wir können nichts tun.«

Der Kanonikus streifte durchs dunkle Haus. Es hatte sich bis zur Unkenntlichkeit verändert und sah doch aus, wie es stets ausgesehen hatte, nur gab alles, an das er mit seiner fragenden Gegenwart klopfte, bloß eine dumpfe, düstere Stille von sich, als wäre der lebende, weiche Kern der Dinge erstarrt, versteinert. Die Totenwache hatte eine gewisse Gesetzlosigkeit aufkommen lassen, und überall sah er verrückte Szenen der Zügellosigkeit. Im kleinen Zimmer, das er als Kind mit Andreas geteilt hatte, fand er zwei Hunde, eine Hündin mit ihrem Gefährten, die aus dem Bett sprangen, ihn anknurrten und ihre in der Dunkelheit leuchtenden Zähne fletschten. Unter einem unaufgeräumten Tisch im Speisesaal fand er seinen Diener Max und Frosch, den Narren des Bischofs, betrunken und in grotesker Umarmung schlafend, eine Hand im Schoß des anderen. Ein Gestank wie von brackigem Wasser hing über der Treppe. Aus den Quartieren der Dienstboten waren Gelächter und die Geräusche verstohlener Vergnügen zu hören. Als er sich mit der Hand übers Gesicht fuhr, rochen seine Finger nach Verwesung. Er setzte sich im Söller ans kalte Feuer, und zwischen Wachen und Schlafen versank er in eine Art Trance, die mit verschwommenen Phantomen bevölkert war.

In der stillen Stunde vor der Dämmerung wurde er ins Krankenzimmer gerufen. Vom Lichtkegel um das Bett ging jenes Gefühl von einem Leben in der Schwebe aus, von einem an die Lippen gelegten Finger, wie es kurz vorm Eintritt des Schwarzen Fürsten zu spüren ist. Nur der Sterbende selbst schien nicht zu merken, daß der Augenblick gekommen war. Er regte sich kaum, und doch schien er eifrig beschäftigt zu sein. Sein Leben war zu einem rasend schnell kreisenden Punkt geschrumpft; noch drehte sich das letzte Schwungrad, doch der endgültige Zusammenbruch der Maschine stand kurz bevor. Ein unerschütterliches Gefühl von Widersinnigkeit packte den Kanonikus, ein Gefühl, als wäre er unziemlich angezogen, als wäre irgendwie alles falsch. Plötzlich riß der Bischof die Augen auf, starrte mit erstaunter Miene nach oben und rief mit lauter, klarer Stimme: »Nein!« Im Krankenzimmer wurde es auf einmal vollkommen still, als fürchteten die Anwesenden wie Kinder in einem Versteckspiel, daß sie eine schreckliche Strafe erwartete, sobald sie auch nur einen Laut machten. »Nein! Haltet ihn zurück!« Doch der düstere Besucher ließ sich nicht abweisen, und Bischof Lukas Watzenrode – ein formloser und zerschlissener, bereits bis zur Unkenntlichkeit malträtierter, besudelter Sack voller Schmerz und Verblüffung – tappte in die Dunkelheit unter die ausgestreckten schwarzen Schwingen des weiten Mantels. Der Priester salbte ihm die Stirn mit geweihtem Chrisam. Katharina schluchzte. Gertner schaute stirnrunzelnd auf. Der Kanonikus wandte sich ab.

»Schickt sogleich nach Heilsberg, meldet, der Bischof ist tot.« Die Glocken läuteten.

★

Angewidert vom Leichentuch falscher Trauer, in das sich das Haus hüllte, schlich sich Kanonikus Nikolas aus dem Dienstbotentor in den Garten. Der in Sonne und Frost glitzernde Morgen schien wie aus feinem Glas gesponnen. Der Garten war vernachlässigt, und nur mit Mühe konnte die Erinnerung Unkraut und Müll beseitigen und wiedererwecken, was einst gewesen war. Hier wuchs das Beerenobst, dort war der schmale Pflasterweg, die Sonnenuhr – ja, ja, er erinnerte sich. Als Kind hatte er hier glücklich gespielt, die Verwahrlosung in ihrer Vertrautheit hatte ihn getröstet und beruhigt: verwitterte Pfosten, qualmende Asche, seltsam liebenswerte Hausrückseiten, fröhliche Kohlköpfe. Und wie oft hatte er morgens, als er älter wurde, hier im kühlen, spröden Sonnenlicht gestanden, zitternd und verzückt beim Gedanken an die unendlichen Möglichkeiten der Zukunft, hatte von rätselhaften, blassen, jungen Frauen in grünen Kleidern geträumt, die unter großen Bäumen durch taufrisches Gras schritten. Durch eine Lücke im baufälligen Zaun trat er in die enge Gasse, die hinter den Gärten verlief. Brombeersträucher wuchsen hier am Fuß der hohen, weißen Mauer. Ein schwacher, süßlicher, gar nicht mal unangenehmer Geruch nach Abtrittsdünger würzte die Luft. Eine alte Frau in schwarzem Mantel mit einem Korb Eier unterm Arm ging an ihm vorbei und wünschte ihm Grüß Gott aus zahnlosem Mund. Es herrschte eine ungewöhnlich verstohlene Stille, als warte ein Ereignis von großer Bedeutung darauf, daß er verschwinde, damit es in vollkommener Einsamkeit stattfinden könne. Die Nacht, die Kerzen und das Gemurmel, die hinfällige Kreatur, die im Bett starb, all das war nun enorm weit fort, unwirklich. Und doch war dies ebenso Teil der Welt gewesen wie das Sonnenlicht und die Stille hier, diese Pinselstriche blauen Rauchs, der ungestört ins fahlere Blau aufstieg: war das also ebenfalls unwirklich? Er wandte sich um und schaute lange zur Linde hinüber. Sie solle gefällt werden, hatte ihm Gertner gesagt. Sie war alt und drohte umzufallen. Der Kanonikus nickte, lächelte kurz und ging langsam durch den wiedererstandenen Garten zurück zum Haus.

Er konnte um den Tod seines Onkels nicht trauern. Es gab natürlich Schuldgefühle, Bedauern beim Gedanken an ungenutzt verstrichene Möglichkeiten (vielleicht habe ich ihm Unrecht getan?), doch waren dies keine echten Gefühle, nur leere Rituale, Reinigungsriten gleichsam, denen er sich unterzog, um den Geist zu besänftigen, denn er begriff, daß der Tod ein plötzliches Nichts in der Welt schuf, ein Loch in ihrem Gewebe, mit dem zu leben die Überlebenden lernen müssen; und es ist nicht leicht, dies zu lernen, ob man den Dahingeschiedenen nun geliebt oder gehaßt hat. Lange Zeit wurde er von einer Art grimmiger, unversöhnlicher Abwesenheit geplagt, die das unmißverständliche Siegel des Bischofs trug.

Später folgte zwangsläufig ein Gefühl der Erleichterung. Vorsichtig rüttelte er an den Stäben seines Käfigs und merkte, daß sie nicht mehr so unnachgiebig waren wie zuvor. Er begann sogar, seine Arbeit mit gefälligerem Blick zu betrachten, sagte sich, daß das, was er für ein armselig makelbehaftetes Ding hielt, die Welt gewiß für ein Wunder halten würde. Er brachte den *Commentariolus* zum Abschluß und ließ, von seinem eigenen Wagemut zugleich erschreckt und fasziniert, einige Abschriften von einem Schreiber in der Stadt anfertigen, die er unauffällig an jene wenigen Gelehrten verteilte, auf deren Wohlwollen und Diskretion er sich verlassen konnte. Und dann wartete er mit zusammengebissenen Zähnen auf die Explosion, die jene sieben Axiome gewiß auslösen würden, die gemeinsam das Fundament der Theorie eines heliozentrischen Universums ausmachten. Er fürchtete sich vor Spott, vor Widerlegungen, Schmähungen, vor allem aber fürchtete er menschliche Verwicklungen. Man würde ihn gewiß mit Füßen treten und anbrüllen, ihn hinaus auf den Marktplatz schleifen, würde ihn wie eine Jahrmarktsfigur auf eine Plattform stellen und auffordern, Beweise darzulegen. Es war lächerlich, schrecklich, unerträglich! Wieder fragte er sich, ob es nicht geraten sei, sein Werk zu vernichten und somit die ganze Geschichte zu vergessen. Doch sein Buch war alles, was ihm geblieben war – wie konnte er es da verbrennen? Wenn sie aber kommen sollten, höhnisch grinsend, fauchend, grölend nach Beweisen verlangten, ihm die Tür eintraten und das Manuskript aus den Händen rissen, lieber Gott, was dann?

Es waren nicht die Akademiker, die er am meisten fürchtete (er glaubte zu wissen, wie er mit ihnen fertig werden konnte), sondern die Leute, die armen, einfachen, verblendeten Leute, die stets auf der Suche nach dem Omen sind, der Botschaft, dem Wort, das die nahe Ankunft des Millenniums und all seiner Früchte verkündete: Freiheit, Glück, Erlösung. Sie würden sich sein Werk – oder vermutlich eher eine verstümmelte Version davon – mit ehrfürchtigem Eifer greifen, würden in rasender Begier glauben wollen, daß er ihnen eine Erklärung der Welt und ihres Lebens böte. Und sobald ihnen aufging, früher oder später, daß sie erneut verraten worden waren, daß es kein leicht verständliches Bild der Wirklichkeit gab, keine neue Instauration, würden sie sich gegen ihn wenden. Doch selbst darum ging es ihm eigentlich nicht. Gewiß, er wünschte sich keineswegs, verunglimpft zu werden, doch weit wichtiger war ihm sein Wunsch, die Menschen nicht zu täuschen. Sie mußten begreifen lernen, daß er zwar die Erde und damit den Menschen aus dem Zentrum des Alls verbannte, damit aber kein Urteil abgab, keine Philosophie verkündete, sondern nur eine Tatsache feststellte. Das Spiel, dessen Meister er war, würde den Verstand beleben, sie aber nicht lehren, wie sie zu leben hatten.

Er hätte sich keine Sorgen zu machen brauchen. Es gab keine Explosion, niemand kam, niemand klopfte an seine Tür. Die Welt übersah ihn. Auch nicht weiter schlimm. Er war erleichtert. Er hatte denen da draußen den *Commentariolus* gegeben, das Vorwort gleichsam, und sie schenkten ihm keine Beachtung. Nun konnte er in Ruhe sein Buch beenden, unbelästigt von Idioten. Denn sie waren gewiß alle Idioten, wenn sie den Fehdehandschuh ignorieren konnten, den er ihnen vor die Füße geworfen hatte, Idioten und Feiglinge, da sie die atemberaubende Pracht, die Kühnheit seines Konzepts nicht sahen – er würde es ihnen schon zeigen, ja! Und verdrossen, von Enttäuschung und Verzweiflung verzehrt, setzte er sich an seinen Tisch, um es ihnen zu zeigen. Die großen Sphären drehten sich im kristallinen Firmament in seinem Kopf, und wenn er (wie selten, ach, so selten!) zum Nachthimmel aufblickte, plagte ihn ein undeutliches, irritierendes Gefühl des Wiedererkennens, bis ihm einfiel, daß es dieser Himmel war, diese kalten weißen Lichtflecken, die seines Geistes Welt Gestalt verliehen hatten. Und dann überkam ihn ein vertrautes Gefühl der Verstörtheit, wenn er sich vergebens bemühte, eine Verbindung zwischen dem Tatsächlichen und dem Vorgestellten zu ziehen. Unweigerlich und unerklärlicherweise tauchte Andreas' verwüstetes Gesicht vor seinem Blick auf, lächelte verschlagen – Sternenbild Syphilis! – und löschte alles andere aus.

*

»Jemand möchte mit Euch sprechen, Kanonikus.«

Kanonikus Koppernigk blickte stirnrunzelnd auf und schüttelte in stummem Protest vehement den Kopf. Er wollte nicht gestört werden. Max zuckte nur die Achseln und zog sich mit kurzer, spöttischer Verbeugung zurück. Und noch ehe der Besucher erschien, verriet dem Kanonikus der unnachahmlich respektvolle, leichtfüßige Schritt auf der Treppe, wer es war. Er seufzte und verbarg die Manuskriptseite, an der er gearbeitet hatte, sorgsam in einer Lade.

»Mein lieber Doktor, verzeiht, ich hoffe, ich störe Euch nicht?« Kanonikus Tiedemann Giese war ein behäbiger, leicht korpulenter Mann von dreißig Jahren mit seltsam kleinkindlichem, frischem Gesicht. Er hatte einen großen, flachsfarbenen Schädel, eine dazu unpassend strenge Hakennase, fast quadratische, nutzlose Hände und große, unschuldig dreinblickende Augen, die es fertigbrachten, noch die unwichtigsten Dinge mit einer einzigartigen, zärtlichen Fürsorge zu betrachten. Er war von adligem Geblüt, doch mißbilligte er die opulente Lebensweise seiner Kapitelbrüder, eine Mißbilligung, die er dadurch ausdrückte – oder mit der er sich brüstete, wie manch einer behauptete –, daß er sich stets schlicht in Rock, Kniehosen und kräftigen, praktischen Reitstiefeln kleidete. Seine akademischen Leistungen waren beeindruckend, doch achtete er sorgsam darauf, seine Gelehrtheit nicht zur Schau zu tragen. Irgendwie hatte er eine Abschrift des *Commentariolus* erhalten, und obwohl er die Arbeit nie unmittelbar erwähnte, wies er durch vielsagende Bemerkungen und bedeutungsvolle Anspielungen, unter denen Kanonikus Koppernigk stets zusammenzuckte, darauf hin, daß ihn die heliozentrische Lehre vollständig überzeugt hatte. Kanonikus Giese war einer der geborenen Enthusiasten dieser Welt.

»Setzt Euch bitte«, sagte Kanonikus Koppernigk mit eisigem Lächeln. »Kann ich etwas für Euch tun?«

Giese lachte nervös. Er war nur etwa sieben Jahre jünger, doch erinnerte sein Verhalten in Gegenwart des Kanonikus Koppernigk an einen verängstigten, aber eifrigen, begabten Schuljungen. Mit bemühter Gleichgültigkeit sagte er:

»Wißt Ihr, ich war gerade in der Nähe und dachte mir, ich schaue vorbei ...«

»Ja?«

Verlegen wandte Giese den Blick ab und schaute sich in der Zelle um. Sie war niedrig und weiß, überall weiß: Selbst die Dekkenbalken waren weiß. An der Wand hinter dem Tisch, an dem der Doktor saß, hing in einem Rahmen ein Stundenglas, an einem Haken der großkrempige Hut sowie ein hölzernes Regal mit einigen medizinischen Utensilien. Eingelassen in eine tiefe Laibung bot ein schmales Fenster mit Scheiben aus Flaschenglas Ausblick auf das Frische Haff und den dahinter gelegenen, weiten Bogen der Ostsee. Die klapprige Tür, die auf die Mauer führte, stand offen, und dort draußen konnte er die aufrecht stehende Sonnenuhr und das Triquetrum sehen, eine fünf Ellen hohe, armbrustähnliche Konstruktion für die Vermessung himmlischer Winkel, ein merkwürdig bekümmert ausschauendes Ding, das in erstarrter Haltung die Arme zum Himmel reckte. Hatte der Doktor etwa, so fragte sich Giese, seine herrliche Theorie mit Hilfe dieser wenigen armseligen Geräte aufgestellt? Eine Möwe setzte sich aufs Fensterbrett, und einen Augenblick lang starrte er nachdenklich auf das fahle, durchs Flaschenglas vergrößerte Auge des Vogels. (Vergrößert? – Ach was, ein wahrhaft närrischer Gedanke ...)

»Wißt Ihr, Doktor, ich interessiere mich ebenfalls ein wenig für die Astronomie«, sagte er. »Ich bin natürlich nur ein Dilettant, versteht mich recht, doch meine ich, genug zu wissen, um Genialität erkennen zu können, wenn ich ihr begegne, wie es mir erst kürzlich widerfuhr.« Er grinste vielsagend, doch Kanonikus Koppernigks steinerne Miene blieb unverändert. Er war tatsächlich ein eigenartig zurückhaltender, verschlossener Mensch, zu dem nur schwer durchzudringen war. Giese seufzte. »Nun, Doktor, es gibt da etwas, worüber ich mit Euch reden möchte. Allerdings handelt es sich dabei, wie soll ich es sagen, um etwas Delikates, gar Schmerzliches. Oder wißt Ihr vielleicht, worauf ich anspiele? Ja?« Er wurde unruhig. Er saß auf einem niedrigen, harten Stuhl vorm Tisch des Doktors. Und bei Anlässen wie diesem bedauerte er es außerordentlich, die Stelle als Präzentor des Frauenburger Kapitels angenommen zu haben, eine Stelle, die ihm zufiel, als Kanonikus von Lossainen nach dem Tod von Luaks Watzenrode zum Bischof aufstieg: Er war für solche Angelegenheiten wirklich nicht geeignet. »Versteht Ihr, es geht um Euren Bruder«, sagte er behutsam. »Um Kanonikus Andreas.«

»Ach?«

»Ich weiß, dies muß Euch schmerzlich berühren, Doktor, weshalb ich ja auch persönlich und nicht als Präzentor zu Euch komme, gleichsam, wie ich hoffe, als Freund.« Er schwieg. Kanonikus Koppernigk zog fragend eine Augenbraue in die Höhe, sagte aber nichts. »Der Bischof, versteht Ihr, sogar das Kapitel, wir alle fühlen, daß, nun, daß die Anwesenheit Eures Bruders in dieser bedauerlichen Verfassung, nicht gerade, ich meine –«

»Anwesenheit?« sagte der Doktor. »Aber mein Bruder ist in Italien.«

Giese starrte ihn an. »Aber nein, Doktor, nein; ich hatte angenommen, Ihr – hat man Euch noch nichts gesagt? Er ist hier, hier in Frauenburg. Schon seit einigen Tagen. Ich dachte, er hätte Euch längst aufgesucht. Ihm – ihm geht es nicht gut, wißt Ihr.«

★

Ihm ging es nicht gut? Er war das wandelnde Grauen. In den Jahren seit ihrer letzten Begegnung war selbst seine Gestalt Opfer seiner Krankheit geworden, so daß er gleichsam nicht mehr Mensch, sondern bloß noch ein *memento mori* war, ein verhutzeltes, krummes, buckliges Ding, im Gesicht das erstarrte Grinsen eines Totenschädels. All dies erfuhr der Kanonikus aus zweiter Hand, denn sein Bruder hielt sich von ihm fern, nicht aus Takt, gewiß nicht, sondern weil er es amüsant fand, ihn aus der Ferne zu quälen, stellvertretend sozusagen, wußte er doch, daß es ihn weit grausamer treffen mußte, wenn Dritte Wort von seinem schändlichen Tun in die Zuflucht des Kanonikus trugen, in den schmucklosen, weißen Turm. Er hauste in einer Absteige im Elendsviertel (wer sonst würde ihn auch aufnehmen?), führte aber bei Tag seine gräßliche Gestalt in der Umgebung der Kathedrale spazieren, wo er die Kinder und die Mütter der Stadt gleichermaßen erschreckte. Einmal, an einem Sonntagmorgen, humpelte er sogar während des Hochamtes den Mittelgang der Kathedrale hinauf und machte umständlich eine Kniebeuge vor dem Altargitter, hinter dem der arme, leidende Bischof von Lossainen vor Grauen erstarrt auf purpurnem Thron saß.

Es dauerte natürlich nicht lang, da ging das Gerede von schwarzer Magie, von Vampiren und Werwölfen um. An den Türen der Stadt tauchten Kreuze auf. Ein junges Mädchen, so erzählte man sich, sei in den Bergen mit aufgeschlitzter Kehle gefunden worden. Bei Nacht geisterte ein schwarzer Dämon durch die Straßen, und im Dunkeln war Heulen und gespenstisches Gelächter zu hören. Toto, der Idiot, dem die Gabe des zweiten Blicks nachgesagt wurde, hatte angeblich einen riesigen Vogel mit dem verkniffenen, blau angelaufenen Gesicht eines Mannes gesehen, wie er am Abend von Allerseelen in niedriger Höhe und laut kreischend über die Dächer flog. Hysterie breitete sich wie die Pest in Frauenburg aus, und im Verlauf dieses düsteren, rauchigen Herbstes trafen sich immer wieder kleine Gruppen grimmig dreinschauender Männer im Zwielicht an Straßenecken, um miteinander zu flüstern, und Mütter riefen ihre Kinder frühzeitig vom Spiel ins Haus. Vor den Stadtmauern begannen die Juden verstohlen, Türen und Fenster zu verstärken, da sie ein Pogrom fürchteten. So konnte es einfach nicht weitergehen.

Der erste Schnee des Winters fiel, als die Kanoniker sich im Versammlungssaal des Kapitelhauses trafen, fest entschlossen, die Situation endlich zu bereinigen. Sie hatten sich untereinander bereits auf ein Vorgehen geeinigt, doch war eine generelle Zusammenkunft nötig, um das Ganze mit offiziellem Siegel zu versehen. Das

Treffen verfolgte zudem noch ein weiteres Ziel: Kanonikus Koppernigk hatte sich zu diesem Problem bisher gänzlich indifferent gezeigt, als kümmerte ihn sein Bruder nicht, und das Kapitel, über sein Schweigen und seine offenkundige Gleichgültigkeit erbost, war entschlossen, ihn seinen Anteil an der Verantwortung tragen zu lassen. Die Aufruhr unter den Kanonikern ging sogar so weit, daß ihnen bereits nicht mehr ganz klar war, welcher der Brüder härter angefaßt zu werden verdiente, und manche waren gar dafür, sie beide zu verbannen, um sich so ein für allemal dieser lästigen Familie zu entledigen.

Der Kanonikus kam verspätet zum Kapitelhaus, dick eingemummelt zum Schutz vor der Kälte und den breitkrempigen Hut tief in die Stirn gezogen. Eine hagere, furchteinflößende Gestalt in Schwarz schritt langsam durch den Saal und nahm ihren Platz am Tisch ein, zog Hut und Handschuhe aus, bekreuzigte sich stumm, faltete dann die Hände und hob den Blick zum blutunterlaufenen Himmel, der hinter den hohen Fenstern lauerte. Seine Kapitelbrüder, die bei seinem Eintritt verstummt waren, regten sich nun, blickten mürrisch über den Tisch, waren unzufrieden und seltsam enttäuscht; sie hatten heute irgendwas von ihm erwartet, etwas Dramatisches, Ungehöriges, einen Aufschrei des Trotzes oder eine grollend vorgebrachte Bitte um Nachsicht, Drohungen gar oder einen Fluch, doch nicht dies, nicht dieses Nichts – schließlich schien er kaum anwesend zu sein.

Giese saß am Kopf der Tafel, hüstelte, fuhr in der Ansprache fort, die die Ankunft von Kanonikus Nikolas unterbrochen hatte, und sagte:

»Die Lage, meine Herren, ist delikat. Der Bischof verlangt, daß wir etwas unternehmen, und selbst die Bürger der Stadt fordern nun die, ähm, die Abreise des kranken Kanonikus. Ich muß jedoch von einer allzu hastigen oder drastischen Lösung abraten. Wie Ihr wißt, ist der Bischof selbst nicht gerade gesund, so daß man von ihm keine sonderlich vernünftige Haltung in diesen Dingen erwarten darf.«

*»Will er damit sagen, daß von Lossainen die Pest hat?«* fragte jemand laut flüsternd, und ein allgemeines, unterdrücktes Lachen war zu hören.

»– Die Leute«, fuhr Giese unbeirrt fort, »die Leute neigen natürlich wie eh und je zu abergläubischem und hysterischem Gerede, das man nicht weiter beachten sollte. Wir müssen begreifen, meine Herren, daß unser Bruder Kanonikus Andreas sterbenskrank ist, doch hat er diesen schrecklichen Fluch gewiß nicht freiwillig auf sich genommen. Kurz, wir sollten versuchen, uns großmütig zu zeigen. Nun –« Zuvor hatte er Kanonikus Koppernigk einfach nicht angesehen, doch nun mühte er sich umständlich und mit schmallippiger Unnachgiebigkeit, seinen Anblick konzentriert zu vermeiden und hantierte nervös mit den Papieren, die vor ihm auf dem Tisch lagen. »– Ich habe Eure Meinung bereits im einzelnen erfragt, und es sind gewisse Vorschläge gemacht worden, die meiner Ansicht nach ein wenig extrem ausfielen. Doch diese Vorschläge sind ... ähm, diese Vorschläge ...« Jetzt schaute er den Kanonikus an, wurde bleich und wußte nicht weiter. Schweigen folgte, bis der Danziger Kanonikus Heinrich Snellenburg, ein großer, dunkler, aufsässiger Mann, wütend aufschnaubte und verkündete:

»Es wird vorgeschlagen, alle persönlichen Verbindungen mit dem Leprösen abzubrechen, Rechenschaft von ihm über die Summe von zwölfhundert Goldflorins zu verlangen, die ihm von diesem Kapitel anvertraut wurden, ihm seine Pfründe sowie alle anderen Einkünfte abzuerkennen und ihm eine bescheidene, jährliche Leibrente unter der Bedingung auszusetzen, daß er sich unmittelbar aus unserer Mitte entferne. So, Herr Präzentor, meine Herren, lauten unsere Vorschläge.«

Der Kanonikus sah noch immer dem Schnee zu, wie er grau gegen das Fenster wirbelte. Man hoffte vergebens, daß er das Wort ergriff. Die Vorgänge um ihn herum schienen ihn tatsächlich nicht zu kümmern, und ebendies brachte das Kapitel weit stärker gegen ihn auf, als es jede Verstellung getan hätte, wäre Verstellung doch etwas gewesen, was ihnen vertraut erschienen wäre. Hatte der Mann denn überhaupt keine normalen, menschlichen Gefühle? Er sagte nichts, trommelte nur gelegentlich mit den Fingern gedankenverloren auf den Tischrand. Doch selbst wenn er nicht reden wollte, waren sie entschlossen, ihm eine Antwort zu entlocken, und so entschieden sie mit unausgesprochener Einmütigkeit, sein

Schweigen als Protest zu werten. Kanonikus von der Trank, ein aristokratischer Deutscher mit dem hageren, nervösen Aussehen eines Windhundes, spitzte die breiten, blassen Lippen und sagte:

»Was wir auch immer tun müssen, meine Herren, fest steht nun mal: Wir müssen handeln. Der Geschichte muß sich angenommen werden, die jetzige, unerträgliche Situation verlangt ein rasches, sauberes Ende. Der Präzentor bedeutet uns, daß ihm die von uns vorgeschlagenen Maßnahmen zu radikal sind. Er sagt uns, daß –«, seine feine, spitze Nase zuckte, »– diese *Person* sich die Krankheit nicht freiwillig zuzog, an der sie leidet, doch müssen wir fragen, wessen Wille, wenn nicht der Wille dieses Mannes, denn hier im Spiel war? Wir alle sind mit der Natur seines Leidens vertraut, das er sich in den Bordellen Italiens zuzog. Wir werden gebeten, uns großmütig zu zeigen, doch haben unsere Großmut und unsere Fürsorge in erster Linie den Gläubigen dieser Diözese zu gelten: Wir haben die Pflicht, sie vor dem Urheber dieses abscheulichen Skandals zu schützen. Außerdem müssen wir an den Ruf dieses Kapitels denken. Schließlich handelt es sich hier um genau einen jener Vorfälle, von denen der Mönch Luther mit Vergnügen hören würde, um sie als einen weiteren Riemen in jene Peitsche zu flechten, mit der er auf die Kirche eindrischt. Daher also kein Wort mehr von Großmut und Zurückhaltung. Unsere Pflicht ist eindeutig – halten wir uns daran. Der Lepröse wird mit dem Kirchenbann belegt und unverzüglich von dannen getrieben.«

Zustimmendes Gemurmel folgte dieser Rede, und mit energisch vorgeschobenem Kinn wandten sich alle zu Giese um, der sich auf seinem Platz wand, die Stirn tupfte und mit flehentlichem Blick an Kanonikus Koppernigk richtete.

»Was meint Ihr, Doktor? Ihr wollt doch gewiß auf das Gehörte Antwort geben, nicht wahr?«

Widerstrebend wandte der Kanonikus seinen Blick vom dunkelnden Fenster ab und schaute sich an der Tafel um. Snellenburg, Ihr schuldet mir hundert Mark; von der Trank, Ihr haßt mich, weil ich der Sohn eines Kaufmanns und dennoch klüger bin als Ihr; Giese – armer Giese. Was machte es schon aus? Seit kurzem war ihm, als schwinde er irgendwie dahin, als verflüchtige sich sein Körper, werde durchsichtig; bald würde nur sein Verstand übrigbleiben, eine graue, gespenstische Amöbe, die sich stumm in der toten Luft dreht und windet. Was machte es schon aus? Er wandte sich ab. Wie weich der Schnee fällt! »Ich finde«, murmelte er, »es dumm, sich allzusehr darum zu sorgen, was Hochwürden Luther von uns denkt oder über uns sagt. Er wird jenen Weg gehen, den auch alle anderen seiner Art vor ihm gegangen sind, und man wird ihn bald mit den übrigen vergessen haben.«

Sie schauten ihn ratlos an. Hielt er dies für eine Art von religiösem Streitgespräch? Hatte er nicht zugehört? Lange sagte niemand ein Wort, dann zuckte Kanonikus Snellenburg die Achseln und sagte:

»Nun, wenn selbst der eigene Bruder dieses Kerls kein Wort zu seiner Verteidigung sagen will! –«

»Bitte, bitte, meine Herren«, rief Giese, als wäre er überzeugt, daß sich die Tafel gleich erheben und mit Fäusten über den Kanonikus herfallen wolle. »Bitte! Ich frage mich, Doktor, ob Euch bewußt ist, was hier vorgeschlagen wurde. Das Kapitel beabsichtigt, Eurem Bruder sämtliche Rechte und Privilegien – welcher Art auch immer – zu entziehen und ihn wie einen Bettler hinauszuwerfen!«

Doch Kanonikus Koppernigk achtete nicht auf ihn. Schaut sie euch an! Erst machen sie mir zum Vorwurf, daß er mein Bruder ist, jetzt verachten sie mich, weil ich mich nicht für ihn einsetze. Wartet nur, Snellenburg, ich will meine hundert Mark von euch zurück! Doch in ebendiesem Augenblick fand er einen unerwarteten und ungewollten Verbündeten, als einer der übrigen Kanoniker, ein gewisser Alexander Sculteti, aufstand, ein knochiger Kerl mit roter Nase, und ein weitschweifiges und wirres Plädoyer für Kanonikus Andreas begann, auf das niemand achtete, da Sculteti ein Nichtsnutz war, der sich eine Frau und ein Haus voll Kinder auf einem Gut außerhalb der Klostermauern hielt und zudem alles andere als nüchtern war. Kanonikus Koppernigk nahm seinen Hut, schlug sich den Mantel um und ging hinaus in die aufkeimende Dunkelheit und den Schnee.

*

Als hätte er auf ein Signal gewartet, besuchte Andreas seinen Bruder zum ersten Mal an ebenjenem Tag, an dem er vom Entschluß des Kapitels hörte, ihn verbannen zu wollen. Für einen derart elendig verunstalteten Mann überwand er die Stufen zum Turm mit erstaunlicher Verstohlenheit, denn erst kurz bevor er durch die Tür trat, war sein mühsamer Atem und das leise, suchende Tasten seines Stocks zu hören. Er befand sich nun in wahrlich übler Verfassung, doch erschreckten den Kanonikus vor allem die Spuren des Alterns, die selbst die von der Krankheit bewirkten Zerstörungen nicht überdecken konnten. Die wenigen verbliebenen Haarbüschel auf seinem Schädel waren gelbgrau geworden, und seine Augen, in denen einst das Feuer gelodert hatte, blickten müde, gichtig und jammervoll drein. Doch seine unheimliche Intuition hatte ihn nicht verlassen, denn er sagte:

»Was starrst du mich so an, Bruder – hast du geglaubt, ich wäre wieder gesund geworden? Ich gehe auf die Fünfzig zu, und ich habe nicht mehr lang, Gott sei Dank.«

»Andreas –«

»Hör mir auf mit deinem Andreas; ich habe gehört, was das Kapitel für mich ausgeheckt hat. Und jetzt – nein, warte! – jetzt willst du mir erzählen, wie du dich auf Knien für mich eingesetzt hast, wie du von meiner herausragenden Arbeit in Rom zugunsten des kleinen Ermlandes gesprochen hast, wie ich den Banner des Kreuzzugs gegen die Deutschritter aufnahm, der mir von unserem lieben, verstorbenen Onkel überreicht worden war – ach, Bruder, ach, willst du mir das erzählen?«

Der Kanonikus schüttelte den Kopf. »Ich weiß nichts von deinem Treiben, warum sollte ich mich da für eine Strafmilderung einsetzen?«

Andreas warf ihm einen raschen Blick zu, vom kalten Ton seines Bruders unwillkürlich überrascht. »Tja, ist auch egal«, knurrte er und musterte mürrisch die kahlen, weißen Wände. »Bist immer noch ein Sternengucker, Bruder, wie?«

»Ja.«

»Gut, gut. Ein Zeitvertreib ist etwas Schönes.« Er setzte sich langsam an den Tisch des Kanonikus und faltete die entstellten Hände über den Knauf seines Stocks. Sein Mund, an den Winkeln vollständig zerfressen, war zu gräßlichem Grinsen erstarrt. Wie sonderbar, daß man derart verunstaltet sein und dennoch leben konnte. Gewiß waren es nur Gram und Trotz, die ihn ausharren ließen. Er blickte durch die Flaschenglasscheibe auf das verwaschene Blau der Ostsee. »Ich lasse mich nicht vertreiben«, sagte er. »Ich lasse mich nicht wie einen Hund davonjagen. Ich bin Kanonikus dieses Kapitels, ich habe meine Rechte. Was du auch tust, du kannst mich nicht zwingen zu gehen, und das kannst du auch den frommen Herren Kanonikern sagen. Ich verlasse Frauenburg, ja, Preußen auch, ich kehre frohen Herzens nach Rom zurück, doch nur, wenn die Verfügung gegen mich aufgehoben wird, wenn ich wieder in meine Pfründe eingesetzt und mir alle meine Einkommen wieder zuerkannt werden. Bis dahin bleibe ich, erschrecke die Bauern und trinke ihrer Töchter Blut.« Plötzlich lachte er, dieser vertraute, trockene, kratzende Laut. »Weißt du, ich fühle mich recht geehrt von diesem ungewollten Ruhm. Ist es nicht merkwürdig, daß ich äußerlich verfaulen mußte, um Respekt gewinnen zu können? Das Leben, Bruder, ist äußerst seltsam. Und nun wünsche ich dir noch einen guten Tag; ich nehme doch an, daß du deinen Kapitelbrüdern meine Bedingungen überbringst? Vermutlich besitzt ja die Nachricht mehr Gewicht, wenn sie von dir kommt, der du doch in diese ganze Angelegenheit so verwickelt bist.«

Max hatte draußen vor der Tür gelauscht, denn er trat ungebeten ein, den Schatten eines Grinsens im hageren Gesicht. Am Fuße der Treppe blieb er neben Andreas stehen, und sie flüsterten sich kurz etwas zu; offenbar hatten sie ihren Heilsberger Streit beigelegt. Der Kanonikus zitterte. Ihm war kalt.

⋆

Das Gefecht zog sich drei Monate hin. Die Kapitelsitzungen verliefen immer hektischer. Und auf einem dieser Treffen ließ sich Andreas gar persönlich blicken, taumelte betrunken in den Versammlungssaal und setzte sich lachend zwischen die aufgebrachten Kanoniker, brummelte vor sich hin und sabberte aus verschandeltem Mund. Schließlich gerieten sie in Panik und gaben nach. Die Einziehung seiner Pfründe wurde aufgehoben, und man gewährte ihm eine höhere jährliche Leibrente. An einem trostlosen Tag im Januar verließ er dann Frauenburg auf immer. Er sagte seinem Bruder nicht Lebewohl, wenigstens nicht auf hergebrachte Weise; doch Max, der zeitweilige Diener des Kanonikus, ging mit ihm, sagte, er habe Preußen satt, kehrte aber noch in derselben Nacht zurück, allerdings nicht auf der Straße, sondern mit dem Gesicht nach unten auf dem Rücken des Flusses treibend, ein aufgequollener, schwarzer, grober Sack mit geschwollenem, purpurfarbenem Gesicht und glasigen, vor Erstaunen weit aufgerissenen Augen, grotesk bis in den Tod.

*E*s stieg im Osten auf wie schwarzer Rauch, stapfte über das Land wie ein raubgieriger Gigant und trug eine schamlose Maske mit dem düsteren, wilden Antlitz des Albrecht von Hohenzollern-Ansbach vor sich her, seines Zeichens letzter Großmeister der Brüderschaft des Ordens der Ritter des Hospitals St. Marien der Deutschen zu Jerusalem, gemeinhin auch Deutschordensritter genannt. Wieder einmal drängten sie nach Westen, um endlich den polnischen Zugriff auf das Königliche Preußen zu brechen und die drei Fürstentümer südlich der Ostsee unter Albrechts Herrschaft zu vereinen; wieder einmal wurde das kleine Ermland in den Schraubstock gespannt. 1516 hatten die Ritter, unterstützt von deutschen Söldnerbanden, ihre ersten Vorstöße über die östliche Grenze unternommen. Sie plünderten das Land, brannten die Höfe nieder, raubten die Klöster aus, vergewaltigten die Frauen und metzelten die Männer nieder, und all dies geschah mit dem unnachahmlichen, glühenden Enthusiasmus einer Armee, die sich zuvor den Bauch mit Frieden vollgeschlagen hatte. Noch war dies kein ausgewachsener Krieg, eher eine Art Sport, ein bloßes Aufwärmen für die wahre Schlacht mit Polen, die noch ausstand, weshalb denn auch die größeren Städte des Ermlandes für den Augenblick noch unbehelligt gelassen wurden.

Im November dieses turbulenten Jahres wurde Kanonikus Koppernigk zum Landprobst ernannt, weshalb er seine Wohnstatt auf die große Feste Allenstein verlegte, die gut sechzig Meilen südöstlich von Frauenburg mitten in der großen Ebene lag. Es war ein beschwerlicher und aufreibender Posten, doch bewies er während der drei Jahre, in denen er ihn ausfüllte, daß er zu dieser Arbeit sehr wohl geeignet war. Zu seinen Pflichten zählte die Aufsicht über Allenstein, über die Burg im nahen Mehlsack und über die Liegenschaften jener Gegend; er überwachte die Eintreibung des Zehnten ans Frauenburger Kapitel, den die beiden Städte, die

Dörfer und Landgüter weit und breit zu zahlen hatten. Und am Ende eines jeden Jahres hatte er an das Kapitel einen schriftlichen Bericht über all seine Tätigkeiten zu senden, eine Aufgabe, deren er sich mit gewissenhafter Sorgfalt und gar mit großer Redlichkeit entledigte.

Doch vor allem hatte er dafür zu sorgen, daß die Gebiete unter seiner Aufsicht verpachtet wurden. Mit dem Aufblühen der Städte hatte sich das Land in den letzten hundert Jahren zunehmend entvölkert, doch seit die Deutschritter zügellose Ausfälle über die Grenze unternahmen und dabei alles vor sich hertrieben, hatte die Abwanderung vom Land in die städtischen Zentren in erschrekkendem Maße zugenommen. Ohne Pächter, so dachte sich das Frauenburger Kapitel, würde es keine Steuern geben, doch ungeachtet dieser ganz unmittelbaren Bedrohung bestand auch die Furcht, daß sich das Gewebe der Gesellschaft selbst auflösen könnte. Bereits seit 1494 hatten preußische Erlasse den Bauern Einschränkungen auferlegt, die sie eigentlich zu Sklaven machten – doch welcher Erlaß würde einen Bauern zwingen, in verbrannter Kate und bei verwüsteten Feldern auszuharren? Während seiner drei Jahre als Probst hatte es Kanonikus Koppernigk mit fünfundsiebzig Fällen von Wiederansiedlung verlassener Gehöfte zu tun, und doch hatte er kaum einen kleinen Zipfel des ganzen Problems gelöst.

Es waren schwierige und entmutigende Jahre für ihn, dessen Leben sich bis dahin fast vollständig im siebten Himmel spekulativer Wissenschaft abgespielt hatte. Zur schweren Last seiner administrativen Pflichten kam die weit ermüdendere Notwendigkeit hinzu, sich die schmutzige, gemeine Welt, mit der ihn diese Pflichten in unvermeidbaren Kontakt brachten, auf Armeslänge vom Leib zu halten. Denn es war unbedingt notwendig, sie sich fernzuhalten, sollte seine Vision nicht infiziert werden, sollte die allgegenwärtige und gleichsam starrköpfige Schäbigkeit nicht in die Windungen seiner Gedanken selbst eindringen und mit allzu Irdischem die erhabene Reinheit seiner Himmelstheorie beflecken. Und doch konnte er nicht umhin, Mitleid für das Los der Menschen zu empfinden, deren Qual und Pein für ihn auf immer in der Erinnerung an den Leichnam einer jungen Bäuerin gipfelten, den er in den qualmenden Ruinen eines niedergebrannten Dorfes gesehen hatte, dessen Name er nicht einmal kannte. Viele Jahre später erzählte er seinem Freund und Mitkanoniker Giese mit folgenden Worten davon: »Die Dirne (kaum älter als ein Kind) war von Soldaten zu Tode gefoltert worden. Ich werde Euch, mein lieber Tiedemann, den Zustand nicht beschreiben, in dem man sie zurückgelassen hatte, auch wenn das Bild dieses armen, gemetzelten Dings unauslöschlich in mein Gedächtnis gebrannt ist. Stundenlang hatte man sie bearbeitet, sie mit unendlicher Sorgfalt malträtiert, sie gleichsam mit einer Art obszönen Liebe behandelt, wenn ich es so nennen darf, um ihr einen Tod zu geben, der so qualvoll war, wie sie ihn sich nur auszudenken vermochten. Da begriff ich vielleicht (wie ich zu meiner Schande gestehen muß!) *zum ersten Mal*, wie unerschöpflich die Fähigkeit des Menschen zum Bösen ist. Wie, so habe ich mich damals gefragt (und frage es mich immer noch), wie können wir auf Erlösung hoffen, wenn wir unseren Mitmenschen etwas Derartiges antun können?«

Außer Landprobst war er eine Zeitlang auch der Vorsteher des Brotamtes in Frauenburg, und in dieser Eigenschaft oblag ihm die Aufsicht über die Bäckereien des Kapitels, über die Malz- und Kornschober, die Brauereien und die große Mühle am Fuße des Kathedralenhügels. Wiederholt hatte er die Stelle des Kanzlers inne, führte die Bücher des Kapitels, erledigte die Korrespondenz und sämtliche juristischen Schreibarbeiten. Für kurze Zeit war er auch der Mortuarius, zu dessen Aufgaben es gehörte, die zahlreichen und oft beträchtlichen Summen zu verwalten, die der Kirche hinterlassen oder von den Familien wohlhabender Verstorbener gestiftet worden waren.

Außer in diesen öffentlichen Ämtern verlangte man von ihm auch in einem anderen Bereich, nämlich in dem der Astronomie, daß er sich in der Welt zu Gehör bringe. Sein Ruhm wuchs trotz der ihm angeborenen Bescheidenheit und gar der Schüchternheit, die ihn so lange hatte schweigen lassen, während andere, längst nicht so begabte Astronomen die Luft mit ihren leeren Blasen aufwirbelten. Kanonikus Bernhard Wapowski von der Universität Krakau, ein gelehrter und einflußreicher Mann, bat ihn um seine Expertenmeinung zur astronomischen Abhandlung (mangelhaft, so mangelhaft!) des Nürnberger Johann Werner, eine Bitte, der Kanonikus Koppernigk gern nachkam, war er doch froh um die Gelegenheit, einen Hieb gegen diesen stolzen, dummen Kerl führen zu können, der es gewagt hatte, Ptolemäus in Frage zu stellen. Dann kam ein Brief von Kardinal Schönberg aus Capua, einem der Sonderberater des Papstes, der den gelehrten Doktor drängte, seine herrlichen Entdeckungen in gedruckter Form der Welt zugänglich zu machen. Darüber hinaus muß natürlich noch die Einladung erwähnt werden, die ihn im Jahre 1514 über Kanonikus Schiller (der nicht mehr Stellvertreter des Frauenburger Kapitels, sondern inzwischen nichts Geringeres als der Hauskaplan von Leo X. war) aus Rom erreichte und die ihn aufforderte, an einem lateranischen Konzil zur Kalenderreform teilzunehmen. Kanonikus Koppernigk lehnte es ab, zum Konzil zu kommen, gab als Entschuldigung jedoch an, daß er glaube, eine solche Reform könne nicht durchgeführt werden, ehe nicht die Bewegungen von Sonne und Mond genauer bekannt seien. (Man könnte hier anmerken, daß dieser Bericht – *ipse dixit* schließlich! – von seiner Unlust, eine immerhin vermutlich vom Papst persönlich stammende Einladung anzunehmen, zwar respektiert werden muß, man sich aber der Vermutung nicht erwehren kann, daß, bedenkt man die zeitlichen Umstände und das Stadium, in dem sich das große Werk des Kanonikus damals befand, der gelehrte Doktor, um hier Kardinal Schönbergs Anrede zu benutzen, die Gelegenheit beim Schopfe griff, um eine vorsichtige Andeutung über jene Revolution fallen zu lassen, die er dreißig Jahre später in der Welt berechenbarer Astronomie auslösen sollte.)

So jedoch ist zu ersehen, daß er, wie ungern auch immer, ein bekannter Mann geworden war. Das Kapitel war überaus zufrieden mit ihm und hieß ihn endlich als wahrhaften Kapitelbruder in seiner Mitte willkommen. Allerdings gab es manche, die ihr Mißtrauen nicht aufgaben, da sie sich an sein außergewöhnliches und unerklärliches Verhalten zu Zeiten jener unangenehmen Affäre erinnerten, in deren Verlauf sein schändlicher Bruder verbannt werden sollte. Für diese Fraktion des Kapitels, zu der natürlich auch die Kanoniker Snellenburg und von der Trank gehörten, war nie endgültig entschieden worden, ob der Doktor nun wegen seiner

Verbindung zu diesem syphilitischen Italiener (wie von der Trank mit blasser, spitzer, zuckender Nasenspitze Andreas getauft hatte) als Unhold oder als gefühllose, verachtenswerte Bestie anzusehen war, die sich nicht einmal zur Verteidigung des eigenen Bruders bequemen konnte. Derlei mochte man als bloßes Resultat von Neid und Bosheit ansehen, doch hatte es tatsächlich irgendwas mit Kanonikus Koppernigk auf sich – wie alle, selbst der freundliche und stets verzeihende Kanonikus Giese sehen konnten –, als präge ihn ein gewisser Mangel, eine Transparenz gleichsam, die mehr als nur der natürlichen Abgehobenheit und Weltfremdheit eines brillanten Wissenschaftlers zuzuschreiben war. Es schien, als habe sich in dem tatkräftigen und fähigen Mann der Öffentlichkeit eine Leere ausgebreitet, gleichsam als wäre jenseits des Rituals alles hohl, einen dünnen, straffen Strang aus stahlharter, unsäglicher Qual ausgenommen, der sich quer über das Nichts spannte.

*

Der Frühling des Jahres 1519 brachte den plötzlichen Zusammenbruch der politischen und militärischen Lage im südlichen Baltikum. Sigismund von Polen, der vielleicht endlich die Wahrheit von Bischof Watzenrodes Behauptung einsah, die dieser Jahre zuvor gemacht hatte, als die Kreuzritter noch keine echte Gefahr für sein Königreich bedeuteten, rief Großmeister Albrecht zu Friedensgesprächen nach Thorn. Albrecht lehnte direkte Verhandlungen ab, und Polen machte sogleich mobil und marschierte gegen Preußen. Ein umfassender Krieg schien unabwendbar. Die Ritter schlugen nun vor, daß der Bischof von Ermland zwischen ihnen und Sigismund vermitteln solle. Doch Bischof von Lossainen befand sich zu diesem Zeitpunkt gesundheitlich in bedenklicher Verfassung. Daher beschloß das Frauenburger Kapitel, welches sehr wohl wußte, daß das kleine Ermland der Schauplatz des kommenden Krieges sein würde, anstelle des Bischofs den Präzentor Kanonikus Tiedeman Giese zusammen mit dem Landprobst Koppernigk sogleich nach Königsberg zu entsenden, auf daß sie dort versuchen mochten, die streitenden Parteien wieder miteinander zu versöhnen.

Wurden die falschen Männer für diese Aufgabe gewählt? Präzentor Giese war im nachhinein davon überzeugt. Er fand, er war zu unbefangen nach Königsberg gereist, hatte zu großes Zutrauen in die ureigene Güte der Menschen gesetzt und war daher gescheitert, wo ein harter, gefühllos taktierender Unterhändler Erfolg gehabt haben könnte. Oder hatte er in seinem Herzen von vornherein gewußt, daß seine Mission zum Scheitern verurteilt war, und hatte dieses Wissen seine Verhandlungsfähigkeiten geschwächt? Nun, wer wollte dies entscheiden? Von Anfang an hatte er nicht geglaubt, daß Albrecht, obwohl Lutheraner, so übel sein konnte, wie man ihn darstellte. Es hieß, er sei hemmungslos verschlagen, ein Ungeheuer, schlimmer noch als Ungarns berüchtigter Vlad Drakulya, der Pfähler. Doch nein, das konnte der gute Präzentor nicht glauben. Als er dies seinem Gefährten auf ihrem Ritt als Vorhut einer Eskorte preußischer Söldner gestand, die ostwärts durch die Morgennebel entlang der Küste strebte, schaute ihn Kanonikus Koppernigk seltsam an und sagte:

»Ich stimme mit Euch darin überein, daß er vermutlich nicht besser oder schlechter als jeder andere Fürst ist – aber sie sind alle schlecht.«

»Ihr habt recht, Doktor, vielleicht, und doch ...«

»Nun?«

»Ihr habt recht, ja, ganz recht. Ähm ...«

Präzentor Giese hatte ein wenig Angst vor Kanonikus Koppernigk; vielleicht ist Angst ein wenig zu stark, nervös wäre vielleicht ein besseres Wort, er machte ihn ein wenig nervös, ja. Zu Zeiten ging eine gewisse stille Intensität, gar eine Wildheit von diesem Mann aus, die jene erschreckte, die ihm dann nahe kamen, wobei dies natürlich nicht allzu vielen erlaubt war, ihm nahe zu kommen nämlich. An diesem Morgen, zusammengesunken im Sattel, den Hut tief in die Stirn gezogen, den Mantel um sich geschlagen, so daß nur noch Nase und Augen sichtbar waren, den Blick aufmerksam voraus in den Nebel gerichtet, so glich er mehr als je zuvor jemandem, der die Last eines geheimen, unerträglichen Wissens zu tragen hatte. Vielleicht war es diese stoische Haltung, die den Kanonikus als einen zu besonderem Leid ausersehenen Mann auszeichnete, weshalb Gieses Herz vor Mitleid und Sorge um seinen Freund schmerzte, falls er, Giese, den Kanonikus denn einen

Freund nennen konnte, was er, ob nun berechtigt oder nicht, jedenfalls auch weiterhin tun wollte.

Doch war es, von aller Freundschaft einmal abgesehen, eine weise Entscheidung des Kapitels, den Kanonikus mit ihm auf diese heikle Mission zu schicken? Er, der Kanonikus, war stets trotz seiner öffentlichen Ämter (die er natürlich mit makelloser et cetera) so etwas wie ein Einsiedler gewesen, hatte die Welt immer auf Armeslänge von sich fortgehalten, und dieser Aspekt seiner Persönlichkeit, die keineswegs ein Fehler war und eigentlich bei jemandem, der solch wichtige und schwierige Arbeit leistete, nur zu erwarten war, dieser Aspekt jedenfalls bedeutete, daß er in den Feinheiten der Diplomatie sozusagen unerfahren, daß er genaugenommen sogar ziemlich taktlos war, auch wenn man anführen mochte, daß ebendiese Taktlosigkeit, wenn es denn Taktlosigkeit war, für nichts anderes als für einen Beleg seiner charmanten Unschuld und seines Mangels an Arglist gelten konnte. Nun, vielleicht nicht gerade Unschuld ... Kanonikus Giese schaute zu der düsteren Gestalt im Sattel an seiner Seite hinüber, nein, Unschuld bestimmt nicht.

O je! Der Präzentor seufzte. Es war alles so schwierig.

★

Sie erreichten Königsberg, als die Nacht anbrach. Ihre Eskorte wurde nur bis zu den Stadttoren vorgelassen. Albrechts Schloß war eine riesige, grimmige Feste auf einem Hügel. Man führte die beiden Emissäre in einen großen, weißgoldenen Saal. Hier wimmelte es von Soldaten, Diplomaten, Geistlichen und geschmückten Frauen, die alle zielstrebig irgendwohin eilten. Kanonikus Koppernigk wartete stumm, in seinen schwarzen Mantel gehüllt, den Hut noch immer auf dem Kopf. Präzentor Giese trat rastlos von einem Fuß auf den anderen. Eine Gruppe Höflinge, manch einer davon bewaffnet, marschierte rasch in den Saal, machte kehrt und stand still. Großmeister Albrecht war ein kleiner, wendiger, reptilienhafter Mann mit hagerem, dunklem Gesicht und spitzen Ohren, die flach am Schädel anlagen. Sein schweres, gestepptes Wams und die engen Kniehosen ließen ihn wie eine wohlgenährte Eidechse aussehen. Ein Goldmedaillon mit den Insignien des Ordens hing an schwerer Kette vor seiner Brust. (Es hieß, er sei impotent.) Er lächelte kurz und entblößte dabei seine langen, gelben Zähne.

»Verehrte Herren«, sagte er auf deutsch, »willkommen. Hier entlang, bitte.«

Sie wandten sich alle um, marschierten zackig hinaus aus dem Saal und schlugen dabei eine Bresche durch die servile Menge. Kerzen brannten im Marmorkorridor. Ihre Stiefel klapperten über den kalten Stein. Sie bogen in ein kleines Zimmer, in dem Karten und das riesige Porträt des Großmeisters hing, das ihn in heroischer Pose vor versammeltem Heere zeigte. Albrecht setzte sich an den Eichentisch, während sein Gefolge mit verschränkten Armen hinter ihm Stellung bezog. Lakaien trugen Sessel herein, und Albrecht forderte die Kanoniker mit rascher Geste auf, Platz zu nehmen. Ein in Seide gehüllter Diplomat beugte sich vor und flüsterte ihm etwas ins Ohr. Er nickte hastig, spitzte den Mund, blickte dann wieder auf und sagte:

»Wir verlangen vom Bischof vom Ermland und dem Frauenburger Kapitel einen Treueeid. Dies ist Voraussetzung für unsere Verhandlungen und nicht Teil der Einigung, denn wir sind nur dann bereit, durch Euch zu Polen zu sprechen, wenn wir uns Eurer Treue sicher sind.« Das war keine Nötigung, keine Drohung, nur eine energisch vorgetragene Tatsache. Er wirkte nahezu fröhlich. Er grinste. »Nun?«

Präzentor Giese war verblüfft. Er war gekommen, um zu verhandeln, nicht, um sich ein Ultimatum anzuhören! Er beschloß, seinen Ohren nicht zu trauen.

»Mein lieber Herr«, sagte er, »ich fürchte, Ihr mißversteht die Lage. Ermland ist ein souveränes Fürstentum, das Treue nur seinem Fürstbischof und seinen Geistlichen schwört, sonst niemandem. Und Ihr selbst wart es, wenn Ihr Euch zu erinnern beliebt, der nach unserer Vermittlerschaft verlangte. Nun –«

Albrecht schüttelte den Kopf.

»Nein, nein«, sagte er sanft, »nein, ich glaube, Herr Kanonikus, Ihr seid derjenige, der die Lage mißversteht. Ermland ist eine kleine, schwache Provinz. Ihr glaubt, beziehungsweise wollt mir glauben machen, daß Ihr gleichsam ein ehrlicher Vermittler seid, der die Sachlage mit äußerster Leidenschaftslosigkeit beurteilt, doch dieser Krieg wird auf Euren Feldern ausgefochten, in den Straßen Eurer Städte und Dörfer. Selbst wenn wir Polen nicht besiegen, was durchaus geschehen könnte, und selbst wenn wir das Königliche Preußen nicht einnehmen, was, wie ich leider gestehen muß, ebenfalls möglich ist, werden wir nichtsdestotrotz Ermland ganz gewiß erobern. Sigismund wird Euch nicht beschützen. Warum also vereint Ihr Euch nicht jetzt gleich mit uns und vermeidet so allerlei ... Unannehmlichkeiten? Männer, die die Gunst des Fürsten zu erringen suchen, bieten sich ihm mit dem dar, was sie am meisten schätzen: Und da Ihr meine Gunst in diesen Verhandlungen wollt und Eure Treue offensichtlich über alles schätzt, solltet Ihr da nicht schwören, uns treu zu sein?«

»Aber das ist ja ungeheuerlich!« rief Giese und sah sich entrüstet nach Unterstützung um. Er blickte nur in die kalten Augen der Männer des Großmeisters, die stumm hinter seinem Tisch standen. »Ungeheuerlich«, sagte er noch einmal, diesmal jedoch recht leise.

Albrecht hob die Hände in einer Geste des Bedauerns.

»Dann ist nichts weiter zu sagen.« Danach war es still. Der Großmeister richtete seinen hämischen, ein wenig amüsierten Blick nun zum ersten Mal auf Kanonikus Koppernigk, und seine Augen glitzerten. »Wir fühlen uns durch Eure Anwesenheit geehrt, Herr Kanonikus. Der Ruhm des Doktor Kopernikus ist selbst bis in diese entlegene Provinz vorgedrungen. Wir haben von Eurer erstaunlichen Himmelstheorie gehört und sind begierig, mehr darüber zu erfahren. Möchtet Ihr heute nicht vielleicht mit uns zu Abend essen?« Er wartete. »Ihr sagt nichts?«

Der Kanonikus wurde ein wenig blaß. Giese schaute ihn erwartungsvoll an. Nun würde dieser unverschämte Ritter die Antwort erhalten, die er verdiente! Doch derart leise, daß er kaum zu hören war, sagte Kanonikus Koppernigk bloß:

»Es gibt nichts weiter zu sagen.«

Albrecht senkte den Kopf und deutete ein Lächeln an. »Als ich sagte, was Ihr gerade wiederholtet, Herr Kanonikus, da meinte ich natürlich, daß es in diesen – ähm – Verhandlungen nichts weiter zu sagen gibt. Doch auf anderen, Euch gewiß gelegeneren Gebieten, gibt es noch viel zu sagen. Kommt, mein lieber Doktor, laßt uns wie zivilisierte Menschen ein Glas Wein zusammen trinken.«

Dann folgte jener seltsame Wortwechsel, an den sich Präzentor Giese stets mit einiger Verwirrung und heftigen Zweifeln erinnern sollte. Kanonikus Koppernigk verzog das Gesicht. Fast schien er Schmerzen zu haben.

»Großmeister«, sagte er, »aus sportlichem Vergnügen heraus beabsichtigt Ihr, Krieg zu führen. Doch was bedeuten Euch schon das Ermland oder das Königliche Preußen? Was gar Polen?«

Albrecht schien eine Bemerkung dieser Art erwartet zu haben, denn er erwiderte sogleich:

»Sie bedeuten Ruhm, Herr Doktor, Ruhm für die Nachwelt!«

»Das verstehe ich nicht.«

»Doch, das denke ich wohl.«

»Nein, Ruhm, Nachwelt, das sind abstrakte Konzepte. Ich verstehe solche Dinge nicht.«

»Ihr, Doktor? – Ihr versteht keine abstrakten Konzepte, Ihr, der Ihr die ewigen Wahrheiten der Welt in ebensolchen Konzepten erfaßt habt? Kommt schon, mein Herr!«

»Ich mag mich auf keine leeren Diskussionen einlassen. Wir sind nach Königsberg gekommen, um Euch zu bitten, das Leid zu bedenken, das Ihr über das Volk bringt, das große Leid, das ein Krieg mit Polen bringen würde.«

»Das Volk?« fragte Albrecht und runzelte die Stirn. »Was für ein Volk?«

»Das einfache Volk.«

»Ach so, das einfache Volk. Aber das hat schon immer gelitten und wird auch immer leiden. Schließlich ist das doch gewissermaßen seine Existenzberechtigung, nicht wahr? Ihr zuckt zusammen? Herr Doktor, ich bin von Euch enttäuscht. Das einfache Volk? Herrje, was bedeutet Euch das einfache Volk? Ihr und ich, mein Freund, wir sind die Herren der Erde, die großen, die wichtigen Männer, die Schöpfer der bedeutendsten Fiktionen. Schaut Euch diese armseligen, schwerfälligen Kreaturen an –« Seine schlanke, dunkle Hand wies auf die stumme Menge hinter ihm, auf die Lakaien, auf Präzentor Giese, das geschminkte Heer des Hofes. »– Sie verstehen nicht mal, wovon wir reden. Doch Ihr versteht, ja. Das Volk wird leiden, so wie es immer gelitten hat, wird armselig um Mitleid und Gnade wimmern, doch nur Ihr und ich, nur wir wissen, was wahres Leid ist, das stolze Leiden der Helden. Redet mir nicht vom einfachen Volk! Denn das Volk ist die ungeschlachte Maske des Krieges, verleiht es doch im Ritual seines Leides dem Krieg selbst erst Ausdruck, ohne ihn je verstehen zu können, denn seine Blicke haften stets am Boden, während Ihr und ich nach oben schauen, immer hinauf ins Blau! Das Volk – Bauern, Soldaten, Generäle – so wie die Mathematik Euer Werkzeug ist, so ist das Volk das meine, durch das ich direkt zum Wahren, zum Ewigen, zum Realen gelange. Ach ja, Doktor Kopernikus, Ihr und ich – Ihr und ich! Generationen mögen uns für das verfluchen, was wir ihrer Welt antun, doch wir und jene wenigen, die so sind wie wir, wir werden sie zu dem gemacht haben, was sie ist ...!« Er brach ab und betupfte sich die Mundwinkel und seine schmalen Lippen. Er hatte jenen selbstgefälligen, satten, zufriedenen Blick, den der Präzentor unwillkürlich an einen gemeinen Soldaten denken ließ, der sich nach einer besonders brutalen und befriedigenden Vergewaltigung den Hosenlatz zuschnürte. Kanonikus Koppernigk erhob sich stumm mit aschfarbenem Gesicht und wollte gehen. Doch in einem Ton, als würde er eine Bemerkung über das Wetter machen, sagte Albrecht: »Wißt Ihr, ich habe Euren Onkel vergiften lassen.« Die Menge in seinem Rücken erstarrte, und Giese, der sich bereits halb aus seinem Sessel erhoben hatte, setzte sich abrupt wieder hin. Kanonikus Koppernigk zögerte, drehte sich aber nicht um. Und Albrecht sagte leichthin, fast ein wenig ausgelassen zu dem buckligen, schwarzen Rücken: »Seht Ihr nun, Doktor, wie entsetzt sie sind? Doch Ihr seid nicht entsetzt, nicht wahr? Nun, dann sagt eben nichts. Es ist nicht weiter wichtig. Lebt wohl. Vielleicht begegnen wir uns in besseren Zeiten noch einmal wieder.«

Als sie den Schloßhügel hinuntergingen, von einem Strom schwankender Fackeln durch die schimmernde Dunkelheit getragen, versuchte ein verwirrter und bekümmerter Präzentor Giese mit seinem Freund zu reden, aber der Doktor wollte nichts hören und antwortete nicht.

*

Sie kamen mitten in der Nacht zum Schloß von Allenstein, hundert Männer auf ihren Rössern, Polens Blüte, trugen die Standarte ihres Königs vor sich her, donnerten über die Zugbrücke, unters

Fallgitter durch, vorbei am dösenden Wachtposten in den Hof und saßen dort ab unter mächtigem Hufgeklapper, lautem Säbelgerassel und dem Gebrüll von Feldwebel Tod, dem schlachterprobten, zähen, alten Soldaten mit einem Herz aus stämmigster Eiche. »Hört her, Jungs!« dröhnte seine Stimme, »heute nacht kommt ihr nicht zur Ruh!« und verteilte sie entlang der Mauern. »Ach, verdammt, Feldwebel!« stöhnten sie, sprangen aber munter zu ihren Posten, wußte doch jeder Mann auf seine einfache Weise, daß er nicht bloß hier war, ein lausiges Schloß und eine Bande verfluchter, katzbuckelnder Preußen zu verteidigen, die Ehre Polens selbst stand auf dem Spiel. Ihr Hauptmann, ein galanter, junger Kerl, Sproß einer der ersten polnischen Familien, bedeckte mit dem Mantel sein stolzes, glühendes Lächeln, das um seine Lippen spielte, als er sie im Licht der Fackeln zu den Zinnen huschen sah, hielt nur kurz inne, um einer schüchternen Dienstmagd, die in der Tür einen Knicks vor ihm machte, in die rosige Wange zu kneifen, und eilte dann mit langbeiniger Hast die breite Haupttreppe zum Kristallsaal hinauf, wo Landprobst Koppernigk in eindringlichem Gespräch mit seinem belagerten Haushalt versunken war. Er verharrte auf der Schwelle und salutierte zackig mit knallenden Hakken, so daß sein Vorgesetzter stolz auf ihn gewesen wäre.

Der Kanonikus blickte irritiert auf. »Ja? Was gibt's? Wer seid Ihr?«

»Hauptmann Chopin, Herr Probst, zu Euren Diensten!«

»Hauptmann *wer*?«

»Ich bin Offizier Seiner Allergnädigsten Majestät König Sigismunds Erstem Königlichem Dragonerregiment und bin am heutigen Abend mit hundert der besten Männer Seiner Hoheit aus Mehlsack gekommen. Mein Befehl lautet, dieses Schloß Allenstein und alles, was sich in seinen Mauern befindet, bis auf den letzten Mann zu verteidigen.« (»Gott sei gelobt«, riefen mehrere Stimmen zugleich.) »Unsere Armee marschiert nach Westen und rechnet damit, gegen Morgengrauen auf den Feind zu treffen. Die Deutschordensritter stehen in Heilsberg und bombardieren die Mauern der Burg. Wie Ihr wißt, Herr Probst, haben sie die Städte Guttstadt und Wormditt im Norden bereits eingenommen. Mit einem Angriff an der Flanke auf Allenstein wird stündlich gerechnet. Diese Teufel und der Erzfeind Großmeister Albrecht müssen aufgehalten werden – und wir werden sie aufhalten, beim Blute Gottes! (Vergebt einem Soldaten die klaren Worte, mein Herr). Ihr erinnert Euch gewiß an die Belagerung von Frauenburg, wie die Stadt beschossen und die Bewohner ohne Gnade abgeschlachtet wurden. Nur die Tapferkeit Eurer preußischen Söldner hat verhindert, daß die Mauern der Kathedrale gestürmt wurden. Euer Kapitel floh nach Danzig in Sicherheit und hat Euch, Herr Probst, die Verteidigung von Allenstein und Mehlsack überlassen. Nun muß ich Euch aber leider mitteilen, daß Mehlsack gestürmt und geplündert wurde, und –«

Doch da wurde er vom hastigen Auftritt eines großen, dunklen, stämmigen Mannes im Gewand eines Kanonikus unterbrochen.

»Koppernigk!« rief Kanonikus Snellenburg (denn er war es), »sie bombardieren Heilsberg, und es heißt, der Bischof sei tot –« Er hielt inne, da sein Blick auf den stolzen jungen, strammstehenden Mann fiel, der ihm im Weg stand. »Wer seid Ihr?«

»Hauptmann Chopin, mein Herr, zu Euren –«

»Hauptmann *wer*?«

Schockschwerenot! Dachte der Hauptmann, sind die hier alle taub? »Ich bin Offizier seiner Allergnädigsten –«

»Ja, ja«, sagte Snellenburg und wedelte mit seinen großen Händen. »Noch so ein verfluchter Pole, ich weiß. Hört zu, Koppernigk, diese Halunken sind in Heilsberg. Und sie werden noch heute morgen hier eintreffen. Was wollt Ihr nun tun?«

Der Landprobst schaute sanften Blickes vom Kanonikus zum Hauptmann, auf seinen am Tisch kauernden Haushalt, die Sekretäre, die käsegesichtigen Geistlichen, die unteren Angestellten und dann auf die verängstigt schnatternden Dienstboten, die erwartungsvoll hinter ihm aufgereiht standen. Er zuckte die Achseln.

»Ich schätze, wir werden uns ergeben«, sagte er.

»Um Himmels willen –!«

»Herr Probst –!«

Doch Kanonikus Koppernigk wirkte seltsam abwesend, als berührten ihn diese dringlichen Angelegenheiten kaum. Langsam stand er vom Tisch auf und ging mit einem Blick von unendlich müder Traurigkeit davon. An der Tür blieb er jedoch stehen, wandte sich zu Snellenburg um und sagte:

»Ihr schuldet mir übrigens noch hundert Mark, Kanonikus.«

*»Was?«*

»Vor einigen Jahren lieh ich Euch hundert Mark – das habt Ihr doch gewiß nicht vergessen, nicht wahr? Ich erwähne dies nur, weil ich denke, daß wir, da wir morgen bereits alle tot sein könnten, eiligst unsere Angelegenheiten in Ordnung bringen, alte Rechnungen begleichen sollten – alte Schulden, meine ich – und so weiter. Doch habt deshalb bitte kein allzu schlechtes Gewissen. Gute Nacht, Hauptmann, ich muß jetzt schlafen.«

*

Die Ritter griffen nicht an, statt dessen marschierten sie nach Südwesten und machten die Stadt Neumark dem Erdboden gleich. Zweitausenddreihunderteinundvierzig Seelen gingen in diesem Ansturm zugrunde. In den ersten Tagen des neuen Jahres saß Landprobst Koppernigk in dem, was vom Neumarker Rathaus übriggeblieben war, und trug in sein Hauptbuch mit der ihm eigenen, kleinen, präzisen Schrift die Namen der Toten ein. Das war seine Pflicht. Ein eisiger Wind pfiff durch einen zerbrochenen Fensterflügel in seinem Rücken und trug von den qualmenden Ruinen der Stadt den beißenden Geruch nach Rauch herüber. Ihm war kalt; nie zuvor hatte er eine solche Kälte verspürt.

*F*rau Anna Schillings war von jener Schönheit, die in armseliger Kleidung Erleichterung zu finden scheint; eine große, feinknochige Frau mit zarten Handgelenken und den für eine Danzigerin so typischen, hohen Wangenknochen, eine Frau, die sich in einem einfachen grauen Kleid mit geschnürtem Mieder und vielleicht noch einem Tuch französischer Spitze am Hals wohl fühlte und so auch am attraktivsten aussah. Für sie brauchte es keine Rüschen und Volants, keine juwelenbesetzten Pantoffeln und modischen Hörnerhauben. Diese Eigentümlichkeit, diese wesenhafte Bescheidenheit des Äußeren wie auch des Geistes war augenscheinlicher als je zuvor, da die Umstände eine einstmals üppige Garderobe auf eben eines dieser Kleider reduziert hatten, wie wir es gerade beschrieben haben. Und in diesem Kleid, sowie gegen die Kälte ein dunkler Umhang um die Schultern, das rabenschwarze Haar unter einem alten Schal verborgen, traf sie mit ihren beiden armen Würmchen, Heinrich und der kleinen Carla, am Beginn jenes schicksalsschweren Jahres 1524 (wie schicksalsschwer es werden sollte, konnte sie nicht einmal erahnen!) in Frauenburg ein.

So wie die Frau im Unglück körperlich erblühte, so fand sie sich auch geistig durch die Not belebt. Frau Schillings hatte nichts für die Tränen und Wutanfälle übrig, mit denen das schwächere Geschlecht gewöhnlich Schwierigkeiten begrüßte. *So ist das Leben, und man muß das Beste daraus machen,* lautete ihr Wahlspruch. Es war nicht immer leicht gewesen, diese stoische Seelenstärke zu beweisen: der frühe Tod ihres lieben Papas, der sie brutal aus den glücklichen Träumen ihrer frühen Kindheit gerissen hatte; und dann war Mama auch noch krank im Kopf geworden. Und die Ehe war auch nicht jene Zuflucht in Sicherheit und Glück, die sie sich erhofft hatte. Georg ... der arme, verantwortungslose Georg! Selbst jetzt, nachdem er mit diesen Raufbolden auf und davon gezogen war und es ihr überlassen hatte, sich mit den Kleinen recht und schlecht durchs Leben zu schlagen – selbst jetzt brachte sie es nicht übers Herz, ihm seine Zügellosigkeiten vorzuhalten. Eines mußte sie ihm lassen, daß er sie nämlich nie verprügelt hatte, wie es so mancher Ehemann gerne tat; zumindest hatte er sie nie geschlagen, jedenfalls nicht allzu schlimm. Ja, sagte sie mit jenem sanften Lächeln, das alle, die sie kannten, so gut kannten, ja, es gibt auf der Welt weit schlimmere Männer als meinen Georg! Und wie flott und fröhlich er sein konnte, wie liebenswert gar, wenn er denn nüchtern war. Nun, jetzt war er fort, wohl auf immer, und sie durfte nicht der Vergangenheit nachhängen; sie mußte für sich und ihre Kinder ein neues Leben beginnen.

Der Krieg ist von Männern erfunden, und doch sind es wohl die Frauen, die in Zeiten des Haders zwischen den Nationen am meisten leiden. Frau Schillings hatte fast alles in jenem schrecklichen Krieg verloren, der nun angeblich zu Ende war – ihr Heim, ihr Glück, sogar ihren Mann. Georg war Schneider, ein echter Künstler, mit gutem, solidem Kundenstamm in den gehobenen Danziger Kreisen. Alles war wunderbar: Sie hatten hübsche Zimmer überm Laden und Geld genug, um ihre bescheidenen Wünsche zu erfüllen, und dann waren die Babys gekommen, zuerst Heinrich, und kurz darauf die kleine Carla – ach ja, es war einfach wunderbar! Doch dann brach der Krieg aus, und Georg kam auf die verrückte Idee, er könne ein Vermögen verdienen, wenn er für die Söldner schneidere. Sie mußte natürlich zugeben, daß er recht gehabt haben könnte, doch dauerte es nicht lang und er begann wie irr davon zu reden, daß er *dem Handel folgen* müsse, wie er sich ausdrückte und womit er meinte, daß sie, wie sie bald zu ihrem Entsetzen begriff, so etwas wie Marketender werden sollten, die dem Kielwasser jener gräßlichen Bande lumpiger Kerle folgten, die die Preußen eine Armee nannten. Nun, sie wollte nichts davon hören, kein Wort! Sie war eine energische Frau, und es gab dazu mehr als einen Streit zwischen ihr und Georg, aber obzwar sie energisch war, war sie doch auch eine Frau, so daß Georg sich letzten Endes durchsetzte. Er verriegelte den Laden, besorgte sich einen Wagen und zwei Pferde, und ehe sie es sich recht versah, waren sie alle vier auf der Straße.

Natürlich kam es zu einem Debakel. Georg, dieser arme Träumer, hatte sich den Krieg wie einen würdevollen Tanz vorgestellt, in dem zwei prächtig (und teuer) herausgeputzte Heere in frischer Frühe vor dem Frühstück rituelle Ausfälle gegeneinander unternahmen. Die Wirklichkeit – grotesk, absurd und entsetzlich grausam – glich einem fürchterlichen Schock. Seine Visionen von mit Brokat verzierten und mit Schnüren behängten Uniformen verblaßten schnell, und er brachte seine Tage damit zu, Kniehosen und blutfleckige Jacken zu stopfen. Für die wenigen Münzen, die es ihm einbrachte, begann er sogar, Schuhe zu flicken – er, der als Schneider ein Meister seines Faches war! Er wurde immer mürrischer und begann, trotz aller Versprechungen wieder zu trinken. Einmal schlug er Carla sogar und schüttelte den armen Heinrich, der nicht sonderlich kräftig war, bis seine Zähne klapperten. So konnte es nicht weitergehen, und eines Morgens (es war der Geburtstag des Friedensfürsten) wachte Frau Schillings in jener heruntergekommenen Absteige auf, in die sie sich über Nacht einquartiert hatten, und stellte fest, daß ihr Mann auf und davon war und daß er Pferde und Wagen sowie ihre Börse mit den wenigen Mark mitgenommen hatte, ja selbst ihre Kleider und die der Kinder – einfach alles! Der Gastwirt, ein korrupter, brutaler Grobian, sagte ihr, Georg sei mit einer Bande Deserteure verschwunden, die von einem gewissen Krock oder Krack angeführt wurde, jedenfalls einem Mann mit einem dieser schrecklich primitiven Namen, und ob sie nun bitte so freundlich sein und bezahlen wolle, was sie und die Gören ihm schuldeten? Sie habe kein Geld? Nun, dann müsse sie sich überlegen, wie sie ihn entsprechend vergüten wolle, nicht wahr? Es kennzeichnet das Maß der – wir zögern keineswegs, dieses Wort zu verwenden – der *Heiligkeit* dieser Frau, daß sie zuerst nicht verstand, was dieser Unhold andeutete, und als er ihr genau erklärte, worauf er hinauswollte, entfuhr ihr ein tiefer Schrei, und sie brach sogleich in Tränen aus. Niemals!

Da sie letztlich gezwungen war, diesem Vieh seinen üblen Willen zu lassen, lag sie auf dem Bett der Schande und dachte verbittert daran, daß all das über sie hereingebrochene Unglück eigentlich gar nicht von Georgs Schwäche herrührte, sondern von einem Disput zwischen dem König von Polen und diesem furchtbaren Albrecht. Wie sie die verachtete, diese Fürsten und Politiker, sie alle! Und hatte sie damit nicht etwa recht? Verdienen unsere Führer nicht so manches Mal Vorwürfe der Unverantwortlichkeit in einem weit höheren Maße, als es die armen Georg Schillings dieser Welt je auch nur erstreben könnten? Und man solle nicht behaupten, daß diese Verachtung bloß den bitteren Reaktionen einer hohlköpfigen Frau zuzuschreiben war, die blindlings nach einem Symbol der Männerwelt suchte, dem sie das Unrecht anlasten konnte, das sie sich teilweise durch mangelhaften Charakter selbst zuzuschreiben hatte, war Anna Schillings doch gebildet (ihr Vater hatte einen Sohn gewollt) und konnte lesen und schreiben, wußte etwas über die Welt der Bücher und vermochte es in vernünftigen Debatten mit jedem Mann ihrer Gesellschaftsschicht aufzunehmen. O ja, Anna Schillings hatte so ihre eigenen Ansichten – und zwar recht feste.

Jene Wochen nach Georgs Verschwinden waren die schlimmste Zeit, die sie je erleben sollte. Wie sie diese schrecklichen Monate überstand, werden wir nicht beschreiben; wir ziehen einen Schleier darüber und sagen nur, daß sie in jenen Wochen noch weit schlimmere und grausamere Schurken als jenen lüsternen Gastwirt kennenlernte, von dem wir bereits gesprochen haben.

Sie hat überlebt, es gelang ihr, sich selbst und die Kleinen durchzufüttern, und nach ihrer schrecklichen Reise durchs Königliche Preußen zum nördlichen Ermland, nach dieser *via dolorosa* also, traf sie, wie bereits gesagt, im Januar des Jahres 1524 in Frauenburg ein.

*

Hermina Hesse, die beste und engste Freundin ihrer Jugendtage, lebte dort als Haushälterin eines Kanonikus des Kathedralenkapitels. Hermina war ein lebhaftes, eigenwilliges Mädchen gewesen, und obwohl die Jahre so manche Spitze rund geschliffen hatten, war sie noch immer eine temperamentvolle Person voller gutwilliger Fröhlichkeit, die bei geringstem Anlaß zu wahrhaften Lachstürmen neigte. Sie war nie eine Schönheit gewesen, stimmt: Ihr Charme gehörte eher zur hausbackenen, besänftigenden Sorte, doch stimmte gewiß nicht, was manch einer über sie gesagt hatte, daß sie nämlich wie eine Bierkellnerin rede und aussehe, daß ihr Leben ein einziger Skandal und ihre ewige Seele unrettbar verloren sei. Derartiges wurde nur von den ›eingebildeten Fatzkes‹ verbreitet, wie sie (mit einer trotzigen und so vertrauten Kopfbewegung) gewisse Herren der Frauenburger Geistlichkeit nannte; als ob deren Leben frei von jeglichem Makel wäre, diese törichte Bande von Sodomiten! Konnte man ihr vielleicht vorhalten, daß der gütige Herrgott sie mit so überreicher Fruchtbarkeit gesegnet hatte? Erwartete man von ihr vielleicht, daß sie ihre zwölf Kinder verstoße? Sie verstoßen, fürwahr! Dabei liebte sie die Kleinen ebensosehr, wenn nicht gar mehr, als jede sogenannte ehrbare Matrone ihre legitime Nachkommenschaft und würde wie eine Tigerin um sie kämpfen, sollte es jemand wagen (was niemand tat!), sie fortnehmen zu wollen. Ein Skandal, ach was!

Die beiden Freundinnen grüßten sich mit rührender Zuneigung und Zärtlichkeit. Sie hatten sich seit ... nun ja, viel länger nicht gesehen, als sie es sich eingestehen wollten.

»Anna! Herrje Anna, was ist passiert?«

»Ach, meine Liebe«, sagte Frau Schillings, »es war so schrecklich, meine Liebe, ich kann es dir gar nicht sagen –!«

Hermina wohnte in einem hübschen, alten weißen Steinhaus auf einem Hektar Land etwa neun Meilen südlich der Mauern von Frauenburg. Es war gewiß ein gutausgestattetes Nest, doch sei es nicht ein wenig abgelegen, fragte sich Frau Schillings laut, als sie sich zu einem Glas Glühwein und zu frisch gebackenem Mohnkuchen ins Wohnzimmer setzten. Der Wein war herrlich aufmunternd und der Ofen so warm, auch der Anblick des strahlenden, vertrauten Gesichtes ihrer Freundin trösteten sie außerordentlich, so daß sie bereits zu denken begann, die Qualen der Armut und des Exils könnten nun endlich vorüber sein. (Und sie sollten tatsächlich bald vorüber sein, wenn auch auf völlig andere Weise, als sie vermutete!) Ihre Kleinen richteten in scheuer, behutsamer Manier Offerten an die Kinder des Hauses. Ach herrje! Sie fühlte plötzlich, daß sie den Tränen nahe war. Es war alles so – so *nett*.

»Abgelegen, ganz recht«, sagte Hermina düster und riß Frau Schillings aus ihren zarten Träumereien. »Ich wurde regelrecht hierher verbannt, das ist die reine Wahrheit. Der Kanonikus hat eine Wohnung in der Stadt, aber mich hält man davon fern – er natürlich nicht, verstehst du (er würde es nicht wagen, mir eine solche Einschränkung aufzuerlegen, *mir* nicht!), aber, nun, *andere* eben. Egal, Anna, meine Liebe, ich fürchte, meine Schwierigkeiten sind im Vergleich mit deinen völlig unbedeutend. Erzähl mir alles. Dieses Schwein, dieser Schillings, er hat dich verlassen, stimmt's?«

Also erzählte Frau Schillings ihre traurige Geschichte in schonungsloser Offenheit, ließ nichts aus, was schockieren könnte, beschönigte auch jene Details nicht, die auf ihren tugendsamen Charakter verweisen mochten: Mit einem Wort, sie war auf brutale Weise ehrlich. Sie sprach mit leiser Stimme, den Blick gesenkt, die schöne Stirn von einem Runzeln der Konzentration überzogen; und Hermina Hesse, diese gute, fröhliche, plumpe Frau mit roten Wangen und großem Herzen, diese Säule innerer Seelenstärke, dieses Licht in der Dunkelheit einer unverschämten Welt, lächelte liebevoll vor sich hin und dachte: Die liebe Anna, peinlich genau wie eh und je. Und als sie alles gehört hatte, die ganze herzzerreißende Geschichte, nahm sie Frau Schillings Hand in die ihre, seufzte und sagte:

»Ach, meine Liebe, es betrübt mich, von deinem Kummer zu hören, und ich wünschte mir, es gäbe eine Möglichkeit, deine Last zu lindern –«

»Aber die gibt es, Hermina, die gibt es!«

»Ja?«

Da blickte Frau Schillings auf, die Unterlippe fest zwischen die vollkommen geformten, schmalen, weißen Zähnen gepreßt, so kämpfte sie darum, die Tränen zurückzuhalten, die trotz ihrer heldenhaften Anstrengungen in ihren dunklen Augen aufquollen.

»Hermina«, sagte sie mit wundersam fester Stimme, »ich bin ein stolzer Mensch, Hermina, wie du sehr wohl aus glücklichen Jugendtagen weißt, wie dies alle wissen, die mich auch nur ein wenig kennen, doch bin ich nun am Boden zerstört und muß meinen Stolz vergessen. Ich frage dich, ich flehe dich an, bitte –«

»Warte«, sagte Hermina und tätschelte die Hände, die noch immer wie müde Turteltauben in ihren Händen lagen, »liebe Anna, warte: Ich glaube, ich weiß, was du sagen willst.«

»Tust du das, Hermina, ja?«

»Ja, mein armes Kind, ich weiß es. Laß es mich dir deshalb ersparen, laß es mich daher sagen: Du möchtest ein Darlehen.«

Frau Schillings runzelte die Stirn.

»O nein«, sagte sie, »nein. Ach, was denkst du von mir, daß du derlei erwartest? Nein, wirklich nicht, Hermina, liebste Hermina, ich habe mich gefragt, ob du ein Zimmer für mich und meine Kinder für eine Woche oder zwei erübrigen könntest, nur bis wir –«

Mit schmerzlichem Blick wandte sich Hermina von ihr ab und schüttelte langsam den Kopf, doch gerade in diesem unpassenden Moment wurden sie unterbrochen, da von draußen Hufgetrappel erscholl, und gleich darauf trat Kanonikus Alexander Sculteti, ein untersetzter, schwarz gekleideter Mann, durch die zugige Hintertür, blies in die frostblauen Fäuste und fluchte verhalten. Er war dürr, hatte eine rote Nase und kleine, wachsame Augen. Als er Frau Schillings bemerkte, blieb er abrupt stehen, und sein Blick wanderte voll tiefen Mißtrauens von ihr zu Hermina.

»Wer ist das?« knurrte er, als Hermina aber die Anwesenheit ihrer Freundin erklären wollte, winkte er ungeduldig ab, stapfte ins nächste Zimmer und schleuderte dabei mit einem Stiefeltritt ein krabbelndes Kleinkind aus seinem Weg. Er war kein angenehmer Mensch, entschied Frau Schillings, ihn würde sie gewiß nicht um einen Platz zum Bleiben bitten. Und doch, was sollte sie tun, wenn Hermina ihr nicht helfen konnte? Graues Januarwetter dräute vorm Fenster. Ach je! Hermina jedoch blinzelte ihr aufmunternd zu und folgte dem Kanonikus ins nächste Zimmer, in dem gleich darauf ein Streit entbrannte. Trotz des Lärms, den die Kinder machten (die nun, da sie sich gründlich miteinander bekannt gemacht hatten, den Geräuschen nach zu schließen offenbar versuchten, sich gegenseitig die Treppe hinunterzuschubsen, die lieben kleinen Rangen), und obwohl sie sich sogar die Mühe machte, ihre Ohren zu bedecken, konnte sie nicht umhin, einiges von dem zu hören, was gesagt wurde. Hermina, die sich zweifellos nachdrücklich für ihre Freundin einsetzte, sprach mit leiser Stimme, wohingegen es Kanonikus Sculteti nicht zu kümmern schien, wer seine unfreundlichen Bemerkungen hörte.

»Sie hier wohnen lassen?« schrie er, »damit man dem Bischof sagen kann, ich hätte mir noch ein Flittchen zugelegt?« (Oh! Frau Schillings Hände fuhren zum Mund, hätte sie doch beinahe vor Kummer und Scham laut aufgeschrien.) »Bist du verrückt, Weib?

Ich habe so schon genug Ärger mit dir und diesen verfluchten Bälgern. Kapierst du nicht, daß ich kurz davorstehe, nicht bloß meine Pfründe zu verlieren, sondern auch noch *exkommuniziert* zu werden? Hör zu, ich habe einen Plan –« Er unterbrach sich mit schrillem, wieherndem Gelächter. »– Mach doch folgendes: Schick sie zum Koppernigk –« (Wie lautete der Name? Frau Schillings runzelte nachdenklich die Stirn ...) »– Der hat eine Frau bitter nötig, weiß Gott, ha!«

All ihren Mut zusammennehmend stand Anna Schillings auf, ging in das Zimmer, in dem die beiden sich stritten, und fragte mit kühler, würdevoller Stimme:

»Ist das *Nikolas* Koppernigk, von dem Ihr sprecht?«

Kanonikus Sculteti, der mitten im Zimmer stand, die Hände in den Hüften, wandte sich mit häßlichem, hämischem Grinsen zu ihr um. »Wie war das, Weib?«

»Ich habe ungewollt einige Worte gehört – Ihr erwähntet den Namen Koppernigk: Meint Ihr damit Nikolas Koppernigk? Denn sollte dies der Fall sein, muß ich Euch sagen, daß er mein Vetter ist!«

★

Ja, sie war eine Kusine des berühmten Kanonikus Koppernigk, des Doktors Koppernigk, wie die Welt ihn neuerdings nannte. Die verwandtschaftlichen Bande mütterlicherseits waren zwar nur hauchdünn, doch sollten sie die Rettung von Anna Schillings sein. Sie hatte den Mann nie kennengelernt, obwohl in der Familie über ihn geredet worden war; da hatte es doch irgendeinen Skandal gegeben, erinnerte sie sich undeutlich, oder ging es dabei um den Bruder ...? Nun, das sollte sie nicht kümmern; wer war *sie* denn, daß sie vor einem Hauch von Skandal zurückschrecken wollte?

Ihre erste Begegnung war nicht sonderlich vielversprechend. Kanonikus Sculteti brachte sie noch am selben Abend nach Frauenburg (und war unverschämt genug, ihr gegenüber unterwegs gewisse Anzüglichkeiten verlauten zu lassen, die sie natürlich mit der nötigen Verachtung strafte). Die Kinder ließ sie in Herminas Obhut, schließlich wollten sie, wie Sculteti sich auf seine grobe Art ausdrückte, »den armen Koppernigk« mit der Aussicht auf eine vollständige Familie nicht gleich zu Tode erschrecken. Die Stadt war dunkel und bedrohlich und wies noch die Spuren des Krieges auf, verbrannte Häuser, verkrüppelte Bettler und den Geruch des Todes. Kanonikus Koppernigk lebte in einer Art eckiger, geduckter Feste in der Kathedralenmauer, einem kalten, abweisenden Ort, bei dessen Anblick im Schein des Sternenlichtes Frau Schillings das Herz sank. Sculteti pochte an die schwere Eichentür. Gleich darauf wurde verstohlen ein Fenster über ihnen geöffnet, und ein Kopf erschien.

»'n Abend Koppernigk«, rief Sculteti. »Hier ist jemand, der Euch dringend sprechen möchte.« Er kicherte lautlos, und trotz ihres aufgeregt klopfenden Herzens stellte Frau Schillings erneut fest, was für ein unanständiger, unangenehmer Mann dieser Kanonikus doch war. »Verwandtschaft!« fügte er noch hinzu und lachte erneut.

Die Gestalt über ihnen sagte kein Wort, zog sich bloß stumm zurück, und erst nach einer langen Weile hörten sie das Geräusch schleppender Schritte, dann wurde die Tür langsam geöffnet, und Kanonikus Koppernigk hob ihnen eine brennende Kerze entgegen, als wollte er sich zweier Dämonen erwehren.

»Hier sind wir!« sagte Sculteti mit aufgesetzter Jovialität. »Frau Anna Schillings, Eure Kusine, ist gekommen, Euch einen Besuch abzustatten. Frau Schillings – dies ist Kanonikus Koppernigk!« Und mit diesen Worten wich er lachend zurück in die Nacht.

★

Kanonikus Koppernigk, damals im einundfünfzigsten Jahr, trug zu der Zeit schwer an der Last seiner Verantwortung für die Staatsangelegenheiten. Bei Ausbruch des Krieges zwischen Polen und dem Deutschritterorden war das Frauenburger Kapitel nahezu geschlossen in die Sicherheit der Städte von Königlich Preußen geflohen, vor allem nach Danzig und Thorn; er jedoch hatte sich gleichsam mitten hinein ins Schlachtfeld begeben, ins Schloß Allenstein, um dort die Stelle des Landprobstes wahrzunehmen. Dann, nach dem Waffenstillstand von 1521, war er im April des Jahres als Kanzler nach Frauenburg zurückgekehrt, vom Bischof von Lossainen (die Gerüchte über sein Ableben während der Belagerung von Heilsberg hatten sich glücklicherweise als unwahr erwiesen) mit der Aufgabe betraut, die Verwaltung der Provinz Ermland zu reorganisieren, eine Aufgabe, die zu lösen ihm anfangs unmöglich erschienen war, da die Ritter gemäß der Bedingungen der Waffenruhe weiterhin jene Teile des Fürstentums besetzt hielten, die ihre Truppen bei Einstellung der Feindseligkeiten erobert hatten. Zusätzlich wurde die Aufgabe durch allerlei Banden von Deserteuren und Renegaten erschwert, die Gesetzlosigkeit und Unruhe im ganzen Lande verbreiteten. Doch im folgenden Jahr hatte der Landprobst die Normalität bereits in einem solchen Maße wiederhergestellt, daß seine kleinmütigen Kapitelbrüder es für sicher genug erachteten, aus ihren Verstecken hervorzukrauchen und sich ihren Pflichten wieder zuzuwenden.

Doch selbst danach wurden die Anforderungen der Öffentlichkeit an ihn nicht geringer, denn als im Januar des Jahres 1523 der Bischof von Lossainen schließlich doch starb, sah sich das Kapitel genötigt, die Zügel der Herrschaft über die aufgewühlte und kriegszerrissene Diözese selbst zu übernehmen; und wieder einmal wandte es sich an Kanonikus Koppernigk. Er wurde zum Kapiteladministrator gewählt, ein Amt, das er bis zur Investitur eines neuen Bischofs im Oktober innehatte. Während all der Zeit arbeitete er zudem an einem detaillierten Bericht über die Zerstörungen, die der Krieg in Ermland angerichtet hatte, da dieses Papier als entscheidendes Dokument zu den Friedensgesprächen in Thorn vorliegen sollte. Darüber hinaus hatte er eine wohldurchdachte, differenzierte und vom polnischen König erbetene Abhandlung verfaßt, die Wege und Möglichkeiten aufzeigte, die minderwertige Geldwirtschaft Preußens zu reformieren. Auch persönliches Leid blieb ihm nicht erspart: Kurz nachdem er vom Tod seiner Schwester Barbara in Kulm erfahren hatte, erhielt er die Nachricht aus Italien, daß sein Bruder Andreas letztlich doch jener schrecklichen Krankheit erlegen war, an der er so viele Jahre gelitten hatte. Kein Wunder also, daß Kanonikus Koppernigk bei alledem Frau Schillings wie ein verschlossener, entrückter, gefühlloser, seltsamer, einsamer Mensch vorkam.

An jenem ersten Abend, da Sculteti sie auf seiner Türschwelle stehenließ, als wollte er ihm einen lächerlichen und geschmacklosen Streich spielen, starrte der Kanonikus sie mit einer Mischung aus Entsetzen und Verwirrung wie eine Vision aus einem Alptraum an. Er wich vor ihr zurück, die schmale, dunkle Stiege hinauf und hielt die Kerze wie ein Amulett angesichts eines Dämons auf Armeslänge ausgestreckt. Im Observatorium achtete er darauf, daß der Tisch zwischen ihm und ihr stand. Und zum zweiten Mal an diesem Tag erzählte Frau Schillings ihre kummervolle Geschichte, stockend diesmal, mit mancherlei Auslassungen, die Hände überm Mieder gefaltet. Er betrachtete sie mit einer Art verschreckter Faszination, doch entging ihr nicht, daß er kaum die Hälfte von dem verstand, was sie sagte. Er schien ihr aber trotz seiner Zurückhaltung ein freundlicher Mann zu sein.

»Ich will nicht um den heißen Brei reden, Herr Kanonikus«, sagte sie. »Ich habe gebettelt, ich habe Unzucht getrieben, und ich habe überlebt, doch nun ist mir nichts geblieben. Ihr seid meine letzte Hoffnung. Weist mich fort, und ich werde zugrunde gehen.«

»Mein Kind«, begann er und hielt hilflos und verlegen inne. »Mein Kind ...«

Mondlicht fällt durch das gewölbte Fenster; die Kerze flackert. Die Bücher, das Bett, der Tisch, sie alle ducken sich wie verzauberte Wesen, erstarrt inmitten eines heimlichen Tanzes, und diese seltsam gespenstischen Instrumente heben im Schatten ihre verhüllten Arme sternenwärts, rätselhafte, priesterliche und unerklärliche Dinge. Alles verblaßt; Dunkelheit senkt sich herab.

*Nikolas Koppernigk, Kanonikus: Frauenburg*

Geehrter Herr: Ich erlaube mir Ihnen in Erinnerung an unsere vielen interessanten Unterhaltungen vor einigen Jahren in Krakau zu schreiben. Damals war ich Berater des polnischen Königs und Ihr, wenn ich mich recht erinnere, Sekretär Eures verstorbenen Onkels, Seiner Exzellenz Bischof Watzenrode: Zu dessen Tode mir erlaubt sein mag, Euch heute mein verspätetes Mitgefühl zu bekunden. Ich habe den Mann überaus bewundert (obwohl ich ihn kaum kannte) und möchte mehr über sein Leben und Streben erfahren. Sein Tod war wahrlich eine Tragödie für Ermland, wie die nachfolgenden Ereignisse bewiesen. Ich hoffe von Herzen, daß Eure vielen öffentlichen Pflichten Euch nicht von dem großen Ziel abhalten, das Ihr Euch gesetzt habt. Mir sind viele erstaunliche Berichte über Eure Theorien zu Ohren gekommen, besonders von Kardinal Schönberg in Rom, der Euch, glaube ich, bekannt ist. Ihr habt Glück, daß Ihr derartige Verbündete kennt, die Euch gewiß gute Dienste gegen das Gezetere ignoranter Gelehrter und all jener leisten, die Ihr mit Euren wagemutigen Konzepten empört habt. Ich dagegen verfüge über einen so geringen Einfluß, daß ich zögere, Euch meiner besten Wünsche für Euer großartiges und wichtiges Werk zu versichern, für das ich Gott im Namen der Wahrheit um seinen Segen bitte. Ich zögere, wie gesagt: Doch wer weiß, ob sich nicht eines künftigen Tages selbst die Freundschaft zu einem so einfachen Mann wie mir als nützlich erweisen mag. Denn die Kirche, fürchte ich, wird in diesen gefahrvollen Zeiten nicht mehr lange in der Lage sein, jene großmütige Freisinnigkeit zu beweisen, die sie bis dato gegenüber ihren Dienern an den Tag gelegt hat (eine Freisinnigkeit, wie ich hinzufügen möchte, für die ich selbst bei mehr als einer Gelegenheit dankbar gewesen bin!) Dunkle Zeiten nahen, Herr Kanonikus: Wir sind alle in Gefahr. Doch ist es meine feste Überzeugung, daß wir sicher sind, solange wir unser Leben strikter Wachsamkeit unterziehen und den Lutheranern keinerlei Anlaß zu Klage über Korruption und Lüsternheit bieten, wie revolutionär unsere Gedanken auch immer sein mögen. Ich bitte Euch, mein Herr, seht in mir Euren ergebensten Freund.

*Ex Löbau, 11. November 1532*
*+ Johannes Dantiscus*
*Bischof von Kulm*

⋆

*Tiedemann Giese, Visitator: in Allenstein*

Lieber Giese: Ich habe von Dantiscus beigelegten Brief erhalten: bitte sagt mir, was Ihr davon haltet und wie ich antworten soll. Ich traue dem Mann nicht. Es heißt, er habe eine Tochter in Spanien. Hat ihm etwa unser eigener Bischof geraten, mir dies zu schreiben? Ich fürchte eine Verschwörung gegen mich. Vernichtet diesen Brief, aber schickt mir den anderen nebst Euren Vorschlägen zurück, wie ich nun verfahren soll. Mir geht es nicht gut: ein Magenkatarrh, und meine Verdauung ist schlecht wie immer. Ich glaube, ich werde ihm nicht antworten. Bitte sagt mir, was ich tun soll.

*Ex Frauenburg, 16. Dezember 1532*
*Nik. Koppernigk*

⋆

*Johannes Dantiscus, Bischof von Kulm: Löbau*

Euer Exzellenz' Brief voller Menschlichkeit und Güte habe ich erhalten, und er gemahnte mich an die Vertraulichkeit, die mir von Jugend an von Euer Hochwürden zuteil wurden und von der ich weiß, daß sie bis heute genauso lebendig geblieben. Zu der verlangten Mitteilung, wie lange mein Onkel Lukas Watzenrode seligen Angedenkens lebte: Er lebte vierundsechzig Jahre und fünf Monate, war dreiundzwanzig Jahre Bischof und starb am vorletzten Tag des März *anno Christi* 1512. Mit ihm endete eine Familie, deren Wappen noch auf alten Monumenten in Thorn zu sehen sind. Ich empfehle mich Euer Exzellenz gehorsam.

*Ex Frauenburg, 11. April 1533*
*Nikolas Koppernigk; Kanonikus*

*Johannes Dantiscus, Bischof von Kulm: Löbau*

Euer Exzellenz: Ich schreibe Euch behufs eines Mannes, der uns beiden teuer ist: *id est* Doktor Nikolas Kopernikus, Astronom und Kanonikus dieses Kapitels. Wie Ihr wißt, werden im Gefolge des bedauernswerten Todes unseres geehrten Bischofs, Exzellenz Mauritius Ferber, die Frauenburger Kanoniker sich in diesem Monat versammeln, um einen Bischof für den Thron des Ermlandes zu wählen. Die Liste der Kandidaten, für die, wie es der Brauch will, Seine Königliche Hoheit Sigismund von Polen sich entschied, umfaßt vier Namen: die Kanoniker Zimmermann, von der Trank und Snellenburg: den vierten Namen kennt Ihr natürlich. Nun ist es keineswegs mein Wunsch, den Verlauf dieser hochbedeutenden Angelegenheit zu beeinflussen, doch halte ich es für meine bescheidene Pflicht anzumerken, daß einer dieser Namen, nämlich der des Kanonikus Heinrich Snellenburg, von der Liste entfernt gehört, um das Kapitel vor Lächerlichkeit und den polnischen Thron (dessen Interessen mir ebensosehr am Herzen liegen wie Euer Exzellenz) vor dem Vorwurf eines groben Fehlurteils zu bewahren. Euer Exzellenz kennen die Art Mensch, von der ich hier rede. Kanonikus Snellenburg ist kein großer Sünder: doch allein die Kleinlichkeit seiner Vergehen (unbezahlte Schulden et cetera) muß ihn gewißlich davon ausschließen, für das höchste aller Ämter in Betracht gezogen zu werden. Daher schlage ich vor, daß er von der Liste entfernt werde, um seinen Namen durch den des Kanonikus Nikolas Koppernigk zu ersetzen. Ich muß Euch nicht sagen, daß der ehrwürdige Doktor kein derart hohes Amt wie das des Bischofs von Ermland anstrebt (wie er auch nichts von dieser Petition weiß, dessen dürft Ihr versichert sein): Doch allein ihn als Kandidaten zu nennen, würde meiner Ansicht nach – und ich hege diese Ansicht keineswegs allein – ein, und sei es auch noch so subtiles, Anzeichen dafür sein, in welch hohem Ansehen der ehrwürdige Doktor sowohl bei der Kirche als auch beim polnischen Throne steht: Dies würde ihm natürlich zugleich auch eine Waffe gegen seine Feinde in die Hände geben, die leider Legion sind. Doktor Kopernikus ist inzwischen ein alter Mann bei schlechter Gesundheit. Er schläft nicht gut und wird von Halluzinationen geplagt: Manchmal spricht er von dunklen Gestalten, die sich in den Winkeln seines Zimmers verbergen. All dies deutet an, wie sehr er sich von einer feindseligen Welt bedroht und verhöhnt sieht. Euer ehrwürdige Exzellenz' reichliches Lob für seine großartige Arbeit (die er sich noch immer aus Angst vor der Reaktion, die sie provozieren könnte, zu veröffentlichen weigert!) findet kein allgemeines Echo: Vor gar nicht langer Zeit hat der lutherische Rektor der Lateinschule von Elbing, ein gewisser *Ludimagister* Gnapheus, versucht, des Meisters astronomische Ideen (zumindest die verderbte Version dessen, was dieser Gnapheus in seiner Ignoranz von den Ideen verstanden hat) in der sogenannten Komödie *Morosophus*, also *Der weise Narr*, lächerlich zu machen, ein Stück, das in jener Stadt als Karnevalsfarce öffentlich aufgeführt wurde. (Doch hat, wie der verehrte Doktor selbst bemerkte, Meister Gnapheus offenbar nie vom großen Werk *De docta ignorantia* des göttlichen Cusanus gehört, da er sonst gewiß bemerkt hätte, wie ironisch es ist, daß er gerade diesen Titel für seine freche Farce wählte!). Als weiteres Beispiel dafür, wie der Doktor drangsaliert wird, entschuldigt Euer Exzellenz gewiß die Erwähnung des folgenden absurden, doch schmerzhaften Vorfalls: Vor etwa zehn Jahren wurde ein junges Mädchen hierher zu ihm in seiner Eigenschaft als Arzt gebracht, auf daß er es wegen einer unaussprechlichen Krankheit behandle, die sich das Kind wir wissen nicht wie zugezogen hatte. Er konnte natürlich nichts dagegen tun, da die Krankheit bereits weit fortgeschritten war. Das Mädchen ist inzwischen im Zisterzienserinnenkloster in Kulm verstorben, und der Vater, gewiß verrückt vor Kummer, verbreitet nun, daß der ehrwürdige Doktor für diese Tragödie verantwortlich sei, denn das Mädchen habe, so behauptet der Vater, gesagt, daß der ehrwürdige Doktor bei der Untersuchung einen Fluch über es gesprochen habe, mit seinen Händen über seinen Leib gefahren sei und ein seltsames Wort gesagt habe, das es nicht verstehen konnte et cetera. Die Anschuldigung ist natürlich absurd, doch Euer Exzellenz wird wissen, wie es mit derlei geht; es ist bereits so schlimm, daß sich die Kranken nicht länger seiner Obhut anvertrauen wollen. Ich fürchte, ich habe nun Euer Exzellenz' Geduld mit meinen Weitschweifigkeiten genug strapaziert. Laßt mich mit den Worten schließen, daß Euer Exzellenz eingedenk all des Erwähnten gewiß einsieht, daß unser geliebter

Kanonikus Nikolas jede Ehre verdient, die zu verleihen in Eurer Macht steht – wie er ebenso jeden noch so kleinen Trost des Geistes *wie des Fleisches* verdient, den er einer grausamen Welt abzuringen vermag.

*Ex Frauenburg, 10. September 1537*
*Tiedemann Giese: Kanonikus*

★

*Tiedemann Giese, Bischof von Kulm: Löbau*

Hochwürden: Beunruhigende Nachrichten erreichen mich auch weiterhin betreffs des ehrwürdigen Doktors und dieser Frau Anna Schillings. Es wird angedeutet, daß er sie als seine *focaria* hält und daß sie *allen Pflichten* nachkommt, die solch eine Stelle mit sich bringen, denen der Haushälterin ebenso wie denen der Konkubine. Ich war Euch zu Diensten, Hochwürden, als ich seinen Namen an die Stelle dessen von Snellenburg auf des Königs Liste setzte, trotz der gewichtigen Bedenken, die ich damals hegte, denn ich gestehe, daß mir das Austauschen eines Sündernamens durch den eines anderen nicht gerade als weises Vorgehen dünkte: Doch ich tat es zufolge der hohen Wertschätzung, die ich für das Werk des Doktors, so auch nicht für seinen Charakter empfinde. Nun glaube ich, daß ich mich nicht von Euren Argumenten und Fürbitten, sondern von meinen eigenen Gefühlen hätte bewegen lassen sollen. Wie auch immer, das ist vorbei: Ich erwähne es nur, damit Ihr mir nun die Gunst vergüten könnt und mit ihm sprecht und ihn ermuntert, diese Frau fortzuschicken. *Er muß sich fügen.* Es steht jetzt mehr als der Ruf des Frauenburger Kapitels auf dem Spiel. Auch pflegt er weiterhin enge Freundschaft mit Sculteti: das ist schlecht. Ermahnt ihn, daß derlei Verbindungen und Freundschaften schädlich für ihn sind, aber sagt ihm nicht, daß diese Warnung von mir stammt. Ich bin sicher, Ihr wißt, daß Sculteti sich eine Frau genommen hat und daß ihm Atheismus vorgeworfen wird.

*Ex Heilsberg, 4. Juli 1539*
*+ Johannes Dantiscus*
*Bischof von Ermland*

★

*Johannes Dantiscus, Bischof von Ermland: Heilsberg*

Mein lieber Fürstbischof: Doktor Nikolas ist für kurze Zeit mit einem jungen Gelehrten bei uns. Ich habe mit dem ehrwürdigen Doktor entsprechend Euer Exzellenz' Wunsch ernsthaft über die Sache gesprochen und ihm die Lage vor Augen gestellt. Er schien nicht wenig bestürzt, als er hörte, daß böswillige Menschen noch immer Anschuldigungen wegen geheimer Zusammenkünfte und ähnlichem herumposaunten, wo er doch ohne Zögern dem Willen Euer Hochwürden nachgekommen sei. Er bestreitet nämlich, jene Person, nachdem er sie einmal entlassen, wiedergesehen zu haben. Jedenfalls habe ich erkannt, daß er nicht so sehr von dieser Leidenschaft affiziert ist, wie viele glauben. Dafür bürgen mir zudem auch sein hohes Alter, seine niemals ausgesetzten Studien und die Tugend und Ehrbarkeit des Mannes. Dennoch habe ich ihn ermahnt, er möchte sogar den Schein des Unrechts vermeiden, und ich glaube, er wird so handeln. Hinwiederum meine ich, dürfte es wohl billig sein, daß auch Euer Exzellenz dem Zuträger nicht zu viel Glauben schenke, erwägend, wie gegen tüchtige Menschen der Neid und die Mißgunst sich erheben, die sich nicht einmal scheuen, gegen Euer Exzellenz selbst einen Verdacht zu äußern. Ich empfehle mich Euch als et cetera.

*Ex Löbau, 12. August 1539*
*+ Tiedemann Giese*
*Bischof von Kulm*

★

*Johannes Dantiscus, Bischof von Ermland: Heilsberg*

Euer Exzellenz … Was die Weiber in Frauenburg betrifft, so verbarg sich die von Sculteti für ein paar Tage im Haus. Sie versprach, mit ihren Kindern fortzuziehen. Sculteti bleibt in seiner *curia* mit seiner *focaria*, die wie eine Bierkellnerin ausschaut, besudelt mit allem Übel. Die Person des Doktor Nikolas hat ihre Sachen wohl voraus nach Danzig geschickt, bleibt selbst aber noch in Frauenburg …

*Ex Allenstein, 20. Oktober 1539*
*Heinrich Snellenburg: Visitator*

★

*Nikolas Koppernigk: Frauenburg*

Herr, ich schreibe direkt an Euch in der Hoffnung, Euch die Gefahr begreiflich machen zu können, in die Ihr Euch durch Eure halsstarrige Weigerung, in der Sache Anna Schillings nachzugeben, selbst gebracht habt. Ihr versteht doch gewiß, wie hoch die Einsätze sind, die auf dem Spiel stehen? Wenn es bloß um diese *focaria* ginge, wäre ich nicht vermessen genug, Euch derart zuzusetzen, doch es geht um mehr, um weit mehr, wie Ihr wissen müßt. Auf meine Empfehlung wurde Kanonikus Stanislas Hosius als Kandidat für das Amt des Präzentors des Frauenburger Kapitels nominiert. Ich will es wagen, offen zu Euch zu sein, Doktor: Ich mag diesen Hosius nicht, und ich mag nicht, wofür er einsteht. Er ist ein Fanatiker. Ihr und ich, mein Freund, wir sind Kinder einer anderen Epoche, einer besseren, zivilisierteren Epoche: Doch diese Epoche ist vorüber. Vor einigen Jahren warnte ich Euch, daß dunkle Zeiten anbrechen: Diese Dunkelheit ist nun da, und ihre Avatare sind Kanonikus Hosius und seinesgleichen – die Inquisitoren, die Fanatiker. Ich mag ihn nicht, wie gesagt, doch habe ich ihn zum Kanonikus in Frauenburg ernannt und will ihn als Präzentor sehen: denn ob ich ihn mag oder nicht, ich muß mich mit ihm abfinden. Ermland nämlich bleibt für die Zukunft nur die Wahl zwischen zweierlei: Die Provinz wird preußisch und lutherisch, oder sie wird polnisch und katholisch. Es gibt keinen dritten Weg. Die Unabhängigkeit, deren Architekt und Beschützer Euer Onkel war, wird uns genommen werden. Die Wahl ist daher eindeutig: Welche Gefühle wir auch immer für Polen hegen, wir müssen uns dem Jagellonenthron beugen oder untergehen. Nun, das Frauenburger Kapitel hat sich dummerweise von Kräften verführen lassen, die weder fürs Ermland noch für Frauenburg das Beste im Sinn haben, es hat den unsäglichen Sculteti zum Präzentor gewählt und dadurch meine sorgsam erdachten Pläne durchkreuzt. Das ist unerträglich. Kapieren diese verdammten Kleriker, unter denen zu leben Ihr Euch entschlossen habt, denn nicht, daß Sculteti von jener Fraktion am päpstlichen Hofe unterstützt wird, die glaubt, sie könne das Ermland unter die direkte Herrschaft Roms bringen? Wenn dies verwirklicht würde, was nicht möglich ist, würde die römische Herrschaft für uns alle katastrophal sein. Wir müssen zu

Polen halten! Das ist der einzige Weg. Ich brauche Hosius: und die logische Folge dessen ist, daß ich Sculteti vernichten muß. Ich werde dazu jede Waffe nutzen, an die ich Hand legen kann. Seine skandalöse Lebensführung ist eine dieser Waffen, vielleicht die tödlichste. Ich baue darauf, daß diese Offenbarungen, die zu Papier zu bringen ich dumm genug bin, Euch verständlich machen, warum ich so viele Jahre darauf drängte, daß Ihr diese Frau fortschickt. Dies wird meine letzte Warnung sein; ignoriert Ihr sie, besteht ernste Gefahr, daß Ihr mit Sculteti in die Tiefe gerissen werdet. Mehr habe ich dazu nicht zu sagen. *Vale.*

*Ex Heilsberg, 13. März 1540*
*+ Johannes Dantiscus*
*Bischof von Ermland*

★

*Johannes Dantiscus, Bischof von Ermland: Heilsberg*

*Reverendissime in Christo Pater et Domine Clementissime!* Euren Brief, hochwürdigster Herr, habe ich erhalten. Ich ersehe aus ihm Euer Exzellenz' Gnade und Wohlwollen gegen mich, die Ihr nicht allein auf mich, sondern auf andere hervorragende Männer zu erstrecken geruhtet. Das ist, so glaube ich, sicher nicht meinen Verdiensten zuzuschreiben, sondern Eurer bekannten Güte, hochwürdiger Herr. Möchte ich doch eines Tages fähig sein, diese zu verdienen. Ich freue mich, mehr als man sagen kann, einen solchen Herrn und Gönner gefunden zu haben.

Ich habe getan, was ich nicht unterlassen wollte noch konnte, und hoffe, daß damit Euer Exzellenz' Mahnung Genüge geschehen ist.

*Ex Frauenburg, 3. Juli 1540*
*Euer Exzellenz' ergebenster Diener*
*Nikolas Koppernigk*

★

*Tiedemann Giese, Bischof von Kulm: Löbau*

Mein lieber Tiedemann: Sculteti wurde aus dem Kapitel entlassen und durch Königlichen Erlaß verbannt. Ich denke, er wird nach Rom reisen, so wie es alle Ausgestoßenen tun. Seine *focaria*, diese Frau Hesse, ist verschwunden. Wieviel Ärger sie doch verursacht hat! Fast will mir scheinen, als sei unser Frauenburg trefflichst benannt. Ich habe selbst noch ein weiteres Edikt gegen Frau Schillings erlassen, doch sie weigert sich zu gehen. Ihre Hingabe für einen kranken, alten Mann rührt mich zutiefst, und mir fehlt das Herz, ihr begreiflich zu machen, daß es besser wäre, sie würde sich davonmachen. Und wo sollte sie auch hin? Also erwarte ich mit großer Spannung Dantiscus' nächsten Zug. Wirke ich gelassen? Ich bin es nicht. Ich fürchte mich, Tiedemann, fürchte mich vor dem, was die Welt sich ersinnen und mir antun mag, das sie mir noch nicht angetan hat: diese elende Welt, die mich nicht in Ruhe lassen will, die mir immer nachkommt, ein schwarzes Ungeheuer, das seine verletzten Flügel hinter sich herschleift. Ach, Tiedemann …

*Ex Frauenburg, 31. Dezember 1540*
*Nikolas Koppernigk*

*

Wassergeboren kommt er tief in der Nacht, gleitet geschmeidig auf des Flusses glitzernden Rücken, den Rüssel in der Luft, schnuppert, unter der Zugbrücke hindurch, dem Fallgitter, vorbei an den dösenden Wachen. Kurzes Scharren der Klauen auf den schleimigen Stufen vor der Mauer, kurzes Aufblitzen entblößter Zähne. In der Dunkelheit einen Augenblick lang eine Ahnung von Kummer und Qual, und die Nacht zuckt zusammen. Nun erklimmt er die Mauer, kriecht unters Fenster, grinst. In den Schatten des Turms hockt er sich, eingehüllt in einen schwarzen Mantel, wartet auf die Dämmerung. Da kommt das Klopfen, die gemarterte Stimme, der scheue, leise Schritt auf der Treppe, doch warum nur kann ich allein das Wasser hören …?

# 3
# *Cantus Mundi*

*I*ch, Georg Joachim von Lauchen, genannt Rheticus, werde nun wahrheitsgemäß Bericht erstatten, wie es geschah, daß Kopernikus der Welt, die sich im Trog der Unwissenheit suhlte, die geheime Musik des Weltalls zu Gehör brachte. Es sind ihrer nicht allzu viele, die eingestehen, daß, wäre ich nicht zu ihm gegangen, der alte Narr eine Drucklegung niemals gewagt hätte. Dabei war ich, als ich in Frauenburg eintraf, kaum mehr als ein Junge (ein genialer Junge, gewiß!), doch erkannte er gleich mein Ingenium, und deshalb hat er auf mich gehört, jawohl. Fürsten der Kirche und des Staates hatten ihn vergebens gedrängt, das Wort zu ergreifen, doch auf meine Argumente hat er gehört. Für euch ist er heute Kopernikus, ein Titan, entrückt und unnahbar, doch für mich war er einfach nur Kanonikus Nikolas, Präzeptor und – jawohl – Freund. Sie sagen, ich bin irrsinnig. Sollen sie doch. Was kümmern mich die Schmähungen einer neidischen Welt? Sie haben mich vertrieben, mir meinen Ruhm und ehrenvollen Namen verwehrt, mich hierher verbannt, auf daß ich in diesem gottverlassenen Winkel Ungarns namens Kaschau verrotte – doch was soll's? Ich habe nach all den wilden Jahren endlich meinen Frieden gefunden. Nun bin ich ein alter Mann, ja, ein einsamer und müder Wanderer, der ans Ende seiner Reise gelangt, es kümmert mich nicht mehr. Aber vergeben? Nein! *Möge der Teufel auf euch alle scheißen!*

⋆

Mein Gönner, der Graf, ist ein Edelmann. Gebildet, weltmännisch, brillant und viel zu großzügig, so erinnert er mich in vielerlei Hinsicht an eine jüngere Ausgabe meiner selbst. Wir sprechen eine Sprache – ich meine natürlich die *Sprache der Herren*, denn sein Latein ist wahrlich ein wenig eingerostet – ganz anders als Koppernigk, dessen Gelehrtenlatein tadellos war, doch der Rest, nun ja, seine Familie stammte eben aus dem Krämermilieu. Der Graf erkannte in mir einen Mann seinesgleichen und lud mich (als seinen Leibarzt) hierher aufs Schloß, als alle anderen es vorzogen, mich und das große Werk zu vergessen, das ich geleistet habe. Mit charakteristischem Hochmut wischt er die böswilligen Verleumdungen zur Seite, mit denen man mich überschüttet, und lacht, wenn ihm hinter vorgehaltener Hand zugeflüstert wird, ich sei verrückt. Nur ist der Graf leider selbst verrückt, jedenfalls ein bißchen. Das rührt vermutlich von der mütterlichen Seite her: Schlechtes Blut, keine Frage. Ja, ich muß Obacht geben, denn er ist launenhaft. Darf in seiner Gegenwart nicht so arrogant sein, muß ihm gelegentlich um den Bart gehen, ja, ja. Trotzdem, er braucht mich, das wissen wir beide. Was, so frage ich, wollte er ohne mich anfangen, was ohne meine Unterhaltung, den intellektuellen Kitzel, der ihn davor bewahrt, vollständig den Verstand zu verlieren? Dieses Land ist mit Schweinehirten bevölkert, mit Hexen und Priesterkretins. Ich war ein neuer Stern an diesem dünn besäten Firmament. Doch warum sollte ich mir Sorgen machen? – Die Welt ist voller Grafen, einen Doktor Rheticus aber gibt es nur einmal. Ist sie nicht, die Welt voller Grafen, meine ich, also reiß dich zusammen. Wo war ich ...? Kopernikus, natürlich. Vor vierzig Jahren – vierzig Jahren! – kam ich zu ihm.

Frauenburg: dieses Loch. Es klammert sich da oben an die Ostseeküste am äußersten Rand der Welt, doch eines Tages, so walte Gott, wird es abfallen wie Schorf von einer Wunde. Mir sank das Herz, als ich zum ersten Mal die graue Burgmauer sah. Es war das Jahr 1539, im Sommer, denke ich, doch goß es in Strömen, und vom Meer wehte ein eisiger, weißer Wind. Ich erinnere mich an Häuser wie geballte Fäuste, die sich trutzig jenseits der Mauern erhoben. Geballt ist das richtige Wort: das war Frauenburg, geballte Ignoranz und Verbitterung, geballter Katholizismus. Hatte ich deshalb Wittenberg verlassen, die Universität, meine Freunde und Konfratres? Dabei war Wittenberg nicht sehr viel besser, keineswegs, doch war die Schäbigkeit von anderer Art; in den Korridoren der Universität schwatzte man immer noch von Freiheit, Veränderung und Erlösung, plapperte das heisere Protestgekreisch des Reformators nach, doch lauerte hinter all dem netten Gerede der alte Schrecken, die Verzweiflung jener, die sehr wohl wußten, aber nicht zugeben wollten, daß die Welt unrettbar verdorben ist. In jenen Tagen glaubte ich (zumindest hatte ich mir das eingeredet), daß wir an der Schwelle eines neuen Zeitalters standen, also ließ ich mich mit Begeisterung auf dieses Spiel ein und schwatzte mit den Besten um die Wette. Wie hätte ich mich dem auch entziehen können? Mit zweiundzwanzig hatte ich den Stuhl für Mathematik und Astronomie an der großen Universität Wittenberg inne. Wenn einem die Welt so frühzeitig und großzügig ihre Gunst schenkt, hält man es für seine Pflicht, ihre erbärmlichen Fiktionen zu unterstützen. Die Tore von Frauenburg hatten sich für mich geöffnet.

*

Kaum war ich daher innerhalb der Mauern von Frauenburg, ging ich geradewegs zur Kathedrale und schleppte meine Taschen und Bücher durch die überschwemmten Straßen. Von der Kathedrale schickte man mich ins Kapitelhaus, in das ich nur nach beträchtlicher Mühe Einlaß gewann, spricht man dort doch einen barbarischen Dialekt, außerdem war der Türhüter taub. Schließlich gab der Kerl alle Mühe auf, mein makelloses Deutsch verstehen zu wollen, und ließ mich widerwillig ein in einen höhlenartigen, finsteren Raum, in dem ihre blutbefleckten Götzen, die Jungfrau Maria und dergleichen mich aus Wandnischen gespenstisch anstarrten. Bald darauf war ein Gescharre an der Tür zu hören. Ein alter Geistlicher trat seitwärts wie eine Krabbe ein und musterte mich mißtrauisch aus wäßrigen Augenwinkeln. Ich muß in dem Zwielicht eine merkwürdige Erscheinung abgegeben haben, wie ich da einem Wasserspeier gleich grinsend stand, und Regenströme auf seinen gewienerten Boden tropften. Er trat vorsichtig näher, achtete aber sorgsam darauf, daß der große Eichentisch, der mitten im Zimmer stand, zwischen uns blieb. Sein Blick war so unheimlich wie der jener Statuen hinter mir: wachsam, argwöhnisch, sogar feindselig, letzten Endes aber gleichgültig. Als ich den Namen Kopernikus erwähnte, dachte ich, er wolle Reißaus nehmen (behandelten seine Brüder den Astronomen wie einen Leprakranken?), doch verbarg er seine Bestürzung, so gut er es vermochte, und lächelte bloß, falls man dieses Zucken seines Gesichtes ein Lächeln nennen konnte, und wollte mich – nun, wohin? – zurück zur Kathedrale schicken. Ich zwang mich, ruhig zu bleiben. Er runzelte die Stirn. Ich sei bereits in der Kathedrale gewesen? Ach, dann fürchte er, mir auch nicht helfen zu können. Ich fragte ihn, ob ich warten dürfe, in der Hoffnung, daß der, den ich suche, schließlich doch irgenwann zurückkehren müsse. Oh! Nun, ja, ja natürlich, doch wenn er es recht bedenke, könnte ich eigentlich auch im Haus des Kanonikus Soundso am anderen Ende der Stadt nachfragen, da der Herr Doktor dort oft um diese Zeit zu finden sei. Und so wurde ich wieder hinaus auf die Straße gescheucht.

Wißt Ihr, wie es da oben im grauen Norden ist? Also, ich habe nichts gegen Regen – eigentlich halte ich ihn sogar für ein schimmerndes Bindeglied zwischen der Luft, den Engeln und uns armen, erdgebundenen Kreaturen –, doch dort oben fällt der Regen, als bräche die Dämmerung herein, er verdunkelt die Welt, und in seinem nassen Zwielicht wirkt alles schal und flach, während der Geist sich unter ihm krümmt. Selbst im Frühling fehlen die herrlichen Fluten, die es anderswo gibt, wenn Aprilgüsse wie Lichtschauer über den Himmel fegen, im Norden aber vernimmt man nur das ewige, dumpfe, seichte tropf, tropf, tropf, das Getröpfel spürbarer *accidie*, Stunde um Stunde. An jenem Tage aber marschierte ich unbekümmert durch diese schäbigen Straßen, die Füße im Schlamm, den Kopf in goldenen Nebel gehüllt, o ja, denn so war es stets mit mir: Wenn ich mir etwas vorgenommen hatte, dann verblaßte alles andere, und heute hatte ich nur eines im Sinn, die historische Begegnung (denn ich malte mir unser Treffen bereits als Juwel im großen, glitzernden Rad der Geschichte aus) zwischen von Lauchen aus Rhätien und Doktor Kopernikus aus Thorn. Doch der Herr Doktor hatte offenbar eine verflixt flüchtige Natur. Im Hause des Kanonikus Soundso (der Name lautete Snellenburg, wie mir jetzt wieder einfällt) schaute mich der Esel von Hausdiener – oder was er auch immer war – bloß seltsam an und schüttelte seinen Querschädel langsam von der einen zur anderen Seite, als hätte er es mit einem großen irrsinnigen Kind zu tun.

Am Ende spürte ich ihn auf, das Wie tut nichts zur Sache. Ich habe genug erzählt, um anzudeuten, in welchem Ausmaße der

Doktor Vorkehrungen traf, sich vor der Welt zu schützen. Er hauste in einem Turm auf der Kathedralenmauer, ein trostloser, abweisender Ausguck, wo er wie ein alter, übelgelaunter Vogel hockte, Schnabel und Krallen abwehrbereit. Ich hatte meinen Fuß in die Tür gesetzt, ehe die Haushälterin Anna Schillings, seine *focaria*, dieses Miststück (von der später mehr) sie mir ins Gesicht schlagen konnte – und ich schwöre bei Gott, hätte sie es getan, ich hätte die Tür samt Messingbeschlägen, Scharnieren, Schlössern und allem drum und dran mit dem Schädel eingerammt, so verzweifelt war ich. Ich warf ihr ein Lächeln mit gefletschten Fängen zu, und sie wich zurück und verschwand eine enge Stiege hinauf, um schließlich am oberen Ende wieder zu erscheinen und mich heraufzubitten. Dort oben im Halbdunkel (mittlerweile ist es Abend) ließ sie mich mit schrecklichem Blick vor einer niedrigen Gewölbetür stehen. Ich wartete. Knarrend öffnete sich die Tür einen Spalt breit. Ein Gesicht, das ich zu meinem Erstaunen wiedererkannte, schielte vorsichtig ins Zimmer und verschwand gleich darauf wieder. Dann folgten verstohlene, schlurfende Geräusche. Ich klopfte, da ich nicht wußte, was ich sonst tun sollte. Eine Stimme bat mich herein. Ich gehorchte.

⋆

Bei meiner ersten, ich meine die zweite – die dritte, genaugenommen – nun, bei meiner ersten *offiziellen* Begegnung mit ihm überraschte mich, daß er kleiner war, als ich vermutet hatte, doch habe ich wohl einen Riesen erwartet. Er stand an einem Lesepult, die Hände ruhten auf einer aufgeschlagenen Bibel, jedenfalls glaube ich, daß es die Bibel war. Astronomische Instrumente lagen neben ihm auf einem Tisch, und durch das offene Fenster in seinem Rükken konnte man auf die Ostsee und die große Lichtkuppel des Abendhimmels schauen (der Regen hatte aufgehört, die Wolken lichteten sich, das Übliche eben). Er setzte eine höflich fragende, ein wenig überraschte Miene auf, doch ich vergaß die Rede, die ich vorbereitet hatte. Ich glaube, mein Mund stand offen. Es war derselbe alte Mann, den ich im Kapitelhaus getroffen hatte, das heißt, er war Kopernikus, ich meine, sie waren ein und derselbe – ja, ja! Derselbe Mann, und da stand er, starrte mich mit diesem kummervollen Blick an und tat, als wäre ich ihm nie vor Augen gekommen. Ach, all das deprimiert mich noch heute. Glaubte er, ich würde ihn in dieser lächerlichen Pose nicht wiedererkennen, in diesem stilisierten Porträt eines Wissenschaftlers in seiner Zelle? Es kümmerte ihn nicht! Falls seine sorgsam zurechtgelegte Miene nicht ganz frei von Unbehagen war, dann entsprang dieses Unbehagen der Sorge um den letzten Schliff seiner Vorstellung, keinesfalls jedoch einer gewissen Rücksicht auf mich oder gar der Scham darüber, daß sein abscheulicher Trick durchschaut worden war. Er hätte sich auch vor einem Spiegel verstellen können. *Kopernikus hielt nichts von der Wahrheit.* Er setzte keinen Glauben in die Wahrheit. Ihr seid überrascht? Dann hört zu –

Ach, also wirklich, das ist meiner unwürdig, dem Thema nicht angemessen. Zwei der größten Geister ihrer Zeit (zumindest war der eine groß, *ist* er groß) begegneten sich an jenem Tag, und ich beschreibe dieses bedeutsame Ereignis wie einen Karnevalsklamauk. Alles ist falsch gelaufen. Der Regen, die Mühe, ihn zu finden, diese absurde Pose; eigentlich wollte ich über derlei Trivialitäten kein Wort verloren haben. Warum kann man nicht gelassen und genau über die Dinge reden? Mein Kopf schmerzt. Der klassische Stil lag mir noch nie, dafür braucht man einen würdevollen Verstand, ein Gespür für den feierlichen Festumzug des Lebens, einen völlig unerschütterlichen Glauben an die Idee der Ordnung. Ordnung! Daß ich nicht lache! Ich muß innehalten, es ist zu spät, zu dunkel, um fortzufahren. In den Bergen heulen die Wölfe. Mein Gott, wie konnte es mit mir nach all der Herrlichkeit nur in dieser Wildnis enden? Mein Kopf!

⋆

Nun, wo war ich? Ach ja, ich hatte den armen Kanonikus Nikolas am Abend versteinert an seinem Lesepult zurückgelassen, vor seiner Bibel, in der rechten Pose für ein Porträt. Er war sechsundsechzig Jahre, ein alter Mann, dessen Kleider, geschneidert für eine jüngere, kräftigere Ausgabe seiner selbst, in tristen Falten wie von der Zeit abgelagerte Schlacke an ihm hingen. Sein Gesicht – die Zähne verschwunden aus schlaffem Mund, die Haut eng über die hohen, nordischen Backenknochen gespannt – hatte bereits jenes verwaschene, verblichene Aussehen angenommen, wie es die erste Blüte des Todes mit sich bringt. So muß mein eigenes Gesicht nun auch aussehen. Ach … Er trug keinen Bart, doch hatte die morgendliche Klinge, zitternd in unstetem Griff, auf seinem Kinn und im tiefen Spalt über der Oberlippe einige vereinzelte, graue Haare ungeerntet gelassen. Auf seinem Schädel lag die samtene Mütze wie ein Breiumschlag. Dies konnte einfach nicht der Doktor Kopernikus sein, der große Mann, dem zuliebe ich nach Frauenburg gekommen war! Die Augen jedoch, hellwach, unendlich klug und voll dessen, was ich einzig eine überlegene Gerissenheit zu nennen vermag, verrieten mir, daß er tatsächlich der Gesuchte war.

Sein Observatorium war auch nicht, was ich erwartet hatte. Mit etwas Altmodischem hatte ich gerechnet, gewiß, eine kleine, gemütliche Höhle, vollgestopft mit gelehrtem Durcheinander, mit Büchern und Manuskripten, Pergamentrollen, übersät mit komplexen Berechnungen, all dies selbstredend in die Membran reichlichen Staubs gehüllt. Unerklärlicherweise hatte ich außerdem Wärme erwartet, Wärme so schwer und gelb wie ein Stück inspirierenden Käses, in den eingebettet der sanftmütige alte Meister hockte, ein fröhlicher Knabe, gedankenverloren und weltfremd, der aber mit scharfem, ach so scharfem Verstand seinem Meisterwerk den letzten Schliff verpaßte, um es dann auf eine nichts ahnende Welt loszulassen. Doch der Raum, in dem ich mich befand, schien unmittelbar aus dem letzten Jahrhundert zu stammen, oder aus dem davor, und glich eher der Zelle eines Alchimisten als dem Arbeitszimmer eines großen, modernen Wissenschaftlers. Die weißen Wände waren kahl wie Knochen, so auch die Balkendecke. Ich sah kaum mehr als eine Handvoll Bücher. Die Instrumente auf dem Tisch verrieten das verschüchterte Aussehen von Dingen, die zur Zurschaustellung hervorgeholt worden waren. Das Fenster ließ ein hartes, gnadenloses Licht herein. Und diese Kälte! Hier war die Wissenschaft keine fröhliche, vertrauensvolle Suche nach Gewißheiten, so wie ich sie kannte, sondern das alte Kuddelmuddel von Zauberflüchen, magischen Amuletten und geheimnisvollen Zeichen. Ein höhnisch grinsender Totenschädel und ein Bündel Fledermausflügel hätten mich sicher nicht überrascht. Es roch nach dem kalten Schweiß der Schuld.

All diese Einzelheiten nahm ich nicht sofort wahr – doch spiegelten sie sich in meinem Entsetzen wider –, da ich verwirrt auf eine Entschuldigung oder doch auf eine Erklärung hinsichtlich unserer vorangegangenen Begegnungen wartete. Als ich zu meiner Verwunderung und Verblüffung begriff (vergeßt nicht, daß ich ihn damals noch nicht so gut wie später kannte), daß er keinerlei derartige Absicht hegte, wußte ich, daß mir nichts anderes blieb, als so überzeugend wie möglich jenen albern grinsenden Idioten zu mimen, für den er mich offensichtlich hielt. Unter diesen Umständen war folglich etwas Drastisches angebracht. Ich durchquerte den Raum, *durchflog* ihn in einem Satz, kniete mich, das Gesicht in hündischer Verehrung erhoben, vor ihn nieder und rief:

*»Domine praeceptor!«*

Erschrocken wich er vor mir zurück, murmelte verhalten und wich meinem Blick aus, doch ich rutschte ihm hinterher, noch immer auf Knien, bis ihn eine Tischkante in den Rücken traf, so daß er entsetzt zusammenzuckte und stehenblieb. Die Instrumente auf dem Tisch zitterten von diesem Zusammenprall und verursachten in der plötzlichen Stille ein winziges Geklirr und Geklapper, das exakt die Panik und Konfusion des alten Mannes wiederzugeben schien. Seht Ihr? Seht Ihr? Wie könnt Ihr da von mir erwarten, daß ich ernst bleibe?

»Wer seid Ihr?« fragte er gereizt und machte sich nicht die Mühe, mir zuzuhören, als ich ihm zum zweiten Mal meinen Namen nannte. »Ihr kommt doch nicht vom Bischof, oder?« Er beobachtete mich aufmerksam.

»Nein, Meister, ich kenne weder Bischof, Fürst noch König, denn ich unterstehe allein dem größten aller Herren, der Wissenschaft.«

»Ja, ja, steht endlich auf, bitte.«

Ich erhob mich, und dabei fielen mir plötzlich die Worte meiner Rede ein, die ich nun in einem Atemzug und äußerst geschwind vortrug. Eine blumige Rede. *Sat verbum.*

Während unseres Treffens bewegten wir uns kreisend durchs Zimmer in langsamer, verstohlener Jagd, er außer Reichweite, getrieben von der Angst, ich könnte plötzlich einen Angriff auf ihn wagen, und ich ihm hart auf den Fersen, schrille Rufe der Bewunderung, des inständigen Flehens ausstoßend, während ich vor Aufregung mit den Armen fuchtelte und über seine Möbel stolperte. Wir kommunizierten (kommunizierten!) in kauderwelschem Geplapper, da mir das Deutsche am geläufigsten war, der Kanonikus aber immer wieder ins Lateinische fiel, doch war ich ihm kaum dorthin gefolgt, haspelten wir erneut durch die Landessprache. Ach, es war wahrlich ein herrlicher Spaß. Von meinen akademischen Meriten war er gänzlich unbeeindruckt, doch machte sich auf seinem Gesicht offenes Entsetzen breit, als ihm aufging, daß ich Lutheraner war – o heiliger Bimbam, einer von denen! Was würde der Bischof dazu sagen? Doch halte ein, Rheticus, halte jetzt ein, sei gerecht. Ja, ich muß gerecht sein, denn ich kann einem furchtsamen Geistlichen, dem vor allem daran lag, nicht beachtet zu werden, gerechterweise nicht vorwerfen, mit Entsetzen zu reagieren, wenn in seiner Turmburg ein Feuerkopf aus dem protestantischen Wittenberg auftaucht. Drei Monate vor meiner Ankunft hatte Bischof Dantiscus, der Verschlagene, ein Edikt erlassen, das alle Lutheraner bei Strafe der Enteignung oder gar des Todes aus dem Ermland verwies, und kurz darauf verkündete er ein weiteres Edikt, das verlangte, alle ketzerischen Bücher und Pamphlete – gemeint sind natürlich lutherische Bücher und Pamphlete – öffentlich zu verbrennen. Ein netter Herr, Dantiscus, dieser Bücherverbrenner: Doch von ihm bald mehr.

(Aus Gerechtigkeit mir *selbst* gegenüber muß ich jedoch hinzufügen, daß man Kopernikus in Wittenberg im günstigsten Falle für einen Verrückten hielt, im schlimmsten für den Antichristen persönlich. Luther hatte in einer seiner berüchtigten Reden nach Tisch die Idee eines heliozentrischen Weltbildes unter allgemeinem Gerülpse und Gefurze höhnisch abgekanzelt und somit wieder einmal seine unfehlbare Urteilskraft bewiesen; und wie er hatte auch Melanchton einen solchen Gedanken verspottet – Melanchton, mein erster Gönner! Ihr seht daher, daß der Meister dort, wo ich herkam, alles andere als geachtet war, und man gewährte mir den Urlaub für diese Reise zu ihm nur meiner Stellung zuliebe, nicht etwa, weil die Wittenberger Geistesgrößen die Theorien des Ermländers gebilligt hätten. Um der Genauigkeit willen wollte ich dies klargestellt wissen.)

Wie schon gesagt, er war also nicht beeindruckt et cetera – er war sogar dermaßen unbeeindruckt, daß er sich meiner Anwesenheit nicht gänzlich bewußt zu sein schien, denn er glitt vor mir davon, als vermeide er eine unangenehme Erinnerung, zupfte aufgeregt an seinem Gewand und zog dabei seltsame Grimassen. Er dachte jedoch nicht an mich, sondern an die Konsequenzen meines Besuches (Was würde der Bischof sagen?). Ich war zutiefst enttäuscht, vielmehr empfand ich, daß etwas zutiefst Enttäuschendes geschah, denn mein Ich, das eigentliche Ich, war gleichsam kaum da. Ich drücke mich nicht besonders klar aus. Egal. Doktor Kopernikus, der mir zuvor den Geist des Neuen Zeitalters verkörpert hatte, erwies sich nun als argwöhnisches, gefühlloses, altes Scheusal, das vor allem um den Anschein und um die Sicherheit seiner Pfründe besorgt war. Ist es möglich, derart durcheinander zu sein, daß man den Tränen nahe ist?

Und doch war da etwas, das mir verriet: Noch war nicht alles verloren, meine Pilgerfahrt vielleicht doch nicht vergebens gewesen. Da lag eine leichte Ungewißheit in seinem Blick, tief in ihm eine leise Spannung, ein Hebel gleichsam, der darauf wartete, bewegt zu werden. Ich hatte Geschenke mitgebracht, herrliche Druckwerke von Ptolemäus und Euklid, Regiomontanus und anderen, ach, es müssen insgesamt gewiß ein Dutzend Bände gewesen sein, die ich (zu Kosten, die ich mir selbst heute nicht mehr in Erinnerung rufen möchte) neu hatte binden und mit seinen Initialen sowie einem hübschen Monogram in Gold auf dem Buchrükken versehen lassen. Diese Bücher hatte ich aus Angst vor Straßenräubern geschickt in meinem Gepäck verteilt, doch nun fielen sie mir wieder ein, und in einem letzten, hektischen Anfall von Hoffnung stürzte ich mich auf meine Taschen, woraufhin die Bücher wie Diamanten aus der Asche aus einem Haufen von Hemden, Schuhen und dreckigen Tüchern herauskullerten und ich *da!* rief und *da!*, den Tränen nahe, und ihn und sein kaltes Herz somit herausforderte, diesen äußersten Beweis meiner Verehrung zurückzuweisen.

»Was treibt Ihr denn?« fragte er. »Was soll das?«

Ich sammelte die Bücher ein und richtete mich auf. »Für Euch – für Euch, *domine praeceptor*!«

Zögerlich griff er den *Almagest* vom Stapel, und mit manch mißtrauischem Blick in meine Richtung ging er damit ans Licht; ich mußte an eine alte, graue Ratte denken, die mit einer Brotkruste zum Fenster huschte. Er hielt das Buch eng an sich gepreßt und untersuchte es aufmerksam, schnüffelte daran und summte leise vor sich hin; die harschen Falten in seinem Gesicht wurden weich, und er mußte gegen seinen Willen lächeln, so daß er sich auf die Lippen biß, eine *zufriedene*, alte, graue Ratte, und *klick* meinte ich zu hören, wie der Hebel umklappte.

»Ein hübscher Band«, brummte er, »hübsch, wirklich. Und bestimmt recht teuer, könnte ich mir denken. Was sagtet Ihr noch mal, mein Herr, wie war Euer Name ...?«

Und da, glaube ich, habe ich geweint. Jedenfalls erinnere ich mich an Tränen und an ein weiteres Stöhnen der Bewunderung, und ich lag wieder auf den Knien, doch scheuchte er mich auf, wenn auch nicht ganz so widerwillig wie zuvor, bildete ich mir ein. Hinter ihm riß einen Augenblick lang die Wolkendecke auf, und die Abendsonne schien plötzlich ins Zimmer, ein kleines Wunder, und ich wußte wieder, daß trotz allem der Sommer und ich noch jung war und daß die Welt mir zu Füßen lag. Ich verließ ihn bald darauf mit der Bitte, am morgigen Tag zurückkehren zu dürfen und taumelte in seligem Delirium durch die Straßen; selbst das bleierne Zwielicht, der Schmutz in den Gossen, der Schlamm, die roten, klaffenden Gesichter der Bauern konnten meiner Laune nichts anhaben. Ich fand Unterkunft in einer Gaststätte an der Kathedralenmauer, nahm ein widerliches Mahl zu mir, das mir bis auf den heutigen Tag in allen Einzelheiten in Erinnerung haftet, und gönnte mir im Anschluß eine fette und außerordentlich schmutzige, seltsam androgyne Hure.

Am nächsten Morgen war ich früh auf. Die Sonne stand niedrig überm Frischen Haff, die Erde dampfte ein wenig, der Wind frischte auf, Licht spülte durch die engen Straßen, die vom schrillen Gekreisch der Händler widerhallten – ach ja, und mein armer Schädel dröhnte von diesem ekligen Gift, das man hier Wein zu nennen wagte. Im Turm grüßte mich dieses Miststück Schillings erneut mit bösem Blick, ließ mich aber ohne ein Wort ein. Der Kanonikus erwartete mich im Observatorium in äußerst erregter Verfassung. Kaum hatte ich die Schwelle überquert, begann er empört zu brabbeln, stürzte fuchtelnd auf mich los und zwang mich, vor ihm zurückzuweichen. Es war wie am Tag zuvor, nur diesmal mit umgekehrten Rollen. Ich versuchte, schlau aus dem zu werden, was er sagte, doch war der Rausch vom vergangenen Abend noch nicht gänzlich verflogen, und statt Blut floß Phlegma träge durch meine Adern, so daß ich nur ein Durcheinander von Worten aufzuschnappen vermochte: Kulm ... der Bischof ... Löbau ... das Schloß ... *venite*! Wir würden Frauenburg verlassen. Wir würden nach Löbau ins Königliche Preußen reisen. Bischof Giese war sein Freund. Und der war Bischof in Kulm. Wir würden bei ihm im Schloß von Löbau wohnen. (Was hatte das zu bedeuten?) Wir würden noch an diesem Morgen abreisen – noch in dieser Minute – jetzt! Ich schlurfte verwirrt davon, um meine Habe aus der Gaststätte zu holen, und als ich zurückkehrte, stand der Kanonikus bereits auf der Straße und mühte sich in eine reichlich ramponierte Mietkutsche. Ich glaube, wenn ich nicht in ebendiesem Augenblick eingetroffen wäre, hätte er sich ohne weiteren Gedanken an mich auf den Weg gemacht. Die Schillings steckte ihr grimmiges Gesicht durch die Tür, der Kanonikus stöhnte leise und wich vor ihr zurück, als wollte er sich in seinem modrigen Sitz verstecken. Kaum rollten wir davon, schrie die *focaria* uns wie ein Fischweib hinterher, daß sie nicht mehr da sein werde, wenn wir zurückkehrten – woraufhin sich, wie ich hinzufügen möchte, meine Laune beträchtlich besserte.

In äußerst peinlichen Situationen kann einem schon mal die Kieferlade nach unten klappen, und ebendies widerfuhr mir, als wir am hellen Morgen durch die Straßen von Frauenburg ratterten. Ich mag jung gewesen sein, unschuldig sogar, doch fiel es mir durchaus nicht schwer, den Grund für unsere Hast und die ungewöhnliche Art unserer Abreise zu erraten. Schließlich hatte Luther Rom nicht ohne eine gewisse Berechtigung wegen seiner Heuchelei und des sogenannten Zölibats angeprangert, und zweifellos hatte Bischof Dantiscus gerade einen weiteren Feldzug gegen die Unzucht unter Geistlichen begonnen, wie ihn die Katholiken in den frühen Tagen des Schismas immerzu unternahmen, stets bemüht, einer skeptischen Welt ihren reformerischen Eifer zu beweisen. Dabei kümmerte mich dieser Unsinn überhaupt nicht; machte mir doch nicht die Affäre zwischen Kanonikus Nikolas und der Schillings zu schaffen (jedenfalls kümmerte sie mich nicht sonderlich), sondern das Schauspiel, das ein Doktor Kopernikus bot, der auf offener Straße in eine erbärmliche häusliche Szene verwickelt war. Ich brachte einfach kein Wort hervor, wandte meinen Blick von ihm ab und starrte mit solch wütender Konzentration auf das vorüberziehende, triste Ermland, als stierte ich die Wunder Indiens an. Ach, wie unduldsam der junge Mensch doch über die Schwächen der Alten urteilt! Der Kanonikus sagte ebenfalls keinen Ton, bis wir die Ebene erreichten, dann regte er sich, seufzte, und in seiner Stimme schwang unendliche Müdigkeit mit, als er fragte:

»Sagt mir, junger Mann, was redet man in Wittenberg über mich?«

*

Diese trostlose preußische Ebene, ich erinnere mich genau daran. Wuchtige Wolken, die von der Ostsee herüberrollten, hielten mit uns Schritt, und während wir langsam südwärts fuhren, zogen ihre Schatten mit Riesenschritten übers leere Land. Meilenweit breitete sich eine merkwürdige Stille aus, als hätte sich alles von uns abgewandt, blickte in grenzenlose Ferne, und die gedämpften Laute unserer Reise – die knarrende Deichsel, das monotone Hufgeklapper – wußten gegen diese leidenschaftslose Weite, gegen diese Gleichgültigkeit nichts auszurichten. Wir trafen keine Menschenseele unterwegs, falls hier von Weg überhaupt die Rede sein konnte, und sahen nur einmal weit fort einen Trupp Reiter, der schwerfällig, lautlos, davongaloppierte. Durch einen engen Spalt konnte ich den breiten, schaukelnden und schlingernden Rücken des Kutschers sehen, doch während sich die Stunden dahinschleppten, hörte der Rücken auf, Teil einer menschlichen Gestalt zu sein und wurde ein Stein, eine Säule aus Staub, zum Flügel eines großen Vogels. Wir kamen durch verlassene Dörfer, deren Häuser verkohlten Hülsen glichen und in denen der Staub durch die Straßen blies; das Fehlen des Gesumms menschlichen Treibens glich einem Loch in der Atmosphäre. So reisen wir in Träumen. Als ich den Kanonikus einmal schlafen wähnte, starrte er mich statt dessen unverwandt an; als ich später wiederum zu ihm hinüberblickte, verzog er das Gesicht zu einem listigen und unerklärlich erschreckenden Lächeln. Verwirrt und verängstigt blickte ich rasch wieder fort, hinaus aufs Land, das sich langsam um uns drehte, doch fand ich dort draußen keinen Trost. Die Ebene dehnte sich ins Unermeßliche, blank poliert vom seltsam spröden Sonnenlicht, und der Wind strich sanft drüber hin. Wir hätten tausend Meilen von allem entfernt sein können, treibend in der Sphäre fixer Sterne. Er lächelte noch immer, der alte Zauberer, und mir schien dies Lächeln zu besagen: Dies ist meine Welt, seht Ihr? Hier gibt es keine Anna Schillings, keine gaffenden Bauern, keine verdammten Statuen, keinen Dantiscus, nur das Licht und die Leere und jene rätselhafte Musik, die unter hohem Himmel erklingt und die Ihr nicht hören könnt, obwohl Ihr wißt, daß es sie gibt. Und da sah ich ihn zum ersten Mal in Gänze, nicht mehr das Bild, das ich aus Wittenberg mitgebracht hatte, sondern Kopernikus selbst – *es* selbst – das wahre Ding, einen kalten, glitzernden Gegenstand, einem Diamanten gleich (nein, gar nicht wie ein Diamant, aber ich bin in Eile), der nun zugleich lebhaft vertraut und doch unberührbar schien. Es ist nicht vielen Menschen vergönnt, einen anderen Menschen derart, mit dieser schrecklichen Klarheit, kennenzulernen; und wenn es geschieht, ähnelt es einer flüchtigen Vision, die Erfahrung dauert nur einen Augenblick, doch das gewonnene Wissen bleibt uns auf immerdar erhalten. Wir kamen nach Löbau, und in der Hektik unserer Ankunft war mir, als erwachte ich tatsächlich aus einem Traum. Ich nahm an, daß der Kanonikus sich zu dem äußern würde, was draußen auf der Ebene geschehen war (was immer es auch gewesen sein mochte!), aber er tat es nicht, wollte es nicht, und ich war enttäuscht. Nun, soweit ich weiß, mag der alte Teufel mich dort draußen auch verzaubert haben, doch werde ich diese gespenstische Reise nie vergessen. Jawohl.

★

Schloß Löbau war eine riesige, weiße Steinburg auf einem Hügel, Zinnen und Türme blickten über bewaldete Hänge hinab auf die kauernden Dächer der Stadt. Dort oben war die Luft frisch und roch nach Fichten und Kiefern, ich hätte fast meinen können, wieder in Deutschland zu sein. Wir fuhren in den Hof und wurden von einem Tumult von Dienern, Stallburschen und hysterischen Hunden begrüßt. Ein struppiger, alter Kerl in Lederwams und geflickten Kniehosen kam, uns willkommen zu heißen. Ich hielt ihn für einen Hausdiener oder dergleichen, hatte mich aber getäuscht: Es war Bischof Giese persönlich. Er begrüßte den Kanonikus mit besorgter Miene und beachtete mich kaum, bis er mir die Hand zum Ringkuß darbot, ich sie aber schüttelte, woraufhin er mich genauer in Augenschein nahm. Die beiden gingen zusammen auf die Seite, der Kanonikus langsam, schlurfend, mit gesenktem Kopf, und während der Bischof ihn mit behutsamer Hand stützend an den Ellbogen griff, stöhnte der Kanonikus:

»Ach, Tiedemann, Ärger, nichts als Ärger ...«

Ich wurde natürlich wie stets mir selbst überlassen, bis einer der Dienstburschen schließlich Mitleid mit mir bekam. Er tauchte mit kessem Grinsen vor meiner Nase auf und hieß mit Namen Raphaël, kaum mehr als ein Kind, ein hübscher Knabe mit einem Pfirsicharsch, o ja, ich wußte, was er im Sinne hatte! – Raphaël, in der Tat, ein wahrer Engel! Doch ich folgte ihm willentlich und auch nicht ohne Dankbarkeit. Als er schwatzend und auf seine kindliche Art anzüglich grinsend davonhüpfte, kam mir der Gedanke, daß ich ihn vor meiner Abreise auf ein privates Wort treffen sollte, um ihm von den Freuden des Ehestandes und derlei zu erzählen sowie ihn vor den Widerwärtigkeiten zu warnen, die ihn erwarten würden, sollte er in seinem zarten Alter weiterhin jenem zugetan sein, woran ihm so offensichtlich gelegen war. Hätte ich doch nur geahnt, welche Widerwärtigkeiten *mir* um seinetwillen drohten!

★

Und so begann unser seltsamer Aufenthalt in Löbau. Wir blieben den ganzen langen Sommer. Der magische Bann, dessen erste Berührung ich in der leeren Weite Preußens erfahren hatte, legte sich auch über das weiße Schloß auf dem Hügel, wo wir wie in einem verzauberten Schlaf unter der leuchtenden Ordnung und der Musik der Planeten wandelten und wundersame Träume träumten. Luther hatte Kopernikus spöttisch abgetan, hatte ihn den Narren genannt, *der die gesamte Wissenschaft der Astronomie auf den Kopf stellen will*, doch Luther hätte bei der Theologie bleiben sollen, denn im Schweiße seiner schlimmsten Alpträume wäre ihm nicht in den Sinn gekommen, was wir während jener Monate in Löbau trieben. *Wir* stellten das gesamte Weltall auf den Kopf. *Wir*, sage ich, denn ohne mich hätte er sein Schweigen noch bis ins Grab hinein bewahrt. Er wollte sein Buch sogar vernichten: Wer von Euch hat das gewußt?

Wie geschickt ich doch meine Geschichte zu erzählen vermag.

★

Bischof Giese. Bischof Giese war nicht so ganz der alte verstaubte Pedant, den ich erwartet hatte. Gewiß, er war kein Hans Dampf, war aber auch nicht ohne einen gewissen ... wie soll ich sagen, ohne einen gewissen Sinn für Humor – nein, besser noch für Ironie, denn von diesen Nordlichtern weiß keiner so recht zu lachen. Sein Benehmen gegenüber dem Kanonikus, das einer Mischung aus Ehrfurcht, Besorgtheit und gelegentlich hilfloser Verzweiflung entsprang, die sich dennoch stets liebenswürdig äußerte, erwies ihn als treue, sanfte Seele. Er war so etwas wie ein Astronom und besaß eine bronzene Armillarsphäre zur Beobachtung der Tagundnachtgleiche sowie ein mächtiges Gnomon aus England, um das ich ihn beneidete. Doch zeigte er diese und andere Instrumente mit offensichtlich bemühtem Enthusiasmus vor, und ich vermute, daß er sie eigentlich nur als Beweis für die Ernsthaftigkeit seines Interesses an der Arbeit des Kanonikus verwahrte. In jenen Tagen, über die wir gerade reden, ging er auf die Sechzig zu und sollte Dantiscus eines Tages auf den ermländischen Bischofsstuhl folgen. Er war von mittlerer Größe, weder füllig, noch hager, eben einer der Männer mittleren Formats, den uneingestandenen Besitzern der Welt. Er war anständig, anspruchslos, gewissenhaft – kurzum, ein guter Mann. Ich verabscheute ihn, wie ich ihn noch heute verabscheue. Er litt am Wechselfieber, das er sich im Verlaufe seiner Pflichten irgendwo in der Wildnis dieses riesigen Sumpfes namens Preußens zugezogen hatte; Kanonikus Nikolas, der den Mediziner mimte (so wie ich es heute tue!), behandelte ihn seit geraumer Zeit wegen dieses Gebrechens, und zumindest offiziell mußte dies dann auch als Erklärung für unsere Anwesenheit in Löbau herhalten. Doch bedachte der Kanonikus nicht allein den Bischof mit seinen Fertigkeiten ...

Am Abend unserer Ankunft wachte ich, nachdem ich ein kurzes Nickerchen gemacht hatte, schweißgebadet und von namenloser Panik geschüttelt wieder auf. Zähneklappernd erhob ich mich und wanderte lange unstet im Schloß umher, rang die Hände, stöhnte und hatte mich in den mir fremden, steinernen Korridoren und stummen Galerien bald verirrt. Ich wußte, ohne es mir eingestehen zu wollen, was dieses Gefühl wachsender Not und innerer Unruhe ankündigte. In meinem ganzen Leben habe ich immer wieder unter längeren Attacken von Melancholie gelitten, die im schlimmsten Falle Ohnmachtsanfälle und lähmende Schmerzen mit sich brachten, manchmal gar zeitweilige Blindheit sowie eine Schar weiterer, unbedeutenderer Dämonen. Doch am schlimmsten war der Kopfschmerz, die *accidie.* Mehr als einmal wäre ich fast daran gestorben, und kaum auszuhalten war die Angst, daß mir die Sinne inmitten dieser gefürchteten Dunkelheit auf immer schwinden würden, doch zum Glück stand mir ein leichteres, schöneres Ende in den Sternen geschrieben. Der Anfall, der mich an diesem Abend überfiel, war einer der seltsamsten, die ich je erlebt habe und sollte, gedämpft, doch stets wahrnehmbar, für die Dauer meines gesamten Aufenthaltes in Löbau anhalten. Ich sprach bereits von der Verzauberung: War sie vielleicht nur darauf zurückzuführen, daß ich all die Vorfälle jenes Sommers durch die Membran der Melancholie wahrnahm?

Die Mahlzeiten im Schloß waren stets eine ermüdende und widerwärtige Angelegenheit, doch an jenem ersten Abend war das Essen die reinste Qual. Die Gesellschaft versammelte sich und verteilte sich in hierarchischer Ordnung in einem riesigen Saal mit Bleiglasfenstern, die das letzte Sonnenlicht in erdigen Tönen auffingen und seinem rüden Vordringen ins fromme, von papistischen Kirchenleuten so geliebte Zwielicht Einhalt geboten. Zum entsetzlichen Lärm der Musik, des Glockengeläuts et cetera trat der Bischof in vollem Ornat ein und nahm am Kopf des obersten Tisches Platz. Schlampen mit geröteten Händen und schmutzigen Füßen trugen riesige Tabletts mit Schweinefleisch, Körbe mit preußischem Schwarzbrot und Weinkrüge herein, woraufhin dann der Tumult erst richtig losbrach, da tölpelhafte Priester und lüstern grinsende Schreiberlinge ihre Visagen in den servierten Fraß vergruben, große Bissen herunterschlangen, schnaubten und rülpsten, sich mit Flüchen und angeknabberten Knochen bewarfen und die verqualmte Luft mit ihrem Kreischen und wilden Gelächter erfüllten. An einem der unteren Tische kam es zu einem Handgemenge. Angesichts all der Unruhe bewahrte der Bischof, der zu meiner Linken thronte, eine erstaunlich friedliche Miene – warum auch nicht? Gemessen an den Maßstäben der römischen Kirche bot sein Speisesaal ein Musterbeispiel gesitteten Verhaltens. Ja, für ihn, für sie alle, war es ein prächtiger Abend, nur ich allein konnte den Affen in unserer Mitte hocken sehen und sein Gewimmer hören. Doch selbst wenn sie ihn gesehen hätten, würden sie ihn für einen Boten Gottes gehalten haben, für einen Erzengel mit dampfenden Achselhöhlen und blauschwarzen Eiern, und gewiß hätte das arme Biest nach einigen Gebeten, die von den Anwesenden hinauf zur Decke gesandt worden wären, mit seraphischem Finger in neuer Verkündigung nach oben gedeutet (das Wort ist Schwein geworden!). So verwandelte Rom die Schrecken der Welt in ein Ritual, um die Fiktionen aufrechtzuerhalten. Ich hasse sie alle, Giese mit seiner schönfärberischen Heuchelei, Dantiscus und seine Dreckskerle, doch vor allem hasse ich – ach, nun warte es doch ab,

Rheticus, wart's ab. Der Bischof sprach mit mir, redete wie stets irgendeinen höflichen Blödsinn, doch wurde mir das Brot im Mund zu Lehm, und der Fleischteller vor mir verwandelte sich in die Schüssel eines Haruspex voller Eingeweide, die den Untergang vorhersagten. Ich hielt es in diesem Saal nicht länger aus. Ich erhob mich mit verächtlichem Knurren und floh.

Wehselig und müde lag ich stundenlang am Fenster jenes Rattenloches wach, das man mir als Zimmer zugewiesen hatte. Draußen auf der weiten Ebene flackerten fahle Lichter. Gespenstisch glühte der Himmel. In diesen nördlichen Sommern wird es niemals richtig dunkel, und ein blasses Zwielicht hält während der weißen Nächte vom Morgen- bis zum Abendgrauen vor. Ich sehnte mich nach dem gütigen Tod. Meine Augen schmerzten, mein Arschloch verkrampfte sich, meine Hände stanken nach Wachs und Asche. Tränen traten mir in die Augen und flossen in Strömen über meine Wangen. Mein ganzes Leben schien in diesem Augenblick unerklärlich verwandelt, ein verdüstertes, nutzloses Ding, und nirgendwo fand ich Trost. Ich hielt mein Gesicht in Händen, als wäre ich eine arme, verletzte, leidende Kreatur, und heulte wie ein kleines Kind.

Dann folgte ein Klopfen, das ich hörte und doch nicht hörte, hielt ich es doch für den Wind oder einen emsigen Totenuhrkäfer, bis die Tür sich schließlich einen Spaltbreit öffnete, der Kanonikus vorsichtig den Kopf ins Zimmer steckte und sich umsah. Er trug dasselbe Gewand, das er auf der Reise getragen hatte, ein formloses schwarzes Etwas, doch thronte auf seinem Kopf nun eine unbeschreiblich komische Nachtmütze mit einer Bommel. In seiner zitternden Hand trug er eine Lampe, deren waberndes Licht Schatten wie irrsinnige Geister über die Wände springen ließ. Er schien überrascht und gar ein wenig enttäuscht, mich wach anzutreffen. Offenbar war er gekommen, um mich auszuspionieren. Eine Entschuldigung murmelnd wollte er sich wieder zurückziehen, zögerte dann aber, da ihm offenbar einfiel, daß ich kein Möbelstück war und als hellwache, weinende Kreatur vermutlich glaubte, Anrecht auf eine Erklärung dafür haben zu dürfen, warum ein älterer Herr mit einer merkwürdigen Kopfbedeckung mitten in der Nacht in sein Zimmer starrte. Mit einem ungeduldigen, leisen

Seufzer schlurfte er herein, schloß die Tür hinter sich, stellte die Lampe übertrieben achtsam ab, hielt seinen Blick sorgsam von meinen Tränen fern und sprach dann:

»Bischof Giese sagte mir, daß Ihr krank seid, Herr von Lauchen, jedenfalls nahm er dies an, als Ihr die Tafel so Hals über Kopf verlassen habt; und deshalb bin ich gekommen, Euch zu fragen, ob ich Euch irgendwie behilflich sein kann. Die Eigenart Eures Leidens steht außer Frage: Saturn, der bösartige Stern, regiert Euer Geschick und hat es gewiß mit nützlichem Studium, abstrakten Gedanken und tiefem Nachdenken gefüllt, wodurch der hungrige Geist gefüttert, der Wille aber geschwächt ward, was zu Melancholie und Niedergeschlagenheit führt. Nichts vermag Euch zu helfen, mein Herr, solange Ihr Euch nicht, wie Ficino es rät, der Obhut der drei Grazien anvertraut und Euch an das klammert, was ihrer Herrschaft unterliegt. Denkt zu allererst daran, daß schon eine einzige gelbe Krokusblüte von Jupiters goldenen Blumen Euch Erleichterung verschaffen kann; das Licht der Sonne ist natürlich gut und die grünen Felder zur Dämmerung – wie überhaupt alles, was die Farbe Grün, der Venus Schatten, trägt. Tut dies, mein Herr, meidet alles Saturnische, umgebt Euch statt dessen mit Einflüssen, die der Gesundheit, der Freude und schönen Geister bekömmlich sind, und die Krankheit wird niemals wieder Eure Abwehr durchbrechen. Ähm ... Der Bischof hat Euch bei Tisch den Platz an seiner Seite zugeteilt: eine Ehre, mein Herr, die nur wenigen vergönnt ist. Sich so hastig zu erheben, wie Ihr es tatet, kommt einer Kränkung gleich. Vielleicht habt Ihr in Wittenberg die Tischmanieren von Hochwürden Luther angenommen und deshalb des Bischofs Tafel in Aufruhr versetzt. Doch versteht bitte, daß es hier in Preußen in so mancherlei Hinsicht anders zugeht. *Vale* - ich sehe, die Dämmerung kommt geschwind.«

Er wartete mit gesenktem Haupt, als rechne er damit, daß seine Stimme gleichsam aus eigenem Antrieb seinen Worten noch etwas hinzuzufügen wünschte, doch nein, er war fertig; als er aber die Lampe nahm, um zu gehen, sagte ich:

»Ich werde heute wieder abreisen.«

Da blieb er abrupt in der Tür stehen und starrte mich über die Schulter an. »Ihr verlaßt uns bereits wieder, Herr von Lauchen?«

»Ja, Meister, ich kehre nach Wittenberg, nach Hause zurück.«

»Oh!«

Er überdachte diese unerwartete Entwicklung, verkroch sich in sich selbst wie eine verwirrte alte Schnecke in ihr Gehäuse, brummelte dann und schlurfte, während die gespenstischen Schatten ihn umtänzelten, in gedankenverlorener Trance davon. Narr der ich war, hätte ich doch bloß im selben Augenblick meine Sachen gepackt und wäre verschwunden, solange das Schloß noch ruhte, auf daß er sein Buch veröffentlichte oder nicht, es verbrannte, sich den Hintern damit wischte oder was auch immer. Ich stellte mir sogar vor, wie ich ging, und weinte erneut vor Mitgefühl mit dieser ernsten, traurigen Gestalt, mit mir selbst, wie ich davonschritt in eine kalte, trübe Dämmerung. Demütig war ich im Lehrlingsgewand zu ihm gekommen: Ich, Rheticus, Doktor der Mathematik und Astronomie an der berühmten Universität von Wittenberg, und er war mir ausgewichen, hatte mich ignoriert, mir gepredigt, als wäre ich ein unerzogener Chorknabe. Ich hätte abreisen sollen! Doch ich tat es nicht. Statt dessen verkroch ich mich unter die Decke und wiegte meine arme, verlorene Seele in den Schlaf.

Jetzt begreife ich natürlich, wie geschickt sie waren, diese beiden, Giese und der Kanonikus, zwei gewitzte alte Verschwörer, doch damals ahnte ich nichts. Ich wachte spät am Morgen auf und fand Raphaël mit Honig, warmem Brot und einem Krug Würzwein an meinem Bett. Ich freute mich über das Frühstück, doch allein die Nähe des geschmeidigen Jungen hätte mir schon gereicht, beendete er doch eine Abstinenz, die weit schlimmer als der Hunger des Magens gewesen war – ich meine die Abstinenz von Jugend, rosigen Wangen und lachenden Augen, die mir aufgezwungen wurde, seit ich Wittenberg verlassen hatte und unter diese Graubärte geraten war. Wir verbrachten eine angenehme Zeit zusammen, bis er, der Schüchterne, die Hände rang und von einem Fuß auf den anderen trat im vergeblichen Bemühen, die aufsteigende Röte abzuwehren. Schließlich gab ich ihm eine Münze und schickte ihn seiner Wege, und obwohl die alte Trübsal zurückkehrte, kaum daß er fort war, schien sie doch nicht halb so bleiern wie zuvor. Zu spät erinnerte ich mich an die ermahnende Rede, die ich ihm halten wollte; ich würde mich später darum kümmern müssen. Eine Ansammlung von Geistlichen, Männer allesamt – und Katholiken zudem! – war ein gefährlicher Ort für einen Jungen von seiner … seiner Jugend und Schönheit. (Eigentlich wollte ich an dieser Stelle seine Unschuld nennen, doch vermag ich dies ehrlichen Sinnes nicht zu tun, auch wenn ich damit das Wort aus der Sprache verbanne, da es, wenn es ihm nicht vergönnt wird, keinerlei Bedeutung mehr hat. Ich spreche in Rätseln. Sie sollen gelöst werden. Mein armer Raphaël! Sie haben uns beide auf dem Gewissen.)

*

Ich erhob mich, machte mich auf die Suche nach dem Kanonikus und wurde zum *arboretum* gewiesen, ein Name, der die angenehme Vorstellung von blühenden Obstbäumen, grünem, durchbrochenem Schatten und schmalen, belaubten Wegen heraufbeschwor, über die Astronomen wandeln, um über das Weltall zu debattieren. Was ich aber fand, war ein krummes Feld, das an einem Hang hinterm Schloß klebte, mit einigen gestutzten Büschen, einigen Reihen Kohl – und, natürlich, keiner Spur vom Kanonikus. Ich war es leid, vergebens umhergeschickt zu werden, doch als ich fortstapfte, richtete sich zwischen den Kohlköpfen eine Gestalt auf und rief mich zu sich. Bischof Giese war heute wieder mit seinem Bauernkostüm ausstaffiert. Der Anblick dieser Kniehosen und des Wamses verärgerten mich über die Maßen. Können diese verdammten Katholiken, so fragte ich mich, denn nichts anderes, als sich verkleiden und irgendwelche Posen einnehmen? Seine Hände waren lehmverschmiert, und als ich näherkam, vernahm ich den strengen Geruch von Pferdedung. Der Bischof gab sich jovial, eine Laune, die er vermutlich passend zu seiner Verkleidung wählte. Er sagte:

»Seid gegrüßt, Herr von Lauchen! Der Doktor teilte mir mit, daß Ihr krank seid. Nichts Schlimmes, will ich hoffen? Unser preußisches Klima sagt nicht jedem zu, auch wenn uns hier, auf dem Schloßberg, die kräftezehrenden Dämpfe der Ebene erspart bleiben – die überdies nicht gar so schlimm wie jene sind, die vom Frischen Haff bei Frauenburg aufsteigen, nicht wahr, mein Herr? Ha, ha. Laßt Euch anschauen, mein Sohn. Nun, die Eigenart Eures Leidens steht außer Frage: Saturn, der böswillige Stern ...« Und er fuhr fort, des Kanonikus' kleine Predigt zum Lobe der Grazien wortwörtlich zu wiederholen. Ich hörte schweigend, doch mit verächtlich geschürzten Lippen zu, denn ich war zugleich amüsiert und bestürzt: Amüsiert, da dieser Narr die Worte seines Herrn stahl und sie als seine eigenen ausgab, bestürzt aber ob der Vorstellung, die mich plötzlich überkam, daß der Kanonikus diesen kabbalistischen Unsinn des dummen Ficinos tatsächlich ernst gemeint haben könnte! Ach, ich kenne ihn nur zu gut, diesen verderblichen Einfluß, den Saturn auf mein Leben ausübt, weiß, daß die Grazien gut sind, doch weiß ich auch, daß selbst ein Hektar Krokusse mein Herzeleid um keinen Deut verringert hätte. *Krokusse!* Doch glaubte, wie ich noch bemerken sollte, der Kanonikus weder an Ficinos Theorien, noch hielt er sie für falsch, ebensowenig wie er an den Inhalt jener vorbereiteten Reden – etwa einem Dutzend an der Zahl – glaubte oder nicht glaubte, mit denen er sich vor langer Zeit gerüstet hatte und aus denen er eine vorgefertigte Antwort für jede nur erdenkliche Situation wählen konnte. Entscheidend für ihn war, das er etwas sagte, nicht, was er sagte; Worte waren leere Rituale, mit denen er die Welt in Schach hielt. Kopernikus glaubte nicht an die Wahrheit, aber ich fürchte, das sagte ich bereits.

Giese legte eine dreckige Hand auf meinen Arm und führte mich einen Weg entlang der Schloßmauern. Als er seinen Vortrag über meinen Gesundheitszustand beendet hatte, schwieg er und musterte mich mit einem eigenartigen, gedankenverlorenen Blick, etwa wie ein Leichenbestatter sich abwägend einen kranken Mann ansieht. Die letzten Schwaden Morgennebel klebten wie alte Lumpen an uns, und die langsam aufsteigende Sonne warf ihr klammes, kränkliches Licht auf die Zinnen über unseren Köpfen. Die Welt schien alt und müde. Ich wollte den Kanonikus aufsuchen und ihm seine Geheimnisse entreißen, um so sein widerstrebendes Haupt mit Ruhm zu überschütten. Ich wollte etwas *tun*. Ich war jung. Der Bischof sagte:

»Ich hörte, Ihr kommt aus Wittenberg?«

»Ja, ich bin Lutheraner.«

Meine Offenheit erschreckte ihn. Er lächelte matt und nickte rasch mit seinem mächtigen Schädel, als wollte er das gefürchtete Wort abschütteln, das ich gerade geäußert hatte; behutsam zog er seine Hand von meinem Arm zurück.

»Ganz recht, mein lieber Herr, ganz recht«, sagte er, »Ihr seid ein Lutheraner, wie Ihr gerade gestan ... wie Ihr gesagt habt. Nun, glaubt mir, ich hege keineswegs die Absicht, mit Euch über das tragische Schisma zu diskutieren, das unsere Kirche zerriß. Ich möchte Euch bloß daran erinnern, daß Hochwürden Luther nicht der erste war, der die Notwendigkeit für Reformen erkannte – doch mag dies sein, wie es will, wir wollen nicht darüber streiten. Jeder Mensch muß mit seinem eigenen Gewissen leben, darin jedenfalls dürften wir uns einig sein. So. Ihr seid also Lutheraner. Ihr gebt es zu. Dabei wollen wir es belassen. Doch kann ich nicht so tun, als verursachte Eure Anwesenheit in Preußen nicht eine gewisse Verlegenheit. O nein, nicht für mich, versteht mich recht; die Welt schenkt Vorkommnissen im einfachen Löbau kaum Beachtung, nein, Herr von Lauchen, ich denke da an jemanden, an dem uns beiden gelegen ist, und meine natürlich unseren *domine praeceptor* Doktor Nikolas. Ihm verursacht Eure Anwesenheit eine gewisse Verlegenheit und bedeutet für ihn vielleicht sogar Gefahr. Doch ich sehe, ich habe Euch beleidigt. Laßt es mich Euch erklären. Ihr seid noch nicht allzu lang in Preußen, daher kann man nicht erwarten, daß Ihr die Lage einzuschätzen wißt. Sagt mir, wundert Euch nicht, wie abgeneigt der Doktor ist, sein Wissen der Welt mitzuteilen, sein Meisterwerk zu veröffentlichen? Es würde Euch nun gewiß überraschen, nicht wahr, wenn ich Euch erzählte, daß es keineswegs der Zweifel an der Stichhaltigkeit seiner Konklusionen ist, die ihn zögern läßt, ganz und gar nicht, nein – sondern Furcht. So ist es, Herr von Lauchen: *Furcht.*«

Er schwieg erneut, und wieder schritten wir stumm den Pfad entlang. Ich habe Giese einen Narren genannt, doch war das nur ein Schimpfwort: Er benahm sich durchaus nicht wie ein Narr. Wir ließen die Schloßmauern hinter uns und spazierten ein wenig den bewaldeten Abhang hinab. Die Bäume waren riesig. Drei Kaninchen flüchteten vor uns. Ich stolperte über einen abgebrochenen Ast. Die Kiefern schimmerten silbern, jede einzelne Nadel in zarter Filigranarbeit mit perlendem Nebel behangen. Wie seltsam, daß ich diesen Augenblick so deutlich erinnere! Gleich dem Spatz, der, wenn der Falke sich bereits herabstürzt, noch einen letzten Blick auf diese Welt wirft. Bischof Giese schlug seine Klauen erneut in meinen Arm und begann, nun auf Latein zu psalmodieren, ja, das ist das rechte Wort:

»Schmerzlich ist die Aufgabe, die ich nun zu erfüllen habe, da ich jemandem – der zudem aus Wittenberg – vom Sturm der Mißgunst berichten muß, der unseren gelehrten Freund umtost. Mein Herr, ich bitte Euch, lauscht meinen Worten mit Umsicht und Geduld und glaubt in diesen wenigen Tatsachen, die Euch offenbart, keinen Plan auszumachen, der auf den Fluren Roms ausgeheckt wurde. Das

Übel wurzelt in einem Mann allein: Kennt Ihr Dantiscus, Ermlands Bischof (Johannes Flachsbinder mit bürgerlichem Namen, ein Danziger Weichling)? Er haßt Kopernikus, und aus Eifersucht verfolgt er ihn nun schon seit vielen Jahren mit zelotischem Eifer. Warum, fragt Ihr, doch Euch darauf Antwort zu geben übersteigt, so fürchte ich, meine Fähigkeiten. Warum hassen die Schlimmsten die Besten, warum dürstet es die Mittelmäßigen danach, große Geister zu erniedrigen? So ist nun mal die Welt. Zudem glaubt dieser Jünger Zelots, törichter Banause der er ist, Preußen biete Platz nur für einen großen Denker – nämlich für ihn allein! Der Kerl ist geisteskrank, *certes*. Nun, um sein Ziel zu erreichen und unseren Magister am Boden zu zerstören, verunglimpft er seinen Namen und läßt verbreiten, daß er das Bett mit seiner *focaria* teile, die er um der Befriedigung seiner Lust willen zur Unzucht verführte. Mein Freund, Ihr starrt mich an, als könntet Ihr Euren Ohren nicht glauben. Doch dies ist nur eine von vielen Lügen, die dieser Danziger ausgestreut hat! In den Augen aller Welt ist daher des Doktors Ruf dahin, so daß sein Buch, davon ist er überzeugt, auf spöttische Verachtung stoßen würde. Vor einigen Jahren haben ignorante Bauern in Elbing eine Wachsfigur von Kopernikus verspottet, die sie in einem Karnevalsumzug durch die Straßen führten. Dantiscus gewinnt, und unser Freund schweigt, da er sich fürchtet, seine genialen Theorien dem höhnischen Mob anzuvertrauen. Und deshalb, mein Herr, liegt die Arbeit von zwei Dutzend Jahren ungesehen brach. Ich flehe Euch also an, verlaßt uns noch nicht. Wir müssen auf ihn einwirken, müssen erreichen, daß er seinen Entschluß überdenkt – *doch leise, dort kommt der Doktor. Und kein Wort von den Geheimnissen, die ich Euch verriet*! – Ach, Nikolas, guten Tag.«

Wir hatten das Wäldchen verlassen und betraten den Hof durch eine schmale, niedrige Nebentür. Hätte Giese mich nicht auf ihn aufmerksam gemacht, ich hätte den Kanonikus kaum bemerkt, der unter einem Gewölbebogen lauerte und uns mit seltsam starrem Grinsen im grauen Gesicht aufmerksam betrachtete. Das soeben gewonnene Wissen zeigte ihn mir in neuem Lichte. Ja, nun konnte ich in ihm (so glaubte ich zumindest!), einen geknebelten Mann erkennen, der in all seinem Tun durch den übergroßen Zwang zu Geheimhaltung und Vorsicht behindert wurde, und ich empfand um seinetwillen brennende Wut. Fast hätte ich mich ihm zu Füßen geworfen, wäre mir nicht die Erinnerung an einen früheren Kniefall lebhaft im Gedächtnis gewesen. Daher begnügte ich mich mit einem fürchterlichen Blick, der ihm bedeuten sollte, daß ich es auf seinen Befehl hin mit einer ganzen Armee von Dantisci aufnehmen würde. (Und doch war ich trotz allem verwirrt und sogar mißtrauisch: Was genau erwarteten die beiden eigentlich von mir?) Meine erklärte Absicht, noch an diesem Tage abzureisen, hatte ich längst vergessen; außerdem hatte ich dies auch nur gesagt, um dem nachtmützigen Onkel in meiner Kammer eine unverfälschte Reaktion zu entlocken, jedenfalls hatte ich bestimmt nicht erwartet, daß meine gedankenlose Drohung jene Panik provozierte, die sie offenbar hervorgerufen hatte. Ich beschloß, mit Bedacht vorzugehen – doch als der junge Narr, der ich war, hatte ich mich kaum zur Vorsicht entschlossen, da schlug ich sie bereits in den Wind und watete kopfüber in den Sumpf. Ich sagte:

»Wir müssen sofort nach Frauenburg zurück, Meister! Ich werde gleich eine Abschrift von Eurem großen Werk anfertigen und es nach Nürnberg zu einem mir bekannten Drucker bringen, der überaus diskret und ein Fachmann für derlei Bücher ist. Ihr müßt mir vertrauen und dürft nicht länger zögern!«

In meiner Aufregung erwartete ich eine dramatische Reaktion des Kanonikus auf diesen unverblümten Angriff gegen seine Geheimniskrämerei, doch er zuckte bloß die Achseln und sagte:

»Wir müssen deshalb nicht nach Frauenburg, das Buch ist hier.«

Ich sagte:

»Aber, aber, aber, aber, aber –!«

Und Giese sagte:

»Nikolas, was –!«

Und der Kanonikus funkelte uns beide mit einer Mischung aus Verachtung und Widerwillen an und erwiderte:

»Ich hatte nicht erwartet, daß Herr von Lauchen den weiten Weg von Wittenberg hierher bloß zu seinem Vergnügen unternahm. Ihr seid gekommen, um mehr über meine Theorie der Umdrehungen der Sphären zu erfahren, nicht wahr? Also soll es so sein. Ich habe das Manuskript dabei. Kommt, hier entlang.«

Zu dritt kehrten wir ins Schloß zurück, und der Kanonikus

holte sogleich das Manuskript aus seinem Zimmer. Die Ereignisse dieses Vormittags waren einander so rasch gefolgt, daß mein armer Verstand, durch mein Leiden bereits wie betäubt, sie nicht mehr zu verarbeiten wußte, so daß ich gleichsam unter Schock stand – doch war ich nicht derartig schockiert, daß mir nicht aufgefallen wäre, wie der alte Mann sich vergebens mühte, einen unbekümmerten Eindruck zu erwecken, als er mir sein Lebenswerk überreichte, auch bemerkte ich durchaus, wie seine Finger sich in einem augenblicklichen Anfall von Zweifeln unwillkürlich um das Manuskript klammerten, als es in meine Hände überging. Kaum war die Tat vollbracht, trat er einen Schritt zurück, und jenes gräßliche, unbeherrschte Grinsen machte sich erneut auf seinem Gesicht breit. Bischof Giese, der stets in unserer Nähe geblieben war, stieß einen Pfiff der Erleichterung aus, und da ich fürchtete, der Kanonikus könnte seine Ansicht noch einmal ändern wollen, erhob ich mich rasch und eilte ans Fenster.

## DE REVOLUTIONIBUS ORBIUM MUNDI

- nur für Mathematiker -

★

Wie soll ich meine Gefühle beschreiben, diese seltsame, kunterbunte Mischung von Gefühlen, die in mir aufflammte, als ich jene leibhaftige Legende anstarrte, die ich in Händen hielt, den Schlüssel zu den Geheimnissen des Universums? Jahrelang hatte dieses Buch mich bis in meine Träume verfolgt und in meinen wachen Stunden mich so ausschließlich beschäftigt, daß ich die Wirklichkeit nun kaum verstand und die Worte in der krakeligen Schrift zu mir nicht zu reden, sondern zu singen schienen. Wie eine Fanfare aus himmlischen Posaunen scholl mir die brausende Pracht des Titels in den Ohren, begleitet vom weltlichen Gefiedel der Widmung mit ihrem umsichtigen Rat, und ich lächelte närrisch, hilflos, über das unerklärliche Wunder dieser Musik von Himmel und Erde. Doch dann wendete ich die Seiten um, und wie zufällig fiel mein Blick auf das Diagramm eines Universums, in dessen Mitte Sol in der Pracht ewiglicher Unbeweglichkeit verharrte. Die

Musik war wie weggewischt, ebenso mein törichtes Lächeln, und eine neue und gänzlich unerwartete Empfindung überkam mich. Es war Trauer! Trauer darüber, daß die alte Erde derart entthront worden war, verstoßen in die Dunkelheit des Firmaments, um dort auf Geheiß eines tyrannischen, stummen Feuergottes zu kreiseln und zu torkeln. Ich trauerte, Freunde, um unsere Herabwürdigung! Ach, es war ja nicht so, als hätte ich nicht bereits gewußt, daß die Theorie des Kopernikus eine heliozentrische Welt forderte, nein, das wußte jedermann; zudem war mir gestattet worden, jenes abgegriffene Exemplar von Melanchtons *Commentariolus* zu lesen. Und, was ebenfalls jedermann wußte, es war Kopernikus nicht der erste, der die Sonne in den Mittelpunkt setzte. Ja, mir war bereits seit langem bekannt, was dieser Preuße im Sinn hatte, doch erst an diesem Morgen im Schloß von Löbau begriff ich schließlich in gleichsam fasziniertem Entsetzen dieses Werk der Kosmographie in all seinen Konsequenzen. Geliebte Erde! Er hat dich auf immer in die Dunkelheit verbannt. Und doch, was machte das schon? Der Himmel wird immer wieder blau sein, die Erde wird in jedem Frühjahr wieder blühen, und auf immer wird dieser Planet der Mittelpunkt all dessen sein, was wir wissen. Das glaube ich.

★

An Ort und Stelle las ich das vollständige Manuskript; damit will ich natürlich nicht sagen, daß ich jedes Wort las: Vielmehr öffnete ich es, wie der Chirurg einen Körper öffnet und tauchte die scharfe Klinge meines Intellekts in die lebenswichtigen Zentren, legte die bebenden Arterien bloß, die ins Herz führten. Und dort, in den knotigen Strängen dieses Herzens, entdeckte ich etwas Seltsames … doch davon gleich mehr. Als ich schließlich meinen Blick von den Seiten hob, war ich allein. Das Licht hinter den Fenstern verblaßte. Es war Abend. Mit Giese und Kopernikus hatte sich auch der Tag unbemerkt davongemacht. Mein Schädel brummte, doch ich zwang meinen Verstand nachzudenken, jenes kleine, drängende Etwas zu suchen, das seit dem Morgen in meinem Hinterkopf lauerte und auf den rechten Zeitpunkt wartete. Es war die Erinnerung daran, wie Kopernikus, als ich ihn im Hof aufforderte, mir das Manuskript zu geben, die Maske des furchtsamen Kirchenmannes abgeworfen hatte, um nur für einen einzigen Augenblick eisige Verachtung aufblitzen zu lassen, kalte, grausame Arroganz. Ich weiß nicht, warum ich mich daran erinnerte, warum es so bedeutsam schien; ich war mir nicht mal sicher, ob ich es mir vielleicht nicht nur einbildete, doch es quälte mich. *Was wollen die beiden von mir?* Sei vorsichtig, Rheticus, sagte ich mir und wußte doch kaum, was ich damit meinte ...

Ich traf Kopernikus und Giese im großen Saal des Schlosses an, wo sie stumm in riesigen, mit Schnitzwerk verzierten Sesseln auf beiden Seiten eines mächtigen Kamins saßen, in dem trotz des milden Abends die gestapelten Scheite hell loderten. Hoch in die Wände eingelassene Fenster ließen vom abendlichen Glanz nur wenig herein, und im Dämmerlicht schienen die Gewänder der beiden reglosen Gestalten zu zerfließen und mit der kunstvollen Riffelung ihrer Throne zu verschmelzen, so daß sie meiner verminderten Wahrnehmung gliederlos erschienen, wie zwei abgeschlagene Köpfe, die in der karmesinroten Glut des Feuers gespenstisch anzusehen waren. Wollte er es nicht riskieren, sich zu verbrennen, hätte Kopernikus nicht dichter an die lodernden Flammen heranrücken können, und doch sah er aus, als wäre ihm noch kalt. Als ich den Halbkreis flackernden Lichtes betrat, merkte ich, daß sie mich beobachteten. Ich war müde und zu keinerlei Feinsinnigkeit aufgelegt, und erneut mißachtete ich mein eigenes Gebot zur Vorsicht. Ich hielt das Manuskript in die Höhe und sagte:

»Ich habe es gelesen, und meine Erwartungen sind noch übertroffen worden. Erlaubt Ihr, daß ich es mit nach Nürnberg zu Petreius, dem Drucker, nehme?«

Er antwortete nicht sogleich. Das Schweigen breitete sich um uns aus, bis die Stille selbst zu ächzen schien. Schließlich sagte er:

»Über diese Frage können wir jetzt noch nicht diskutieren.«

Und als hätte er mit diesen Worten ein Signal gegeben, regte sich der Bischof und setzte der Diskussion ein Ende (der Diskussion?). Ob ich schon etwas gegessen hätte? Aber das müsse ich doch. Er würde Raphaël bitten, mir sogleich mein Abendbrot aufs Zimmer zu bringen, denn ich sollte mich nun zurückziehen, es sei schon spät, außerdem sei ich krank und bedürfe der Ruhe. Und wie ein schlafmüdes Kind ließ ich zu, daß man mich fortführte, zu erschöpft, um zu protestieren, drückte ich das Manuskript, Babas liebstes Spielzeug, an meine Brust. Ich schaute mich nach Kopernikus um, und der abgeschlagene Kopf lächelte und nickte, als wollte er sagen: schlaf, Kleiner, schlaf jetzt. Mein Zimmer sah irgendwie anders aus, doch hätte ich nicht sagen können, woran es lag, bis ich am nächsten Morgen meinen Tisch sah, der mit Schreibutensilien und Papierstößen beladen war, die man mir ohne mein Wissen gebracht hatte. Ach, wie gerissen sie doch waren!

★

Mir ist ein Gedanke gekommen, den ich verwunderlich finde, *videlicet*, daß ich auf Schloß Löbau glücklich war, glücklicher vielleicht, als ich es je zuvor gewesen war oder jemals wieder sein würde. Stimmt das? Glück. *Glück*. Ich schreibe das Wort nieder und starre es an, doch sagt es mir nichts. Glück; wie seltsam. Wenn die Welt, die doch größtenteils von Narren und Scheinheiligen bevölkert wird, vom Glücklichsein redet, meint sie eigentlich kaum mehr als ein gestilltes Verlangen – das Verlangen nach Liebe, nach Rache, Geld oder Ähnlichem – doch das kann nicht sein, was ich meine. Ich habe nie jemanden geliebt, und hätte ich Geld, wüßte ich nicht, was ich damit anfangen sollte. Rache, nun, das ist natürlich etwas anderes, doch macht sie mich nicht *glücklich*. In Löbau wußte ich jedenfalls nichts von Rache, ahnte nicht mal, daß es mich eines Tages danach verlangen würde. Wovon rede ich also? Ich kann mich selbst nicht verstehen, welch delirierendes Gewäsch. Doch der Gedanke will nicht weichen. *Ich war glücklich in jenem Sommer in Löbau*. Es ist wie eine Art Botschaft, eine Chiffre, die mir von irgendwoher zugesandt wurde. Nun, dann wollen wir mal sehen, ob ich herausfinden kann, was mich glücklich machte; vielleicht verstehe ich dann auch, was dieses Glück zu bedeuten hatte.

★

Rasch nahmen die Tage einen bestimmten Rhythmus an. Morgens erwachte ich vom düsteren Geläut der Schloßglocken, die verkündeten, daß der Bischof in der Kapelle die Messe las. Der Gedanke, daß dieses seltsame, geheimnisvolle Blut- und Opferritual nahebei im Zwielicht der Dämmerung vollzogen wurde, war zugleich komisch und grotesk, doch auch merkwürdig tröstlich. Nach der Messe kam Raphaël verschlafenen Auges, doch stets gutgelaunt, um mir das Frühstück zu bringen und mich zu rasieren. Er war solch ein angenehmer Gesell und schien es zufrieden, zu schwatzen oder still zu sein, ganz wie es meine Laune verlangte. Selbst sein Schweigen war gut gelaunt. Des öfteren versuchte ich, ihm eine genaue Beschreibung seiner Pflichten im bischöflichen Haushalt zu entlocken, war doch nicht zu übersehen, daß er eine privilegierte Stellung innehatte, aber seine Antworten blieben stets vage. Mir kam der Gedanke, daß er der Bastard vom alten Giese sein könnte. (War er es? Ich hoffe nicht.) Manchmal ließ ich mich von ihm begleiten, wenn ich mich aufmachte, die frische Luft in den Wäldern unterhalb der Mauern zu genießen, doch wurde er danach ob seiner ablenkenden Manier stets von meiner Seite verbannt und ermahnt, vor dem Abend nicht wieder aufzutauchen, da ich zu arbeiten hatte.

Der Astronom, der die Bewegungen der Sterne studiert, gleicht gewiß einem Blinden, der allein auf den Stab der Mathematik vertrauend zu einer weiten, endlos langen, unsicheren Reise aufbricht und einen Weg beschreitet, der sich durch zahlreiche trostlose Orte windet. Wie wird das Ergebnis lauten? Eifrig mag er eine Weile voranstreben und sich den Weg mit seinem Stab ertasten, doch wird er sich irgendwann darauf stützen und vor Verzweiflung den Himmel, die Erde und alle Götter anflehen, ihm in seiner Qual beizustehen. Von Krankheit und, schlimmer noch, von der Unsicherheit geplagt, welchem Ziel denn meine Mühen dienten, kämpfte ich so Tag um Tag, zehn Wochen lang, mit den komplizierten Feinheiten der Theorie des Kopernikus von den Bewegungen der Planeten. Diese zweite Lektüre des Manuskripts unterschied sich deutlich vom ersten, täuschenden Blick, als ich, verzaubert von der Musik, gleich aufs Herz des Werkes zielte und unbekümmert alle Einzelheiten mißachtete. Ach, diese Einzelheiten! Über meinen Tisch gekrümmt, den Kopf in den Händen, lieferte ich mir eine wilde Schlacht mit ihnen, stöhnte und brummte, weinte und lachte manchmal gar unbeherrscht. Besonders erinnere ich mich daran, welche Mühen mir die Umlaufbahn des Mars bereitete, dieses Kriegsfürsten. Dieser Planet ist ein *Hundsfott*! Er hätte mich fast in den Wahn getrieben. Als ich eines Tages daran zweifelte, je die Rätsel seiner Umlaufbahn zu entschlüsseln, stand ich auf, lief verzweifelt im Kreis umher und hieb meinen Schädel gegen die Wände. Schließlich hatte ich mich fast bewußtlos geschlagen und sank zu Boden, als mir Gelächter in den Ohren dröhnte und eine spöttische Stimme – ich könnte schwören, daß sie aus der vierten Sphäre selbst herniederscholl! – brüllte mich an: *Gut so, Rheticus, sehr gut! Ihr habt gefunden, wonach Ihr suchtet, denn ebenso, wie Ihr durch dieses Zimmer getorkelt seid, so wirbelt Mars durchs All!*

Als wäre all dies nicht genug gewesen, verbrachte ich die Abende, an denen ich mich eigentlich ausruhen sollte, mit endlosen, sich im Kreise drehenden Disputen und versuchte, Kopernikus zur Veröffentlichung zu bewegen. Diese Kämpfe fanden nach dem Essen im großen Saal statt, wo man für mich einen dritten geschnitzten Thron vors Feuer gerückt hatte. Ich sagte *Kämpfe*, doch wäre *Attacken* das bessere Wort gewesen, denn während ich angriff, duckte sich Kopernikus bloß hinter Wällen aus steinernem Schweigen, als wäre er unerreichbar. Eine abweisende, graue Gestalt, so saß er da, in die Falten seines Gewandes gehüllt, und starrte vor sich hin, die Kiefern wie eine Schnappfalle zusammengepreßt. Wie heiß das Feuer auch brannte, ihm war immer kalt. Es schien, als entströmte die Kälte einer Eiswüste in seinem Innern. Nur wenn mein Flehen in äußerster Intensität vorgebracht wurde, wenn ich, außer mir vor messianischem Eifer, auf die Füße sprang, mit den Armen fuchtelte und ihn verzweifelt mahnend anbrüllte, nur dann zeigte seine so unerschütterlich wirkende Verteidigung eine Spur von Schwäche. Sein Kopf zuckte dann in rasender Verweigerung wie ein Pendel hin und her, während sein grausames Grinsen breiter und immer breiter wurde, Schweiß auf seine Stirn trat und er, wie ein Mädchen, das sich selbst mit Gedanken an eine Vergewaltigung peinigt, in die Tiefen jenes Abgrunds starrte, in den zu springen ich ihn aufforderte, bis er in entsetzter, panischer Verzückung seine Arme um sich schlang. Manchmal brachte ich ihn sogar soweit, daß er das Wort ergriff, doch warf er meinem gnadenlosen Vordringen stets nur Hindernisse in den Weg, achtete aber sorgsam darauf, mir bloß in einem unwichtigen Punkt zu widersprechen, und wich dem Hauptanliegen geschickt aus. Als ich ihm etwa sagte, daß es seine Pflicht sei, zu veröffentlichen, und wenn auch nur, um des Ptolemäus' Fehler aufzuzeigen, da deutete er mit bebendem Finger auf mich und rief:

»Uns geziemt es, den Wegen der Alten zu folgen! Wer da glaubt, er könne ihnen nicht vertrauen, der wird auf immer vor den verschlossenen Toren unserer Wissenschaft in der Wildnis hocken und über die Bewegungen der Sphären aberwitzige Träume spinnen – dafür aber, daß er glaubt, er nütze seinen Wahngebilden, wenn er die Alten verleumde, wird er bekommen, was er verdient!«

Giese seinerseits sah sich in diesen einseitigen Debatten gern als alten weisen Vermittler und mischte sich hin und wieder mit einer geistlosen Bemerkung ein, die er offenbar für unendlich gelehrt und überzeugend hielt, der Kopernikus und ich aber nur peinlich berührt und höflich schweigend lauschten, ehe wir fortfuhren, als hätte dieser alte Narr nie den Mund aufgetan. Doch war er zufrieden, solange es ihm gestattet war, hin und wieder sein Stück aufzusagen, denn wie alle seines Schlages sah er zwischen Worten und Taten keinen Unterschied und fand, wenn etwas gesagt worden war, dann war es auch so gut wie getan. Er war nicht der einzige Zuschauer auf dem Schlachtfeld. Während die Wochen verstrichen, verbreitete sich die Kunde im Schloß und sogar in der Stadt und noch darüber hinaus, daß an jedem Abend im großen Saal für freie Unterhaltung gesorgt werde, und bald zogen wir ein Publikum aus Geistlichen und Schloßbediensteten an, fetten Bürgern der Stadt, reisenden Scharlatanen auf diplomatischer Mission zum Bischofssitz von Kulm und weiß Gott, wen noch. Selbst die Mägde kamen herbei, den wilden Mann aus Wittenberg zu hören. Anfangs störte es mich, diese gesichtslose, leise atmende Masse hinter mir im Zwielicht kichern und rumoren zu hören, doch gewöhnte ich mich mit der Zeit daran. Ja, ich genoß es sogar. Im magischen Kreis des flackernden Lichtes, ummauert von der unbezwingbaren

Burg hoch über der Ebene, spürte ich, daß ich aus der Welt gewöhnlicher Menschen in seltene, ätherische Sphären erhoben worden war, wo kein Schmutz an mir haften blieb und ich nichts Schmutziges berührte. Draußen war es Sommer, die Bauern arbeiteten auf den Feldern, Herrscher führten Kriege, doch hier drinnen war nichts von alledem, kein Blut und keine Mühen, kein Wachstum, kein Gemetzel und kein Ruhm, keine bukolischen Freuden, keine sterbenden Menschen – kurz, kein Leben, nein, nichts davon. Denn wir waren Engel, die ein endloses, himmlisches Spiel spielten. Und ich war glücklich.

Und wenn das mit dem Wort Glück gemeint ist, *dann will ich nichts davon wissen.*

*I*ch komme voran, komme voran, ja, fürwahr; ich bin immer noch in Löbau. Letzten Endes konnte ich mich durchsetzen, und Kopernikus – wenn auch natürlich auf seine ihm eigene Art und zu seinen eigenen Bedingungen – kapitulierte. Das erste Anzeichen dafür, daß er zu ernstlichen Verhandlungen bereit war, kam eines Abends, als er wie aus heiterem Himmel aufgeregt über einen Plan zu schwatzen begann, der, wie er wisse, meine begeisterte Zustimmung finden würde. Ich dürfe nicht glauben, daß seine Unlust, jene bescheidenen Theorien veröffentlichen zu wollen, einer Verachtung für die Welt entspringe, da er, wie mir durchaus bekannt sei (war es das?), für den gemeinen Menschen große Liebe empfinde, weshalb er keineswegs den Wunsch hege, sie bezüglich der *rerum natura* in Unkenntnis zu lassen, falls er sie denn irgend aufklären könne. Außerdem trage er Verantwortung gegenüber der Wissenschaft und der Entwicklung der wissenschaftlichen Methoden. In Anbetracht all dessen schlage er daher vor, astronomische Tafeln mit neuen Regeln für die Aufzeichnung von Sternenbewegungen aufzustellen, die nicht nur für Astronomen, sondern auch für Seefahrer, Kartographen und so weiter eine unschätzbare Hilfe darstellen würden; diese Tafeln könne ich, sobald er sie fertig habe, zu meinem Drucker nach Nürnberg bringen. Doch müsse er mir eines deutlich sagen: Die Berechnungstabellen würden zwar neue und genaue Regeln aufweisen, *doch würde es keinerlei Beweise dafür geben.* Er wisse sehr wohl, daß seine Theorie, auf der die Tafeln basierten, wenn sie denn veröffentlicht würde, die gängigen Vorstellungen hinsichtlich der Bewegung der Sphären auf den Kopf stellen und folglich eine schreckliche Aufregung verursachen würden, und er sei nicht bereit, für eine solche Unruhe *mit seinem Namen* einzustehen (Hervorhebung von mir). Pythagoras war der Ansicht, daß die Geheimnisse der Wissenschaft nur wenigen vorbehalten bleiben sollten, den Eingeweihten, den Weisen, und Pythagoras gehöre zu den Alten und er habe recht. Also: neue Regeln, ja, *aber keinerlei Beweise dafür.*

Das war völlig unzureichend, und das wußte er nur zu gut, denn kaum brachte ich meine Einwände vor, gab er klein bei und sagte, ja, es sei eine dumme Idee gewesen, er wolle sie gleich wieder fallenlassen. (Ich gestehe, ich weiß bis auf den heutigen Tag nicht, warum er diesen unsinnigen Plan zur Sprache brachte, um ihn dann sofort wieder aufzugeben, falls er mir nicht auf diese für ihn so typische, umständliche Art signalisieren wollte, daß er nun zu Kompromissen bereit war.) Daraufhin war das Thema erledigt, doch hielt dieses unbedeutende Detail Giese nicht davon ab, nun seine Einwände vorzubringen, deren Formulierung ihn gewiß allerlei Anstrengung kostete, die er aber nur zu gern erbrachte.

»Lieber Doktor«, sagte er, »diese Tafeln wären ein unvollständiges Geschenk an die Welt, wenn Ihr die Theorie nicht mitteilt, auf der sie fußen, so wie Ptolemäus, den Ihr doch überaus schätzt, es stets gewissenhaft getan.«

Woraufhin Kopernikus, der sich bereits verträumt wieder in sich zurückgezogen hatte, eine außergewöhnliche Antwort gab. Er sagte:

»Die ptolemäische Astronomie ist ein Nichts, soweit es die Existenz betrifft, aber sie eignet sich recht gut, das Nichtexistente zu errechnen.«

Kaum hatte er das gesagt, faßte er sich und tat, indem er eine Miene aufsetzte, die verbindliche Ahnungslosigkeit bedeuten sollte, ihn aber nur wie einen Halbtrottel aussehen ließ, als hätte er nicht bemerkt, daß er einen Gedanken geäußert hatte, der, wenn er ihn denn für wahr hielt, sein Lebenswerk *ad absurdum* führen würde (vergeßt nicht, was immer man auch heute darüber sagt, seine Theorie basierte gänzlich auf der ptolemäischen Astronomie – sie war sogar, wie er selbst betonte, wenigstens in ihren Anfängen nichts anderes als eine Revision des Ptolemäus.) Dieses Eingeständnis war derart gravierend, daß ich seine volle Bedeutung damals nicht begriff und nur gleichsam im Vorüberflug den schwarzen, spröden Flügel meine Wange streifen spürte. Doch muß ich geahnt haben, daß etwas Entscheidendes vorgefallen und seine Verteidigung teilweise zusammengebrochen war, denn ich sprang sofort auf und rief:

»Überlaßt mir das Manuskript, laßt mich nach Nürnberg reisen. Wir müssen gleich handeln, oder auf immer schweigen – vertraut mir!«

Er antwortete nicht sofort. Mir scheint im Rückblick, obwohl ich mich da gewiß irre, als hätte sich an jenem Abend eine große Menge im Saal versammelt, denn das Schweigen war ungeheuerlich, eine Art Schweigen, wie es nur dann entsteht, wenn eine Menge, deren kindliche Aufmerksamkeit gefangen wurde, für einen Moment aufhört zu kreischen und mit offenen Mündern ein grelles, kitschiges Wunder anstarrt. Sogar Giese blieb stumm. Kopernikus lächelte. Ich meine, er grinste nicht, hatte nicht jenes gewisse Grinsen aufgesetzt, sondern lächelte, ein echtes, verhaltenes, ruhiges, überaus listiges Lächeln. Er sagte:

»Ihr wollt, daß ich Euch vertraue, und das tue ich natürlich, ja, gewiß; aber die Reise nach Nürnberg ist dieser Tage lang und gefährlich, und wer weiß schon, welches Unheil Euch unterwegs droht? Was, wenn Ihr in einem unglückseligen Abenteuer das Manuskript verliert, wenn es gestohlen oder vernichtet wird? Dann wäre alles verloren, meine ganze Arbeit. Dreißig Jahre habe ich an diesem Buch geschrieben.«

Welche Absicht hegte er? Er beobachtete mich mit kaltblütigem Amüsement (ich schwöre es, er amüsierte sich!), während ich wie ein gestrandeter Fisch nach der richtigen, der einzig möglichen Antwort zu dem Rätsel suchte, das er mir gestellt hatte. Dies war anders als alles, was zuvor geschehen war, diesmal meinte er es ernst. Behutsam tastete ich mich vor:

»Dann will ich eine Abschrift Eures Manuskriptes anfertigen und sie mit mir nehmen, während Ihr das Original behaltet. So ist die Sicherheit des Buches gewährleistet, aber auch seine Veröffentlichung. Eine weitere Schwierigkeit kann ich nicht erkennen.«

»Doch Ihr könntet auch die Abschrift verlieren, nicht wahr, und was dann? Also, hier ist mein Plan: Reist nach Nürnberg, schreibt dort aus dem Gedächtnis eine Zusammenfassung meines Buches, was Euch zweifellos leichtfallen wird, und veröffentlicht *die*.«

»Aber das ist doch schon geschehen!« rief ich. »Ihr selbst habt eine Zusammenfassung geschrieben, den *Commentariolus* –«

»Das war nichts, nein, schlimmer als nichts, ein Werk voller Fehler. Ihr aber müßt eine akkurate Zusammenfassung geben. Seht Ihr denn nicht, welche Vorteile dies für uns beide hat? Euer Name wird in der Welt der Wissenschaft gerühmt werden, während zugleich der Weg für eine spätere Publikation meines Buches geebnet wird. Ihr werdet eine Art –«, wieder lächelte er, »– Johannes der Täufer sein, einer, der vorangeht.«

Er hatte gewonnen, und er wußte es. Ich senkte den Kopf, deutete meine Niederlage an.

»Ich bin einverstanden«, sagte ich. »Ich werde diese Zusammenfassung schreiben, wenn es denn in meiner Macht steht.«

Ach, dieses Lächeln, dieses leise Lächeln, wie gut ich mich daran erinnere! Er sagte:

»Ich glaube, das ist ein ausgezeichneter Plan, findet Ihr nicht?«

»Ja, ja – doch wann werdet Ihr *De revolutionibus* veröffentlichen?«

»Nun, wenn ich es recht bedenke, besteht dazu eigentlich keine Notwendigkeit mehr, wenn Ihr dafür sorgt, daß Eure Zusammenfassung verständlich genug ist.«

»Aber Euer Buch? Die Arbeit von dreißig Jahren?«

»Das Buch ist unnötig.«

»Und Ihr wollt –«

»Es vernichten.«

*»Es vernichten?«*

»Ja, warum nicht?«

Wie leichthin und fröhlich er das sagte! Wie überzeugend er klang!

⋆

So wurde die Idee zu meinem Buch *Narratio prima* geboren, das in den sechsunddreißig Jahren seit seiner Veröffentlichung einen solchen Ruhm erlangte (für *ihn*, nicht für mich, dessen Werk es war!). Ich habe hier nicht wortwörtlich wiedergegeben, wie er mich verführte, dies Werk zu verfassen, sondern beschied mich darauf zu zeigen, wie geschickt er meinen jugendlichen Enthusiasmus und meine Leichtgläubigkeit zu seinen eigenen, fragwürdigen Zielen nutzte. Der Unsinn, sogleich nach Nürnberg zu reisen und den Bericht aus dem Gedächtnis zu schreiben, gehörte natürlich zu seiner Falle, war dies doch eine Bedingung, von der er ohne Schaden abrücken und dabei noch großmütig wirken konnte. Nachgeben mußte er in diesem Punkte jedenfalls, da ich keinerlei Absicht hegte, ihm von der Seite zu weichen, nachdem ich gehört hatte, wie er drohte (eine Drohung, die ich, wie ich gestehe, nicht ernst nahm, aber dennoch ...), sein Buch zu verbrennen.

Ich begann noch in derselben Nacht zu schreiben. Kopernikus' Buch umfaßt sechs Teile, jeder einzelne davon komplexer und schwieriger als der vorhergehende Teil. Inzwischen war ich mit den drei ersten Teilen gründlich vertraut, hatte den vierten Teil erfaßt und nur eine allgemeine Vorstellung von den beiden letzten Teilen – doch kam ich zurecht, ja, ich kam zurecht, und die *Narratio prima* ist, wie Ihr selbst urteilen mögt, zwar nicht so elegant, wie ich sie mir gewünscht hätte, aber nichtsdestotrotz ein brillantes Werk. Wer sonst – dies frage ich in aller Bescheidenheit – wer sonst hätte in so kurzer Zeit eine komprimierte, bündige Zusammenfassung dieses spröden Geflechts von astronomischer Theorie geben können, wer außer mir? Und half mir der *domine praeceptor* in meiner herkulischen Arbeit? Nein, das tat er nicht. Jeden Abend, wenn ich mit meinem Tagewerk zu Ende war, kam er mit irgendeiner fadenscheinigen Entschuldigung zu mir und nahm mir das kostbare Manuskript ab. Glaubte er, ich wollte es verschlingen? Und wie er aufgeregt von einem Fuß auf den anderen trat, wie fahrig und fiebrig er war, vor lauter Nervosität an meinem Ärmel zupfte und mir mit Verboten und Ermahnungen das Leben schwermachte. Ich dürfe seinen Namen nicht erwähnen, sagte er. Wie aber sollte das gehen? Eine Theorie ohne Theoretiker? Sollte ich das Werk als meine eigene Arbeit ausgeben? Hah, *da* besann er sich, und er ging und dachte ein oder zwei Tage darüber nach, kam zurück und sagte, daß ich ihn, wenn ich ihn denn schon erwähnen müsse, nur *Doktor Nikolaus aus Thorn* nennen solle. Also schön – was kümmerte es mich? Mir war es egal, ob er der Verrückte Kaspar oder Mandricardo, der Schreckliche, heißen wollte. Daher schrieb ich dann folgenden Titel:

*Dem hochberühmten Dr. Johannes Schöner, ein Erster Bericht über das Buch der Umdrehungen des hochgelehrten und ganz vortrefflichen Mathematikers, des ehrwürdigen Herrn Dr. Nikolaus von Thorn, Kanonikus von Ermland, von einem jungen Studenten der Mathematik.*

Was für ein Schrecken dem alten Schöner in die Glieder gefahren sein muß (er hatte mich in Nürnberg in Mathematik und Astronomie unterrichtet), als er sich als unwissenden Adressaten dieses kontroversen Werkes wiederfand. Die Widmung war eine List, konnte Schöners Name doch einem Bericht nur Achtbarkeit verleihen, der, wie ich sehr wohl wußte, den schlafenden Bienenstock der akademischen Bienen aufrütteln und zum Summen bringen würde. Obendrein fügte ich in der Hoffnung, Dantiscus damit ein wenig zu besänftigen, noch ein *Encomium Borussiae* hinzu, dieses schleimige Loblied auf Preußen, seine intellektuellen Giganten, seinen Reichtum an Bernstein und anderem kostbaren Gestein, seinen herrlichen Ausblicken auf Sumpf und schiefergraues Meer und zermarterte mir dabei das Hirn auf der Suche nach hübschen Metaphern und klassischen Anspielungen. Da ich mich entschlossen hatte, nicht in Nürnberg, sondern in Danzig drucken zu lassen, lag die Stadt doch nur einen Tagesritt entfernt, und da mich der dortige Bürgermeister, ein gewisser Johannes aus Werden, eingeladen hatte, ihn zu besuchen, ließ ich mir die Gelegenheit nicht nehmen, noch einige herzliche Worte über die Stadt und ihren tatkräftigen Achilles zu machen, den sie zum Oberhaupt hatte.

Die *Narratio prima* wurde am 23. September des Jahres 1539 fertiggestellt. Inzwischen war ich mit Kopernikus nach Frauenburg zurückgekehrt. Obwohl ich nicht gerade behaupten konnte, glücklich darüber zu sein, daß ich mich wieder in dieser trostlosen Stadt befand, war ich doch erleichtert, den Narren Giese endlich loszusein, um von diesem verwunschenen Schloß Löbau gar nicht erst zu reden. (Raphaël zu verlassen, das war natürlich etwas anderes ...) Allein mit Kopernikus in seinem kalten Turm waren zumindest die unterschiedlichen Positionen klar, womit ich sagen will, daß ich deutlich die Kluft zwischen seiner Angst vor Veränderung und meinem festen Glauben an Fortschritt sehen konnte. Doch darauf komme ich später noch zurück. Sagte ich, wir seien allein im Turm gewesen? Wie konnte ich bloß jenes andere Wesen vergessen, das wie ein schrecklicher Basilisk in unserer Mitte thronte und dessen verdrossene Blicke all meinen Bewegungen folgten, dessen wütendes Schweigen uns wie ein Leichentuch umhüllte? Ich meine Anna Schillings, diese gräßliche Frau. Sie hatte ihre Drohung nicht wahr gemacht und war bei unserer Rückkehr nicht verschwunden, erwartete uns vielmehr mit grimmiger Miene, die Arme über der gewaltigen Brust verschränkt. O nein, Anna, ich habe Euch nicht vergessen. Sie konnte nicht viel jünger als Kopernikus gewesen sein, doch besaß sie eine von Groll und Bitterkeit genährte Vitalität, die über ihr Alter hinwegtäuschte. Sie haßte mich mit ungewöhnlicher Leidenschaft; sie war eifersüchtig. Es hätte mich auch durchaus nicht verwundert, hätte sie versucht, mich umzubringen, und ich gestehe, daß mir angesichts der Schalen grünlichen Schleims, die sie uns vorsetzte, oft der Gedanke an Gift in den Sinn kam. Da wir gerade von Gift reden: Ich glaube, Kopernikus hat daran gedacht, sich dieses Mittels zu bedienen, um sich von dem unangenehmen Weibsbild zu befreien. Ich weiß noch, daß ich einmal zusah, wie er irgendeine widerliche Medizin, die er ihr für eines ihrer unzähligen Wehwehchen verschrieben hatte, mit dem Stößel zerstieß und zerstieß und dabei ein versonnenes, schreckliches, leises Lächeln aufsetzte, als wollte er ihr mit jedem Stoß die Augen ausquetschen. Natürlich hätte er nicht einmal im Traum an einen derartig radikalen Ausweg gedacht. Vermutlich fürchtete er zudem außer der Xanthippe selbst nichts so sehr wie den Gedanken, daß ihn ihr Geist verfolgen könnte.

Er bestand darauf, daß ich bei ihm im Turm hauste. Ich fühlte mich geschmeichelt, bis ich begriff, daß er mich nicht in seiner Nähe haben wollte, weil er meine Gesellschaft schätzte, sondern weil er einen Verbündeten gegen die Schillings brauchte. Ich muß allerdings gestehen, daß ich ihm in dieser Hinsicht keine große Hilfe war. O ja, ich wußte mit ihr umzugehen, keine Frage, und sie lernte bald, sich vor meiner spitzen Zunge zu hüten, doch wenn sie an mir scheiterte, fiel sie mit doppeltem Eifer über den unglückseligen Kopernikus her und wusch ihm regelrecht den Kopf; so daß meine Anwesenheit sein Problem eigentlich noch verschärfte. Sobald sie in seine Nähe kam, zuckte er zusammen und versank in seine Kutte wie in einen Panzer, als fürchte er, gleich eine Maulschelle von ihr verpaßt zu bekommen. Nun, ich hatte nur wenig Mitleid mit ihm. Er brauchte doch bloß seinen Mut bei den Hörnern fassen (was für eine seltsame Wendung) und sie hinauswerfen, sie zu vergiften oder als Hexe anzuprangern, und alles wäre gut. Wieso hatte sie überhaupt einen solchen Einfluß auf ihn? Offenbar hatte er sie vor dem Bordell bewahrt, so erzählte man es sich jedenfalls; sie war wohl eine Art Kusine. Ich gestehe, mir wurde recht übel, wenn ich darüber nachdachte, aber ich nahm an, daß irgendein fotziges Ritual, vor Jahren vollzogen, als sie zu derlei Dingen noch fähig waren, ihn unter ihre Fuchtel gebracht hatte. Dergleichen habe ich schon öfter erlebt, dieses Phänomen: Männer, die durch die Tyrannei der Möse in Sklaven verwandelt werden. Frauen. Ich habe nichts gegen sie, solange sie wissen, wohin sie gehören, doch brauchen sie nur ein paar Zirkustricks im Bett zu beherrschen, und sie werden zu wahren Circen. Ach, lassen wir das, Rheticus, lassen wir das.

Wenn ich sage, daß ich für seine Misere nur wenig Mitleid hatte, meine ich damit nicht, daß ich ihr gleichgültig gegenüberstand. Die Arbeit an der *Narratio prima* war beendet, und ich war bereit, nach Danzig aufzubrechen; anschließend mußte ich unbedingt nach Wittenberg zurück, da mein bewilligter Urlaub längst abgelaufen war; all dies aber würde bedeuten, daß ich erst zu Beginn des nächsten Sommers wieder in Frauenburg sein konnte. Gott weiß, welche Katastrophen bis dahin geschehen sein mochten. Kopernikus war ein alter Mann, alles andere als robust, und seine Willenskraft erlahmte. Dantiscus hatte seinen Feldzug wieder aufgenommen und sandte nun nahezu wöchentlich einen Brief, der unter einer Tünche aus süßen Worten und heuchlerischer Sorge um des Astronomen Ruf vor Drohungen wegen Anna Schillings nur so strotzte; jeder Brief, das entnahm ich Kopernikus' grauer, leidender Miene, erhöhte die Gefahr für das Manuskript. Da ich mich daran erinnerte, was Giese an jenem Tag im Kiefernwald unterhalb der Mauern von Löbau gesagt hatte, wußte ich, daß Dantiscus, wenn er von seiner Pflicht sprach, das Laster aus seiner Diözese ausmerzen zu müssen et cetera, eigentlich etwas ganz anderes meinte: nämlich seine brennende Eifersucht auf Kopernikus. Würde der Meister bis zu meiner Rückkehr Geduld bewahren, allein der Tyrannei der Schillings und des Dantiscus' Drohungen ausgesetzt, oder würde er das Buch verbrennen und sich in die Sicherheit und Stille seines Baus verkriechen? Es war ein Risiko, das ich nicht eingehen konnte. Falls die Schillings nicht aus dem Weg zu räumen war – und ich gab es bald auf, diese grimmige Masse aus Fleisch und Wut bewegen zu wollen –, dann mußte derjenige, für den sie eine Waffe war, davon überzeugt werden, daß der Krieg, den er führte, bereits verloren war. (Ein weiteres Rätsel – Lösung folgt.) Ich unternahm einen letzten Versuch, das Manuskript aus den Klauen des alten Mannes zu winden, doch schaute er mich nur kummervoll, vorwurfsvoll an und sprach kein einziges Wort; also packte ich meine Habe und wünschte Frauenburg Lebewohl.

Ich werde mich mit meinem Besuch in Danzig nicht lange aufhalten. Der Bürgermeister, mein Gastgeber, der fette Johannes aus Werden, war ein aufgeblähter, bäurischer Bürger, dessen größte Leidenschaft, jene für Freßgelage einmal ausgenommen, dem Vortrag salbungsvoller Reden zu seinem eigenen Lobe galt. Er war stolz wie Oskar, daß er eines jener höchst seltenen Exemplare der Spezies lutherischer Gelehrter aus Deutschland zu Gast hatte, und versäumte keine Gelegenheit, vor seinen Freunden und erst recht vor seinen Feinden damit anzugeben. O ja, ich verbrachte eine überaus vergnügliche Zeit in Danzig. Der Drucker, zu dem ich das Manuskript der *Narratio* brachte, war zudem ein durchaus brauchbarer Kerl und sogar überraschend anstellig – für einen Handwerker dort oben in der Wildnis meine ich. Die erste Ausgabe kam im Februar 1540 aus seinen Druckerpressen. Exemplare der *Narratio* wurden nach Frauenburg, aber auch nach Schloß Löbau gesandt, von wo aus Giese gleich ein Buch zum lutherischen Herzog Albrecht von Ostpreußen nach Königsberg schickte, ein geschickter Schachzug, wie ich später noch feststellen sollte, der Kopernikus aber dennoch mächtig ärgerte, da er einen alten Groll gegen den Herzog hegte. Ein pfiffiger Gedanke meinerseits machte sich überaus bezahlt, als mein guter Freund Perminius Gassarus nach Erhalt eines von mir gesandten Exemplars in Basel gleich eine zweite Auflage herausbrachte, die er aus eigener Tasche finanzierte, womit er mir einen nicht unbeträchtlichen finanziellen Aufwand ersparte. Denn es war eine kostspielige Angelegenheit, diese Buchdruckerei, und was andere auch immer behaupten mögen, so erhielt ich doch keinerlei Hilfe, keinen Pfennig, von diesem alten Geizkragen in Frauenburg, zu dessen Nutzen all dies getan ward. Man möge bedenken, daß die Exemplare für den Herzog et cetera gratis versandt wurden (obwohl mir Perminius zu meiner geheimen Belustigung mein Geschenk nicht nur auf die bereits beschriebene Art vergütete, sondern mir auch noch ein Goldstück sandte, dieser Trottel), und außer an Giese und natürlich an Kopernikus selbst, gingen auch jeweils an Schöner, an Melanchton und an viele andere Gelehrte und Kirchenmänner Exemplare – sogar an Dantiscus, in dessen Gegenwart ich auf Schloß Heilsberg mein eigenes Buch zum ersten Mal gedruckt vor mir liegen sah …

*

Ja, es war in Heilsberg, als ich die *Narratio prima* zum ersten Mal zwischen Buchdeckeln sah. Und dazu war es folgendermaßen gekommen. Da ich den Drucker vertrauenswürdig fand, überließ ich seinen Händen die Fertigstellung des Werkes, packte meine Sachen, wünschte dem fetten Johannes und seinem Haushalt Lebewohl und machte mich auf die lange Reise nach Heilsberg. Ich muß verrückt gewesen sein, eine derart beschwerliche Fahrt einem Manne zuliebe zu machen, der derlei Anstrengung nicht verdiente und dessen einziger Dank eine übellaunige Schimpfkanonade war. Doch wie ich zuvor bereits sagte, war ich damals noch jung und nicht halb so weise, wie ich es heute bin. Wie dem auch sei: Trotz eines delikaten Gesundheitszustandes und der widrigen Dämpfe der preußischen Marsch im Winter, um gar nicht erst die entsetzlichen Bedingungen zu erwähnen, unter denen ich reisen mußte (lahmende Pferde, verlauste Gasthäuser und was dergleichen mehr war), erreichte ich Heilsberg Anfang März in nicht allzu schlechter Verfassung. Ungeduldig wie eh und je eilte ich gleich zum Schloß und verlangte, den Bischof zu sehen. Ich hatte natürlich vergessen, daß man nicht einfach zu diesen papistischen Fürsten marschiert und sie herzlich am Arm ergreift, o nein, zuerst mußten die Formalitäten eingehalten werden. Nun, ich will mich nicht weiter darüber auslassen. Es genügt wohl zu sagen, daß es mehrere Tage dauerte, ehe ich endlich eines Morgens durch das Tor in den riesigen Hof vordrang. Dort erwartete mich ein unterwürfiger Geistlicher, ein unbedeutender Offizial mit schlechtrasiertem Kinn, der mich mit verstohlenen Seitenblicken und zuckender, rotschorfiger Nasenspitze musterte und mir mitteilte, daß der Bischof zwar gerade erst von der Jagd zurückgekehrt sei, sich gnädigerweise aber dennoch bereit erklärt habe, mich unverzüglich zu empfangen. Auf dem Weg zu seinem Privatgemach kamen wir an einem flachen, unter eine der steinernen Gewölbegalerien gezogenen Karren vorbei, auf dem die morgendliche Jagdbeute abgeladen worden war, zwei Wildschweine, von denen sich eines noch immer in Todesqual wand, sowie eine arme, aufgeschlitzte Hirschkuh, die in ihrem eigenen Gedärm lag. Wenn ich heute an Dantiscus denke, sehe ich zuerst immer dieses dampfende, niedergemetzelte Fleisch vor mir.

Ich hatte erwartet, einen zweiten Giese anzutreffen, einen dünkelhaften alten Narren, dumm wie Kuhscheiße, einen engstirnigen Provinziellen, der kaum bessere Manieren als ein Ochsenkarren besaß, doch hatte ich mich getäuscht. Johannes Flachsbinder war vierundfünfzig, als ich ihn kennenlernte, ein energischer, eindrucksvoller Mann, der die Last seiner Jahre wohl zu tragen wußte. Auch wenn er nur der Sohn eines Danziger Bierbrauers war, besaß er doch die Anmut eines Aristokraten. Zu seiner Zeit war er Soldat, Gelehrter, Diplomat und Dichter gewesen und hatte Europa bereist, war in Arabien und im Heiligen Land gewesen. Kaiser und Könige zählte er zu seinen Freunden, sogar einige der führenden Wissenschaftler und Entdecker seiner Tage. Seine amourösen Abenteuer waren berühmt, in Erzählungen ebenso wie in seinen eigenen Versen, und es gab kaum einen Winkel der zivilisierten Welt, der sich nicht eines seiner Bastarde rühmen konnte. Eine Tochter, empfangen von einer Adligen in Toledo, zählte zu seinen Lieblingskindern, so hieß es, und diese Göre überhäufte er mit Liebe und Geld, was immer Rom auch dagegen einwenden mochte. Er fürchtete sich vor niemandem. Auf dem Höhepunkt der lutherischen Kontroverse hielt er enge Verbindungen zu den bedeutendsten Protestanten, während der Papst selbst Donnerkeile auf sie herabschleuderte. Ja, Dantiscus war ein brillanter, furchtloser und eleganter Mann. Und ein Schwein. Und ein Betrüger. Und ein lügendes, rachsüchtiges Arschloch.

Ich traf ihn in einem blaugoldenen Saal, wo er zum Frühstück roten Wein und Rehbraten zu sich nahm, umgeben von einer fröhlichen Meute Jäger, Speichellecker und Musikanten. Hatte ich Gieses Bauerntracht schon lächerlich gefunden, so war das Gewand dieses Kerls schlicht absurd: Er ging in Samt und Seide gekleidet, trug kniehohe Stiefel aus weichem Leder, einen mit Silberfiligran verzierten Gürtel sowie – und das ist nicht gelogen! – eng anliegende, purpurfarbene Handschuhe. Für einen Fürsten, einen dieser italienischen Gecken, wäre es tollkühn gewesen, in solch affigem Aufzug auf die Jagd zu gehen – aber für einen preußischen Bischof! Wie merkwürdig ist es doch, welchen Wert diese römischen Kirchenmänner dem bloßen Anschein beimessen, ohne ihn, ohne die Seide und all das, fühlen sie sich offenbar nackt. Doch das Dekorum, die Musik und die florentinische Pracht dieses Saals konnten den wahren Charakter des harten, erbarmungslosen Autokraten nicht verbergen. Er war ein stämmiger, untersetzter Mann mit beginnender Glatze, hoher, glänzender Stirn, mächtiger Schnabelnase und Augen von äußerst fahlem Blau ähnlich jenen eines seltsam wachsamen Vogels. Als ich eintrat, erhob er sich, verbeugte sich und lächelte höflich, doch war der Blick, mit dem er mich maß, scharf wie eine Klinge. Er gab sich herzlich, weltmännisch, mit gerade nur einer Spur Arroganz, und während er redete oder zuhörte, spielte um seinen Mund und seine Augen unablässig dieses leise Lächeln, als ereigne sich hinter mir ein amüsanter, ein wenig lächerlicher Zwischenfall, von dem ich nichts wußte und auf den meine Aufmerksamkeit zu lenken er viel zu taktvoll war. Oh, was für ein geriebener Kerl. Er setzte sich wieder und forderte mich mit gebieterischer Geste auf, neben ihm Platz zu nehmen. Er sagte:

»Herr von Lauchen, wir fühlen uns geehrt. In dieser entlegenen Gegend werden wir nicht allzuoft von den Berühmten aufgesucht – o ja, ich habe fürwahr von Euch gehört, wenngleich ich auch gestehen muß, daß ich Euch nicht für derart jung gehalten habe. Darf ich fragen, welche Angelegenheit Euch nach Heilsberg führt?«

Er hatte mich drei Tage lang auf eine Audienz warten lassen: Seine honigsüßen Worte konnten mich nicht beeindrucken. Ich maß ihn mit offenem Blick und sagte:

»Ich bin gekommen, Bischof, weil ich mit Euch reden will.«

»Ach ja? Ihr schmeichelt mir.«

»Schmeicheln, mein Herr? Ich verstehe Euren Eindruck nicht recht, denn ich habe mich wohl kaum auf die Reise zu diesem … diesem Ort hier gemacht, um irgend jemandem zu schmeicheln.«

Das versetzte seiner Weltmännischkeit einen Stoß. Schließlich geschieht es nicht jeden Tag, daß derart mit einem Bischof geredet wird. Sein Lächeln verschwand so schnell, daß ich schwören könnte, es davonzischen gehört zu haben. Doch er ließ sich nicht lange aus dem Konzept bringen; er kicherte leise, erhob sich dann und sagte:

»Mein lieber Herr, es soll mir recht sein! Ich mag keine Schmeichler. Doch kommt, kommt her, ich möchte Euch etwas zeigen, daß Euch interessieren dürfte.«

Die Gesellschaft erhob sich, als wir den Saal verließen, und an der Tür besann sich Dantiscus, wandte sich mit ungeduldigem Stirnrunzeln um, das, dessen bin ich gewiß, meine lutherische Zustimmung gewinnen sollte, und strich nachlässig einen Segen in die Luft. Schweigend stiegen wir durch das Schloß hinauf in sein Arbeitszimmer, einen langen, niedrigen Raum mit wiederum in Blau und Gold bemalten Wänden, gelegen in einem Turm im Nordwestflügel, wo ein Fenster, wie ich bald bemerkte, den Blick auf ebenjenen weiten Himmel freigab, den auch Kopernikus aus seinem Turm im fernen Frauenburg zu sehen vermochte. Ich war verblüfft und einen Moment lang recht verwirrt, denn vor mir sah ich die genaue Ausgabe jenes Observatoriums, das, ehe ich nach Preußen gekommen war, Kopernikus in meiner Vorstellung bewohnt hatte. Das Zimmer war vollgestopft mit allen nur erdenklichen Hilfsmitteln, die den Astronomen in seiner Kunst zu fördern vermochten: Globen aus Kupfer und Bronze, Astrolabien, Quadranten, ein Triquetrum von komplizierterer Beschaffenheit, als ich es je gesehen hatte, und im Mittelpunkt ein Abbild des Universums aus goldenen Drähten und Sphären, das ich offenen Mundes anstarrte, basierte es doch auf des Kopernikus' Theorie, wie sie im *Commentariolus* dargelegt worden war. Dantiscus lächelte und tat, als bemerkte er meine Verblüffung nicht, ging zum Tisch am Fenster, nahm aus einer Schublade ein Buch und reichte es mir. Ein weiterer Schreck: es war meine *Narratio prima,* frisch wie ein knuspriges Brot, roch es doch noch nach Druckerpresse und Binderaum. Jetzt konnte der Bischof nicht länger an sich halten, und er lachte lauthals. Ich vermute, mein Gesicht dürfte ihm allen Grund zum Lachen geboten haben. Er sagte:

»Vergebt mir, mein Freund, es ist zu unanständig von mir, Euch derart zu überraschen. Gehe ich recht in der Annahme, daß dies das erste Exemplar Eures Buches ist, das Ihr gedruckt vor Euch seht? Tiedeman Giese – Ihr kennt ihn, glaube ich? – war so freundlich, mir das Buch zu schicken. Der Bote traf erst gestern ein, doch habe ich das meiste davon bereits gelesen und finde es sehr faszinierend. Die Klarheit des Ausdrucks und das sichere Verständnis der Theorie sind beeindruckend.«

Giese, dem der Mund schäumte, wenn er den Namen Dantiscus aussprach, der mich vor der Hinterlist dieses Mannes gewarnt hatte, vor seiner Verschwörung wider Kopernikus, der mir erzählte, wie unser *domine praeceptor* jahrelang von ihm gepeinigt worden war, ebendieser Giese hatte aus eigenem Antrieb unserem Erzfeind dies überaus ungewöhnliche Geschenk gemacht? Warum? Wie aus dem Nichts kamen mir die Worte in den Sinn: *Was erwarten die beiden von mir?* Doch dann schalt ich mich einen Narren und vergaß die konturlosen Zweifel, die sich in mir regten. Gewiß gab es eine einfache Erklärung. Wahrscheinlich hatte der alte, wichtigtuerische Giese sich für einen verschlagenen Teufel gehalten und gedacht, der Versuch, dieses harte Herz zum Schmelzen zu bringen, sei es wert, einen Boten zu bezahlen, auf daß sein Geschenk auf schnellstem Wege nach Heilsberg gebracht werde. Ich war von diesem launischen Einfall durchaus ein wenig gerührt und fragte mich, ob mein erster Eindruck von Giese falsch gewesen sei, ob er nicht trotz allem doch ein freundlicher und aufmerksamer Kerl war, einzig eifrig darauf bedacht, das Glück meines Magisters zu mehren. Ach, Rheticus, du Esel! Der Bischof redete noch immer, und während er redete, ging er zwischen den Instrumenten umher und strich hier und da leicht mit der Hand darüber hin, als streichle er die daunenweichen Schädel seiner Bastarde. Er sagte:

»Wißt Ihr, dieses Zimmer hat dem Kanonikus gehört, als er noch Sekretär seines verstorbenen Onkels hier in Heilsberg war. In der edlen Wissenschaft der Astronomie bin ich nur ein Amateur, doch besitze ich, wie Ihr seht, einige Instrumente, und als ich herkam und einen Raum suchte, sie unterzubringen, schien es mir nur angebracht, jene kleine Zelle zu wählen, die gleichsam noch von den Gedanken des großen Mannes widerhallt. Ich finde, ich habe weise gewählt, denn glaubt Ihr nicht, daß dieser Widerhall die Betrachtungen eines bescheideneren Verstandes so wie den meinen beeinflussen, ja vielleicht sogar ein wenig beflügeln kann?«

Nein, ich glaubte nichts dergleichen; das Zimmer war tot, ein geschmückter Leichnam; es hatte Kopernikus vergessen, und die Spuren seiner grauen Anwesenheit waren von diesen grellen Wandmalereien überdeckt worden. Ich sagte:

»Mein Herr, es freut mich, daß Ihr meinen *domine praeceptor*, Doktor Kopernikus, erwähnt, denn über ihn möchte ich mit Euch sprechen.«

Er blieb stehen und richtete erneut seinen scharfen, durchdringenden Blick auf mich, dann schien er etwas sagen zu wollen, zögerte aber und forderte mich schließlich nur auf fortzufahren. Ich sagte:

»Da sich Hochwürden Bischof Giese mit Euch in Verbindung setzte, wird er Euch vermutlich auch berichtet haben, daß ich mit Doktor Kopernikus einige Monate im Schloß des Bischofs in Löbau zugebracht habe. Den eigentlichen Grund unseres Besuches dort, so nehme ich jedoch an, wird er Euch verschwiegen haben.« Hier wandte ich mich von ihm ab, um ihm bei dem, was nun folgen sollte, nicht in die Augen schauen zu müssen, denn ich bin kein guter Lügner, man sieht mir jede Lüge gleich an, und ich würde ihn nun belügen. »Wir sind nach Löbau gefahren, mein Herr, um in Ruhe und Abgeschiedenheit über die bevorstehende Publikation des Buches *De revolutionibus orbium mundi* von Doktor Kopernikus reden zu können, ein Werk, von dem Ihr vielleicht schon mal gehört habt.«

Er schien den Sarkasmus der letzten Worte überhört zu haben, denn einen Augenblick lang starrte er mich stumm an und stürzte dann zu meinem Erstaunen und nicht geringen Entsetzen mit ausgebreiteten Armen auf mich zu. Ich gestehe, er machte mir angst, grinste er doch wie ein Irrer, so daß sich der mächtige Schnabel seiner Nase gefährlich herabsenkte, bis ihre Spitze zwischen die großen, entblößten Zähne zu geraten drohte, und einen Moment lang sah es aus, als wollte er über mich herfallen und mich niedermetzeln. Doch er hieb mir nur seine Hände auf die Schultern und rief:

»Aber mein Herr, das sind ja wundervolle Neuigkeiten!«

»Hä?«

»Wie ist es gelungen, ihn zu überreden? Ich darf Euch gewiß anvertrauen, daß ich ihn, ebenso wie viele andere, seit Jahren ohne den geringsten Erfolg zur Veröffentlichung dränge, und da kommt Ihr aus Wittenberg daher und könnt ihn sogleich umstimmen. Wundervoll, einfach wundervoll, sage ich.«

Er trat einen Schritt zurück, da ihm offenbar eingefallen war, daß sein Gebrüll und Auf-die-Schulter-Klopfen kein passendes Benehmen für einen Bischof war, und lächelte dann erneut sein leises Lächeln, das diesmal allerdings etwas einfältig wirkte. Ich sagte:

»Es freut mich, daß Euch diese Neuigkeiten zu gefallen scheinen.«

Der zurückhaltende Ton meiner Stimme ließ ihn die Stirn runzeln. »Sie gefallen mir sogar sehr. Und ich sage nochmals, daß Ihr allen Grund habt, Euch zu gratulieren.«

»Herzlichen Dank.«

»Bitte, das war doch nur selbstverständlich.«

»Doch kommt der Dank von Herzen.«

»Nun gut, schön, dann seid mir ebenfalls bedankt.«

»Mein Herr.«

»Mein Herr.«

Wir ließen voneinander ab und schwenkten unsere Klingen, doch dann machte ich einen plötzlichen Ausfall und versetzte ihm einen kühnen Hieb.

»Man hat mir jedoch berichtet, Bischof, daß Rom die Veröffentlichung dieses Werkes nicht mit allzu großem Enthusiasmus begrüßen würde. Bin ich da falsch unterrichtet?«

Er schaute mich an und lachte leise, dann sagte er:

»Kommt, mein Freund, laßt uns Wein trinken.«

So endete die erste Runde. Ich glaubte, mich bislang nicht schlecht geschlagen zu haben, doch als der Wein kam, ließ ich Narr ihn mir munden und hielt mich bald für den besten Degenhelden der Welt. Dem Wein und dem Hochmut, den er weckte, ihnen gebe ich die Schuld an meiner folgenden Demütigung. Dantiscus sagte:

»Mein lieber von Lauchen, langsam beginne ich zu begreifen,

weshalb Ihr nach Heilsberg gekommen seid. Könnte es sein, daß Ihr mich alles andere als ehrlich findet, wenn ich sage, daß mich die Nachricht, die Ihr mir heute brachtet, überglücklich macht? Ach, ich weiß sehr wohl, daß der Kanonikus glaubt, ich würde ihn hassen und würde ihn, weiß Gott warum, an der Veröffentlichung des Buches hindern wollen, so ich dies denn könnte. Ich sehe, er hat Euch ebendies erzählt. Doch glaubt mir, mein Freund, er irrt und tut mir großes Unrecht. Auf diese Beschuldigungen antworte ich nur mit der Frage – kommt, laßt mich Euch nachschenken –, ob er denn vergessen hat, wie ich ihn, vor nunmehr sechs Jahren, immerzu bedrängte, seine Theorie zu verkünden und sie in Druck zu geben? Ehrlich gesagt, mein Herr, ich bin den Mann leid und kann nicht umhin, mich ein wenig beleidigt zu fühlen, wenn Ihr daherkommt und mir offenbart, daß es bloß eines Wortes von Euch bedurfte, um seine Zustimmung zu gewinnen!«

Ich zuckte die Achseln und sagte:

»Aber was, Hochwürden, ist mit dieser Schillings? Man sagt, Ihr werft ihm vor, mit ihr ins Bett zu gehen – dabei ist sie seine Kusine! Ich glaube, mein Freund, statt Liebe hegt Ihr Böses für ihn im Sinn.«

Er ließ den Kopf hängen.

»Ach das, eine widerwärtige Angelegenheit, ich gebe es zu. Doch als Bischof dieser Diözese, mein Herr, gehört es zu meinen frommen Pflichten, dafür zu sorgen, daß die Geistlichen der Mutter Kirche sich aller Laster enthalten. Was soll ich da tun? Der Mann beharrt darauf, diese Kusine-Mätresse in seinem Haus wohnen zu lassen. Außerdem geht es dabei um mehr, als Ihr denkt, wie ich Euch, wenn Ihr mich anhören wollt, rasch aufzeigen werde. Zum einen sind die Zeiten schlecht. Die Kirche, mein Freund, fürchtet alles, was von Luther kommt, und muß ihren angeschlagenen Ruf verteidigen. Zum anderen aber richtet sich meine Kampagne gar nicht gegen den gelehrten Doktor Nikolas, sondern gegen einen gewissen Sculteti – ebenfalls Kanonikus in Frauenburg – ein abgefeimter Gesell, das dürft Ihr glauben. Er lebt nicht nur in Sünde, er schmiedet auch Pläne gegen die Kirche und sendet falsche Berichte. Außerdem hat er sich mit den Deutschen eingelassen – ähm! Noch etwas Wein? Doch berührt all dies nur am

Rande meine Absicht, die da lautet, Euch davon zu überzeugen, daß ich den gelehrten Doktor überaus schätze und ihm mit allen Mitteln weiteren Kummer ersparen möchte. Und bitte, denkt nicht schlecht über unsere Kirche! All diese ... diese kleinmütigen Probleme erwachsen allein aus dem Bösen dieser Zeit. Sie sind nichts weiter als ein flüchtiger Wahn und werden vergehen, des Kanonikus' Meisterwerk aber bleibt bestehen, das weiß ich genau. Und nun, mein Freund, ein Trinkspruch: Auf Euch! Auf uns! Und auf *de revolutionibus*!«

Ich leerte meinen Becher, schaute mich um und war auf irgendwie undeutliche Weise erstaunt darüber, daß wir den Turm verlassen hatten und jetzt im Freien auf einem hohen Balkon standen. Unter uns lag der Hof, erfüllt von sengendem, zitronenfarbenem Licht; seltsam verkürzte, kleine Menschen hasteten hin und her, um in höchst lächerlicher Manier ihren Geschäften nachzugehen. Etwas schien mit meinen Beinen nicht zu stimmen, denn ich neigte deutlich zur Seite. Dantiscus, der mehr als je wie ein törichter italienischer Fürst aussah, redete immer noch. Offenbar hörte ich ihm schon seit geraumer Weile nicht mehr zu, da ich ihn auch jetzt nicht sonderlich gut verstehen konnte. Er sagte:

»Wissenschaft! Fortschritt! Wiedergeburt! Das neue Zeitalter! Was sagt Ihr, mein Freund?«

Ich sagte:

»Sischer, ja gewisch!«

Und dann folgten weitere Becher Wein, noch mehr Gerede, Musik und viel Gelächter, und ich wurde fröhlicher und immer fröhlicher und dachte, was für ein prächtiger Kerl doch dieser Dantiscus ist, so kultiviert, so aufgeklärt; später dann wurde ich von einer großen, lärmenden Menge gefeiert, der ich zu diversen Themen Vorträge hielt, so über die Wissenschaft! den Fortschritt! und über das neue Zeitalter! kurz, ich machte mich gründlich zum Narren. Bei Morgengrauen wachte ich in einem mir fremden Zimmer mit mörderischem Kopfschmerz auf und sehnte mich nach dem Tod. Ohne eine Menschenseele zu sehen, schlich ich mich aus dem Schloß, floh aus Heilsberg und kehrte niemals wieder.

Was sollte ich nun bei übelerregendem, nüchternem Tageslicht von diesem Dantiscus halten, der mir mit Wein und Schmeicheleien zugesetzt, mich festlich in seinem Saal bewirtet und mit mir auf eine erfolgreiche Drucklegung angestoßen hatte, der er, so Giese, doch von Herzen nur schnödes Mißlingen wünschte? Nach mancherlei Disput mit mir selbst kam ich zu dem Schluß, daß er trotz allem ein Schurke war – hatte er schließlich nicht eine Bücherverbrennung befohlen? Hatte er den Lutheranern nicht mit Folter und Feuer gedroht? Hatte er meinen *domine praeceptor* nicht gnadenlos verfolgt? Noch soviel Wein und Schmeicheleien, kein Gerede von Fortschritt konnte derlei Verbrechen vergessen machen. O Spitzbube! O Natter! O gewisch.

⋆

Ehe ich diesen Teil meiner Erzählung beende, bleibt noch etwas nachzutragen. Bis auf den heutigen Tag weiß ich nicht recht, ob das, was ich nun berichten will, auch in Wahrheit stattfand oder nicht. Am folgenden Tag, als ich bereits ein gutes Stück aus Heilsberg geflohen war und mich mit großer Beklommenheit fragte, ob Dantiscus, wenn er denn herausfand, daß ich mich ohne ein Wort auf und davon gemacht hatte, mir jemanden hinterherschicken würde, um mich zu weiterem Gelage und Gezeche zurückschleppen zu lassen, da kam mir plötzlich, wie ein großes Etwas, das sich aus einem Himmel, der kurz zuvor noch leer gewesen war, auf mich herabstürzte, die Erinnerung in den Sinn – ich nenne es der Einfachheit halber eine Erinnerung –, wie ich tags zuvor Raphaël im Schloß gesehen hatte – Raphaël, jenen lachenden Bengel aus Löbau! Er war im Hof gewesen, umhüllt vom zitronenfarbenen Sonnenlicht, den hin und her eilenden Gestalten, auf einem schwarzen Pferd. Wie deutlich ich mich an ihn erinnerte! – oder mir dies zumindest doch einbildete. Er schien ein wenig gewachsen, seit ich ihn zuletzt gesehen hatte, denn er war in jenem Alter, in dem Jungen wie Pilze in die Höhe schießen, und sah elegant aus mit seiner Mütze, den Stiefeln und dem Umhang, ganz der kleine Herr, aber dennoch unverkennbar Raphaël, hätte ich ihn doch überall erkannt, in jedem Alter. Ich vermag sie immer noch zu sehen, diese Szene, das Sonnenlicht sowie ein Zucken, das die schimmernden, blauschwarzen Flanken des Pferdes überlief, die

Hand des Stallburschen am Zügel und der schlanke, bemützte, mit karmesinrotem Umhang behängte, gestiefelte, herrliche Junge, diese Szene, ich sehe sie vor mir und frage mich, wie solch ein zartes, vergängliches Ding so lange überdauern konnte, um mir jetzt Trost zu spenden und mich wieder jung fühlen zu lassen, hier, an diesem gräßlichen Ort. Raphaël. Ich schreibe den Namen nieder, langsam, sage ihn leise vor mich hin und höre den ätherischen Widerhall seraphischer Gesänge. Raphaël. Noch sind mir Tränen geblieben. Warum war er dort, so weit fort von daheim? Die Antwort war natürlich einfach; *videlicet*: Der Junge hatte mein Buch aus Löbau gebracht. Doch hatte es nicht mehr damit auf sich? Ich rief seinen Namen, zu spät, er war bereits am Tor, wieder auf dem Heimweg, und Dantiscus nahm mich beim Arm und sagte: *Ihr solltet vorsichtiger sein, mein Freund,* und betrachtete mich mit seltsamem Blick. Was hatte er gemeint? Hatte er dies tatsächlich gesagt? Oder habe ich mir all das nur eingebildet? War es ein Traum, den ich immer noch träume? Wenn es so ist, wenn es nur ein Wahn war, von benebeltem Hirn ausgebrütet, dann behaupte ich, daß dieses Bild gewissermaßen prophetisch sein sollte, was ich an gegebener Stelle noch aufzeigen werde.

Also kehrte ich heim nach Wittenberg, nur um zu meiner Betrübnis merken zu müssen, daß es kein Heim mehr für mich war. Wie soll ich dieses seltsame Gefühl beschreiben? Ihr kennt es gut, das glaube ich bestimmt. Die Universität, meine Freunde und Lehrer, meine Zimmer und meine Bücher, sie alle waren, wie ich sie verlassen hatte, und doch war alles anders. Es schien, als hätte eine tückische Fäule das befallen, was ich kannte, das Herz aller Dinge, ihr innerstes Zentrum, wenngleich die Oberfläche unbeschädigt geblieben war. Ich brauchte eine Weile, um zu verstehen, daß nicht Wittenberg, sondern ich selbst befallen war. Der Zauberer aus Frauenburg hatte mich mit seinem Bann belegt, und es gab nur einen Weg, nur einen einzigen Weg, mich von diesem Bann zu befreien. Nach meiner schimpflichen Flucht aus Heilsberg hatte mich rätselhafterweise jegliches Interesse am Werk des Kopernikus verlassen, trotz der Lüge, die ich Dantiscus über den vermeintlichen Triumph erzählte, den ich in Löbau errungen hatte; denn ich hegte nun keinerlei Absicht mehr, Kopernikus weiterhin zur Veröffentlichung zu drängen. Ich sage, daß mich alles Interesse an seiner Arbeit verlassen hatte und nicht umgekehrt, denn genau so ist es geschehen. Ich trug selbst nichts dazu bei: Mich verließ einfach jeder Gedanke daran, nach Frauenburg zurückzukehren und den Kampf mit ihm wiederaufzunehmen; es war, als hätte es all das nie gegeben. Hatte irgendein verborgener Sinn in mir die Gefahr erahnt, die mich in Preußen erwartete? Nun, wenn dies der Fall war, dann war der warnende Sinn nicht stark genug, denn ich befand mich kaum in Wittenberg, da begann ich bereits, brieflich mit Petreius, dem Drucker, zu verkehren. Oh, ich gab mich unbestimmt und schrieb, er müsse verstehen, daß es außer Frage stünde, nun das Hauptwerk veröffentlichen zu wollen, doch bereite ich, so schrieb ich, eine *Narratio secunda* vor (was nicht stimmte), und da diese vielerlei Diagramme, Tabellen und dergleichen enthalte, die unmittelbar dem *De revolutionibus* entnommen würden, sei es nötig, daß ich erführe, wessen seine Blocksätze und Schriftsetzer im einzelnen fähig seien, et cetera. Doch trotz all meiner Umsicht und Ausflüchte ignorierte Petreius mit ungewollter, doch geradezu unheimlicher Zielsicherheit meine Erwähnung einer zweiten *Narratio* und antwortete verstimmt, daß, wie ich sehr wohl wisse, seine Schriftsetzer hinsichtlich wissenschaftlicher Texte unvergleichlich seien, und er würde sich freudig und zuversichtlich verpflichten, die große Abhandlung des Kopernikus, von der er bereits so viel gehört habe, zwischen Buchdeckel zu pressen.

Obwohl mich dieser hochtrabende Brief verstörte und verärgerte, begann ich bald, in ihm ein Omen zu sehen, und spielte nun doch wieder mit dem Gedanken, nach Frauenburg zurückzukehren. Versteht mich recht, ich war keineswegs bereit, erneut gen Norden zu eilen, die Mütze in der Hand und vor Begeisterung hechelnd, um einen Narren aus mir zu machen, wie ich dies zuvor getan, o nein; wenn ich dieses Mal die Reise unternahm, dann wollte ich es um meiner eigenen Ziele willen tun, um gleichsam mein verlorenes Selbst wiederzufinden und mich von jenem Bann zu befreien, auf daß ich in mein geliebtes Wittenberg zurückkehren, es unversehrt antreffen und meinen Frieden finden konnte. Sobald es mir daher möglich war, brach ich rüstigen Herzens auf, reiste mit der Postkutsche, auf Pferdesrücken und oft auch zu Fuß, erreichte Frauenburg Ende des Sommers 1540 und war erleichtert, Kopernikus noch am Leben und mehr oder minder im Besitze seiner Fähigkeiten anzutreffen. Er begrüßte mich mit dem für ihn typischen Maß an Begeisterung, will sagen, auf meinen Anblick folgte ein Zusammenzucken, ein eulenhafter Blick und dann der Handschlag eines Henkers. Die Schillings war noch immer bei ihm, und Dantiscus, versteht sich, wetterte wie eh und je, sie möge verschwinden. Lange Zeit hatte er seine Drohungen durch Giese übermitteln lassen. Sculteti, Kopernikus' Verbündeter in der Affäre der *focariae*, dessen Namen Dantiscus erwähnt hatte, war offenbar aus dem Kapitel ausgeschlossen worden und nach Italien geflohen. Sein Verschwinden sowie das zunehmend böswilligere Verhalten des Dantiscus hatte Kopernikus in einer letzten, verzweifelten Anstrengung versuchen lassen, die Schillings endlich loszuwerden, doch vergebens. Es war zu einem wilden Streit gekommen (zerschlagenes Geschirr, Geschrei, Nachttöpfe, die durchs Fenster flogen und Passanten trafen, das Übliche eben, nehme ich an), der damit geendet hatte, daß die Alte ihre Habe packte und sie unter beträchtlichen Kosten (des Kanonikus') nach Danzig sandte, wo irgendein Überbleibsel ihrer Sippe eine Gaststätte oder ein Bordell betrieb, was genau, habe ich vergessen. Doch wie es schien, war diese symbolische Abreise in ihren Augen Strafe genug für des Kopernikus' übles Benehmen, und in Wahrheit hegte sie keinerlei Absicht, ihrem Gepäck zu folgen, das nach gemessener Zeit zurückkehrte wie ein schrecklicher, unentrinnbarer Fluch. Also richteten wir uns ein, wir drei, in unserem Turm, in dem das Leben so gerade noch erträglich war. Ich ging der Schillings aus dem Weg, nicht aus Furcht, sondern aus Angst, sie irgendwann zu erwürgen, und zwischen uns beiden kauerte der alte Mann, murmelte und seufzte und gab sich alle Mühe zu sterben. Und ich sah, daß ihm dies bald gelingen würde. Der Tod schlich sich von hinten an ihn heran, den schwarzen Sack griffbereit. Ich würde rasch vorgehen müssen, wollte ich ihm das Buch entreißen, ehe er es mit sich in die erstickende Schwärze nahm. Doch wenn auch sein Körper verfiel, so war sein Geist doch noch fähig, mir mit eisernem Griff jenes zu verwehren, um dessentwillen ich gekommen war: seine Einwilligung in die Veröffentlichung.

⋆

Länger als ein Jahr blieb ich bei ihm, gequält von Langeweile und Verzweiflung und meinem unverminderten Ärger über den unmöglichen alten Narren und sein Benehmen. Er erlaubte mir, eine Abschrift vom Manuskript zu machen, und so hatte ich wenigstens etwas zu tun; und vielleicht hätte die Arbeit sogar meinen ruhelosen Geist besänftigt, hätte er nicht jeden Tag darauf bestanden, mich daran zu erinnern, daß ich mir nicht einzubilden bräuchte, er würde, bloß weil er so weit nachgegeben hätte, nun auch noch weiter gehen und mir erlauben, meine Abschrift zu Petreius zu bringen. Also brachte mir das Geschreibsel kaum mehr als schmerzende Knöchel und gelegentlich das Vergnügen ein, einige seiner Schnitzer ausgleichen zu können (so strich ich die unsinnige Zeile, in der er über die Möglichkeit elliptischer Bahnen spekulierte – *elliptische Bahnen*, um Himmels willen!). Diverse andere kleine Arbeiten, die ich übernahm, um die Langeweile zu lindern, schlossen die Fertigstellung einer Karte Preußens ein, die der alte Mann gemeinsam mit dem in Ungnade gefallenen Sculteti auf Bitten des früheren Bischofs von Ermland begonnen hatte. Diese schickte ich dann, zusammen mit einigen anderen trivialen Dingen, an Albrecht, den Herzog von Preußen, der mich dafür mit der fürstlichen Summe von einem Dukaten belohnte. Soviel zum aristokratischen Mäzenatentum! Doch hatte ich mich nicht des Geldes wegen an den lutherischen Herzog gewandt, sondern vielmehr in der Hoffnung, daß er zu meinen Gunsten seinen beträchtlichen Einfluß bei deutschen Kirchenmännern und Adligen verwenden möge, da ich fürchtete, sie könnten mir Schwierigkeiten bereiten, wenn ich des Kopernikus' Zustimmung errang und in ihrer Mitte mit einem Manuskript voller gefährlicher Theorien unter dem Arm auftauchte. Der Herzog war, wie ich feststellen sollte, mit Papier und Tinte freigiebiger, als er es mit Dukaten gewesen war, und hatte Briefe an Johann Friedrich, den Kurfürsten von Sachsen sowie an die Universität von Wittenberg geschickt, in denen er erwähnte, wie beeindruckt er von der *Narratio prima* gewesen sei (*gerissener* alter Giese!), um darauf nachdrücklich zu befürworten, daß man es mir erlauben möge, jenes, wie er es nannte, *bewundernswerte Buch über Astronomie* zu veröffentlichen, womit er *De revolutionibus* meinte. Natürlich gab es einige Verwirrung, aber die gibt es immer. Offenbar hatte es Albrecht ebenso wie Petreius für undenkbar gehalten, daß ich mich für die Veröffentlichung des Werkes eines anderen Mannes einsetzen könnte, und daher angenommen, daß ich es mit einem gewitzten Trick versuchte und hoffte, unter einem solchen Deckmantel meine eigenen Theorien publizieren zu können. Glaubte ich denn wirklich, den Herzog von Preußen zum Narren halten zu können, fragte sich wohl der hochmütige Albrecht und hielt in seinen Briefen fest, was für ihn nur allzu offensichtlich war: Daß das Werk nämlich ganz und gar mein eigenes sei. Dieser Kretin. Es kostete mich unendliche Mühe, das Durcheinander zu entwirren und meine Anstrengungen zugleich vorm Kanonikus geheimzuhalten, der gewiß bei der Erwähnung des Großmeisters Albrechts Namen, wie er ihn beharrlich nannte, verächtlich ausgespuckt hätte.

Dies war nicht der einzige kleine Plan, den ich verfolgte – insgeheim und voller Bangen, denn ich hatte tödliche Angst, Kopernikus könne, sollte er mir auf die Schliche kommen, das Manuskript unverzüglich verbrennen. Doch es gab Momente, in denen mich meine Vorsicht verließ, die ich von ihm gelernt hatte. Eines Tages gleich nach meiner Rückkehr nach Frauenburg, erzählte ich ihm in einem unbesonnenen Augenblick der Offenheit von meinem Besuch bei Dantiscus. Und es folgte einer jener seltenen Momente, in denen ich Farbe in die gespenstische Blässe seines Gesichtes dringen sah. Er bekam einen Wutanfall und schnatterte los, bespritzte mich mit reichlich Spucke und schrie, daß ich kein Recht gehabt hätte, dergleichen zu tun, daß ich einfach kein *Recht* dazu hätte! Ich sei, sagte er, ebenso schlimm wie Giese, dieser verdammte Kerl, der sich ständig einmischen müsse und der die *Narratio prima* nach Heilsberg gesandt habe, obwohl er zuvor ausdrücklich von ihm gewarnt worden sei, an derlei auch nur zu denken. Was ich überraschend an seinem Tobsuchtsanfall fand, war weniger die Wut, als vielmehr die Angst, die ich deutlich hinter seinem Toben erkennen konnte; sicher, er hatte allen Grund, Dantiscus zu mißtrauen, doch schien das schiere Entsetzen reichlich übertrieben. Natürlich fürchtete er, obwohl ich das damals nicht wissen konnte, daß ich etwas gesagt haben könnte, was den Plan zuschanden machte, den der Kanonikus und Giese seit Jahren insgeheim gegen mich ausgeheckt hatten – doch wartet, ich bin vorschnell, wartet.

Es gab anderes, das mich verwirrte und überraschte. So etwa entdeckte ich eine weitere Seite seiner Vorliebe für die Geheimniskrämerei: die Schillings wußte so wenig von seinem Treiben, daß sie seine astronomische Arbeit für einen bloßen Zeitvertreib hielt, für eine Möglichkeit, sich von den Anstrengungen seiner wahren Berufung zu erholen, die in ihren Augen die Medizin war! Und diese Frau wohnte bei ihm, teilte sein Bett!

Und doch, vielleicht war die Astronomie für ihn tatsächlich nur ein Spiel; ich weiß es nicht, ich weiß es nicht, ich gebe zu, ich konnte den Mann nicht verstehen. Ich war damals und bin, obwohl ich meinen Glauben verlor, auch heute noch jemand, der sich von der Zukunft Erlösung erhofft, ich meine die Erlösung von der Welt, die nichts mit den ausgefallenen Versprechen eines Jesus Christus, sondern mit dem Genie des Menschen zu tun hat. Wir können alles schaffen, alle Hindernisse überwinden. Bin ich nicht selbst der lebende Beweis dafür? Sie haben Pläne gegen mich geschmiedet, haben versucht, mich zu vernichten, und doch habe ich gewonnen, auch wenn sie meinen Sieg noch immer nicht anerkennen wollen. Wo war ich gerade …? Ach ja: Ich schaue auf die Zukunft, lebe in der Zukunft und sehe daher, wenn ich von der Gegenwart rede, gleichsam rückwärts auf das, was für mich bereits Vergangenheit ist. Könnt Ihr mir folgen? Kopernikus war da anders, ganz anders. Falls er glaubte, daß der Mensch sich selbst zu erlösen vermochte, dann sah er – wie soll ich es sagen – in der *Unbeweglichkeit* die einzige Möglichkeit, sich diesem Ziel zu nähern. Seine Welt bewegte sich endlos in Kreisen, und jeder Umlauf war eine genaue Wiederholung aller anderen, vergangenen wie künftigen Umläufe vom Anbeginn bis ans Ende der Zeit: also eben überhaupt keine Bewegung. Wie durfte ich da erwarten, jemanden zu verstehen, dessen Denken so fest in dem alten, abgewetzten Rahmen verankert war? Wir sprachen verschiedene Sprachen – und ich meine damit nicht sein Latein und mein Deutsch, wenn auch dieser Unterschied, da ich nun so darüber nachdenke, das tiefere Problem gut genug verdeutlicht. Als wir einmal dem schmalen Pfad entlang der Kathedralenmauer folgten, auf dem er jeden Tag mit ernster Miene zu festgesetzter Stunde und in stets gleichem Tempo spazierenging, begann ich leichthin von Italien und dem blauen Süden zu erzählen, in dem ich meine Jugend verbracht hatte. Er hörte mich an, nickte gelegentlich und sagte dann:

»Ach ja, Italien, ich habe dort auch einige Zeit gelebt, ehe Ihr geboren ward. Und was waren das für Zeiten! Damals schien es, als wollte eine neue Welt geboren werden. Was stark, jugendlich und vital war, bäumte sich gegen die Vergangenheit auf. Vermutlich haben nie zuvor die tonangebenden Autoritäten einer Gesellschaft derart einstimmig eine intellektuelle Bewegung unterstützt. Es schien, als gäbe es keine Konservativen mehr. Alles bewegte sich und strebte in dieselbe Richtung, Autoritäten, Gesellschaft und Mode, die Politiker, Frauen und Künstler, die *umanista*. Es herrschte grenzenloses Zutrauen, eine fieberhafte Freude. Der Verstand löste sich von der Macht, und es stand ihm frei, unter den Himmeln zu flanieren. Das Monopol des Wissens wurde abgeschafft, es gehörte nun der gesamten Gesellschaft. Ach ja.«

Natürlich war ich erstaunt, ihn derart reden zu hören, erstaunt und voller Freude, denn dies, dies war der Kopernikus, den ich in Frauenburg zu finden gehofft und bis zu diesem Moment nicht gefunden hatte; und ich wandte mich mit Tränen in den Augen zu ihm um, japste und machte Luftsprünge in einem Anfall von Übereinstimmung mit all dem, was er gesagt hatte. Zu spät bemerkte ich das kleine, graue Grinsen, das boshafte Glitzern in seinem Blick und begriff, daß ich Arsch über Kopf in eine Falle getappt war. Er wich zurück, wie man vor einem geifernden Irren zurückweicht, und betrachtete mich mit derart übermächtiger Verachtung, daß ihm übel davon zu werden schien. Er sagte:

»Dies war natürlich alles andere als ernst gemeint. Italien ist das Land des Todes. Irgendwie erinnert Ihr mich an meinen verstorbenen Bruder. Er neigte ebenfalls dazu, von Fortschritt und Wiedergeburt zu schwatzen, von der neuen Zeit, deren Morgendämmerung anbreche. Er starb in seinem geliebten Italien an den Blattern.«

Versteht Ihr, es waren nicht die Worte, sondern der Ton, in dem sie gesprochen wurden, der alles, was ich war, aufzusammeln und kurz zu untersuchen schien, um es dann, Knochen, Blut und Jugend, Tränen und Enthusiasmus zurück auf den Abfallhaufen der Menschheit zu hieven. Er haßte mich nicht, noch verabscheute er mich, ich glaube, ich war ihm nur ... zuwider. Doch was kümmerte es mich? Es ist wahr, als ich zu ihm kam, fand sich in meinem Kopf kein Gedanke an Ruhm und Vorteil für mich selbst; ich kannte nur das eine Verlangen, die Welt mit der Arbeit des großen Astronomen vertraut zu machen. Nun jedoch hatte sich all das geändert. Ich war älter geworden. Er hatte mich in einem Jahr um ein Jahrzehnt altern lassen. Ich war nicht mehr der junge Narr, der sich bereitwillig vor einem fabrizierten Helden auf die Knie warf; ich hatte mich selbst verwirklicht. Sollte ich ihm also dankbar sein? Hatte mich seine Verachtung nicht gezwungen, mich selbst genauer in Augenschein zu nehmen, so daß ich am Ende erkannte, daß ich von uns beiden der bedeutendere Astronom war? Ja! Ja! Weit bedeutender! Lächelt höhnisch, schüttelt euren hohlen Kopf soviel Ihr nur wollt, doch ich – *ich* kenne die Wahrheit. Was glaubt Ihr denn, weshalb ich bei ihm blieb, seinen Spott ertrug, seine Kleinlichkeit, seinen *Widerwillen*? Meint Ihr, es habe mir gefallen, in diesem trostlosen Turm zu hausen, im Winter zu frieren und im Sommer geröstet zu werden, in der Nacht zu zittern, während über mir die Ratten tanzten, auf dem stinkenden Abort zu stöhnen und zu pressen, das Gedärm vom Mörtelbrei seiner Schlampe zu Stillstand verdammt, glaubt Ihr, all das hätte mir gefallen? Im Vergleich dazu ist der Ort, an dem ich hier im Exil hause, doch der wahre Himmel auf Erden.

Nun, so fragt Ihr, wenn es so schrecklich war, warum seid Ihr dann geblieben, warum seid Ihr nicht geflohen und habt Kopernikus, in Zaudern und Bitterkeit gehüllt, dem Vergessen anheimfallen lassen? Hört mir zu: Ich habe gesagt, daß ich der bedeutendere Astronom war, und *das bin ich auch*, doch er besaß jenes kostbare Etwas, das mir fehlte – nämlich einen Namen. Oh, er war vorsichtig, ja, und er fürchtete und verabscheute die Welt tatsächlich, aber er war auch gerissen und wußte, daß die Neugier einem Ausschlag gleicht, der die Menschen kratzen und kratzen läßt, bis sie verzweifelt nur noch nach Heilung verlangen. Jahrelang hatte er in sorgsam eingeteilten Abständen kleine Abschnitte seiner Theorie herausgerückt, jedes Teilchen – der *Commentariolus*, der *Brief an Werner*, meine *Narratio* – ein Salzkorn, das in den Ausschlag gestreut wurde, mit dem er seine Kollegen Astronomen infiziert hatte. Und sie kratzten sich, und der Ausschlag wurde zu einer Entzündung, die ganz Europa erfaßte, so das man nur noch nach dem einen schrie, das allein diese Qual beenden würde, nach dem *De revolutionibus orbium mundi* von Doktor Nikolaus Kopernikus aus Thorn an der Weichsel. Und er würde ihnen ihre Medizin geben; er hatte sich entschlossen, das wußte ich genau, er hatte sich zur Publikation entschlossen, doch wußte er nicht, daß er, indem er das tat, indem er publizierte, nicht sein Lebenswerk krönen, sondern mir einen Namen schaffen würde. Ihr versteht nicht? Wartet nur ab, ich werde es Euch erklären.

*

Doch zuerst muß ich noch von einigen anderen, unbedeutenden Angelegenheiten berichten, so auch davon, um gleich damit zu beginnen, wie er mir letzten Endes doch noch seine Einwilligung für die Drucklegung gab. Um diese Szene aber gleichsam entsprechend zu erhellen, möchte ich zuvor ein Gespräch mit ihm wiedergeben, das, wie ich erst später begreifen sollte, seine Haltung zur Wissenschaft und zur Welt zusammenfaßte, die Dürre, die Ödnis dieser Haltung. Er hatte, wie ich mich erinnerte, von den sieben Sphären des Hermes Trismegistus gesprochen, durch welche die Seele zur Erlösung in die achte Sphäre der Fixsterne aufsteigt. Derlei Gefasel machte mich ungeduldig, und ich sagte etwas der Art wie:

»Doch Euer Werk, Meister, ist von dieser Welt und ruht im Hier und Jetzt; es spricht zu den Menschen über das, was sie zu wissen vermögen, und nicht von Mysterien, an die sie nur blindlings oder gar nicht glauben können.«

Er schüttelte ungeduldig den Kopf.

»Nein, nein, nein. Ihr stellt Euch mein Buch wie einen Spiegel vor, der die reale Welt wiedergibt, doch Ihr irrt, das müßt Ihr einsehen. Um solch einen Spiegel schaffen zu können, müßte ich die ganze Welt in ihrer Gesamtheit und in ihrem Wesen erkennen können, doch finden unsere Leben in solch winzigen, begrenzten Räumen und in solcher Unordnung statt, daß ein solches Erkennen unmöglich ist. Es gibt keinen nennenswerten Kontakt zwischen dem All und dem Ort, an dem wir leben.«

Ich war verwirrt und aufgebracht; dieser Nihilismus wandte sich gegen alles, was ich für wahr und nützlich hielt. Ich sagte:

»Aber wenn es stimmt, was Ihr sagt, wie können wir uns dann der Existenz des Alls, der wahren Welt bewußt sein? Wie vermögen wir zu sehen, ohne zu *erkennen*?«

»Ach, Rheticus!« Zum ersten Mal nannte er mich bei diesem Namen. »Ihr versteht mich nicht! Ihr versteht Euch selbst nicht. Ihr glaubt, sehen hieße erkennen, doch hört mir zu, hört: Sehen ist nicht erkennen! Warum will das nur niemand begreifen? Ich hebe den Kopf und schaue zu den Sternen auf, wie es die Alten taten, und ich frage: Was sind das für Lichter? Manche halten sie für Fackeln, von Engeln getragen, andere für Nadellöcher im Himmelstuch; wieder andere, Wissenschaftler so wie unsereins, nennen sie Sterne und Planeten, die zusammen eine Art Maschine bilden, deren Wirken wir zu verstehen trachten. Aber begreift Ihr denn nicht, daß all diese Theorien ohne Erkenntnis einander ebenbürtig sind? Sterne oder Fackeln, das ist dasselbe, nichts anderes als zu große Namen; diese Lichter scheinen weiter, egal, wie wir sie nennen. Mein Buch ist kein Buch der Wissenschaft – es ist ein Traum. Ich bin mir nicht mal sicher, ob Wissenschaft überhaupt möglich ist.« Er schwieg eine Weile, um zu grübeln, und fuhr dann fort. »Wir denken nur jene Gedanken, die wir in Worte zu fassen vermögen, doch gestehen wir uns diese Beschränkung nur durch unsere gewollt närrische Behauptung ein, daß die Worte mehr bedeuten als sie besagen; ein hübscher Taschenspielertrick: so können wir uns wunderbar unsere Illusion bewahren, zumindest so lange, bis der Augenblick naht, der Sand verrinnt und die Wahrheit über uns hereinbricht. Unser Leben –«, er lächelte, »– ist eine kurze Reise durch Gottes Gedärm ...« Seine Stimme senkte sich zu einem Flüstern, und mir war klar, daß er nur noch mit sich selbst redete, doch erinnerte er sich plötzlich an mich, drehte sich abrupt zu mir um und drohte mir mit dem Finger. »Euer Pfarrer Luther hat diese Wahrheit früh erkannt, besaß aber nicht den Mut, sich ihr zu stellen; er hat probiert, sie zu verleugnen in dem erbärmlichen und vergeblichen Versuch, die Form zu zerschlagen, um so zum Inhalt, zum Wesen vorzudringen. Sein Verstand war unzulänglich, gewiß, er verstand die Notwendigkeit fürs Ritual nicht, und so geißelte er Rom für dessen angebliche Blasphemie und seinen Götzendienst. Er verriet die Menschen, nahm ihnen das Goldene Kalb, ohne ihnen dafür Gesetzestafeln zu geben. Jetzt, da die Bauern sich überall in Europa erheben, erleben wir die Folgen von Luthers Narretei. Ihr fragt Euch, warum ich nicht veröffentlichen will? Die Menschen werden über mein Buch lachen, zumindest über die verstümmelte Version dessen, was vom Weltenall noch zu ihnen durchsickern wird. Die Menschen halten das

Entsetzliche anfangs immer fürs Lächerliche. Doch bald schon werden sie begreifen, was ich tatsächlich getan habe, ich meine, was ich in ihren Augen getan habe, nämlich die Erde klein zu machen, sie zu einem bloßen Planeten unter anderen Planeten zu machen; sie werden die Welt verachten lernen, und etwas wird sterben, und aus diesem Tod wird der Tod folgen. Ihr wißt nicht, wovon ich rede, nicht wahr, Rheticus? Ihr seid ein Narr, wie alle anderen ... wie ich selbst.«

★

Ich erinnere mich sehr gut an den Abend: Die Sonne über der Ostsee, Boote auf dem Frischen Haff, und über allem eine tiefe Stille. Ich hatte die Abschrift des Manuskriptes gerade beendet und die letzten Worte niedergeschrieben, als der Kanonikus, als hätte ein Donnerschlag der Endgültigkeit die Luft in seinem Turm erzittern lassen, aus dem Observatorium herunterkam, im Türrahmen lungerte und mich fragend anschniefte. Ich sagte nichts, starrte leeren Blickes zu ihm herüber. Die abendliche Stille glich einem Meer des Friedens, in dem mein Geist wie eine mit Luft gefüllte Flasche auf dem Wasser trieb, und müde, müde ließ ich mich in eine wache Ohnmacht gleiten, wollte nur einen Augenblick verweilen, mein müdes Herz für einen Augenblick daran laben, doch war es so friedlich dort auf dieser randvollen, schimmernden, halbmondförmigen Weite, so still, daß ich mich aus diesem willkommenen, kleinen Tod nicht befreien konnte. Der Kanonikus stand an meiner Schulter. Der Himmel draußen war blau, hell und unendlich. Als er sprach, schienen die Worte langsam, wie aus weiter Ferne zu kommen. Er sagte:

*»Wenn am Grunde aller Dinge nur eine wild schäumende Macht läge, die sich in obskuren Leidenschaften wände, die alles schüfe, was groß, und alles, was unbedeutend ist, wenn eine bodenlose, stets unersättliche Leere unter allem verborgen läge, was wäre das Leben dann anderes als Verzweiflung?«*

Ich sagte:

*»Ich halte es für wahr, daß der reine Gedanke die Wirklichkeit begreifen kann, so wie es sich die Alten erträumten.«*

Er sagte:

*»Die Wissenschaft strebt danach, eine Welt zu erschaffen, die symbolisch die Welt der allgemeinen Erfahrung wiedergibt.«*

Ich sagte:

*»Wollt Ihr die Realität der Natur erkennen, müßt Ihr die Erscheinung vernichten, und je weiter Ihr über die Erscheinung hinausgeht, um so näher kommt Ihr dem Wesen.«*

Er sagte:

*»Es ist von höchster Bedeutung, daß die äußere Welt etwas von uns Unabhängiges und Absolutes repräsentiert, mit dem wir konfrontiert werden.«*

Ich sagte:

*»Der Tod eines Gottes ist der Tod aller Götter.«*

Er sagte:

*»Vita brevis, sensus ebes, negligentiae torpor et inutiles occupationes, nos paucula scire permittent. Et aliquotiens scita excutit ab animo per temporum lapsum fraudatrix scientiae et inimica memoriae praeceps oblivio.«*

Die Nacht brach herein und verdunkelte das trübsinnige Wasser der Ostsee, doch der Himmel war noch hell, und am leuchtenden Himmel strahlte klar und heiter die Venus. Kopernikus sagte:

»Wer einmal das Chaos gesehen hat, muß etwas schaffen, um es zwischen sich und diesen schrecklichen Anblick zu stellen, und so macht man einen Spiegel und glaubt, in ihm spiegele sich die Wirklichkeit der Welt, doch dann begreift man, daß der Spiegel nur Erscheinungen wiedergibt und daß die Wirklichkeit woanders ist, eben hinter dem Spiegel, aber dann erinnert man sich daran, daß hinter dem Spiegel das Chaos ist.«

Dunkel, dunkel, dunkel.

Ich sagte:

»Und doch, Herr Doktor, muß die Wahrheit offenbart werden.«

»Ach, die Wahrheit, dieses Wort verstehe ich nicht mehr.«

»Wahrheit ist, was nicht verborgen werden kann.«

»Ihr habt nicht zugehört, Ihr habt nichts verstanden.«

»Die Wahrheit ist gewiß gut, das ist alles, was ich weiß.«

»Ich bin ein alter Mann, und Ihr macht mich müde.«

»Dann gebt Eure Einwilligung und laßt mich gehen.«

»Der Spiegel birst! Hört! Habt Ihr es vernommen?«

»Ja, ich habe es gehört, aber ich habe keine Angst.«

Das Tageslicht war nun erloschen, und jener Augenblick, der

wie ein Ende ist, war angebrochen, wenn die an die Sonne gewöhnten Augen die schlichteren Quellen des Lichts noch nicht erkennen können und die Finsternis vollkommen scheint, doch für ihn war es noch nicht dunkel genug, und so schlurfte er von mir fort, fort vom Fenster und kroch in die Schatten des Zimmers wie ein armselig schwarzes, krummes, verwundetes Wesen. Er sagte:

»Die Kürze des Lebens, der Stumpfsinn der Sinne, die Apathie der Gleichgültigkeit und der sinnlosen Beschäftigung erlauben uns, nur wenig zu wissen, und mit der Zeit beschwindelt uns das Vergessen, dieser Betrüger des Wissens und der Feind der Erinnerung, um das wenige, was wir wußten. Ich bin ein alter Mann, und Ihr ermüdet mich. Was wollt Ihr von mir? Das Buch ist nichts, weniger als nichts. Erst werden sie lachen, später weinen. Doch Ihr wollt das Buch. Es ist nichts, weniger als nichts. Ich bin ein alter Mann. Nehmt es ...«

⋆

Das war das letzte Mal, daß ich ihn sah in dieser oder auch in einer anderen Welt, das glaub ich gewiß. Ich verließ den Turm noch am selben Abend, nahm meine Bücher mit, meine Habe und meinen bitteren Sieg. Zu diesem abrupten Abschied sagte ich kein Wort, ebensowenig wie er. Es schien richtig so. Der Gasthof, zu dem ich floh, war ein Schweinestall, doch war die Luft dort wenigstens frischer als in der Krypta, die ich verlassen hatte, und die Schweine waren trotz all ihrer Schweinerei lebendig und wälzten sich zufrieden im guten alten Schlamm. Obwohl ich den Turm ohne zu zögern verließ, fiel es mir nicht so leicht, Frauenburg ebenso rasch zu verlassen; das war im August, und erst als der September anbrach, reiste ich schließlich ab. Diese letzten Wochen verbrachte ich damit, allein durch die Stadt zu ziehen, zuviel zu trinken und freudlos herumzuhuren. Einmal kehrte ich zum Turm zurück, fest entschlossen, den Alten wiederzusehen, ohne jedoch zu wissen, was es noch zu sagen gab; und vielleicht war es gut so, daß die Schillings sich in der Türöffnung aufpflanzte und sagte, daß der alte Mann mich nicht sehen wolle, daß er krank sei und ihr zudem strikte Anweisung erteilt habe, mich nicht einzulassen, sollte ich es wagen, bei ihnen vorbeizuschauen. Selbst da reiste ich nicht ab, sondern wartete noch eine weitere Woche, obwohl ich eigentlich schon in Wittenberg sein sollte. Was hielt mich zurück? Vielleicht begriff ich, wie dumpf auch immer, daß ich, wenn ich Preußen verließ, etwas zurückließ, das ich nur ein Abbild meiner selbst nennen kann, denn Frauenburg tötete das Beste in mir, meine Jugend und meinen Enthusiasmus, mein Glück, meinen Glauben, ja, meinen Glauben. Von dieser Zeit an glaubte ich an nichts mehr, weder an Gott noch an die Menschen. Ihr fragt warum? Ihr lacht, ihr sagt: armer Narr, läßt sich so von der Bitterkeit und Verzweiflung eines alten Mannes beeinflussen; oh, ihr sagt, ihr fragt, ihr alle fragt: Warum und wieso und wozu, ihr seid alle so weise, aber ihr wißt nichts – gar nichts! Hört mir zu.

Ich wollte auf direktem Wege zu Petreius, doch wenn ich meine Stelle in Wittenberg behalten wollte, mußte ich unverzüglich dorthin zurückkehren, da an der Universität bereits drohend über meine unmäßig lange Abwesenheit gemurrt wurde. Und man schien tatsächlich höchst erfreut, mich wiederzuhaben, denn kaum war ich zurück, wurde ich zum Dekan der mathematischen Fakultät gewählt! Es wäre entschuldbar gewesen, hätte ich geglaubt, daß mein Genie mir diese Ehre eintrug, doch war ich kein Narr und wußte sehr wohl, daß so auf vorsichtige Art nicht ich selbst, sondern meine Beziehung zum Großen Mann in Frauenburg geehrt wurde. Außerdem war dies nicht weiter wichtig, denn ich war mir sicher, daß die Göttin Fama recht bald ihren zärtlichen Blick auf mich richten würde. Doch meine Beförderung erlegte mir neue Aufgaben auf, neue Verpflichtungen, und ich sah ein, daß es Frühling werden würde, ehe ich die Muße fand, nach Nürnberg zu Petreius zu reisen. Würde es die Göttin bis dahin nicht leid, auf mich zu warten? Mit diesem Gedanken im Sinn beschloß ich, sofort, noch in Wittenberg, einen kurzen Auszug vom Manuskript drucken zu lassen, der aber nicht das Ausmaß des gesamten Werkes, sondern nur eine erste Andeutung offenbaren sollte. (Ihr seht, ich habe von meinem Meister gelernt!) So entstand *De lateribus et angulis triangulorum*. Es sorgte für nicht geringe Aufregung an der Universität und sogar in der Stadt und half mir, den Honoratioren und Geistlichen der Stadt, selbst Melanchton einige wertvolle Empfehlungsschreiben zu entlocken, die ich mit nach Nürnberg nahm.

*

Ich traf Anfang Mai dort ein und machte mich gleich daran, *De revolutionibus orbium mundi* in seiner Gesamtheit drucken zu lassen. Petreius' Schriftsetzer kamen rasch voran. Ich wohnte in der Stadt im Hause eines lutherischen Kaufmannes, eines gewissen Johann Müllers, der mir von Melanchton empfohlen worden war. Er war ein erträglicher Kerl, dieser Müller: Aufgeblasen, natürlich, wie alle seiner Art, doch nicht ungebildet – er bewies sogar einiges Interesse für die Arbeit, die mich beschäftigte. Außerdem waren seine Betten weich, und sein Weib überaus adrett, wenn auch ein wenig fett. Im großen und ganzen war ich in Nürnberg also recht zufrieden, ich hätte sogar sagen können, daß ich dort glücklich war, hätte in meinem schwarzen Herzen nicht jener unauslöschliche Schmerz gehaust, der von der Erinnerung an Preußen herrührte. Nicht ein Wort war von ihm gekommen, keines der Entmutigung, noch sonst eines, bis Petreius das Thema Finanzen anschnitt und ich ihm sagte, daß mich dies nichts anginge und er seine Forderung nach Frauenburg senden solle. Das tat er, und nach einigen Wochen kam eine Antwort, doch nicht von Koppernigk, sondern von Bischof Giese, der schrieb, daß er an ebendiesem Tag aus Löbau eingetroffen sei, da Anna Schillings ihn gebeten habe, sich um den Kanonikus zu kümmern, der, so sagte Giese, sterbenskrank daniederliege. Diese Neuigkeit rührte mich nicht: ob lebend oder tot, Koppernigk spielte keine Rolle mehr in meinen Plänen. Sicher, ich verbrachte eine bange Woche, als Petreius einen Nervenzusammenbruch erlitt, kaum daß er einsah, daß er die Veröffentlichung des Buches selbst zu finanzieren habe, nun, da der Verfasser im Sterben lag, doch schließlich machte er sich wieder an die Arbeit, eine Entscheidung, die er nicht bereuen sollte, da er den Preis für jedes der tausend Exemplare auf 28 Dukaten und 6 Pfennige festlegte, der habgierige alte Fuchs.

Meine Pläne. Wie schlau sie waren, wie eiskalt und verschlagen und dann – wie rasch sie in sich zusammenfielen, daß mir die Trümmer nur so um die Ohren krachten. Die ersten Anzeichen für die nahende Katastrophe nahm ich wahr, als ich etwa zwei Monate in Nürnberg verbracht hatte. Petreius hatte bereits vierunddreißig Bögen gesetzt, also etwa zwei Drittel des Buches, und begann, einige tonangebende Bürger der Stadt ins Druckhaus einzuladen, damit sie sich ein Bild vom Fortgang der Arbeit machen und, so sie denn beeindruckt waren, außerhalb der Stadt dafür werben konnten. Nun schien es mir nur allzu naheliegend, daß diese einflußreichen Leute vor allem auch mich selbst zu sehen wünschten, den Paten dieser kühnen, neuen Theorie, doch obwohl ich den größten Teil meiner Tage im Setzraum verbrachte, wo die Bögen zu ihrer Ansicht Korrektur gelesen wurden, stellte ich zu meiner Überraschung und zu meinem gelinden Entsetzen fest, daß sie mich mieden wie die Pest und manche gar vor mir Reißaus nahmen, als ich auf sie zuging. Ich sprach mit Petreius darüber, doch der zuckte die Achseln und gab vor, mich nicht zu verstehen, wollte mir dabei aber gar nicht in die Augen schauen. Ich versuchte, den Vorfall einfach abzutun, sagte mir, daß Geschäftsleute immer Scheu vor Gelehrten haben, da sie ihre Gelehrsamkeit fürchteten et cetera, doch es half nichts: Ich wußte, irgendwas stimmte nicht. Eines Abends dann rang der gute Herr Müller die Hände, zog eine Grimasse und sah für jedermann wie ein sich sträubender Scharfrichter aus, kam zu mir und sagte, wenn es mir konveniere und keine allzu großen Umstände bereite und wenn ich ihn nicht falsch verstünde und so weiter – und, na ja, es gehe um folgendes: Ob ich wohl so freundlich sein wolle, sein Haus zu verlassen? Er brachte irgendeine lahme Entschuldigung für diese außerordentliche Bitte vor, sagte, daß er das Zimmer für den nahenden Besuch einiger Verwandter brauche, doch war ich bereits ziemlich wütend und hörte ihm nicht mehr zu, sagte nur, wenn es ihm konveniere und es ihm keine allzu großen Umstände bereite, dann könne er mich am Arsch lecken, und hielt bloß noch inne, um ihm mitzuteilen, daß ich ihm dankbar für den Gebrauch seines ehelichen Weibsstücks sei, das ich in den vergangenen Wochen fröhlich beackert hatte, packte meine Sachen, ging und fand mich an diesem Abend erneut in einer Herberge wieder. Und kurz darauf besuchte mich Osiander.

⋆

Andreas Osiander, Theologe und Gelehrter, führender Lutheraner und Freund von Melanchton, hatte seit einiger Zeit (trotz seiner Religionszugehörigkeit!) in Korrespondenz mit Kanonikus Nikolas gestanden – war sogar einer jener gewesen, die ihn, wie ich selbst, zum Druck gedrängt hatten. Er war zudem, wie ich hinzufügen möchte, ein kaltes, mißtrauisches, humorloses, graues Geschöpf, und gewiß war es dieser Charakter, der ihm den Kanonikus empfahl. O ja, sie waren vom selben Schlag. Wie ein Trottel hatte ich anfangs geglaubt, er wäre gekommen, einem großen Astronomen Tribut zu zollen (nämlich mir) und um seinen Glückwunsch zu überbringen, da es mir gelungen war, die Einwilligung für die Publikation von *De revolutionibus* zu erhalten, doch Osiander verscheuchte unverzüglich derlei leichtfertige Ideen. Ich war krank, als er kam. Ein Hirnfieber, das gewiß durch die Art und Weise meiner Trennung von Müller hervorgerufen worden war, hatte mich mit brennendem Schädel und schmerzenden Gliedern daniedergeworfen, so daß ich, als er in mein Zimmer geführt wurde, erst glaubte, er sei eine Halluzination. Die Fensterläden schlossen das grelle Frühlingslicht aus. Er pflanzte sich einen Schritt vor meinem Bett auf, den Kopf im Schatten, während Lichtbalken, die durch die Schlitze der Läden fielen, seinen aufgeplusterten Brustkorb mit Streifen bemalten, so daß er wie eine riesige Wespe aussah. Noch ehe er etwas gesagt hatte, hatte ich schon Angst vor ihm. Der unverkennbare Geruch von Autorität ging von ihm aus. Angewidert betrachtete er meine Umgebung, mit noch größerem Widerwillen schließlich mich selbst, und sagte dann mit seiner fiepsigen Stimme (eine Drohne!), daß er, als man ihm erzählte, ich würde hier hausen, dies kaum zu glauben vermocht habe, doch müsse er es nun wohl hinnehmen. Ob ich denn nicht wisse, daß ich in dieser Stadt gleichsam ein Botschafter Wittenbergs sei? Und ob ich es für angemessen halte, daß der Name des wahrhaftigen Zentrums der protestantischen Lehre mit diesem … diesem Zimmer assoziiert werde? Ich begann, ihm zu erklären, daß ich von einem Mann auf die Straße gesetzt worden war, den Melanchton mir persönlich empfohlen hatte, doch unterbrach er mich und fragte, ob ich etwas zu meiner Verteidigung vorzubringen habe. Zu meiner Verteidigung? Meine Hände begannen zu zittern, ob vor Fieber oder aus Angst, vermochte ich nicht zu sagen. Vergebens versuchte ich, mich aus meinem Bett zu erheben. Dieser Osiander hatte etwas von einem Inquisitor an sich. Er sagte:

»Ich bin am heutigen Tag aus Wittenberg hier eingetroffen, da ich im Zusammenhang mit gewissen Angelegenheiten gerufen wurde, die Euch sicherlich bekannt sind. Bitte, Herr von Lauchen, nur nicht das: keine Beteuerungen verletzter Unschuld. Das wird uns bloß aufhalten, und ich wünsche, ja, ich *beabsichtige*, diese unglückselige Angelegenheit so rasch wie möglich zu beenden, um eine weitere Ausbreitung des Skandals zu verhindern. Tatsache ist, daß wir – und damit schließe ich andere ein, deren Namen ich hier nicht zu erwähnen brauche – daß wir nun schon seit langem Eurem Verhalten mit wachsendem Unbehagen zugesehen haben. Wir erwarten keineswegs, daß ein Mensch ohne Fehl und Tadel sei, doch erwarten wir durchaus, wir *verlangen* sogar, daß er sich wenigstens diskret verhalte. Und Ihr, mein Freund, seid alles andere als diskret gewesen. Die Art, wie Ihr an der Universität aufgetreten seid, war tolerabel. Ich gebrauche dieses Wort mit Absicht: Ihr wurdet toleriert. Doch daß Ihr dann nach Preußen gegangen seid, nach Ermland, dieser Bastion der Papisterei, um dort nicht nur Euch selbst, dem Rufe unserer Universität, sondern auch unserer Religion selbst Schande zu bereiten, das, *das*, Herr von Lauchen, konnten wir nicht tolerieren. Wir gaben Euch jede erdenkliche Möglichkeit, Euch zu bessern. Als Ihr aus Frauenburg zurückkehrtet, gewährten wir Euch eine der höchsten Ehren, die wir zu vergeben haben, und machten Euch zum Dekan der Fakultät; doch wie habt Ihr uns das gelohnt – wie? Ihr seid geflohen, mein Herr, und habt ein lebendes und redendes – oder sollte ich sagen *schwatzendes*? – Zeugnis Eurer verderblichen Zügellosigkeiten zurückgelassen! Ich meine natürlich den Jungen, auf dessen Anwesenheit wir zum Glück durch seinen Herrn, den er verlassen hatte, aufmerksam gemacht wurden, so daß wir ihn zum Schweigen bringen konnten.«

»Ein Junge? Was für ein Junge?« Doch ich wußte natürlich Bescheid, ich wußte es. Es dämmerte mir bereits. Osiander seufzte tief und sagte:

»Nun gut, Herr von Lauchen, mimt den Narren, wenn Ihr es denn so wollt. Ihr wißt, wen ich meine – und ich weiß, daß Ihr es wißt. Ihr glaubt, Ihr könntet eine Art Aufschub gewinnen, indem Ihr auf meine Diskretion anspielt; Ihr glaubt, indem Ihr mich drängt, offen von diesen widerwärtigen Angelegenheiten zu reden, könntet Ihr mich in Verlegenheit bringen und so erwirken, daß ich mich zurückziehe – wollt Ihr darauf hinaus? Es wird Euch nicht gelingen. Der Junge heißt Raphaël. Er ist, oder vielmehr war,

Diener im Hause des Bischofs von Kulm in Löbau, von Tiedemann Giese also, bei dem Ihr einige Zeit, nicht wahr, in der Gesellschaft von Kanonikus Koppernigk verweilt habt? Über Euer Benehmen dort und über Euer ... Euer Verhältnis zu diesem Jungen wurde uns vom Bischof selbst berichtet, der, wie ich vielleicht noch hinzufügen darf, so anständig war, sich auch dann noch für Euch einzusetzen (ebenso wie auch Kanonikus Koppernigk), als Ihr Skandal und Korruption in seinem Haus verbreitet habt. Doch was ich von Euch wissen möchte, nur zu meinem eigenen Nutzen, versteht Ihr, nur damit ich es begreife – was ich Euch fragen will, ist: Warum, warum habt Ihr diesen Jungen durch ganz Deutschland zu Euch kommen lassen?«

»Ich habe ihn nicht herkommen lassen«, sagte ich. »Er wurde mir nachgeschickt.« Ich sah es alles vor mir, ja, ja, jetzt verstand ich alles.

»*Geschickt?*« blaffte Osiander, und seine Wespenflügel schwirrten und dröhnten im Zwielicht. »Was soll das heißen: Geschickt? Dieser Junge traf in Lumpen gehüllt in Wittenberg ein, die Füße bandagiert, sein Pferd ist unter ihm krepiert. Er sagte, Ihr hättet ihm geheißen, zu Euch zu kommen, daß Ihr ihm eine Ausbildung gewähren, Ihn zum vornehmen Herrn machen wolltet. Geschickt? Habt Ihr denn keinen Funken Mitleid mit dieser unglückseligen Kreatur, die Ihr vernichtet habt und der Ihr nicht gegenübertreten konntet, weshalb Ihr geflohen seid? Glaubt Ihr denn ernstlich, Euch mit dieser wilden und unverschämten Anschuldigung retten zu können? Geschickt? Wer denn, bitte schön, wer hat ihn geschickt?«

Ich drehte mich mit dem Gesicht zur Wand. »Das ist unwichtig. Ihr würdet es mir nicht glauben, wenn ich es Euch erzählte. Ich sage nur soviel: Ich bin kein Sodomit; man hat mich verunglimpft und verleumdet, und Euch hat man einen Haufen Lügen aufgetischt.«

Da begann er eine Art wütenden Tanz aufzuführen und kreischte:

»Das höre ich mir nicht an! Ich höre gar nicht hin! Soll ich Euch sagen, was mir dieses Kind gesagt hat, wollt Ihr es hören, wollt Ihr? Dies sind seine eigenen Worte, seine eigenen Worte, ich kann sie nicht vergessen, niemals; der Junge sagte: *Jeden Morgen brachte ich ihm sein Frühstück, und dann mußte ich ihn wichsen, obwohl ich geweint habe und ihn angefleht habe, mich gehen zu lassen.* Ein Kind, mein Herr, ein Kind! Und Ihr habt ihm solche Worte in den Mund gelegt, habt ihn derlei und Gott weiß was sonst noch tun lassen. Möge Euch Gott vergeben. Nun, genug davon, genug; ich habe mehr gesagt, als ich sagen wollte, mehr, als ich sollte. Wären wir in Rom, wäret Ihr gewiß längst vergiftet und fortgeschafft, doch hier in Deutschland sind wir zivilisierter. An der Universität Leipzig ist der Stuhl für Mathematik frei geworden. Es wurde dafür gesorgt, daß Ihr diese Stelle bekommt. Ihr werdet noch heute Eure Sachen packen, jetzt, noch in dieser Minute, und verschwinden. Ihr dürft – *kein Wort!* – ich will keinen Einwand von Euch hören, dafür ist es zu spät: Melanchton selbst hat Eure Entfernung aus Wittenberg angeordnet. Er war es auch, wie ich hinzufügen möchte, der entschied, daß Ihr nach Leipzig geschickt werdet, was eigentlich überhaupt keine Strafe ist. Wäre es nach mir gegangen, mein Herr, hätte ich Euch aus Deutschland vertrieben. Und nun, bereitet Eure Abreise vor. Was Ihr an Unerledigtem hier zurücklaßt, darum werde ich mich kümmern. Mir wurde gesagt, daß Ihr den Druck eines astronomischen Werkes aus der Feder von Kanonikus Koppernigk überwacht? Nun, er hat mich gebeten, die letzten Phasen dieses Unterfangens zu beaufsichtigen. Und was das übrige betrifft, so lassen wir verbreiten, daß Ihr es aus gesundheitlichen Gründen für angebracht hieltet, diese Aufgabe meiner Obhut anzuvertrauen. Und jetzt geht!«

»Der Junge«, fragte ich, »Raphaël: Was ist aus ihm geworden?« Ich dachte daran, wie ich ihn auf dem Hof in Heilsberg gesehen hatte, mit Mütze und Umhang auf schwarzem Pferd; ebenso würde er ausgesehen haben, als er aus Löbau aufbrach, um mich in Wittenberg zu sehen.

»Er wurde natürlich nach Schloß Löbau zurückgeschickt«, sagte Osiander. »Was habt Ihr denn erwartet?«

Wißt Ihr, was man in Preußen mit entlaufenen Dienstboten macht? Man nagelt sie mit dem Ohr an den Pranger und gibt ihnen ein Messer, mit dem sie sich losschneiden können. Ich frage mich, welch schlimmere Strafe Giese dem Kind angedroht hatte, daß es mir folgte und all diese Lügen verbreitete, mich zu vernichten.

*

Erst verstand ich nicht, warum sie – ich meine Koppernigk und Giese – mir dies angetan hatten, und ich machte mich nach Leipzig ins Exil in dem Glauben auf, daß gewiß irgendein schreckliches Mißverständnis vorlag. Erst später, als ich das Vorwort sah, das Osiander dem Buch hinzugefügt hatte (welches, als er damit fertig war, *De revolutionibus orbium coelestium* hieß), erst da erkannte ich, wie man mich armen, watschelnden Hanswurst benutzt hatte, das Werk ins Herz des lutherischen Deutschlands zu schmuggeln, zum besten lutherischen Drucker, die kostbaren, lutherischen Empfehlungsschreiben in der Hand, und wie, nachdem all das erledigt war, man mich einfach losgeworden war, auf daß ich Platz für Osiander und die Imprimatur seines Vorwortes machte, womit das Buch gleichermaßen vor den Hunden Roms und denen Wittenbergs sicher war. Sie haben mir nicht vertraut, versteht Ihr, gerade nur so sehr, daß ich die Kärrnerarbeit erledigen durfte.

*

Hatte ich, so fragte ich mich, diesen Verrat auf irgendeine Weise verdient? Denn es schien mir undenkbar, daß all meine Mühe derart belohnt werden sollte, ohne daß ich meinerseits eine schreckliche Sünde begangen hatte; doch sosehr ich mich auch mühte, konnte ich mich doch keines Vergehens schuldig finden, das gräßlich genug gewesen wäre, eine solche Strafe auf mich zu ziehen. Im ganzen Buch *wird mein Name nicht ein einziges Mal erwähnt.* Schönberg wird genannt, Giese ebenso, doch ich nicht. Dieses Versehen berührte mich seltsam. Mir war, als hätte ich während all der vergangenen Jahre irgendwie nicht existiert. War dies mein Verbrechen gewesen, ein entscheidender Mangel an Anwesenheit sozusagen, war ich nicht energisch genug *da* gewesen? Das könnte es, soweit ich weiß, durchaus gewesen sein. Frauenburg wurde für mich zu einer Art Tod, denn Tod ist die Abwesenheit von Glauben; ich weiß kaum, was ich sage, doch spüre ich, daß es Sinn ergibt. Herrje, geduldig habe ich auf diesen Augenblick gewartet, in dem ich meine Rache nehmen wollte, und nun vertue ich die Chance. Warum muß ich mir selbst Vorwürfe machen, nach einem Makel in mir suchen, all dieser Unsinn, warum? Das ist nicht nötig, überhaupt nicht nötig – es war allein sein Werk, seins, seins, seins! Beruhige dich, Rheticus.

Hier kommt meine Rache. Hier kommt sie nun – endlich.

⋆

Das *Buch der Umdrehungen* ist von Anfang bis Ende ein Haufen Lügen ... Nein, das reicht nicht, das ist zu, zu irgendwas, ich weiß nicht. Außerdem stimmt es nicht ganz, und die Wahrheit ist die einzige Waffe, die mir geblieben ist, um dieser verfluchten Erinnerung den Todesstoß zu verpassen.

Das *Buch der Umdrehungen* ist eine Maschine, die sich selbst vernichtet, ja, ja, das ist besser.

Das *Buch der Umdrehungen* ist eine Maschine, die sich selbst vernichtet, soll heißen, daß zu dem Zeitpunkt, da sein Schöpfer es fertiggestellt hatte, zu dem Zeitpunkt also, an dem er sozusagen den letzten Nagel eingeschlagen hatte, das Ganze zu Bruchstücken zerfallen war. Ich gebe zu, es dauerte eine Weile, bis ich dies begriffen oder doch zumindest die volle Bedeutung dieser Tatsache erkannt hatte. Wie habe ich in jenen Nächten in Löbau geschwitzt und geflucht, um eine Theorie zu verstehen, in der jede Schlußfolgerung oder Hypothese alles in Zweifel zu ziehen schien, was zuvor gesagt worden war! Wo, so fragte ich, wo ist die Schönheit und Einfachheit, die himmlische Ordnung, die so zuversichtlich im *Commentariolus* versprochen worden war, wo das reine, das unverfälschte Ding? Das Buch, das ich in Händen hielt, war ein Scherbenhaufen, ein verkrüppeltes, hoffnungsloses Durcheinander. Doch laßt mich genau sein, laßt mich einige Beispiele dafür geben, an welcher Stelle es so gewaltig in die Irre geht. Es sei, so erzählt uns Koppernigk, eine tiefgreifende Unzufriedenheit mit der Theorie der Planetenbewegungen gewesen, wie sie Ptolemäus im *Almagest* dargelegt habe, die ihn sich auf die Suche nach einem neuen System begeben hieß, einem System, das mathematisch korrekt sein, mit den Gesetzen kosmischer Physik übereinstimmen und, wichtiger noch als alles andere, die Phänomene bewahren würde. O ja, die Phänomene wurden bewahrt, gewiß – doch zu welchen Kosten! Denn seine Berechnungen brauchten keine 34 Epizyklen, um die gesamte Struktur des Weltalls zu erklären, wie er im *Commentariolus* behauptet hatte, sondern 48 – also mithin 8 mehr, als Ptolemäus benötigt hatte! Dieser kleine Trick ist jedoch nichts, ein bloßer Purzelbaum, verglichen mit dem, auf den ich nun zu sprechen komme. Ihr glaubt, Koppernigk habe die Sonne ins Zentrum des Weltalls gerückt, nicht wahr? Er tat es nicht. Seiner Theorie zufolge ist das Zentrum des Weltalls nicht die Sonne, sondern *der Mittelpunkt der Erdumlaufbahn*, der, wie das große, das mächtige, das allerklärende Buch der Umdrehungen zugibt, einen Punkt im All einnimmt, der sich in einer Distanz von der Sonne befindet, die etwa ihrem dreifachen Durchmesser entspricht! All die Hypothesen, all die Berechnungen, die Sternentabellen, Kurven und Diagramme, der ganze Lumpensack voller Lügen, Halbwahrheiten und Selbsttäuschungen, die das Buch *De revolutionibus orbium mundi* (oder *coelestium*, wie ich es jetzt wohl nennen muß), ausmachen, all dies wurde bloß zusammengestellt, um zu beweisen, daß sich im Zentrum gar nichts befindet, daß sich die Welt um das Chaos dreht.

★

Wälzt Ihr Euch im Grabe, Koppernigk? Windet Ihr Euch im kalten Lehm?

★

Als mir schließlich in einer schwarzen Nacht in Löbau die Eigenart der von ihm vorgelegten Absurdität aufging, da lachte ich, bis ich nicht mehr lachen konnte, und dann weinte ich. Kopernikus, der größte Astronom seiner Zeit, so wurde er genannt, war ein Betrüger, dessen einziges Verlangen es war, den Schein zu wahren. Ich lachte, sage ich, und weinte dann, und etwas in mir starb. Ich räume ihm selbst dies nur ungern ein, doch einräumen muß ich es ihm: Wenn dieses Buch eine Macht besitzt, dann die Macht zu zerstören. Es zerstörte meinen Glauben an Gott und die Menschen – doch nicht an den Teufel. Luzifer hockt im Zentrum dieses Buches und lächelt sein vertrautes, kaltes, graues Lächeln. Ihr ward böse, Koppernigk, und Ihr habt die Welt mit Eurer Verzweiflung erfüllt.

Er wußte es natürlich, wußte nur zu gut, wie er versagt hatte und wußte auch, daß ich es wußte. Deshalb hat er mich vernichten wollen, er und Giese, des Teufels Schüler.

Wenn ich all dies, sein Versagen et cetera, schon so früh, schon zu der Zeit in Löbau begriff, warum habe ich ihn dann weiterhin so beharrlich zur Veröffentlichung gedrängt? Versteht Ihr nicht, ich wollte einfach, daß seine Theorie bekannt würde, damit ich sie widerlegen konnte. Gewiß, ein niederes Verlangen, und ich gebe zu, gebe offen zu, daß ich mein Renommee auf den Scherben seines Ruhms aufbauen wollte. Armer Narr, der ich war. Die Welt kann sich mit der Wahrheit nicht abfinden: der Mensch behält das heliozentrische Weltbild (man redet bereits von einer kopernikanischen Revolution!), doch er vergißt die mangelhafte Theorie, auf der das Konzept der Heliozentrizität gründet. Sein Name wird erinnert und geehrt, während ich vergessen werde und hier an diesem gräßlichen Ort verfaulen kann. Was hat er noch zu mir gesagt? – *Erst werden sie lachen, später weinen, wenn sie sehen, wie ihre Erde herabgewürdigt wurde, wie sie sich in der Leere dreht...* Er wußte es, er wußte es. Jetzt weinen sie, gebeugt unter der Last der Verzweiflung, die er ihnen aufbürdete. Ich weine. Ich glaube an nichts. Der Spiegel ist zerbrochen. Das Chaos –

Da soll doch ...!

– *Freunde*! Welche Freude! Das Unerwartete, das Außergewöhnliche ist geschehen: Otho ist gekommen! Ach Gott, ich glaube an dich, ich schwöre es. Vergib, daß ich je an dir gezweifelt habe! Ein Schüler, endlich! Er wird meinen Namen in der Welt verbreiten. Nun kann ich mich wieder an die große Arbeit machen, die ich schon vor so langer Zeit plante: Die Darlegung eines *wahren* Systems des Weltalls, basierend auf den Prinzipien des Ptolemäus. Ich werde ihn nicht erwähnen, werde diesen anderen Namen nicht einmal *erwähnen*. Oder vielleicht doch? Habe ich ihm etwa unrecht getan? Hat er nicht, auf seine eigene, strauchelnde Weise einen Blick auf die majestätische Ordnung des Universums erhascht, das sich auf rätselhafte Weise dreht und dreht und die Vergangenheit wieder und wieder zurückbringt, so wie die Vergangenheit heute hierher zurückgebracht wurde? Kopernikus, Kanonikus Nikolas, *domine praeceptor*, ich vergebe Euch: Ja, selbst Euch vergebe ich. Gott, ich glaube: Auferstehung, Erlösung, all das, ich glaube es. Ach! Die Seiten zittern mir vor den Augen. Diese Freude!

*

Lucius Valentin Otho ist heute aus Wittenberg zu mir gekommen, um mein Amanuensis, mein Schüler zu sein. Er fiel vor mir auf die Knie. Ich hielt mich ausgezeichnet, benahm mich wie ein großer Wissenschaftler. Ich unterhielt mich freundlich mit ihm, fragte ihn, wie die Dinge in Wittenberg stünden und fragte ihn nach seiner eigenen Arbeit, seinen Zielen. Doch hinter meinem kühlen Gebaren, meiner Zurückhaltung, welch ein Gewirr von Gefühlen! Natürlich konnte ich diese Freude nicht für mich behalten, und als ich nach seinem Alter fragte, mußte ich ihn einfach bei den Schultern fassen und ihn rütteln, daß ihm die Zähne im Schädel klapperten, denn in eben diesem Alter war ich vor so vielen Jahren zu Kopernikus nach Frauenburg gekommen. Die Vergangenheit kehrt verwandelt zurück! Werde ich auch einen Raphaël ausschicken, Otho zu vernichten? – Doch jetzt komm, Rheticus, mach reinen Tisch. Tatsache ist: Es hat nie einen Raphaël gegeben. Ich weiß, ich weiß, es war schlimm von mir, all das zu erfinden, doch mußte ich etwas haben, etwas fürchterlich Faßbares, um das große Unrecht darzustellen, das Kopernikus mir angetan hat. Keine Erwähnung meines Namens in seinem Buch! Nicht ein Wort! Für einen Hund hätte er mehr getan. Nun, ich habe ihm vergeben, und ich habe den kleinen Scherz mit Raphaël eingestanden und so weiter. Jetzt zieht eine neue Dämmerung herauf. Ich bin nicht mehr der alte Rheticus, verbannt nach Kaschau, der vor Groll und machtloser Wut an seiner eigenen Leber nagt, nein: Ich bin etwas weit Besseres – ich bin Doktor Rheticus! Ich bin ein Gläubiger. Hebe also dein Haupt, seltsames, neues, herrliches Geschöpf, strahlender Engel, und schaue auf die Welt. Sie ist nicht klein und unbedeutend! Selbst das hat er nicht geschafft. Der Himmel wird immer wieder blau sein, die Erde wird in jedem Frühjahr wieder blühen, und auf immer wird dieser Planet der Mittelpunkt all dessen sein, was wir wissen. Das glaube ich. *Vale.*

# 4
# *Magnum Miraculum*

Die Sonne, die zur Dämmerung die wenigen verbliebenen Fragmente seines Lebens aus der Dunkelheit klaubte, rief ihn schließlich zurück in die Gegenwart. Argwöhnisch schaute er zu, wie das Zimmer sich um ihn ordnete: Dieser Rückweg war so weit, so unermeßlich weit, daß er ohne einen solchen Beleg nicht glauben würde, ihn zurückgelegt zu haben. Draußen tobte im Osten tief am Himmel ein Feuersturm unter den Wolken und schüttete wie einen Regen aus brennenden Pfeilen Licht auf den großen, stählern glitzernden Bogen der Ostsee. Nichts davon war noch gänzlich real, war nur ein Melodram, statisch und kalt. Die Welt war geschrumpft, bis sie zur Gänze in seinen Schädel paßte, und alles war, die geschrumpfte Sphäre ausgenommen, eine Reihe wechselnder, oberflächlicher Bilder im leeren Raum, denen es vollständig an Bedeutung mangelte, zu jenen seltenen Gelegenheiten ausgenommen, in denen ein bestimmtes Bild half, den Augenblick zu beglaubigen, wie eben nun die Fragmente seiner Zelle, von der nahenden Dämmerung aus dem Dunkel geschält, illuminierte, ganze Zahlen waren, die im Zwielicht eine Konstellation skizzierten, eine sternenhelle Formel, die, genauer als Worte es vermochten, all das benannte, was blieb von dem, was er einstmals war, all das, was von seinem Leben übrig war. Eines Morgens, an einem Morgen ähnlich diesem, war ein feuriger Glanz wie die Sonne selbst in seinem Hirn explodiert, und als das gräßliche Glühen verblaßte, hatte sich alles verändert. Danach begannen seine letzten Wanderungen. Er kehrte zurück in die Vergangenheit, denn er konnte nirgendwo anders hin. Er starb.

⋆

Verstohlen hatte sich die Krankheit an ihn herangeschlichen. Anfangs war es kaum mehr als ein gelegentlicher Schwindel gewesen, eine Stufe, die er verfehlte, ein Stolpern auf der Treppe. Dann folgten die Migräneanfälle wie in seinem Hirn gefangene Donnerschläge, die ihn stundenlang zwangen, in seiner verdunkelten Zelle flach auf dem Rücken zu liegen und essiggetränkte Umschläge auf die Stirn zu pressen, während Kaskaden aus zersplittertem, vielfarbigem Glas gezackte Bilder der Qual hinter seinen Augen formten. Dennoch stritt er beharrlich ab, was der Arzt in ihm längst zweifelsfrei erkannt hatte, daß nämlich sein Ende gekommen war. Ein Anfall von Wechselfieber, mehr nicht, sagte er sich; ich bin siebzig, da ist derlei zu erwarten. Doch eines Morgens dann in der ersten Aprilwoche wollte er sich bei Dämmerung von seiner Bettstelle erheben, als ihn die ganze rechte Seite plötzlich schrecklich schmerzte, als wäre ein Beutel Schrot oder Kügelchen aus heißem Quecksilber aus dem Schädel in sein Herz gekippt und von dort herausgepumpt worden, so daß sie nun die Arterien seiner Arme hinunter und durch den Brustkorb in die Beine kollerten. Stöhnend ließ er sich achtsam wieder sinken, bettete sich mit großer Sorgfalt, wie eine Mutter ihr Kind in die Wiege legt. Im trüben Dämmer huschte eine eifrige Spinne über das Trampolin ihres Netzes, das sich zwischen zwei Deckenbalken spann. Von draußen hörte er das lauter werdende Lärmen und Peitschenknallen eines sich nähernden Reiters. Gelassen, begierig beinahe erwartete er auf das Streckbett seines Schmerzes gespannt die Ankunft der schwarzen Katastrophe. Doch der Reiter hielt nicht an, ritt unterm Fenster vorbei, und da begriff er und war nicht überrascht, eher ein wenig enttäuscht, daß man ihn nicht gehen ließ, ehe er nicht zuvor einen letzten Scherz erlitten hatte, und statt Tod raffte ihn der Schlaf, diese ultimative Banalität, umstandslos unter die Fittiche und trug ihn rasch davon.

★

Es war Schlaf, ja, und doch mehr als Schlaf, ein erregtes Horchen, eine Rast im Zwielicht am verlassenen Gestade, ein letzter Blick zurück auf das bald zu verlassende Land, ja, ja: Er wartete noch. Auf was? Er wußte es nicht. Stumm und gespannt stierte er in die trübe Ferne. Sie waren alle dort, ungesehen, doch zu spüren, all seine abgelegten Toten. Nagende Sehnsucht durchbohrte sein Herz. Doch warum waren sie hinter ihm? Warum nicht vor ihm? War er denn nicht endlich auf dem Weg, sich zur schweigsamen

Menge zu gesellen? Und warum zauderte er hier an diesem trostlosen Ufer? Ein nebliger, gelber Himmel, des Strandguts voll, sank langsam in der Ferne, und Dunkelheit wallte um ihn auf. Dann entdeckte er die nahende Gestalt, die massigen Schultern und das breite, dunkle, wie polierter Stein schimmernde Gesicht, die weit auseinander stehenden Augen, der grausame, irre Mund.

Wer seid Ihr? rief er und mühte sich vergebens, die Hände zu heben, um diese Erscheinung abzuwehren.

Ich bin der, den Ihr sucht.

Sagt mir, wer Ihr seid!

Als mein eigener Vater bin ich schon tot, als meine eigene Mutter lebe ich noch und werde älter. Ich bin gekommen, Euch auf eine Reise mitzunehmen. Ihr habt viel zu lernen und nur wenig Zeit.

Was? Was wollt Ihr mich lehren?

Wie man stirbt.

Oh … Dann seid Ihr Bruder Tod?

Nein. Er ist noch nicht. Ich bin der, der ihm vorhergeht. Ich bin, so könntet Ihr sagen, der Gott des Schwelgens und des Vergessens. Ich mache die Menschen verrückt. Ihr seid jetzt für eine kurze Weile in meinem Reich. Kommt mit mir. Hier beginnt der Abstieg zur Hölle. Kommt.

Und mit diesen Worten wandte der Gott sich um und ging zurück zum dunklen Land.

*Kommt*!

Und der Sterbende schaute noch einmal vor sich zum unsichtbaren, unentrinnbaren Meer, wollte gehen, konnte nicht gehen, kehrte schon um, sogar gegen seinen Willen, kehrte um zur wartenden Menge.

*Kommt …*

Und wie ein Soldat sich unwillig vom herzzerreißenden Traumbild der Liebe und der Heimat abkehrt, nur um mitten ins Gesicht den tödlichen Schuß zu bekommen, so kehrte er sich um, und sogleich zerplatzte die große Sphäre sengenden Feuers in seinem Hirn, und er erwachte.

*

Der Schmerz stak in seiner rechten Seite, doch schien er dies mehr zu wissen als zu spüren, war diese Seite doch von Kopf bis Fuß gelähmt. Mit abgewandtem Blick und ohne es recht wahrhaben zu wollen, schickte er zaghaft einige einfache Befehle an Arm, Flanke und Hüfte, doch half es nichts, die Kommunikationskanäle waren unterbrochen. Es kam ihm vor, als hätte sich eine Hälfte von ihm losgelöst und lag nun neben ihm, ein grimmiges, graues Biest, störrisch, unbeweglich und gefährlich. Gefährlich, ja: Er mußte darauf achten, es nicht zu provozieren, sonst hob dies Biest gewiß seine mächtige, mörderische Schmerzpranke und erschlug ihn. Glitzerndes Aprillicht schimmerte durchs Fenster. Er konnte die Ostsee sehen, stahlblau und ruhig trug sie ein Schiff mit schwarzem Segel landeinwärts. War es denn zuviel verlangt, daß ihm diese beschwerliche Klarheit, diese Bewußtheit genommen wurde, war es zuviel verlangt, ihm wenigstens diese Erleichterung zu gewähren? Unten regte sich Anna Schillings und setzte den knarrenden Mechanismus eines weiteren Tages in Gang. Trotz der Schmerzen überkam ihn nun ein heißes Gefühl voller Sorge und Skrupel und sonderbarerweise ein vernichtendes Gefühl der Verlegenheit. Seit seiner Kindheit hatte er keine derart brennende Verzweiflung mehr gespürt, als er, abgesondert durch die ein oder andere ungezogene Tat, zerbrochenes Geschirr etwa oder eine Lüge, mit hängenden Schultern, alle Schlupflöcher versperrt, im Pfad der schrecklichen, unvermeidlichen Maschine der Vergeltung stand. Ertappt zu werden! Es war absurd. Anna würde jeden Augenblick mit Brei und Würzwein hereinkommen, und dann würde sie ihn ertappen. Behutsam ertastete er sein Gesicht, da er prüfen wollte, ob er noch lächeln konnte, und dann begann er leise gegen seinen Willen zu schluchzen; das war ein kleiner Luxus, und immerhin fühlte er sich so besser.

Als sie seufzend die Treppe hinaufkam, hatte er die Tränen bereits getrocknet, doch spürte sie natürlich gleich die Katastrophe. Es war der Gestank seiner Scham, der ihn verriet, der Gestank des Kindes, das in die Hose genäßt hat, des verkrüppelten Tieres, das bebend auf dem Lager aus Blättern lag. Langsam stellte sie mit resolut abgewandtem Gesicht den dampfenden Becher mit Würzwein und die Schale mit Brei auf den Boden neben seinem Bett.

»Ihr seid noch nicht auf, Kanonikus?«

»Es ist nichts, Anna, macht Euch keine Umstände. Ich bin krank.« Das Sprechen fiel ihm schwer, die genuschelten Worte lagen wie weiche Steine in seinem Mund. »Sagt dem Kapitel Bescheid und bittet Kanonikus Giese zu mir.« Nein, nein, Giese war nicht mehr hier, sondern in Löbau; er mußte vorsichtig sein, sonst glaubte sie, wenn er weiterhin so phantasierte, daß es schlimmer um ihn bestellt war, als es den Anschein hatte. Reglos stand sie da, den Kopf gesenkt, die Hände vorm Bauch gefaltet, noch immer etwas abgewandt, da sie sich dem Unglück, das in ihr Leben eingebrochen war, nicht stellen wollte oder konnte. Sie zeigte den verletzten, verblüfften Blick eines bitterlich und zu Unrecht gekränkten Menschen, doch schien sie vor allem verwirrt und einfach nicht zu wissen, wie sie sich verhalten sollte. Er hatte Mitleid mit ihr, kannte er doch das Gefühl: Für den Tod ist kein Platz im vertrackten Gefüge gewöhnlicher Tage. Er wünschte sich, ihm fielen die rechten Worte ein, die für diesen neuen, aus den Fugen geratenen Zustand eine vernünftige Erklärung gaben.

»Ich liege im Sterben, Anna.«

Natürlich bedauerte er gleich, daß er das gesagt hatte. Sie begann leise und mit einer Zurückhaltung, einer Umsicht zu weinen, die ihn weit stärker rührte, als es das wilde Gejammer getan hätte, das er erwartet hatte. Schniefend ging sie davon und kehrte kurz darauf mit einer Schüssel Wasser zurück, um ihn zu waschen, sowie mit einem Topf, damit er sich erleichtern konnte. Geschickt kümmerte sie sich um ihn und sprach dabei kein Wort. Er bewunderte ihre Tüchtigkeit, ihre Unverwüstlichkeit; wirklich eine bewundernswerte Frau. Etwas der alten, fast vergessenen Zärtlichkeit regte sich in ihm. »Anna? ...« Sie sagte noch immer nichts. Vielleicht hatte sie von ihm gelernt, Worten zu mißtrauen und war es zufrieden, die spürbaren Handreichungen all das ausdrücken zu lassen, was nicht gesagt werden konnte. Traurig und ein wenig verwundert schaute er sie an. Was besagte sie, was hatte sie zu *bedeuten*? Zum ersten Mal fand er es seltsam, daß sie in all den Jahren nie gelernt hatten, zueinander *du* zu sagen.

*

Tag um Tag war die Krankheit mal stärker, mal schwächer, trommelte auf ihn ein, schleuderte ihn hinab in tiefe Dunkelheit, nur um ihn gleich darauf in quälendes Licht hinaufzuzerren, schüttelte ihn, bis er meinte, seine Knochen klappern zu hören, verschnürte abends seine Gedärme, riß dafür am Morgen die Fluttore seiner Körperöffnungen weit auf und ließ ihn stundenlang hilflos und angeekelt im Gestank seines eigenen Schmutzes liegen. Helle, schimmernde Schmerzmuster rannen durch ihn hindurch, als würde die Krankheit wie ein verzückter Tuchhändler vor einem wählerischen Kunden eine Reihe von zunehmend feineren und ausgesuchteren Rollen seidener Folter für ihn ausbreiten. Stets hatte er angenommen, daß er eines trockenen Todes sterben würde, doch kamen Fieberanfälle, die Tage dauerten, ein endloses Schweißgetröpfel aus seinem Fleisch wrangen und ihm jene Verstandesklarheit raubten, die ihm anfangs eine solche Last erschienen war.

Manchmal waren seine Gedanken jedoch so klar, daß ihn der eigene Gleichmut angesichts des Todes überraschte und gar faszinierte. Der Schrecken jenes Augenblicks, der ihm nun bevorstand, hatte ihn auf seiner Reise hierher stets begleitet, war in jeder Landschaft gleich einem reglosen Schatten gegenwärtig gewesen, wie hell und verschieden die Szenen auch immer waren, und doch empfand er nun keine Angst: Er spürte nur vage Melancholie und Bedauern und eine gewisse Sorge, er könnte diese letzte und gewiß höchst bemerkenswerte Erfahrung versäumen, die ihm die Welt zu bieten hatte. Er war überzeugt, daß ihm vor dem Ende Einblick gewährt würde, eine Vision von tiefgründiger Bedeutung. War er so ruhig und angstfrei, weil dieses rätselhafte Etwas, dem er sich so begierig näherte, das wahre Antlitz des Todes vor ihm verbarg? Und erklärte dies seine in die Länge gezogene Qual, die eben keine Todesqual war, sondern eine Art Reinigung, ein rituelles Opfer, das er vor seiner Initiation zu transzendentem Wissen zu erdulden hatte? Obwohl er jetzt dem Tod zu nahe war, um glauben zu können, daß er, was er auch immer erfahren sollte, daß er also diese Lektion zu lebensnahem Nutzen anzuwenden vermochte, würde doch, so glaubte er, die Tiefgründigkeit der Erfahrung dadurch nicht gemindert werden. War die Erlösung selbst in dieser äußersten Situation noch möglich?

Auf der Suche nach einer Antwort auf diese außergewöhnliche Frage stocherte sein fiebernder Verstand wie ein Lumpensammler in den Überresten seines Lebens und wühlte sich anfallartig durch die vereinzelten Brocken und Stücke, die ihm noch verblieben waren. Nirgendwo fand er Sinn für signifikante Bedeutung. Manchmal jedoch verfiel er in ruhiges, tiefes Träumen, und dann wanderte er friedvoll durch die Felder und Paläste seiner Erinnerung. Dort war die Vergangenheit noch wunderbar intakt. Zwischen Szenen aus seiner Kindheit und seiner Jugend staunte er über den Reichtum an Details, die während all der Jahre bei ihm geblieben waren, eingelagert wie Winterobst. Er besuchte das alte Haus in der St.-Annen-Straße und spazierte erneut in stillem Verzücken durch die Straßen und Gassen der Stadt. Dort war das Schultor von St. Johann, Jungen, die im Staub spielten. Ein weicher, goldener Glanz lag über allem wie stilisiertes Sonnenlicht. Zärtlichkeit und Sehnsucht durchbohrten sein Innerstes. Hatte er Thorn in Wahrheit je verlassen? Vielleicht war dort sein wahres, sein eigentliches Selbst geblieben und hatte geduldig auf seine Rückkehr gewartet, damit er, so wie jetzt, seinen wahren Platz einforderte. Dort steht auch die Linde in vollem Laubschmuck, beständig und schön, das wahre Bild des Sommers und des Schweigens, des Glücks.

Doch stets kehrte er von diesen Reisen in die Vergangenheit müde, entmutigt und ohne eine Antwort zurück. Verzweiflung blühte in ihm auf, eine geile, garstige Blume. Betäubt von zuviel Grog, einer unerwartet wirksamen Kräutermischung oder einfach von Müdigkeit zog er sich aus dem Reich des Lebens zurück und lag, ein formloses Stück Fleisch, etwas Schweiß und Phlegma, einfach nur im primitivsten, rudimentärsten Seinszustand da, ein dumpfer, kaum noch atmender Halbtoter. Diese Stunden waren am schlimmsten.

Bei anderen Gelegenheiten kam die Vergangenheit zur Gegenwart in Gestalt kleiner Geschöpfe, pomphafter Homunkuli, die in sein Krankenzimmer marschierten, vor seinem Bett auf und ab stolzierten und ihn wegen zugefügter Kränkungen ausschalten, oder sie hockten neben seiner Schulter und rechtfertigten und beschuldigten, schwatzten und erklärten. Sie waren komisch und traurig zugleich. Kanonikus Wodka kam und Professor Brudzewski, Novara und die Italiener, sogar Onkel Lukas, prunkvoll wie eh und je, auch der König von Polen, beschwipst, mit schiefer Krone. Anfangs hielt er sie für Halluzinationen, doch dann begriff er, daß es Bedeutsameres mit ihnen auf sich hatte: Sie waren real genug, so real wie nur etwas sein kann, das nicht man selbst ist und von außen kommt, denn hatte er nicht stets geglaubt, daß andere Menschen nicht gekannt, sondern erfunden werden, daß die Welt einzig aus einem selbst besteht und alles andere folglich ein Phantom ist? Also stand es ihnen zu, ihn zu schelten, denn wer, wenn nicht er, war schuld an dem, was sie waren, diese armen, zerbrechlichen, prahlerischen Geschöpfe, Bewohner seines Verstandes, die er erfunden hatte, die er mit sich in den Tod nehmen würde? Von allen blieb allein Girolamo stumm. Er hielt sich im Schatten abseits vom Bett mit jener typischen, unnachahmlichen Mischung aus Distanz und Zuneigung, lächelnd, eine Augenbraue in liebenswertem Spott hochgezogen. O ja, Girolamo, Ihr habt mich gekannt, nicht so gut wie jener andere, stimmt, doch Ihr habt mich gekannt – und ich konnte es nicht ertragen, so gekannt zu werden.

*

Wo?

In eine schreckliche Dunkelheit war er hinabgetrieben, in der alles stumm und völlig still war. Er hatte Angst. Er wartete. Nach langer Zeit, nach scheinbar langer Zeit sah er in ungeheurer Entfernung ein kleines Etwas in der Dunkelheit, das nicht Licht genannt werden konnte, war es doch kaum mehr als ein Nichts, das absolut vorstellbare Kleinste, und er hörte von fern, undeutlich, ach, so undeutlich, ein leises Kreischen, Gran eines Lautes, der kaum etwas war, der nur dazu diente, die unendliche Stille zu erkennen. Und dann, es war seltsam, es war, als hätte sich die Zeit irgendwie zweigeteilt, als würden das *Jetzt* und das *Noch nicht* zur gleichen Zeit geschehen, war er sich bewußt, daß er etwas durch die dunkle Ferne näherkommen sah, während es doch bereits angekommen war, ein riesiger, stählern schimmernder Vogel, der reglos auf gestreckten, großen Schwingen schwebte, schrecklich, ja, unbeschreibbar schrecklich, doch erhaben schön, so trug er in seinem furchteinflößenden Schnabel ein Bruchstück blendenden Feuers, und er versuchte aufzuschreien, das Wort zu rufen, doch vergebens, denn die Kreatur trudelte den langen Bogen seiner Flugbahn hinab, war schon über ihm, noch während sie kam und brannte das brennende Siegelzeichen in seine Stirn.

*Wort!*
*O Wort!*
*Du bist, was mir fehlt!*

Und dann war er wieder an dem dunkelnden Gestade, hinter ihm das Meer und vor ihm das zugleich rätselhafte und vertraute Land. Dort war auch der grausame Gott, der ihn fortführte vom Meer, dorthin, wo ihn die anderen erwarteten, die vielen anderen, alle. Er konnte nichts sehen, doch er wußte diese Dinge, wußte auch, daß das Land, zu dem er sich nun hinabbegab, jedes Land war, das er in seinem Leben gekannt hatte, jedes, doch auch alle Städte, Ebenen und Wälder, Preußen wie Polen wie Italien, Thorn, Krakau, Padua, Bologna und Ferrara. Und auch der Gott, der ihm ganz das breite, steinern glasierte Gesicht zuwandte, war viele in einem, war Caspar Sturm, war Novara und Brudzweski, war Girolamo, war mehr, war sein Vater und seine Mutter und deren Mütter und Väter, war die unzähligen Millionen und war auch der andere, der unentrinnbare andere. Der Gott sprach:

Hier nun ist, was Ihr gesucht habt, das, was es selbst und nichts anderes ist. Erkennt Ihr es an?

Nein, nein, so war es nicht! Hier war nur Dunkelheit und Unordnung und ein großes Lärmen von zahllosen Stimmen, die in Lachen und Schmerz und Verwünschung aufschrien; von dieser Schändlichkeit und diesem Chaos wollte er nichts wissen.

Laßt mich sterben!

Doch der Gott antwortete:

Noch nicht.

Rasch fühlte er sich hinaufgetragen, aufstrebend in die Welt, und hier war seine Zelle und die Dämmerung auf dem großen Bogen der Ostsee; es war Maienzeit. Er hatte Schmerzen, und seine Glieder waren tot, doch zum ersten Mal seit vielen Wochen war sein

Verstand wunderbar klar. Diese Klarheit jedoch war unheimlich, anders als alles, was er je zuvor erfahren hatte; er traute ihr nicht. Um ihn herum herrschte eine immense, eisige Stille, als schwebe er in enormer Höhe am unendlichen Himmel. Konnte es sein, daß er derart erhoben wurde, um das Elend bezeugen zu können? Denn er wollte nicht mehr, kein Mühen mehr und keine Qual. War dies nun endlich die wahrhaftige Verzweiflung? Wenn sie es war, war sie ein einmalig gewöhnliches Ding.

Er schlief ein wenig, wurde aber wieder von Anna geweckt, als sie mit Schüssel und Rasiermesser kam, ihn zu rasieren. Konnte sie ihn nicht in Frieden lassen, nicht mal für einen Moment! Doch dann schalt er sich für seine Undankbarkeit. In den langen Wochen seiner Krankheit hatte sie große Fürsorge bewiesen. Das Rasieren, das Füttern, das Abwischen und Waschen, das waren die unabdingbaren Rituale, die das Wissen darum zurückhielten, daß sie bald allein sein würde. Er sah ihr zu, wie sie sich eifrig um sein Bett zu schaffen machte, die Schüssel hinstellte, die Klinge schärfte, seine eingesunkenen Wangen einschäumte und dabei leise mit sich selbst redete, eine große, übergewichtige, käsebleiche Frau in staubigem Schwarz. Seit einiger Zeit neigte sie dazu, ihn anzuschreien, diese unbewegliche, graue Puppe, wie sie einen Taubstummen oder ein Kind anschreien würde, nicht aus Wut oder Ungeduld, sondern aus einer gewissen verzweifelten Fröhlichkeit heraus, als glaubte sie, ihn so vom dunklen Abgrund zurückholen zu können. Ihre Art irritierte ihn über die Maßen, vor allem morgens, und er stieß dann verärgerte Laute aus und versuchte manchmal sogar, in hilfloser Wut nach ihr zu schlagen. Heute jedoch war er ruhig, und ihm gelang sogar ein schiefes Lächeln, auch wenn sie es als solches nicht zu erkennen wußte, da sie ihn nur aufmerksam anschaute und fragte, ob er Schmerzen leide. Arme Anna. Er starrte sie voller Staunen an. Wie alt sie geworden war! Aus der reifen, wohlgestalteten Frau, die vor zwanzig Jahren in seinen Turm gekommen war, hatte sie sich, ohne daß er es recht wahrgenommen hatte, in eine klapprige, aufgeregte, ein wenig dumme Matrone verwandelt. Empfand er wirklich so wenig Achtung vor ihr, daß er nicht mal das gewöhnliche Phänomen ihres Alterns bemerkt hatte? Sie war seine Haushälterin gewesen und zu drei Gelegenheiten mehr als das, drei seltsame, nun völlig unwirkliche Begegnungen, zu den ihn Verzweiflung, unerträgliche Selbstkenntnis und Selbstaufgabe getrieben hatten; dreimal also war sie mehr gewesen, doch nicht viel mehr, jedenfalls nicht genug, um Dantiscus' grobe, gnadenlose Jagd zu rechtfertigen. Nun jedoch fragte er sich, ob jenen drei Nächten nicht größere Bedeutung zukam, als er ihnen einräumen wollte. Für Anna waren sie vielleicht Grund genug gewesen, um bei ihm auszuharren. Denn sie hätte ihn verlassen können. Ihre Kinder waren nun erwachsen. Heinrich, ihr Sohn, hatte letztens die Lehre in der Bäckerei der Kathedrale abgeschlossen, und Carla stand bei einem Bürger der Stadt in Haushaltsdiensten. Sie hätten sie unterstützen können, wenn sie ihn verlassen hätte. Sie entschied sich zu bleiben. Sie hatte ausgehalten. War dies, was sie besagte, was sie bedeutete? Er erinnerte sich an die erste Zeit mit ihr, an Frühjahrsstürme und Herbstlaunen, an winterlichen Kummer. Er hätte ihr also mehr Achtung erweisen sollen. Jetzt war es zu spät.

»Anna.«

»Ja, Kanonikus?«

»*Du*, Anna.«

»Ja, Herr Kanonikus. Ihr wißt, daß heute der Doktor kommt? Ihr erinnert Euch, ja? Der Herr aus Nürnberg?«

Wovon redete sie? Welcher Doktor? Und dann fiel es ihm wieder ein. Deshalb also war ihm diese letzte Klarheit vergönnt! All das, sein Werk, die Veröffentlichung und so weiter, das hatte seine Bedeutung verloren. Er konnte sich an seine Hoffnungen und Ängste im Zusammenhang mit dem Buch erinnern, aber er konnte sie nicht mehr fühlen. Er hatte versagt, ja, doch was machte das schon? Dieses Versagen war gering verglichen mit der allgemeinen Katastrophe, die sein Leben gewesen war.

Andreas Osiander kam am Nachmittag. Anna, ganz aufgeregt von der Ankunft einer Person solchen Ansehens, eilte die Treppe hinauf, ihn anzumelden, stotterte und rang vor Verzweiflung die Hände. Zu spät fiel dem Kanonikus ein, daß er sie hatte fortschikken wollen, ehe der Nürnberger kam, da ihre Anwesenheit unter seinem scharfen, mißbilligenden Blick gewiß all diesen *focaria*-Unsinn wieder aufbringen würde – nicht, daß es den Kanonikus noch gekümmert hätte, was Dantiscus oder sonst jemand sagen oder tun mochte, doch wollte er nicht, daß Anna neue Demütigungen zu erleiden hatte; nein, das wollte er nicht. Sie hatte kaum seinen Namen herausgebracht, da drängte sich Osiander bereits an ihr vorbei und begann sogleich auf seine brüske, anmaßende Art zu reden. Doch beim Anblick der verdorrten Gestalt auf dem Bett geriet er ins Stocken und wandte sich unsicher an die im Türrahmen harrende Frau.

»Ein Hirnschlag, Herr Doktor«, sagte Anna nickend und sich verbeugend, »von einem Blutgerinnsel im Kopf, sagt man.«

»Oh, ich verstehe. Nun, das wäre alles, danke, Weib, du kannst gehen.«

Dem Kanonikus wäre es lieber gewesen, sie wäre geblieben, doch machte sie eine besänftigende Geste und ging geduckt hinaus. Er spitzte die Ohren, um ihren schweren Schritt auf der Treppe zu hören, ein Laut, der ihm plötzlich allen auf dieser Welt verbliebenen Trost zu enthalten schien, doch redete Osiander bereits wieder mit dröhnender Stimme auf ihn ein, und Anna schied lautlos aus seinem Leben.

*

»Ich hätte nicht geglaubt, Euch so daniederliegend anzutreffen, Freund Koppernigk«, sagte Osiander in leicht anklagendem Ton, als vermute er, man habe ihn absichtlich über den Gesundheitszustand des anderen getäuscht.

»Ich sterbe, Doktor.«

»Ja, doch das widerfährt uns letzten Endes allen, begebt Euch also in Gottes Hut. Lieber so, als plötzlich in der Nacht mit unvorbereiteter Seele dahingerafft zu werden, nicht wahr?«

Er war ein stattlicher, arroganter Mann, dieser Lutheraner, laut, aufgeblasen, gefühllos und von sich selbst überzeugt; der Kanonikus hatte ihn schon immer zutiefst verabscheut. Er lief mit stetem Schritt im Zimmer auf und ab, die aufgeplusterte Hühnerbrust ein undurchdringliches Schild gegen jede Opposition, so sprach er von Nürnberg, vom Druck und seinen rückhaltlosen Anstrengungen zugunsten des Werkes des Kanonikus. Rheticus nannte er *diese elende Kreatur.* Armer, dummer Rheticus! Noch ein Opfer, dargebracht auf dem Altar des Anstandes. Der Kanonikus seufzte; er hätte sie alle ignorieren sollen, Dantiscus, Giese und Osiander, er hätte seinem Schüler die Anerkennung geben sollen, die er verdient hatte. Was machte es schon, wenn er ein Sodomit war? Das war wohl kaum das schlimmste aller denkbaren Verbrechen, womöglich nicht schlimmer als grobe Undankbarkeit.

Osiander wühlte in der geräumigen Mappe, die er über die Schulter geschlungen hatte und brachte einen hübschen, in Leder gebundenen Band hervor, dessen Buchrücken mit Goldbuchstaben verziert war. Der Kanonikus reckte den Hals, um einen besseren Blick darauf werfen zu können, doch dieser gräßliche Kerl schien vergessen zu haben, daß er sich in der Anwesenheit des Autors befand, der trotz allem Anschein noch lebte, und statt das Buch unverzüglich ans Bett zu bringen, ging er damit ans Fenster, leckte einen Daumen an und blätterte rasch und mit der sorglosen Mißachtung eines Mannes darin herum, für den alle Bücher, die Bibel ausgenommen, im Grunde wertlos sind.

»Ich habe den Titel geändert«, sagte er geistesabwesend, »doch hatte ich Euch meine Absicht gewiß längst mitgeteilt. Das Wort *mundi* wurde so durch *coelestium* ersetzt, da es mir sicherer schien, statt von der *Welt*, einem doch recht unmittelbaren Ausdruck, vom *Himmel* zu reden, um so Distanz und Objektivität zu bekunden.«

Nein, mein Freund, das habt Ihr nicht erwähnt, wenn ich mich recht erinnere, aber das ist jetzt nicht mehr wichtig.

»Und natürlich habe ich ein Vorwort hinzugefügt, wie wir es vereinbart hatten. Ich glaube, das war eine weise Entscheidung. Wie ich Euch in diversen Briefen schrieb, lassen sich die Aristoteliker und Theologen leicht besänftigen, wenn ihnen gesagt wird, daß zur Erklärung der gleichen, sichtbaren Bewegungen mehrere Hypothesen möglich sind und daß die vorliegenden Hypothesen nicht aufgestellt wurden, weil es in Wirklichkeit sich so verhält, sondern weil sie am zweckdienlichsten zur Berechnung der scheinbaren, zusammengesetzten Bewegungen sind.« Er hob das glatte Gesicht verträumt zum Fenster, ein zufriedenes, leises Lächeln der Bewunderung für die Präzision und den Stil seines Vortrags auf den Lippen. Ebenso posierte er, wie der Kanonikus sehr wohl wußte, wenn er vor seinen unflätigen Studenten in Nürnberg dozierte. »Ich für meinen Teil«, fuhr der Lutheraner fort, »war immer der Meinung, daß Hypothesen keine Glaubensartikel sind, sondern Grundlagen für Berechnungen, weswegen es nichts ausmacht, wenn sie falsch sind, sofern sie bloß die Phänomene genau wiedergeben ... Und im Lichte dieses Glaubens habe ich das Vorwort verfaßt.«

»Es darf nicht sein«, sagte der Kanonikus, und sein trüber Blick heftete sich an die Decke. Osiander starrte ihn an.

»Was?«

»Es darf nicht sein: Ich will nicht, daß dieses Buch veröffentlicht wird.«

»Aber ... aber es ist bereits veröffentlicht, mein lieber Herr. Seht Ihr, ich habe ein Exemplar dabei, gedruckt und gebunden. Petreius hat eine Auflage von tausend Stück gemacht, genau wie Ihr es wolltet. Sie wird jetzt verteilt.«

»Es darf nicht sein, sage ich!«

Verblüfft dachte Osiander einen Augenblick schweigend nach, dann ging er ans Bett, setzte sich langsam auf einen Stuhl und starrte den Kanonikus mit unsicherem Lächeln an. »Fühlt Ihr Euch nicht wohl, mein Freund?«

Wäre der Kanonikus dazu in der Lage gewesen, hätte er gelacht.

»Ich sterbe, Mann!« rief er. »Habe ich Euch das nicht bereits gesagt? Aber ich phantasiere keineswegs. Ich will dieses Buch zurückhalten. Geht zu Petreius, bittet ihn, alle Bände zurückzuordern, die er bereits versandt hat. Versteht Ihr? *Es darf nicht sein!*«

»Beruhigt Euch, Doktor, bitte«, sagte Osiander, erschrocken von der aufgestauten Vehemenz des Gelähmten, dem vorgeschobenen Kinn und wilden, besorgten Blick. »Braucht Ihr Hilfe? Soll ich die Frau rufen?«

»Nein, nein, tut nichts.« Der Kanonikus beruhigte sich ein wenig, und das Gliederzittern ließ nach. Fieber setzte ein, und ein Schmerz, wie er ihn zuvor noch nicht gekannt hatte, krachte und dröhnte in seinem Schädel. Furcht streckte einen dünnen, schwarzen Tentakel aus. »Vergebt mir«, murmelte er. »Ist Wasser da? Laßt mich trinken. Danke, Ihr seid zu gütig. Ah!«

Stirnrunzelnd setzte Osiander den Wasserkrug ab. Seine Miene spiegelte nun eine Mischung aus Verlegenheit und Neugier: Er wollte aus der Gegenwart dieses unwürdig Sterbenden fliehen, wollte aber ebenso den Grund für diesen außergewöhnlichen Sinneswandel des alten Mannes erfahren. »Vielleicht«, schlug er vor, »sollte ich später wiederkommen, wenn Ihr nicht mehr gar so ermattet seid, um weiter mit Euch über das Buch zu reden?«

Doch der Kanonikus hörte ihm nicht zu. »Sagt mir, Osiander«, bat er, »sagt mir ehrlich: Ist es zu spät, die Veröffentlichung aufzuhalten? Denn aufhalten würde ich sie gewiß.«

»Warum, Doktor?«

»Habt Ihr das Buch gelesen? Dann kennt Ihr den Grund. Es ist mißlungen. Mir ist mißlungen, was ich mir vorgenommen hatte: Die Wahrheit zu erkennen, die Bedeutung der Dinge.«

»Wahrheit? Ich verstehe nicht, Doktor. Eure Theorie ist nicht ohne Makel, aber –«

»Mich interessiert die Mechanik der Theorie nicht.« Er schloß die Augen. Ein Brennen, welch ein Brennen! »Das Unterfangen selbst, die Gesamtheit ... Versteht Ihr? Hunderttausend Worte habe ich benutzt, Tabellen, Sternentafeln, Formeln, und doch habe ich nichts gesagt ...«

Er konnte nicht weiterreden. Was machte es auch schon aus? Osiander seufzte.

»Ihr solltet Euch nicht derart sorgen, Doktor«, sagte er. »Das sind nur Skrupel, und wäre es mehr als das, so müßt Ihr begreifen, daß ein Erfolg der Art, wie Ihr ihn suchtet – oder nun glaubt, gesucht zu haben! – sich nicht erringen läßt. Euer Werk, wie mangelhaft es auch immer sei, wird anderen eine Grundlage sein, um darauf aufzubauen, dessen dürft Ihr versichert sein. Was nun Euer Mißlingen betrifft, die wahre Natur der Dinge zu erkennen, wie Ihr es nanntet, so glaube ich, werdet Ihr mir beipflichten, daß ich diesem Mißlingen in meinem Vorwort Rechnung trug. Wollt Ihr hören, was ich schrieb?«

Er war offensichtlich stolz auf sein Werk und als geborener Prediger begierig, daraus vorzutragen. Der Kanonikus fühlte Panik aufkommen: Er wollte nichts davon hören, nein! Doch er sank hinab, konnte nicht mehr sprechen, konnte nur noch knurren und vor wütendem Widerwillen mit den Zähnen knirschen. Osiander wertete diese Anstrengungen jedoch als Zeichen eifriger Vorfreude. Er legte das Buch zur Seite, und mit dem verzerrten, gequälten Lächeln desjenigen, der sich gedrängt sieht, einen Kretin berühren zu müssen, erhob er sich, faßte den Kanonikus unter die Arme, richtete ihn auf und lehnte ihn sorgsam gegen den Wall schmutziger Kissen, als richte er eine Zielscheibe ein. Dann begann er erneut, würdevoll auf und ab zu schreiten, und hob mit donnernder Kanzelstimme zu lesen an.

»Da die neuen Hypothesen dieses Werkes – das die Erde in Bewegung setzt und eine unbewegliche Sonne in den Mittelpunkt des Weltalls rückt – bereits große Aufmerksamkeit auf sich gezogen haben, zweifle ich nicht daran, daß manche Gelehrte Anstoß daran nehmen und es falsch finden, Unruhe unter den freien Wissenschaften aufzubringen, die schon im Altertum auf eine rechte Grundlage gestellt wurden. Allein bei reiflicher Überlegung werden sie finden, daß der Autor dieses Werkes nichts Tadelnswürdiges unternommen hat. Denn es ist Aufgabe des Astronomen, die Geschichte der Bewegungen am Himmel nach sorgfältigen und genauen Beobachtungen festzustellen, um dann – da er schlechterdings die wahren Ursachen dieser Bewegungen nicht herauszufinden vermag (habt Ihr das gehört, Doktor?) – beliebige Hypothesen auszudenken und zusammenzustellen, vermittels derer man ebenjene Bewegungen nach geometrischen Sätzen, sowohl für die Zukunft als auch für die Vergangenheit richtig zu berechnen vermag. Das vorliegende Werk des Künstlers ist in beiderlei Hinsicht wahrhaft herausragend: Denn es ist nicht erforderlich, daß diese Hypothesen wahr oder nur wahrscheinlich sind; es reicht vollkommen aus, wenn sie zu einer Berechnung führen, die den Himmelsbeobachtungen gemäß sind ...«

Der Kanonikus hörte verwundert zu: War es stichhaltig, dieses Dementi, dieses Spucken auf sein Lebenswerk? Wahrheit oder Fiktion ... Ritual ... notwendig. Er konnte sich nicht konzentrieren. Er stand in Flammen. Andreas Osiander marschierte ins Fensterlicht und wieder hinaus, verwandelte sich bei jeder Kehre in wandernde Dunkelheit, eine Feuerwolke, ein Phantom, und auch draußen änderte sich alles so seltsam, nicht die Sonne war Licht und Hitze, die Welt träge, vielmehr trug die Welt einen Nimbus sengenden Feuers, und die Sonne war nur ein toter, erfrorener Globus am westlichen Himmel.

»... denn es ist genugsam bekannt, daß diese Kunst die Ursachen der ersichtlichen Bewegungen schlechterdings nicht kennt. Und wenn sie Gründe konstruiert und erfindet – und gewiß hat sie viele erfunden –, so ersinnt sie dieselben keineswegs mit dem Anspruch, irgend jemanden zu überreden, daß die Sache sich wirklich so verhalte; es soll eben nur eine richtige Grundlage für die Berechnung erstellt werden. Da eine und dieselbe Bewegung aber zuweilen durch verschiedene Hypothesen zu erklären ist – etwa eine Exzentrizität und ein Epizyklus für die Bewegung der Sonne – so wird der Astronom am liebsten derjenigen folgen, welche die leichtest verständliche ist. Der Philosoph aber wird vermutlich Ähnlichkeit mit der Wahrheit verlangen. Keiner von beiden wird jedoch etwas Gewisses zu ermitteln oder zu lehren imstande sein, wenn es ihm nicht durch göttliche Offenbarung enthüllt worden ist ...«

Die Mauern des Turms hatten alle Festigkeit verloren, waren Scheiben der Dunkelheit, aus der nun auf schrecklichen Schwingen große stählerne Vögel stürzten, Flammen im Gefolge, und in den Schnäbeln die feurige Sphäre, nicht länger allein, sondern erste in einem Schwarm ihresgleichen, alle in Flammen, alle leuchtend und schrecklich und herrlich, so stiegen sie kreischend aus der Dunkelheit auf.

»Übrigens möge niemand in betreff der Hypothesen Gewißheit von der Astronomie erwarten – da die Astronomie uns nichts Gewisses zu bieten vermag –, auf daß er nicht jene Ideen für Wahrheit halte, die zu anderem Zwecke ersonnen sind, und er am Ende seiner Studien ein größerer Narr als am Anfang sei!«

Nein! O nein. Er schleuderte seinen stummen Widerspruch in die brennende Welt. Du, Andreas, du hast mich verraten, du ...

Andreas?

Die auf und ab wandernde Gestalt kam näher, stürzte plötzlich zu ihm herab und preßte ihr gräßliches Gesicht an seines.

Du!

Ja, Bruder: Ich. Wir begegnen uns wieder.

*

Andreas lachte, setzte sich auf den Stuhl am Bett und legte das Buch auf seinen Schoß unter den schwarzen Flügel seiner Kutte. Er war ebenso wie damals, als der Kanonikus ihn zuletzt gesehen hatte, ein wandelnder Leichnam, an dem sich die voreiligen Maden ans Werk machten.

Du bist tot, Andreas, ich träume dich.

Ja, Bruder, doch ich bin es nichtsdestotrotz. Ich bin so wirklich wie du es jetzt bist, denn an diesem letzten Ort, an dem wir uns hier treffen, bin ich dem Leben so nah wie du dem Tod, und das ist dasselbe. Ich muß dir danken für diese kurze Reinkarnation.

Was bist du?

Nun, ich bin Andreas! So hast du selbst mich angeredet. Doch da du Bedeutung in allen Dingen suchst, können wir sagen, daß ich der Engel der Erlösung bin – ein unwahrscheinlicher Engel, zugegeben, mit schrecklich zugerichteten Flügeln, doch trotz alledem ein Erlöser.

Du bist der Tod.

Andreas lächelte, dieses vertraute, gequälte Lächeln.

Oh, das auch, Bruder, das auch, doch das ist von untergeordneter Bedeutung. Nun aber genug dieser metaphysischen Wortklauberei, du weißt, daß mich derlei stets gelangweilt hat. Solange noch Zeit ist, laß uns lieber in aller Ruhe über die wichtigen Dinge reden. Siehst du, ich habe hier dein Buch …

Hinter der düsteren, sitzenden, lächelnden Gestalt pulsierte helles Licht im Gewölbefenster, hinter dem die stahlblaue Ostsee ihren Rücken spannte, als wäre es der Rücken einer riesigen, wassergeborenen Bestie, bösartig und allgegenwärtig. Oben, in der Dunkelheit unter der Decke, kreisten und segelten die Metallvögel, flogen an unsichtbaren Streben und Drähten, füllten die trübe Luft mit ihrem wilden Lärmen. Das Fieber stieg unerbittlich durch seine Adern an wie eine geschmolzene Flut. Die Fingernägel krallte er ins eisige, feuchte Laken unter ihm, als wollte er die Welt festhalten. Er hatte Angst. Dies war das Sterben, ja, dies war unzweifelhaft das bestimmte Etwas. Winzige Splitter seiner Vergangenheit fielen ihn an: eine verlassene Straße in Krakau in schwarzer Mittwinternacht; ein irres Kind, das ihn aus dem Türrahmen einer Absteige vor den Mauern von Padua beobachtete, ein verfallener Turm irgendwo in Polen, in dem ein Schwarm weißgefiederter Tauben hauste. Das waren des Todes geheime Signale. Mit leisem, hämischem, doch keineswegs mitleidslosem Lächeln beobachtete ihn Andreas.

Warte, Bruder, noch ist es nicht Zeit, noch nicht. Sollen wir über dein Buch reden, über den Grund für dein Mißlingen? Denn mißlungen ist es dir, darüber will ich mit dir nicht streiten. Da du unfähig warst, das Ding an sich zu erkennen, konntest du dich mit weniger nicht zufriedengeben; in deinem Stolz hast du heroisches Mißlingen dem prosaischen Erfolg vorgezogen.

Damit bin ich nicht einverstanden! Was weißt denn du auch schon von diesen Dingen, du, der du für die Wissenschaft nur Verachtung übrig hattest, für die Früchte des Geistes, für all das, was ich liebte?

Komm schon, komm: Du hast gesagt, daß du mich träumst, also mußt du hinnehmen, was ich sage, denn wenn ich lüge, sind es deine Lügen in meinem Mund. Und das Lügen hast du aufgeben, nicht wahr? Ja. Mit den Lügen bist du fertig. Deshalb bin ich hier, da du endlich willens bist, ... ehrlich zu sein. Siehst du, zum Beispiel bist du in meiner Gegenwart nicht mehr verlegen. Das war immer dein stürmischstes Gefühl, diese penible, panische Verlegenheit angesichts der Aufruhr und des Vulgären des Gewöhnlichen, das du so verachtet hast.

Jetzt war Bewegung im Zimmer, die fahle, flackernde Unangemessenheit von Kerzenschein bei Tageslicht. Blasse, gesichtslose Gestalten traten murmelnd an ihn heran. Eine Zeremonie fand statt, ein Ritual, seltsam und doch vertraut, und dann, mit plötzlichem Entsetzen, so wie man im Traum begreift, daß man stürzt, begriff er, daß man ihn für die Letzte Ölung vorbereitete.

Achte nicht darauf, Bruder, sagte Andreas. All das ist nur ein Mythos, dein Glaube, den du schon lange aufgegeben hast. Es wird dir keinen Trost spenden.

Ich möchte glauben.

Doch du sollst nicht.

Dann bin ich verloren.

Nein, du bist nicht verloren, denn ich bin gekommen, dich zu erlösen.

Dann sag mir also ... mein Buch ...? Mein Werk ...?

Du hast geglaubt, das Ding an sich zu erkennen, die ewigen Wahrheiten, die reine Gestalt, die hinter dem Chaos dieser Welt ruht. Du hast zum Himmel emporgeschaut: Was hast du gesehen?

Ich sah ... Planeten tanzen und hörte sie auf ihren Bahnen singen.

O nein, Bruder, nein. Das hast du dir vorgestellt. Laß mich dir sagen, wie es war. Du hast das Triquetrum auf ein am Himmel leuchtendes Licht ausgerichtet und geglaubt, derart ein unversehrtes, unzweideutiges, dauerhaftes Fragment der Wirklichkeit einzufangen, doch so war es nicht. Was du gesehen hast, war *ein Licht, das am Himmel leuchtete*; und was immer es sonst gewesen sein mag, war es nur dank deines Glaubens, deines Glaubens an die Möglichkeit, die Wirklichkeit verstehen zu können.

Was ist das für ein Unsinn? Wie sollen wir denn sonst leben, wenn nicht in dem Glauben daran, *wissen* zu können?

Die Art des Wissens ist bedeutsam. Wir kennen die Bedeutung eines einzelnen Dinges nur so lange, wie wir uns damit zufriedengeben, sie inmitten anderer Bedeutungen zu kennen: Isoliere sie, und alle Bedeutung ist dahin. Nicht das Ding zählt, verstehst du, nur die Interaktion zwischen den Dingen und, natürlich, die Namen ...

Du predigst Verzweiflung.

Ja? Nenne es lieber *erlösende* Verzweiflung oder, noch besser, nenne es Akzeptanz. Die Welt wird anderes als Akzeptanz nicht ertragen. Schau dir diesen Stuhl an: Da ist das Holz, ein Splitter, dann die Fasern, dann die Partikel, in die man die Fasern aufteilen kann, die kleineren Partikel dieser Partikel und schließlich nichts mehr, ein Zusammenfluß ätherischer Kräfte, eine Art energisches, unwillkürliches Träumen im Vakuum. Siehst du? Die Welt erträgt sie einfach nicht, die leidenschaftslose Analyse.

Willst du mich etwa zu dieser Philosophie glücklicher Ignoranz, der Sklaverei, der hoffnungslosen Akzeptanz einer elenden Welt verleiten? Ich will nichts davon hören!

Du willst nichts davon hören ...

Du lachst, aber sag mir in deiner Weisheit: Wie sollen wir die Wahrheit erkennen, wenn wir nicht versuchen, sie zu entdecken und unsere Entdeckungen zu verstehen?

Es besteht keinerlei Notwendigkeit, nach der Wahrheit zu suchen. Wir kennen sie bereits, noch ehe wir auch nur daran denken, uns auf unsere Suche zu machen.

Und wie kennen wir sie?

Nun, ganz einfach, Bruder: Wir *sind* die Wahrheit. Die Welt und wir selbst, das ist die Wahrheit. Sonst gibt es nichts, und wenn es etwas gäbe, wäre es uns nur als ein Ideal zunutze, das uns hin und wieder ein wenig Trost, ein wenig Hoffnung gibt.

Und diese Wahrheit, die wir sind, wie können wir die in Worte fassen?

Sie läßt sich nicht in Worte fassen, Bruder, doch vielleicht läßt sie sich ... zeigen.

Wie? Sag mir wie?

Indem wir akzeptieren, was ist.

Und dann?

Mehr nicht; das ist alles.

O nein, Andreas, auf den Trick falle ich nicht herein. Wenn wahr wäre, was du sagst, hätte ich meine Seele an eine verderbte Welt verkaufen müssen, hätte demütig die Scheußlichkeit umarmen müssen, ja – doch ich würde derlei nicht tun! Das kann ich immerhin von mir behaupten, daß ich sie nicht verkauft habe, meine –

Deine Seele? Ach, aber du hast sie verkauft, sogar an den höchsten Bieter. Wie wollen wir ihn nennen? – Wissenschaft? Die Suche nach Wahrheit? Transzendentes Wissen? Eitelkeit, nichts als Eitelkeit und zudem noch eine Art Feigheit, jene Feigheit, die entsteht, weil man sich weigert einzusehen, daß es allein auf die Namen ankommt, jene Feigheit, die eine wahre und unrettbare Verzweiflung ist. Mit großem Mut und großer Mühe hättest du vielleicht auf die einzige Weise Erfolg haben können, wie man Erfolg haben kann, wenn du nämlich das Gewöhnliche, die Namen, zu einem schönen und geordneten Muster angerichtet hättest, das allein durch seine Schönheit und Ordnung das Treiben der jenseitigen Wahrheiten in unserer armen Welt aufzuzeigen weiß. Aber du wolltest die gewöhnlichen Wahrheiten zugunsten der transzendenten Ideale ablegen und hast daher versagt.

Ich verstehe nicht.

Doch, du verstehst. Wir sagen nur, was wir auch in Worte fassen können: Es ist genug.

Nein!

Es ist genug. Wir müssen uns damit zufriedengeben.

Die Flammen der Kerzen durchbohrten seinen Blick wie glühende Klingen, und über ihm toste die ernste Stimme, hob an zum letzten Segen.

Zu spät! –

Du dachtest, die Welt zu überkommen, doch ehe du diese Erhabenheit erstreben konntest, mußten sich deine Bedürfnisse zufriedengeben mit ... nun, Bruder womit eigentlich?

Zu spät! – Das glühende Siegel des Todes brannte sich in seine Stirn, und was er abgelegt hatte, war auf immer fort. Das Licht, oh, und die schrecklichen Vögel! Dieser große, brennende Bogen hinterm Fenster!

Mit mir, Bruder! Ich war das, mit dem du zufrieden sein mußt.

Du, Andreas? Was war an dir? Du hast mich verachtet und betrogen, mein Leben zur Hölle gemacht. Wohin ich auch ging, da warst du, hast mein Leben verpestet, meine Arbeit.

Eben darum. Ich war das eine absolut Notwendige, denn ich war immer da, dich daran zu erinnern, was du überkommen mußtest. Ich war der gespannte Bogen, von dessen Sehne du dich fliegen ließest über die elende Welt hinaus.

Ich habe dich nicht gehaßt!

Da mußte ein wenig Achtung dasein, ja, jene Achtung, die der Pfeil für den Bogen erübrigt, doch nie jenes andere, das Ding an sich, das lebhafte Ding, das sich in keinem Buch findet, noch am Firmament oder in der absoluten Form. Du weißt, was ich meine, Bruder. Es ist jenes Etwas, leidenschaftlich und doch gelassen, wild und von weit her, märchenhaft und doch gewöhnlich, jenes Etwas, auf das allein es ankommt, da es das große Wunder ist. Du hast es kurz an unserem Vater wahrgenommen, an unserer Schwester Barbara, an Fracastoro, an Anna Schillings, an all den anderen und ja, sogar an mir, hast es wahrgenommen und ausgeschlagen, bestürzt und ... verlegen. Nenne es Akzeptanz, nenne es Liebe, wenn du magst, doch sind dies nur armselige Worte, die nichts derart Ungeheures auszudrücken vermögen.

Zu spät! – Denn er hatte seine Seele verkauft, und nun mußte er auf Heller und Pfennig zahlen. Die Stimme des Priesters hüllte ihn ein.

*»Erst nach dem Tode werden wir wieder mit dem All vereint sein, wenn der Körper sich in jene vier Grundelemente auflöst, aus denen er besteht. Dann steigt der spirituelle Mensch, dessen Seele frei auflodert, durch die sieben kristallinen Sphären des Firmaments auf, streift mit jedem Schritt einen Teil seiner sterblichen Hülle ab, bis er, allen irdischen Übels ledig, Erlösung im Empyreum findet und sich mit der Weltseele vereint, die überall und alles und ewig ist!«*

Andreas schüttelte langsam den Kopf.

Nein, Bruder, höre nicht auf diese Stimme aus der Vergangenheit. Die Erlösung ist im Empyreum nicht zu finden.

Zu spät! –

Nein, Nikolas, nicht zu spät. Nicht ich bin es, der heute all diese Dinge gesagt hat, sondern du.

Er lächelte, und sein Gesicht war geheilt, die schrecklichen Narben verblaßt, und er war wieder, wie er einstmals gewesen war, und als er sich nun erhob, legte er seine Hand auf die brennende Stirn seines Bruders. Die schrecklichen Vögel schwebten still ins Dunkel, das grelle Licht wurde sanft, und die steinernen Wände des Turms kehrten zurück. Die Ostsee glitzerte, ein helles Meer trug ein Schiff mit schwarzem Segel fort. Andreas holte unter seiner Kutte das Buch hervor, legte es aufs Bett, nahm seines Bruders Hand und führte die schlaffen Finger, bis sie die unruhigen Seiten berührten.

Ich bin der Engel der Erlösung, Nikolas. Willst du nun mit mir kommen?

Und bei diesen Worten lächelte er erneut, ein letztes Mal, und hob sein zartes, feines Gesicht, wandte sich zum Fenster und zum Licht, als lauschte er auf etwas Leises, weit Entferntes, eine Musik aus Himmel und Erde, Feuer und Wasser, die überall und alles und ewig war, und Nikolas mühte sich, die Melodie zu vernehmen, hörte die Stimmen des Abends, die ihm von draußen entgegenkamen: Der Ruf des Hirten, das Geschrei spielender Kinder, polternde Karren, die vom Markt zurückkehrten; und da waren noch andere Laute, Kirchenglocken, die behäbig die Stunde schlugen,

Hunde, die in der Ferne bellten, das Meer, die Erde selbst, wie sie auf ihrer Bahn sich drehte, und der Wind aus weitem blauem Himmel, der seufzend in die Blätter der Linde fuhr. Alle riefen sie, riefen ihn und riefen, riefen ihn fort.

D.C.

## *Anmerkungen*

Zitate, die nicht aus den Schriften Kopernikus' stammen:

Seite 268f.: »Damals schien es, als wollte eine neue Welt geboren werden. Was stark, jugendlich und vital war, bäumte sich gegen die Vergangenheit auf. Vermutlich haben nie zuvor die tonangebenden Autoritäten einer Gesellschaft derart einstimmig eine intellektuelle Bewegung unterstützt. Es schien, als gäbe es keine Konservativen mehr. Alles bewegte sich und strebte in dieselbe Richtung, Autoritäten, Gesellschaft und Mode, die Politiker, Frauen und Künstler, die *umanista.* Es herrschte grenzenloses Zutrauen, eine fieberhafte Freude. Der Verstand löste sich von der Macht, und es stand ihm frei, unter den Himmeln zu flanieren. Das Monopol des Wissens wurde abgeschafft, es gehörte nun der gesamten Gesellschaft.« Aus: Henri Pirenne: »A History of Europe«, ins Engl. übers. v. Bernard Miall (New York, 1956)

Seite 273: »*Wenn am Grunde aller Dinge nur eine wild schäumende Macht läge, die sich in obskuren Leidenschaften wände, die alles schüfe, was groß, und alles, was unbedeutend ist, wenn eine bodenlose, stets unersättliche Leere unter allem verborgen läge, was wäre das Leben dann anderes als Verzweiflung?*« aus: Soren Kierkegaard: »Fear and Trembling«, übers. v. Walter Lowrie (Princeton, N.J., 1968)

Seite 273: »*Ich halte es für wahr, daß der reine Gedanke die Wirklichkeit begreifen kann, so wie es sich die Alten erträumten.*« aus: Albert Einstein: Herbert Spencer-Vorlesung, Oxford, 1933 (zit. nach: Jeremy Bernstein, in: »Einstein«, London, 1973)

Seite 274: »*Die Wissenschaft strebt danach, eine Welt zu erschaffen, die symbolisch die Welt der allgemeinen Erfahrung wiedergibt.*« aus: Arthur Eddington: »The Nature of the Physical World« (Cambridge, 1923)

Seite 274: »*Es ist von höchster Bedeutung, daß die äußere Welt etwas von uns Unabhängiges und Absolutes repräsentiert, mit dem wir konfrontiert werden.*« von: Max Planck (zit. n. Bernstein, in »Einstein«, S. 156)

Seite 274: »*Der Tod eines Gottes ist der Tod aller Götter.*« aus: Wallace Stevens: »Notes Toward a Supreme Fiction«, Collected Poems, (London 1955)

## *Danksagungen*

Eine vollständige Bibliographie wäre völlig unangemessen und ließe sich vermutlich auch bei einem Werk der vorliegenden Art nicht erstellen, dennoch gibt es eine kleine Anzahl Bücher, die während der Jahre, in denen ich *Doktor Kopernikus* verfaßte, meinen tiefen Respekt gewonnen haben und deren Gelehrsamkeit und Weitsicht von unschätzbarer Hilfe für mich gewesen sind, und diese muß ich hier erwähnen. Ich führe sie auch an, um sie als weiterführende Lektüre jenen vorzuschlagen, die eine umfassendere und vielleicht auch gewissenhaftere Wiedergabe der Tatsachen vom Leben und Werk des Astronomen suchen.

Die Standardbiographie ist von Ludwig Prowe (»Nikolaus Kopernikus«, 2 Bände, Berlin, 1883–4), die aber meines Wissens nicht ins Englische übersetzt wurde. Zwei kurze und vergnügliche Zusammenfassungen vom Leben und Werk geben Angus Armitages »Copernicus, Founder of Modern Astronomy« (London, 1938) und sein »Sun, Stand Thou Still« (London, 1947). Eine eher technische, doch sehr elegante und lesbare Darlegung der heliozentrischen Theorie enthält Professor Fred Hoyles »Nicolaus Copernicus« (London, 1973). Doch die beiden Bücher, auf die ich mich am stärksten stützte, sind »The Copernican Revolution« (Harvard, 1957) von Thomas S. Kuhn und Arthur Koestlers »The Sleepwalkers: A History of Man's Changing Vision of the Universe«, (London, 1959); (dt. »Die Nachtwandler: Das Bild des Universums im Wandel der Zeiten«, Bern / Stuttgart, 1959, übers. v. Michael Treichlinger). Diesen beiden schönen, verständlichen und faszinierenden Büchern verdanke ich mehr, als eine bloße Danksagung zu vergelten mag.

Für die Einsichten, die sie in Geschichte und Gedankenwelt jener Zeit vermitteln, bin ich F. L. Carsten dankbar, dessen »The Origins of Prussia« (Oxford, 1954) überaus hilfreich war, sowie Frances A. Yates, der in »Giordano Bruno and the Hermetic Tradition« (London, 1964) die Einflüsse des hermetischen Mystizismus und Neoplatonismus auf Kopernikus und seine Zeitgenossen offenbart; W.P.D. Wightman »Science in a Renaissance Society« (London, 1972) und M.E. Mallett »The Borgias« (London, 1969).

Ich muß jedoch betonen, daß sämtliche Sachfehler, ob nun gewollt oder nicht, und alle fragwürdigen Interpretationen in diesem Buch allein auf mich zurückzuführen sind und in keiner Weise den oben angeführten Quellen angelastet werden können.

*

Außer den vielen Auszügen aus Kopernikus' eigenen Schriften, die ich in meinen Text eingearbeitet habe und die zu kennzeichnen ich nicht für nötig befand, habe ich aus sechs weiteren Quellen zitiert, die in den Anmerkungen auf Seite 315 f. aufgelistet sind.

*

Für ihre Hilfe und Unterstützung möchte ich folgenden Personen danken: David Farrer, Dermot Keogh, Terence Killeen, Seamus McGonagle, Douglas Sealy, Maurice P. Sweeney sowie dem Mitarbeiterstab der Bibliothek des Trinity Colleges in Dublin. Das letzte Wort des Dankes gilt meiner Frau Janet für ihre Geduld, ihre Kraft und für ihr stets unfehlbares Urteil.

John Banville

***Kepler***

Roman

Aus dem Englischen von Bernhard Robben

Band 13597

Johannes Kepler (1571 – 1630), bedeutender Mathematiker und Astronom, steht im Mittelpunkt des Romans von Banville, der den Leser in die farbige Renaissancewelt versetzt. Er zeigt diesen eigenwilligen Mann nicht nur als einen verdienstvollen Wissenschaftler, sondern als einen Menschen, der verwoben ist mit einer Zeit, die Europa in Kriegen und Seuchen versinken läßt. Kepler, der als verarmter Adelssohn 1571 in Weil der Stadt zur Welt kam, revolutionierte mit seiner Entdeckung unser Weltbild. Aber ein kluger Kopf wie er war immer gefährdet, konnte schnell zwischen die ideologischen Fronten geraten.

Fischer Taschenbuch Verlag

fi 1071 / 5